谨以此书献给

中俄睦邻友好合作条约签订20周年
鲁迅诞辰140周年

本书出版得到陕西师范大学人文社会科学高等研究院出版经费资助

俄罗斯鲁迅研究精选集

(俄罗斯) 叶·谢列布里亚科夫　(俄罗斯) 阿·罗季奥诺夫

王立业 / 主编

马轶伦 / 译

光明日报出版社

图书在版编目（CIP）数据

俄罗斯鲁迅研究精选集 /（俄罗斯）叶·谢列布里亚
科夫,（俄罗斯）阿·罗季奥诺夫,王立业主编；马轶伦
译. -- 北京：光明日报出版社, 2021.11

ISBN 978-7-5194-6322-9

Ⅰ.①俄… Ⅱ.①叶… ②阿… ③王… ④马… Ⅲ.
①鲁迅著作研究 Ⅳ.① I210.97

中国版本图书馆 CIP 数据核字 (2021) 第 177768 号

俄罗斯鲁迅研究精选集
ELUOSI LUXUN YANJIU JINGXUANJI

主　　编：（俄罗斯）叶·谢列布里亚科夫　（俄罗斯）阿·罗季奥诺夫　王立业
译　　者：马轶伦

责任编辑：章小可　　　　　　　　责任校对：王立业
封面设计：中联华文　　　　　　　责任印制：曹　诤

出版发行：光明日报出版社
地　　址：北京市西城区永安路 106 号，100050
电　　话：010-63169890（咨询），010-63131930（邮购）
传　　真：010-63131930
网　　址：http://book.gmw.cn
E - mail：gmrbcbs@gmw.cn
法律顾问：北京市兰台律师事务所龚柳方律师

印　　刷：三河市华东印刷有限公司
装　　订：三河市华东印刷有限公司
本书如有破损、缺页、装订错误，请与本社联系调换，电话：010-63131930

开　　本：170mm×240mm
字　　数：240 千字　　　　　　印　　张：21
版　　次：2022 年 1 月第 1 版　　印　　次：2022 年 1 月第 1 次印刷
书　　号：ISBN 978-7-5194-6322-9
定　　价：98.00 元

俄罗斯联邦国家杜马第一副主席
俄中友好协会会长伊万·梅利尼科夫

祝 贺 信

在纪念伟大中国作家鲁迅诞辰140周年这一重要年份，我对《俄罗斯鲁迅研究选集》的汉语版出版表示热烈的祝贺。

2021年，俄罗斯和中国都在庆祝《俄中睦邻友好合作条约》签署20周年。众所周知，文学一直是联结世代与民族、加强各国人民友谊，并将其子子孙孙传递下去的强有力工具，伟大中国作家鲁迅深谙这一点，他不仅仅是现代中国文学的创始人之一和中国左翼作家联盟的领军人物，同时也是俄中两国文学关系的先驱。鲁迅称俄罗斯文学为"导师和朋友"。

2021年6月17日俄中友协举办了"作家与思想家的讲述"纪念晚会，以此纪念鲁迅诞辰140周年。鲁迅的形象永远让俄罗斯人崇敬，我们始终不渝地将鲁迅视为俄罗斯人民的真诚朋友。如今，在俄罗斯学术界我们已经为鲁迅写下并出版四部学术专著，百余篇学术论文，用俄语写成并出版的文集数量已逾20本。

光明日报出版社出版的《俄罗斯鲁迅研究选集》是两国人文合作的成功范例，这本文集荟萃了我国汉学队伍研究中国杰出作家鲁迅创作遗产最重要的学术成果。

我坚信，《俄罗斯鲁迅研究选集》的出版将为两国文学工作者学术合作的发展做出令人称颂的贡献。

（王立业 译）

**ОБЩЕСТВО
РОССИЙСКО - КИТАЙСКОЙ
ДРУЖБЫ**

俄中友好协会

Дорогие китайские читатели!

Приветствую публикацию «Сборника избранных исследований Лу Синя в России» на китайском языке в знаменательный год 140-летия со Дня рождения великого китайского писателя.

В 2021 году Россия и Китай отмечают двадцатилетие подписания Договора о добрососедстве, дружбе и сотрудничестве. Как известно, литература всегда являлась могучим инструментом, соединяющим поколения и нации, крепящим дружбу народов, передающуюся из поколения в поколение. Это прекрасно понимал великий китайский писатель Лу Синь, который являлся не только одним из отцов современной китайской литературы и лидером «Лиги левых писателей Китая», но и первопроходцем литературных связей между нашими странами. Лу Синь называл русскую литературу «учителем и другом».

17 июня 2021 года Общество российско-китайской дружбы провело юбилейный вечер «Слово писателя и мыслителя», посвященный 140-летию Лу Синя. Его фигура всегда вызывала уважение в России, мы неизменно видели в Лу Сине искреннего друга нашего народа. Исследованию его творчества посвящено четыре монографии, более ста статей, а число изданий его авторских сборников на русском языке превышает два десятка.

«Сборник избранных исследований Лу Синя в России», опубликованный издательством «Гуанмин жибао», является прекрасным примером гуманитарного сотрудничества между нашими странами. В эту книгу вошли наиболее важные работы отечественных китаеведов, посвященные творческому наследию выдающегося китайского писателя.

Уверен, что издание «Сборника избранных исследований Лу Синя в России» станет достойным вкладом в развитие профессиональных связей литературоведов двух стран.

С наилучшими пожеланиями,

Первый заместитель Председателя
Государственной Думы
Председатель Общества
российско-китайской дружбы   И.И.Мельников

俄罗斯联邦驻中华人民共和国大使
安德烈·杰尼索夫

祝 贺 信

在纪念鲁迅诞辰140周年的今天，作为中国文学经典作家鲁迅的多年阅读者和崇拜者，我很高兴地获悉，光明日报出版社筹划出版《俄罗斯鲁迅研究精选集》一书。鲁迅对俄苏文学一直持有非同寻常的兴趣，并对代表俄中两国友谊的文学桥梁的搭建做出了巨大贡献。他最喜欢的俄苏作家有果戈理、陀思妥耶夫斯基、安德烈耶夫、高尔基、法捷耶夫以及其他文学大师。在大夜弥天的岁月里，鲁迅为将俄罗斯文化介绍给中国人民做出了巨大的努力。

作为中国现代文学奠基人之一，鲁迅创作在我国早已享有广泛的声誉。还在1929年我国就已经有了他的作品的翻译，到目前为止，各类作品俄译出版共达407种。如今，鲁迅是在俄罗斯出版作品最多的中国作家，他的作品集在俄出版总数已近150万册。在俄罗斯出版与发表了大量鲁迅创作研究的著作与论文，其创作多次在俄罗斯学术会议上予以研讨。令人欣慰的是，我国一批优秀的学者、文学工作者，一众最为出色的俄罗斯汉学大家参与了鲁迅的研究与翻译。

我坚信，《俄罗斯鲁迅研究精选集》一书的汉译本出版，必将巩固与加强我们两国科学与文化的交流。

（王立业 译）

**ПОСОЛ
РОССИЙСКОЙ ФЕДЕРАЦИИ
В КИТАЙСКОЙ НАРОДНОЙ
РЕСПУБЛИКЕ**

Дорогие китайские друзья!

Будучи давним читателем – и почитателем – творческого наследия классика китайской литературы Лу Синя, с радостью узнал о том, что в год его 140-летия издательство «Гуанмин жибао» планирует опубликовать «Сборник избранных исследований творчества Лу Синя в России». Лу Синь всегда проявлял особый интерес к русской и советской литературе и внёс огромный вклад в создание литературного моста дружбы между нашими странами. Среди его любимых авторов были Гоголь, Достоевский, Андреев, Горький, Фадеев и другие мастера слова. В сложные времена он многое сделал, чтобы познакомить китайских читателей с русской культурой.

Творчество Лу Синя как одного из основоположников современной китайской литературы рано стало известным в нашей стране. Так, уже в 1929 году вышли книги переводов его произведений, всего же на русском языке их было издано 407. Вплоть до сегодняшнего дня Лу Синь – самый издаваемый китайский писатель в России. общий тираж его сборников на русском языке приближается к полутора миллионам экземпляров. Исследованиям творчества Лу Синя в России посвящено немало книг и статей, оно многократно обсуждалось на научных конференциях. Среди исследователей и переводчиков – наши выдающиеся ученые и литераторы, самые яркие фигуры отечественного китаеведения.

Уверен, что выход «Сборника избранных исследований творчества Лу Синя в России» на китайском языке укрепит научные и культурные связи между нашими странами.

А.ДЕНИСОВ

序

　　2021年，适逢鲁迅先生诞辰140周年和《中俄睦邻友好合作条约》签订20周年，陕西师范大学人文社会科学高等研究院国际鲁迅研究中心邀请俄罗斯圣彼得堡大学东方学系的叶·谢列布里亚科夫教授和阿·罗季奥诺夫教授与北京外国语大学俄语学院王立业教授联合编辑了《俄罗斯鲁迅研究精选集》一书，精选多位俄罗斯、苏联著名鲁迅研究专家的研究鲁迅的文章，系统展示俄罗斯、苏联鲁迅研究的代表性成果。这本书的出版，不仅可以增进中俄文化交流和传统友谊，而且具有重要的学术价值和现实意义。

　　今年6月28日，中国国家主席习近平在北京同俄罗斯总统普京举行视频会晤时指出："《中俄睦邻友好合作条约》确立的世代友好理念符合两国根本利益，契合和平与发展的时代主题，是构建新型国际关系和人类命运共同体的生动实践。"当天正式发布的《中华人民共和国和俄罗斯联邦关于〈中俄睦邻友好合作条约〉签署20周年的联合声明》指出："人文交流对加深两国人民相互了解、传承睦邻友好传统发挥着重要作用，双方将继续对人文领域的广泛交流给予高度重视。"要"继续落实两国古典及现代文学作品互译、发行等出版领域合作项目"。

　　把俄罗斯、苏联有关鲁迅研究的代表性成果翻译成中文在中国出版，正是落实中、俄两国元首的讲话精神，进一步推动中、俄文化交流，构建新型国际关系和人类命运共同体的生动实践。

鲁迅被誉为中华民族的"民族魂",他的一生与俄罗斯文学有着深厚的渊源。首先,鲁迅是中、俄(苏)文化交流的先驱,鼓励并亲手翻译了大量的俄罗斯、苏联的文学作品。鲁迅在留学日本期间(1902—1909)即开始翻译和介绍俄罗斯文学。1907年编译、发表的《摩罗诗力说》中介绍了普希金、莱蒙托夫这两位俄罗斯著名作家,这是中国人首次对被誉为"俄罗斯文学之父"的普希金的生平和创作进行介绍和评论;文中还提到了果戈理、柯罗连柯这两位俄罗斯著名作家;在1909年主持翻译、出版了两册短篇小说集《域外小说集》(1909),由此鲁迅也成为中、俄(苏)文化交流的先驱。而在鲁迅一生所翻译过的99位外国作家的作品中,就有37位俄罗斯、苏联作家的作品。许广平女士在《略谈鲁迅与苏联文学的关系》一文中指出:"在鲁迅毕生的文学生活中,俄罗斯作品的译介(包括早期的苏联文学)就有160万字的数量,约占他全部著作的四分之一以上(全部翻译的一半以上)。"

其次,鲁迅的文学创作深受俄罗斯文学影响。冯雪峰在受鲁迅委托为捷克翻译家普实克撰写的《关于鲁迅在文学上的地位——给捷克译者写的几句话》(《工作与学习丛刊》第二辑,1937年3月25日)一文中指出:"在文学思想上,他受欧洲,特别是俄国的近代写实主义的影响,如戈果理(果戈理)、契诃夫、柯罗连珂、安得列夫(通译:安德烈耶夫),诸人的作品等。"这篇文章最后由鲁迅亲笔修改,说明鲁迅也认同上述评论。此外,屠格涅夫、陀思妥耶夫斯基、迦尔洵、阿尔志跋绥夫、爱罗先珂等俄罗斯作家对鲁迅的创作产生了重要的影响。鲁迅的二弟周作人在《〈阿Q正传〉》(《晨报副刊》1922年3月19日)一文中指出:"《阿Q正传》的笔法来源,据我所知道是从外国短篇小说而来的,其中以俄国的果戈理与波兰的显克微支最为显著。"鲁迅的友人刘半农也曾用"托尼学说 魏晋风度"来评价鲁迅。这里的"托尼学说"就是指俄罗斯作家托尔斯泰和德国哲学家尼采的思想观点。

再次，鲁迅及其文学作品也在俄罗斯具有广泛影响，受到俄罗斯学术界的高度关注和深入研究。苏联也是世界各国中较早翻译鲁迅作品的国家，并在20世纪30年代到60年代涌现出费德林、艾德琳、波兹涅耶娃、彼得罗夫、谢曼诺夫等一批成果丰硕的鲁迅研究专家，出版了一批鲁迅翻译作品集及鲁迅研究著作，在世界鲁迅研究中形成了独具特色的研究流派。需要补充说明的是，这次精选的俄罗斯、苏联鲁迅研究文章都是首次翻译成中文介绍给中国读者的，有助于中国读者了解俄罗斯、苏联鲁迅研究的历史及代表性成果，以及俄罗斯、苏联鲁迅研究的特色。

中国国务院副总理孙春兰在庆祝《中俄睦邻友好合作条约》签署20周年专场音乐会上发表视频致辞时指出："庆祝《中俄睦邻友好合作条约》签署20周年是中俄关系发展的一座里程碑。双方将继续在两国元首战略引领下，弘扬条约精神，在更大范围、更宽领域、更深层次上推进双边关系发展，举办更多教育、文化、卫生、体育、旅游等人文交流活动，促进民心沟通、文明互鉴，推动构建新型国际关系和人类命运共同体。"

《俄罗斯鲁迅研究精选集》的正式出版是今年中、俄两国人文交流的重要成果之一，俄罗斯联邦国家杜马第一副主席、俄中友好协会会长伊万·梅利尼科夫先生和俄罗斯联邦驻中华人民共和国大使安德烈·杰尼索夫先生为这本书的出版发来祝贺信。鲁迅对中外文化交流的一个重要观点，即重视各国之间的"文字之交"，就是希望通过文学作品的翻译来促进不同国家人民之间的交流和理解。鲁迅曾就自己的小说集《呐喊》被翻译介绍到欧洲时感慨道："自然，人类最好是彼此不隔膜，相关心。然而最平正的道路，却只有用文艺来沟通，可惜走这条道路的人又少得很。"（《〈呐喊〉捷克译本序言》）我们相信，《俄罗斯鲁迅研究精选集》在鲁迅先生诞生140周年之际出版，为中、俄的"文字之交"探索出一条康庄大道，是落实中、俄两国元首在纪念《中俄睦邻友好合作条约》签订20周年会议上的讲话精神，进一步推动中、俄人文交流，构建新型国际关系和人类命运共同体的生动实践。

在此表示衷心祝贺！并向俄罗斯鲁迅研究者、为本书的出版承担翻译及联络沟通的有关专家表示诚挚的感谢！

——阎晶明（中国作家协会副主席，中国鲁迅研究会原副会长）

阎晶明

鲁迅精神与文学世界在俄罗斯的传播与影响

叶·谢列布里亚科夫　　阿·罗季奥诺夫

（俄罗斯，圣彼得堡大学）

鲁迅作品的俄文翻译

苏联汉学界一直视鲁迅为20世纪中国文学最重要的代表人物，因此，鲁迅的文学作品与书信文章自然成为最早被译成俄文的中国现代文学文本之一。在俄苏至少有407篇鲁迅的作品和文章被译成俄文（其中175篇是信件）。在中国20世纪的作家当中，鲁迅也是第一个拥有俄文单行本文集出版的人，自1929年至今共有20本鲁迅作品选集问世，其总发行量高达1463225册（其他作家，如老舍文选在俄苏一共有22个版次，发行量约为1014700册；张天翼文选有11本，发行量为862000册；茅盾文选有13本，发行量为680600册；巴金文选有7本，发行量为555000册；郭沫若文选有11本，发行量约为460000册；叶圣陶文选有3本，发行量为210000册）。

不过，鲁迅作品的翻译与出版于不同时期呈现出不同的面貌，其间体现了20世纪中俄两国关系的亲疏与俄苏读者对中国文学态度的变化。

鲁迅的文学在俄苏共有5个活跃时期，即1929年、1938年、1945年、1954—1955年和1971年。

1929年列宁格勒激浪出版社出版了由瓦西里耶夫（Б.А.Васильев）编选的题为《阿Q正传》的鲁迅小说集，该书发行量为3000册。该选集收录了《呐喊》中的《阿Q正传》（瓦西里耶夫译）、《头发的故事》、《孔乙己》、《风波》、《故乡》、《社戏》[以上均为什图金（А.А.Штукин）译] 6篇小说和《彷徨》中的《幸福的家庭》《高老夫子》[卡扎克维奇（З.В.Казакевич）译] 两篇小说。这本书的问世与瓦西里耶夫1924—1927年被公派到中国当翻译有直接关系。这个时期他认识了曹靖华，得益于曹先生的推荐瓦西里耶夫阅读了鲁迅若干作品，并与鲁迅建立了通信联系。1925年鲁迅先生为《阿Q正传》的俄文版撰写了序言和自叙传略，由此可见瓦西里耶夫策划在苏联翻译出版《阿Q正传》，其完成时间比实际出版时间起码早了4年。该作品选无论是译文准确性还是作品修辞风格的传递都甚为成功。当时苏联《新世纪》杂志发表弗里德（Я.Фрид）的评论文章，称："鲁迅是最好的中国现代作家之一，而且在海外也很有名气。他对中国农村的了解，描写日常生活微小细节的才华，以及作品中恰如其分的讽刺和抒情意味，使得这位文学家的作品对欧洲读者也产生了吸引力。"

同年，莫斯科青年近卫军出版社以5000册的发行量出版了科洛科洛夫（В.С.Колоколов）编选的题为《正传》的中国现代文学选集，该选集除了其他作家的作品，同时收入了科金（М.Д.Кокин）译的《阿Q正传》和《孔乙己》两篇鲁迅小说。据译者个人经历推断，这本文选翻译完成的时间应该不晚于1927年。应该指出，科金的译文虽然语言流畅，但存在诸多理解或用词上的错误，并对《阿Q正传》的文本做了较多删除。因此，瓦西里耶夫对这一作品集给予了较为负面的评价。

但尽管如此，上述两本书的问世无疑标志着文学家鲁迅已经走进了苏联读者视野。20世纪30年代，鲁迅的若干单篇杂文和其他单独作品常常见诸了各类苏联报纸杂志，尽管数量不算多。下一个翻译热潮是在鲁迅先生逝世以后，这时候的鲁迅已经享有广泛的国内外声誉。1938年，苏联科学院出版社于莫斯科和列宁格勒两地出版了《鲁迅（1881—1936）：纪念伟大的中国现代文豪论文译文集》，其发行量达到了10225册。这本文集除了对鲁迅的评论以外，还收入了几篇小说和散文，其中包括选自集体译作《呐喊》中的《阿Q正传》[书中说明，这是集体完成的，由鲁多夫（Л.Н.Рудов）、萧三、史普林青（А.Г.Шпринцин）编辑的译文，但仅凭文字就可以推断出这本书实际上是1937年受到镇压的瓦西里耶夫的译作]、什图金译的《白光》和《端午节》，还有选自什图金译的《彷徨》中的《示众》和《祝福》，选自什图金译的《野草》中的《狗的驳诘》，选自什图金译的《故事新编》中的《奔月》。此外，还有萧三译的《一九三三年上海所感》等。尽管凯瑟尔（М.Кессель）在纪念文集的评论中严厉批评了什图金译文的艺术性不够到位，但这些译作在修辞风格上其实很接近鲁迅的原文（参见5）。

令人遗憾的是，20世纪二三十年代首次介绍给苏联读者的鲁迅作品译文后来差不多都没有再使用，其主要原因并不在于译文有多大的缺点，而是各位译者颇为悲剧的政治命运。在苏联20世纪30年代肃反时期，瓦西里耶夫和科金于1937年被枪毙，卡扎克维奇和什图金于1938年被捕并分别被判处流放和劳改。直至20世纪50年代中期，这几位汉学家没获得平反之前，其译作是不可能公开再版的。

苏联对鲁迅作品的翻译于"二战"之后再度活跃。1945年，作为苏联最重要出版社之一的莫斯科国立文学出版社以10000册发行量出版了《鲁迅作品精选》。所收作品中有一部分是从来没有被翻译过的，如《彷徨》中的《肥皂》和《在酒楼上》两篇小说;《野草》中的《秋夜》《求乞者》《风筝》《立论》4篇散文，另有鲁迅写于不同年代的杂文和信件。此外，该文集还收入了《阿Q正传》《端午节》《孔乙己》《明天》《白光》《一件小事》《故乡》《狗的驳诘》等新译篇目，其中不少后来被当作鲁迅作品经典翻译篇目多次再版。这本书的译者除了"二战"前参加鲁迅翻译工作的科洛科洛夫、波兹德涅耶娃（Л.Д.Позднеева）、费德林（Н.Т.Федоренко）以外，还加上了罗戈夫（В.Н.Рогов）、艾德林（Л.З.Эйдлин）、齐赫文斯基（С.Л.Тихвинский）和瓦希科夫（В.В.Васьков）等一批优秀翻译家。事实上，这本选集已经成为1971年以前由费德林、艾德林、罗戈夫编选的其他鲁迅文集的基础。需要特别说明的是，罗戈夫编选的鲁迅选集除了拥有苏联版本，还曾在中国出版过。

新中国成立后最初10年，苏联大力度出版鲁迅著作，其作品翻译于20世纪50年代中期达到了高潮，这无疑与苏中政治关系空前密切有关。1954—1955年国立文学出版社出版了由波兹德涅耶娃、科洛科洛夫、西蒙诺夫（К.М.Симонов）、费德林编选的四卷本鲁迅文集，其发行量为30000册。这本作品集收入了1945年文集的译文，另外通过补充翻译纳入了鲁迅所有的小说、散文、主要的杂文和信件等各类文体作品390篇，其中小说、散文与杂文215篇，信件175篇。可以说，这本文集出版以后，鲁迅作品虽然还没有被全部译成俄文，但翻译的规模和广度是比较令人满意的。除了1945年文集的译者以外，参加四卷本翻译的还有彼得罗夫（В.В.Петров）、帕纳修克（В.А.Панасюк）、马努欣（В.С.Манухин）、扬申娜（Э.М.Яншина）、罗加乔夫（А.П.Рогачев）、华克生（Д.Н.Воскресенский）和菲什曼（О.Л.Фишман）。不过，绝大部分的译作由波兹德涅耶娃、科洛科洛夫、彼得罗夫、罗戈夫4人完成。

20世纪50年代末60年代初出版的大量鲁迅文集的翻译文本大都源自该四卷本文集，新的译作非常少，其中比较重要的是1964年的《鲁迅讽刺故事集》。它收入了波兹德涅耶娃新译的《理水》《非攻》《奔月》3篇小说。另外，《外国文学》（1961，№ 10；1966,№ 10）、《星辰》（1961，№ 10）等杂志发表了一部分1954—1955年文集未收入的鲁迅杂文、诗歌和散文。

国立文学出版社筹划的《鲁迅中短篇小说卷》于1971年被列为"世界文学丛书"出版，这是当时最具权威的出版系列，又一次推动了鲁迅作品译文的更新工作。要知道，只有被公认为世界文学经典的文豪才有资格入选这部丛书，而在中国20世纪的文人当中，鲁迅是唯一享受这个殊荣的作家。《鲁迅中短篇小说卷》囊括了《呐喊》《彷徨》《野草》《故事新编》4本文集，另外还有早期小说《怀旧》。此前多次再版由波兹德涅耶娃、科洛科洛夫、帕纳修克翻译的《彷徨》和《故事新编》现由加托夫（А.Г.Гатов）、谢曼诺夫（В.И.Семанов）、索罗金（В.Ф.Сорокин）、索罗金娜（Т.Н.Сорокина）、苏霍鲁科夫（В.Т.Сухоруков）的新译所替代。考虑到新旧译文的艺术价值实际上不相上下，这次更新更多取决于编选者的爱好和旨趣，而不具备多大的客观需要。应该说，1971年新的译作结束了我国对鲁迅创作的翻译时代，此后至今再没出现任何新译。20世纪80年代出版的鲁迅作品都是根据"世界文学丛书"所收译文编选的。颇有意味的是，最近一次，即2002年出版的《中国20世纪诗歌小说集》，其中鲁迅的《故乡》采用的竟是波兹德涅耶娃早在1945年的译作，并非苏霍鲁科夫1971年的译文。

据我们的统计，有29篇鲁迅小说和散文，其中还有一篇自传，有两种及两种以上的译文。

表一　具有多种俄译本的鲁迅作品

译作次数	该类作品的数量和名称
5 次	2 篇：《阿 Q 正传》《祝福》
4 次	2 篇：《故乡》《奔月》
3 次	8 篇：《自叙传略》《黎水》《铸剑》《补天》《非攻》《一件小事》《社戏》《孔乙己》
2 次	17 篇：《起死》《采薇》《聪明人和傻子和奴才》《狗的驳诘》《孤独者》《兄弟》《长明灯》《肥皂》《示众》《高老夫子》《幸福的家庭》《端午节》《风波》《明天》《头发的故事》《药》《白光》

同一篇文学作品存在着好几个译本，除了力求译作完美（例如，波兹德涅耶娃不但对自己的译作予以修改，甚至还重新翻译。她在 1941 年和 1945 年发表的《故乡》译作就是各自独立成篇的，二者没有承继关系），还会有翻译本身以外的其他较为悲催的原因。

在译成俄文的 400 多篇鲁迅作品中，42 篇发表过 5 次及以上，后者包括《呐喊》《彷徨》《故事新编》集所有小说，《野草》集的 9 篇散文，《且介亭》集的 1 篇散文和鲁迅自传。收入下列图表的 15 篇小说具有 10 个及以上的版本。

表二　俄苏出版最多的鲁迅创作

排名	作品 / 文集	版本次数 / 翻译次数
1	《阿 Q 正传》/《呐喊》	21/5
2	《故乡》/《呐喊》	20/4
3	《孔乙己》/《呐喊》	19/3

续表

排名	作品 / 文集	版本次数 / 翻译次数
4	《一件小事》/《呐喊》	18/3
5	《明天》/《呐喊》	16/2
5	《在酒楼上》/《彷徨》	16/1
6	《祝福》/《彷徨》	14/5
7	《社戏》/《呐喊》	12/3
7	《风筝》/《野草》	12/1
8	《风波》/《呐喊》	11/2
8	《立论》/《野草》	11/1
9	《药》/《呐喊》	10/2
9	《幸福的家庭》/《彷徨》	10/2
10	《狗的驳诘》/《野草》	10/2
11	《秋夜》/《野草》	10/1

这些在俄罗斯最受欢迎的鲁迅作品中，有8篇出自《呐喊》，3篇出自《彷徨》，4篇出自《野草》。

由此可见，鲁迅创作中最能引发编选者、出版者和译者兴趣的是其突出反映中国人内心世界和中国社会的小说。至于鲁迅的杂文，它虽然大部分被译成俄文，但是再版的很少，因为苏联读者大多客观上不了解20世纪二三十年代发生在中国的文学和政治论战，所以只有汉学家才对它们产生兴趣。

鲁迅的作品在苏联的出版进程大体上与翻译活跃时期是一致的，也具有同样的历史背景。

表三　苏联鲁迅作品俄文单行本的发行量（单位：册）

	文集 1	文集 2	文集 3	一年小计	总量
1929	3000			3000	
1938	10225			10225	
1945	10000			10000	
1950	150000	150000	30000	330000	
1952	90000			90000	
1953	90000	75000		165000	
1954	30000			30000	
1955	100000			100000	1463225
1956	90000			90000	
1959	15000	10000		25000	
1960	5000			5000	
1964	30000			30000	
1971	300000			300000	
1981	75000			75000	
1986	100000			100000	
1989	100000			100000	

表四　鲁迅作品单行本在不同年代出版情况

年代	版本次数（изданий）	发行量（册）
20 世纪 20 年代	1	3000
20 世纪 30 年代	1	10225
20 世纪 40 年代	1	10000
20 世纪 50 年代	11	830000
20 世纪 60 年代	2	35000
20 世纪 70 年代	1	300000
20 世纪 80 年代	3	275000
20 世纪 90 年代	0	0
21 世纪初	0	0
总共	20	1463225

　　需要特别说明的是，上述统计只涉及鲁迅作品的俄文单行本，而不包括苏联和俄罗斯出版的大量中国20世纪文学集体文集中所收入的鲁迅创作。不过，后者的出版趋势与前者是一样的。

　　苏联出版鲁迅作品的高潮肇始于20世纪50年代，这一时期全国各地的出版社很愿意出版友好伙伴中国的文学作品。苏中关系一冷冻，出版行情就出现了急剧下降。不过与政治趋势正相反，鲁迅创作被纳入这一时期出版的"世界文学丛书"，这就多少掩盖了当时并不乐观的文学交流现状。20世纪80年代两国关系正常化及其矛盾的缓和，又为鲁迅作品的再版创造了有利的条件，但它还是没有恢复到20世纪50年代的规模。应该提到的是，20世纪50至80年代鲁迅文集4次由儿童文学出版社以大发行量出版，目标读者主要针对高中生。此事证明，苏联对鲁迅文学的道德伦理价值有着极高的评价。

至于苏联解体以后，俄罗斯20年间没有发表鲁迅著作的单行本，体现了俄罗斯读者大众对中国现当代文学兴趣的下降。文学出版社在市场经济条件下也更愿意出版比较畅销的大众文学。令人遗憾的是，年轻的俄罗斯读者绝大部分没听说过鲁迅及任何其他中国现代作家的名字。不过，我们坚信，鲁迅创作对我国当代读者完全保有高度的思想和艺术价值，其苏联时期的译文绝大部分也仍然是不朽的。

对鲁迅创作的研究

苏联出版的每一本鲁迅文集都附有介绍其生平和创作历程的序言，1938年的纪念集也比较详细地介绍了鲁迅的创作。此外，苏联汉学对这位中国现代文豪的创作还进行过规模更大的研究。如费德林著的《中国现代文学记》（1953）、《中国文学》（1956），艾德林著的《论今日中国文学》（1955）等概述性研究于20世纪50年代中期陆续问世。在这些著作当中对鲁迅创作的论述均占有重要位置。

此后不久，苏联汉学家相继发表了5本专门研究鲁迅的重要专著，即纳入"优秀人物传"丛书的波兹德涅耶娃著的《鲁迅》（1957）、索罗金著的《鲁迅世界观的形成过程（早期杂文与〈呐喊〉集）》（1958）、波兹德涅耶娃著的《鲁迅：生活与创作（1881—1936）》（1959）、彼得罗夫著的《鲁迅生活与创作记》（1960）、谢曼诺夫著的《鲁迅和他的前驱》（1967）等。

上述专著的突出特点是对鲁迅文本的深入研读，著述者都是鲁迅小说、杂文、信件的权威译者，翻译的严谨性要求他们深入了解作家的创作与心理状态、其特有的艺术风格和手法。苏联学者在翻译和研究中也都参考了当时中国学术界和文学界对鲁迅的评价与看法。在分析鲁迅的创作遗产、他的思想和审美立场演变的过程中，苏联的研究者务必考虑到中国社会的变迁、意识形态的斗争、革命运动的发展等。虽然他们比较重视探讨鲁迅创作的思想内容，但从不忽视研究对象是文学作品，所以在一定程度上总会涉及其创作艺术。

鲁迅世界观的研究

文学的历史经验让俄罗斯汉学家相信，他们之所以应该重视作家的世界观，是因为世界观首先决定创作的思想内容和创作方法的性质。在1929年鲁迅文集的序言中，瓦西里耶夫指出："对鲁迅而言，文学创作是一件教育大事：他对艺术的态度是功利性的。假如艺术为人类的利益而服务，他就全部接收。与此同时，他声称纯粹的艺术在世界的任何地方和任何时期都不会有，因为艺术家总是其国家和时代的产物。"（10，第5页）瓦西里耶夫形成了这么一个印象："在政治立场上鲁迅是无政府主义者、个人主义者，他把社会生活的旧形式视为多余的和有毒的遗迹，并持以嘲笑怀疑态度，由此获得了激进派青年知识分子的支持。"（10，第5页）莫斯科1929年文集的序言是由哈尔哈托夫（А.Хархатов）撰写的，他曾因为一本小册子《中国在沸腾：哪些势力在中国斗争？》（1926）而引起热烈的社会反响。在他看来，中国新文学的社会内容"引人入胜，让人兴趣倍增，更不用说其引起的艺术兴趣。后者之所以让人越发感兴趣，是因为我国读者对中国写实文学根本不了解"（17，第3~4页）。中国历史学专家卡拉穆尔扎（Г.С.Кара-Мурза）在为《文学大典》（1931）第5卷撰写的题为《中国文学》的论文中表示，鲁迅和"文学研究会"的人士"没有追求为革命服务，也没有说有革命的任务，但其对中国文学的贡献并不小于创造社，其革命意义不仅不小，而且更大。经常被称为中国契诃夫的鲁迅是风俗派作家、写实主义者，他第一个把农村题材介绍到文学，非常鲜明地描写了被封建势力所压迫的农民的贫穷、挣扎和无出路"（8，第249页）。在这些评论中不能不看到20世纪20年代至30年代初苏联文学研究的一些弊病，即过度简单化和直截了当地把文学现象与经济关系、阶级斗争、革命运动连在一起。这种现象后来被定为"庸俗社会学"，在苏联后来的文学研究中也在尽量摆脱这种陋习。上述3篇论文可算为俄罗斯对中国现代文学和鲁迅创作研究的开始。

文学研究观点的演变对科学院1938年出版《鲁迅》纪念文集产生了较好的影响。这本文集的序言写道："鲁迅的人生道路是革命家、思想家、人道主义作家的历程，他以文学语言不断地推广抗击日本帝国主义和法西斯主义，建立独立自由的中国的思想。他的历程就是从小布尔乔亚民主主义、个人主义、自由主义走向革命、无产阶级、积极参与民族解放斗争的转变。"

为了适应苏联社会对中国历史与现状日益关注的需求，苏联科学院东方学研究所于1940年出版了阿列克谢耶夫院士（В.М.Алексеев）、杜曼（Л.И.Думан）、А.А.彼德罗夫（А.А.Петров）编选的论文集《中国：历史、经济、文化？争取民族独立的英勇斗争》。Н.А.彼得罗夫（Н.А.Петров）和萧三在论文中特别强调，作为伟大作家的道德和世界观特质的爱国主义决定了鲁迅的精神面貌。

1949年以后，苏联学者在研究鲁迅世界观的时候，首先注重再现中国19世纪末至20世纪初的状貌，因为这是鲁迅政治思想和审美观念形成时期，同时也观照到鲁迅在日本留学的岁月。索罗金在1958年的著作中指出"鲁迅的启蒙思想一开始是爱国主义的，呈现民主主义的特质"（21，第27页），而"鲁迅对欧洲革命民主文学的推广具有巨大的根本性意义"（21，第45页）。波兹德涅耶娃1959年出版的专著第2章，题为《唯物主义者、启蒙家、革命家》，论及1911年前的鲁迅，其中写道："鲁迅的应事观点与中国当时先进的革命民主主义思想体系相一致。他把推翻君主制度、改造生活中的一切作为目标。由他对社会物质基础的兴趣不难看出，达尔文学说和医学学习奠定与巩固了他的唯物观点，并有助于他把握正确的道路。"（14，第57页）В.В.彼得罗夫把1909年前的时段作为鲁迅革命民主思想的形成时期，这一阶段为鲁迅整个后来的文学活动打下了思想基础。俄罗斯学者的研究一致认定，鲁迅认识到了革命的需要。费德林在1956年的《中国文学》中指出："从一开始鲁迅就欢迎革命，期待着革命不仅推翻满族君主及有关制度，也对社会生活进行民主化。"

俄罗斯汉学家特别重视鲁迅1912年年底写成的《拟播布美术意见书》。戈雷金娜（К.И.Голыгина）在她的专著《中国文学理论》（1971）中有一章节，题为《鲁迅早期美学观点》，指出作家在客观上反对改良派对艺术的功利态度，"反对梁启超在政治小说理论上的观点，反对把艺术服从于狭隘政治目标的儒家传统思想"（3，第250页）。在波兹德涅耶娃看来，《拟播布美术意见书》见证了"作家文学审美观点的演变，而且俄中文学思想的实际交流比汉学研究更早体验到了这一点"（3，第87页）。继而，波兹德涅耶娃进一步强调鲁迅的文学审美观与俄罗斯19世纪的民主派文学批评相接近，但同时这位研究家又经常违背历史主义原则，不时做出过度片面的结论。戈雷金娜在她1965年的论文中指出："鲁迅的审美观点是在英国浪漫主义理论、康德的审美观，某种程度上也是在中国传统审美观的影响下形成的。"（2，第103页）应当予以高度评价的是切尔沃娃（Н.А.Червова）的题为《论鲁迅〈拟播布美术意见书〉（纪念作家诞辰90周年）》的论文（1971），该文首先介绍了鲁迅对西方艺术和审美认知的接受，鲁迅对拉斐尔、伦勃朗、高更等创作理念的理解，对卢梭、哈特曼、伏尔盖特、席勒、冯特、穆勒菲尔茨、朗格、梅伊曼、闵斯特柏格等文艺理论家观点的掌握，主要得益于日本人的著作。"通过对不同类型文学的认识，鲁迅得出了明确的，但并不完整的结论。《拟播布美术意见书》的理论观点只不过是简短的笔记，难免简单化和理想化。"（28，第95页）这位学者不止一次地与俄罗斯鲁迅研究先辈相论争，比如，她指出："我们没有根据把年轻的鲁迅称作别林斯基审美思想的接班人（如波兹德涅耶娃），或把他视为写实审美的捍卫者（如索罗金、彼得罗夫、谢曼诺夫）。"

　　苏联意识形态的实际状况使得鲁迅思想与宗教关系的研究难以展开与深入。难能可贵的是，学者们并没有忽略鲁迅如何对待佛教的问题。他们指出，鲁迅对佛教的兴趣源于家庭宗教气氛和老派学者章太炎的影响。后者一方面提倡革命，但同时认为佛教也能救中国。作为第一个研究该问题的俄罗斯学者，彼得罗夫指出："在章太炎影响下，鲁迅于1914—1917年认真地研究了佛经。"（13，第52页）彼得罗夫认为，"在鲁迅看来，佛经并不是解决社会问题的手段"。

　　1914年鲁迅资助出版了在几百年间颇受中国老百姓欢迎的《百喻经》。波兹德涅耶娃曾特别指出："根据其日记"，《百喻经》在作家所研究的古代图书中"与其他文本相比并没有受到多少关注和深研"（14，第101页）。孟列夫（Л.Н.Меньшиков）对此则持有不同的看法。1986年《百喻经》的俄文译本在莫斯科问世。译作与注释由古列维奇（И.С.Гуревич）完成。在为该书写的序中，孟列夫指出："假如我们考虑到鲁迅在其文本中多次提到文学和人类思想的大作，尤其是叙事性质的作品，就可以看到他对《百喻经》的兴趣并非偶然。"（12，第45页）学者认为，鲁迅把《百喻经》视为对老百姓教训的文集，认为它是在中国小说发展史中占有一定位置的作品。

　　索罗金在他1958年写的《鲁迅世界观的形成过程（早期杂文与〈呐喊〉集）》一书中指出，五四运动时期"鲁迅跟1911年革命以前一样主张民主启蒙，他还没有明白人类道德伦理规范是由社会生活的物质条件所决定的"。而过了10年以后，鲁迅的思想则有很大提高，"现在作家把革命行动直接视为群众思想解放的最重要的条件"。

对鲁迅生平的每个阶段，学者们都会去调查在某种程度上影响其世界观演变的社会人士、学术界和文化界的广泛代表。在以史实性和信息性一并见长的彼得罗夫专著中，作者深入分析了鲁迅对人民的态度。他指出，作家虽然忧虑人民的命运，但在很长时间里并没有相信群众的革命动力。彼得罗夫写道："他认为，农民不会自己争取自由，而年青一代的中国知识分子会替他们争取。""不过知识分子经常胆子小，也缺少牺牲精神和走上新道路的决心。""在这方面就出现了追求理想与现实之间的矛盾。知识分子的行为经常辜负作家对其寄托的希望。"在描写伟大作家的时候，彼得罗夫突破了当时苏联文学形成的对先进人物的描写模式。学者笔下塑造的是一个有着丰富感情的人物形象。彼得罗夫指出，鲁迅在1925—1927年革命的前期仍然持有革命民主主义主张，他内心充满了矛盾和怀疑。对这一点，鲁迅曾以感人的真挚在《野草》集里做过描述。这本文集"不仅体现了鲁迅业已形成的理想和主张，也体现了其思想发展的过程，新主张的形成与旧主张的克服"。在激烈社会斗争年间鲁迅调整了他对群众在历史上的作用的态度。"革命的现实彻底颠覆了他对进化论的信心，他的疑虑被革命群众必将胜利的信心所代替。"1927年10月移居上海以后，作家从小布尔乔亚的革命主张走上了无产阶级及其政党的立场。彼得罗夫和索罗金在评介鲁迅的世界观时还比较谨慎，而波兹德涅耶娃则很果断地坚持以下的结论："鲁迅是一位少有的一辈子与中国革命运动紧密相连、密切关注其他国家的先进思想的人士之一。研究他从革命民主主义走向马列主义道路的过程，对于了解中国社会思想的历史颇有价值。"

苏联学者清醒地认识到，中国文人如何对待文化遗产是至关重要的问题，因为连续性是中国文化的突出特征，而20世纪在开创现代艺术世界的时候，从一开始就展开了有关保留或放弃某些古老精神价值的斗争。谢曼诺夫在题为《鲁迅及其前辈》的专著中指出，20世纪二三十年代有不少评论家倾向于低估鲁迅在中国文学上的创新作用，甚至批评他模仿别人。谢曼诺夫经常与西方的、俄罗斯的和中国的学者展开论战。他不同意说作家一开始就认为改良行动是"肤浅的和没有效果的"的看法，也不赞成波兹德涅耶娃关于鲁迅在南京时期就已主张革命的观点。这位学者探讨了当时中国社会的生活方式和作家的心理特点，并且致力于解释其人格的深层。他说："鲁迅是一个思想很活跃，并且充满矛盾的人。他的错误有时候不是错误，而是新的富有成效思想的种子。"

20世纪70年代以来，苏联东方学家越来越摆脱意识形态的枷锁，对东方作家创作的研究在许多方面放弃了以往的偏见和简单化态度。这可以艾德林为"世界文学丛书"鲁迅卷（1971）所作的出色序言为例。艾德林不套用苏联汉学常见的世界观定义，而把道德视为鲁迅创作主要的并且是决定性的基础。他说："也许有人会说，这是理所当然的，文学是离不开道德的，这是其特有的自然属性，我们对此不持异议。不过，不可否认，这个世界也会常常走极端，在这种情况下，具有道德感作家的发声是我们迫切需要的，他们的言语应该具有非常巨大的力量，他应该相信真理在自己一边。鲁迅就是这样的作家，他也追求提高社会的道德水平。"引人注目的是《中国精神文明大典》文学卷关于鲁迅的评说。索罗金指出："作为与旧的'封建'意识形态及其具有代表性的封建传统文化毫不妥协的对手，鲁迅还是主张继承古典遗产和民间艺术因素的。"索罗金通过对鲁迅生平事实的阐述重塑了客观的生活全景，并在一定程度上介绍了鲁迅世界观的价值取向:"在20年代末30年代初鲁迅了解了马克思主义的思想,看到了马克思主义著作的译文,开始与共产主义文化界的优秀代表如瞿秋白交往。他开始推广国内外革命文化,反对国民党的政策及其文学界的代表。"

虽然今天俄罗斯和中国都在寻求建立新的思想和哲学问题研究方法,广泛使用与以往不同的理论术语和概念,但我们认为,为了进一步深入研究鲁迅的世界观,还是不应该忽视苏联汉学家的相关研究。

目 录
CONTENTS

鲁迅创作与生平概览 ①

B.彼得罗夫

一

向中国介绍世界进步文学，被鲁迅视为无比重要的事业。1936年6月，基于他的短篇小说被汉学家雅罗斯拉夫·普实克首次译为捷克语出版，鲁迅写下了《捷克译本》一文，在文中表达了自己对文学翻译的态度，即对不同民族的文化交流方式的态度。鲁迅全部翻译活动的国际化核心，从这篇文章开始凸显。

"自然，人类最好是彼此不隔膜，相互关心。然而最平整的道路，却只有用文艺来沟通，可惜走这条道路的人又少得很……我想，我们两国，虽然民族不同，地域相隔，交通又很少，但是可以互相了解，接近的，因为我们都曾经走过苦难的道路，现在还在走——一面寻求着光明。"

这段话可以视为鲁迅作为一个翻译家的全部活动的关键。为让中国了解到其他国家的文学，鲁迅付出了极大的努力。在他看来，翻译外国文学的精华作品，特别是俄国经典作家和苏联作家的作品，是在中国传播新思想和新知识的有效手段，能够治好青年人精神上

---

① 选译自彼得罗夫：《鲁迅创作生平概览》，莫斯科：国家文艺出版社，1960年版。

的"失聪"和"失语"症。与此同时，鲁迅坚信，世界上的先进文学作品对于中国的作家们具有不可置疑的好处，可以促进中国革命文学的发展。

鲁迅在文学翻译领域的工作可谓硕果累累。他的译作在其20卷全集中占10卷[①]。

作为俄罗斯经典文学和苏联文学在中国的翻译家和传播者，鲁迅的作用特别重要。从首篇文论《摩罗诗力说》为中国读者介绍普希金、莱蒙托夫、果戈理起，到1936年10月16日即鲁迅本人去世前两天为曹靖华编译的《苏联作家七人集》作序为止，他终其一生都在为这份崇高的事业而奋斗。近30年来，鲁迅不仅自己翻译俄罗斯作家的作品，还培养了一代俄语翻译人才。

对俄罗斯文学，鲁迅有着长久不衰的兴趣，因为俄罗斯文学就是鲁迅本人的创作学习对象，对其艺术方法产生了明显的影响。鲁迅始终强调俄罗斯文学在人类精神发展上起到的全球性、历史性作用，让读者将注意力放在它的民主革命传统上，对俄罗斯经典作家的杰出才华称赞不已。在鲁迅看来，俄罗斯文学的力量在于，它是在和解放运动以及反压迫反剥削阶级的人民群众斗争的紧密联系中发展壮大的。在俄罗斯文学中——在其民族性、热爱自由和对人的信念中，鲁迅寻到了最为崇高的人道理想的表现。俄罗斯作家特有的对生活和艺术的真理以及现实主义艺术的不懈追求，使得他们和鲁迅无比靠近。鲁迅的《摩罗诗力说》一文对19世纪俄罗斯文学的成就就给出了热情洋溢的评价：

---

① 曹靖华教授在《盗来火种者》一文中引用了十分有趣的数据。据称，在20卷鲁迅全集（1938）的5800000个汉字（在中国，这是衡量作品实际总量的最准确的方法）中，有3000000个汉字，即超过一半的汉字用在了翻译外国作品上，其中1600000个汉字，也就是作者文学遗产总字数的四分之一强，用于俄国经典和苏联文学作品的翻译。参见《中国青年》，1956年第18期，第16页。

"俄罗斯当19世纪初叶，文事始新，渐乃独立，日益昭明，今则已有齐驱先觉诸邦之概，令西欧人士，无不惊其美伟矣。"

俄罗斯经典文学以其丰富的思想和艺术内涵著称，团结在信仰生命真理这一伟大传统之下的俄罗斯作家们，视历史环境、社会经验、世界观和独特的创作方法而定，对时代的"可怖问题"各有各的回答。所以，俄罗斯文学对于鲁迅所属的这一代中国知识分子的影响，是极为多面的：

"和40年代的作品一同烧起希望，和60年代的作品一同感到悲哀……从安特来夫（L. Andreev）的作品里遇到恐怖，从阿尔志跋绥夫（M. Artsy-bashev）的作品里看见了绝望和荒唐，但也从珂罗连珂（V. Korolenko）学得了宽宏，从戈理基（Maxim Gorky）感觉了反抗。"[1]

鲁迅对整体的俄罗斯文学以及个别俄罗斯作家的评价[2]，不仅以认可俄罗斯经典文学的成就为基础，还符合他个人的喜好和品位。和俄罗斯文学的接触在理解社会制度上给了鲁迅以启发，并以作家作品中的崇高理想吸引着他：

"我觉得俄国文化比其他外洋文化都要丰富。中俄国间好像有一种不期然的联系，他们的文化和经验好像有一种共同关系。柴可夫是我顶喜欢的作者。此外如哥可儿、屠格尼夫、多思托夫斯基、高尔基、托尔斯泰、安特列夫……我也特别高兴。俄国文学作品已经译成中文的，比任何其他外国作品都多，并且对于现代中国的影响最大。中国现时社会里的奋争，正是以前俄国小说家所遇着的

---

① 《鲁迅全集》（第2卷），上海：复社，1938年版，第99~100页。

② 鲁迅有关俄国经典作家和苏联作家的言论收录于 B.H. 罗果夫的《鲁迅论俄罗斯文学》（上海：时代出版社，1949年版）一书中。

奋斗。"①

　　俄罗斯作家的创作为鲁迅熟悉并感到亲切。在中国国情下，19世纪末的俄罗斯文学作品获得了现实意义——它们为中国读者探索崭新的世界，号召他们走新的道路，是中国读者的"精神食粮"。在俄罗斯作家中，鲁迅比较偏爱契诃夫和高尔基，他曾解释过，因为"他们更新，和我们的世界更接近"。

　　俄罗斯文学完全符合鲁迅的创作观念，适合为改革"病态"旧社会斗争的任务——它是"为了生活的文学"。它的理想——为人民服务，很为"文学研究会"的中国现实主义作家们赞同，如鲁迅所言，这也正是他们对俄罗斯文学怀有特别兴趣的原因。他们在其中听到了对受压迫者的召唤，而当时，"他们一面也翻译了陀思妥耶夫斯基、都介涅夫、托尔斯泰、契诃夫的选集了"②。

　　"文学研究会"首次全面真正地为中国揭示了俄罗斯文学的伟大价值和丰富性。它对传播俄罗斯作家作品所做的贡献，对中国那些年的新文学而言意义重大。20世纪20年代，公众出版机构——《小说月报》杂志系统地刊登了俄罗斯作品的译本，以及和俄罗斯文学有关的评论资料。很多"文学研究会"的成员，如郑振铎、耿济之、耿式之、张闻天、胡愈之和沈泽民等，在翻译俄罗斯作家作品上成果都很卓著。他们为中国介绍了托尔斯泰、陀思妥耶夫斯基、契诃夫、屠格涅夫和安德烈耶夫的创作，还有普希金、果戈理、迦尔洵、高尔基、柯罗连科和库普林的作品，奥斯特沦夫斯基的戏剧和克雷洛夫的寓言。1924年，郑振铎出版《俄国文学史略单行本》，这是中国第一本阐述19世纪俄罗斯文学的重大事件和流派

---

①《中国新文学大系》（第10卷），上海：良友图书公司，1935年版，第49页。

②《鲁迅全集》（第19卷），上海：复社，1938年版，第7页。

的作品。茅盾也常在《小说月报》上发表关于俄罗斯作家的论文和札记，不但拓宽了祖国同胞对过去近100年的俄罗斯文学的了解，还回应了时代事件（《俄国的革命小说》《俄国诗人勃洛克之死》《工农俄国的诗歌现状》）。

20世纪20年代初，鲁迅的翻译活动是和"文学研究会"紧密相关的，当时的"文学研究会"集结了由为中国介绍俄罗斯文学的翻译家和作家组成的最强大的队伍。鲁迅将自己的译作登载在《小说月报》上，还参与了杂志1922年发行的以《俄国文学研究》为题的特刊。

1920—1922年，鲁迅翻译了19世纪末20世纪初俄国作家的几部作品：阿尔志跋绥夫的中篇小说《工人绥惠略夫》和两部短篇小说《幸福》《医生》[1]，安德烈耶夫的短篇小说《暗淡的烟霭里》和《书籍》，奇里科夫的《连翘》和《省会》。安德烈耶夫对现代社会人性的冷漠、内在精神疏离的反抗，给鲁迅留下了深刻印象。这些作品描述的现实黑暗面，在鲁迅看来，应该能说服生活在和沙皇俄国类似的社会条件下的中国读者，让他们相信改革现实的必要性[2]。鲁迅错误地以为，描写卑鄙和丑恶本身能激化对不公正社会制度的仇恨。但是，这一切并不意味着鲁迅不能深入理解这些作品的内涵，不能正确地评价这些存在缺陷的，有时甚至反动的思想。在读鲁迅关于列昂尼德·安德烈耶夫创作的言论时，很容易发现，鲁迅虽然高度

---

[1] 1926年鲁迅为《莽原》杂志翻译了阿尔志跋绥夫的文章《巴什庚之死》。

[2] 鲁迅在1926年的一篇文章中讲述了翻译《工人绥惠略夫》的经历。"一战"后中国分得了战利品——上海的德国商人俱乐部的德文书，鲁迅便根据教育部的指示参与了整理战利品藏书，最后得了一本就是《工人绥惠略夫》的德语译本："那一堆书里文学书多得很，为什么那时偏要挑中这一篇呢？那意思，我现在有点记不真切了。大概，觉得民国以前，以后，我们也有许多改革者，境遇和绥惠略夫很相像，代表的吃苦，便是现在。"（Ⅲ，263~264）

评价了他的独特才华，但也从未忽视过其天才中的薄弱方面。

"（安特莱夫）全然是一个绝望厌世的作家，"鲁迅1925年9月30日在给瞿秋白的信中这样形容列昂尼德·安德烈耶夫，"他那思想的根底是：一、人生是可怕的（对于人生的悲观）；二、理性是虚妄的（对于思想的悲观）；三、黑暗是有大威力的（对于道德的悲观）。"

鲁迅认为，安德烈耶夫创作的主要主题是"19世纪末俄人的心里的烦恼与生活的暗淡"。同时，鲁迅还提醒中国读者留意安德烈耶夫触及尖锐社会问题的作品，并举了《红笑》和《七死囚记》为例，前者虽情绪平和但仍在谴责战争，后者则是沙皇制度血腥恶行的展现。鲁迅将安德烈耶夫的创作方法理解为"象征印象主义与写实主义相调和"，其作品"虽然很有象征印象气息，而仍然不失其现实性的"。

鲁迅从未将安德烈耶夫的作品，特别是阿尔志跋绥夫的作品当成模仿的对象。他清醒地评价了这些作家世界观中扭曲的病态一面，尤其是阿尔志跋绥夫的无政府个人主义和精神空虚，他的"一切是仇恨，一切都破坏"。但不论如何，鲁迅选择关注这几位作家的创作，而非其他俄国进步作家，应当归因于鲁迅那些年自己本身的误解，这使得他夸大了阿尔志跋绥夫作品的社会意义。

1921年，鲁迅为《妇女杂志》又翻译了一部作品——迦尔洵的《一篇很短的传奇》。他高度评价了迦尔洵的人道主义、视战争为社会灾难的态度，以及对俄罗斯民族性格特点的天才式揭露。在《一篇很短的传奇》附记中，鲁迅写道："这篇在迦尔洵的著作中是很富于滑稽的之一，但仍然是酸辛的谐笑。他那非战与自我牺牲的思想，也写得非常之分明。但英雄装了木脚，而劝人出战者却一无所损，也还只是人世的常情。至于'与其三人不幸，不如一人——自己——不幸'这精神，却往往只见于斯拉夫文人的著作，则实在不能不惊异于这民族的伟大了。"①

接下来这些年，鲁迅一直在努力扩大被译介到中国的俄罗斯作家群，招揽文学青年加入翻译工作。1925年秋，未名社在鲁迅的倡议下成立，韦素园、韦丛芜、李霁野、曹靖华等年轻翻译家都是其中的成员。未名社在向中国介绍外国文学，特别是俄苏文学方面做出了重大贡献，这在很大程度上得益于两位社员——曹靖华和韦素园去过苏联且懂俄语。未名社出版了20多本外国作家的书，李霁野翻译了陀思妥耶夫斯基的《被侮辱的和被伤害的》、安德烈耶夫的《往星中》《黑假面人》和俄国作家的小说集；韦丛芜则翻译了陀思妥耶夫斯基的《穷人》《罪与罚》和蒲宁的《阿强的梦》。韦素园的译作中已出版的有果戈理的《外套》，俄国小说集《最后的光芒》——以收入其中的柯罗连科的一篇短篇小说命名，北欧诗人的诗集《黄花集》——其中有高尔基的《鹰之歌》的译作。按鲁迅的评语说，韦素园"并非天才，也非豪杰，当然更不是高楼的尖顶，或名园的美花，然而他是楼下的一块石材，园中的一撮泥土，在中国第一要他多"②。

和未名社息息相关的，还有曹靖华第一阶段的翻译活动。他翻译过契诃夫的3部戏剧（《三姐妹》《熊》《求婚》），但最主要的是为系统宣传苏联文学打基础。未名社出版过曹靖华译作中的拉夫列涅夫的《第四十一》和以《烟袋》命名的苏联作家短篇小说集，内含

---

① 唐弢主编：《鲁迅全集补遗续篇》，上海：上海出版公司1952年版，第235~236页。1929年，鲁迅为《春潮月刊》翻译了利沃夫·罗加切夫斯基《最新露西亚文学研究》之一章（《人性的天才——迦尔洵》）。

② 《鲁迅全集》（第3卷），上海：复社1938年版，第135页。

爱伦堡、谢芙琳娜、弗谢沃洛德·伊万洛夫、涅韦罗夫、阿罗谢夫等其他作家的小说。

　　遗憾的是，未名社存在的时间并不长。鲁迅远走厦门后，其成员间发生了分歧。1928年4月，未名社被政府查封。查封的具体理由是山东军阀张宗昌给当时统辖北京的张作霖元帅的一封电报。张宗昌在社团的出版物中查出了谋反叛乱，于是未名社被宣布是"共产党机关"。不过几个月后，未名社又恢复活动，扩充了成员——1928年10月，王菁士、李何林加入。1931年，社团才真正取消，但其成员仍在继续从事翻译工作，为俄国和苏联作家做宣传[①]。

　　1929年1月，鲁迅和一些青年文学家，如小说家、翻译家柔石一起，在上海组织成立了朝花社，以"介绍东欧和北欧的文学，输入外国的版画"为目的，因为所有社员"都以为应该"在中国的土壤上"扶植一点刚健质朴的文艺"。社团以《朝花》杂志为核心形成，杂志由柔石主编，1928年起，每星期出版一次。朝花社只存在了短短几年，但成功影响了中国的文学界。它为中国读者介绍了俄国、捷克、塞尔维亚作家的一系列作品和外国版画的成果，对中国现代艺术的发展产生了卓有成效的影响。

二

　　如前文所述，鲁迅翻译活动的高峰期是1928—1936年的上海时期。作为翻译家，鲁迅最大的成就是翻译果戈理的《死魂灵》。这是作家真正的创造性功绩。鲁迅开始翻译《死魂灵》是基于郑振铎

---

① 有关未名社创办和活动的详细资料，参见：李霁野：《回忆鲁迅先生》，上海：新文艺出版社1957年版，第11~17页。未名社出版了一系列社员的原创作品，包括鲁迅的回忆文集《朝花夕拾》。

的建议，当时后者正在考虑出版多卷本的《世界文学丛书》选集。1935年前10个月，鲁迅沉浸在极其紧张的翻译工作中，在给朋友和同事的信中也常抱怨工作的辛苦。"《死魂灵》作者的本领，确不差，"1935年8月24日，鲁迅这样在信中写道，"不过究竟是旧作者，他常常要发一大套议论，而这些议论，可真是难译……"①

因为不懂俄语，鲁迅不得不利用《死魂灵》的德译本进行翻译，再根据两个日语译本校对。这项工作需要巨大的耐力和坚持。1935年11月，《死魂灵》第一部分的译本出版②。完成第一卷的翻译后，鲁迅应郑振铎的要求立刻着手译第二卷，可是只译出了3章。因为作家的去世，《死魂灵》的全译本没能译出。1938年，鲁迅的妻子许广平出版了单行本《死魂灵》，其中包括第二卷的前3章。

鲁迅选择翻译《死魂灵》，原因在于他决心用俄国经典作品的讽刺手法来根除中国社会的沉疴。在《死魂灵一百图》（1935）的小引中，鲁迅指出，当代的中国作家接触《死魂灵》是在其写就100年后，"幸而，还是不幸呢，其中的许多人物，到现在还很有生气，使我们不同国度，不同时代的读者，也觉得仿佛写着自己的周围，不得不叹服他（指果戈理——作者注）伟大的写实的本领"。鲁迅在《几乎无事的悲剧》（1935）一文中进一步发展了这一思想。他举出了乞乞科夫和诺兹德廖夫的会面（当时后者正吹嘘自己的狗）为具体例子，并援引《死魂灵》中的片段，得出如下结论："即算是现在，在任何时间我们都能见到这样外露的、自满的主人，和极讲求实际的客人含混的回应。"

果戈理是鲁迅最喜爱的外国作家之一，被鲁迅称为"俄国现实

---

① 《鲁迅书信集》（第2卷），北京：人民文学出版社1953年版，第823页。
② 鲁迅为这本书附上了前言和后记，记载了果戈理的生平和创作信息。

主义者的奠基人和巨擘"①。鲁迅本人也师法果戈理，还建议中国的年轻作家掌握果戈理的讽刺传统，吸收这位语言艺术大家的创作经验。

翻译《死魂灵》帮助鲁迅更为深入地探究果戈理的艺术手法。在鲁迅看来，作家们应该从果戈理创作《死魂灵》的经验中吸取到一个教训，即在这部作品的第二卷中，当作家试图在主人公身上展现自己的理想而不顾主人公和现实世界的关系时，这种"美化"生活的努力会导致什么样的负面结果。鲁迅分析《死魂灵》时称，在第二卷的人物中，"积极者偏远逊于没落者"。果戈理"描写没落人物，依然栩栩如生，一到创造他所谓好人，就没有生气"②。鲁迅认为，果戈理塑造正面人物失败，是作家第二卷手稿焚稿原因之一。对此他在1936年5月4日给曹白的信中写道："作者想在这一部里描写地主们改心向善，然而他所写的理想人物，毫无生气，倒仍旧是几个丑角出色，他临死之前，将全稿烧掉，是有自知之明的。"

鲁迅制订过出版中文版果戈理全集的计划。关于这一计划的实施方案，他在一封信中做过说明，建议出版果戈理六卷本："……我想，先生最好把《密尔格拉特》赶紧译完，即出版。假如定果戈理的选集为六本……第一本 Dekanka，第三四本'小说，剧曲'；第五六本《死魂灵》……"③

鲁迅意图吸纳才华横溢的年轻翻译家参与这项经过深思熟虑的行动中。但遗憾的是，在他有生之年，这个计划注定无法实现。

鲁迅还把其他优秀的俄国讽刺作家介绍到了中国：1934年，他以《饥馑》为题翻译出版了《一个城市的历史》第七章（《饥饿城》）。这是萨尔蒂科夫－谢德林最早被翻译到中国的作品之一。鲁迅在《饥

---

① 《鲁迅全集》（第16卷），上海：复社1938年版，第696页。

② 《鲁迅全集》（第20卷），上海：复社1938年版，第696页。

③ 《鲁迅书信集》（第2卷），北京：人民文学出版社1953年版，第848页。

馑》的后记中介绍了作者的生平和创作，并特别强调了他的革命民主主义："萨尔蒂科夫（Michail Saltykov，1826—1889）是60年代俄国改革期的所谓'倾向派作家'（Tendenzios）的一人，因为那作品富于社会批评的要素。"[①]萨尔蒂科夫-谢德林写作风格中最主要的优点，用鲁迅的话说，是"锋利的笔尖"和"深刻的观察"。

1936年，鲁迅出版了8本契诃夫小说的单行译本，总称为《坏孩子和别的奇闻》[②]。鲁迅译的所有的契诃夫的小说，都是后者从1883年到1888年的早期作品（《阴谋》《难解的性格》《簿记课副手日记抄》《假病人》《狮子和太阳》《那是她》《暴躁人》）。鲁迅如此评价契诃夫的幽默：

"这些短篇，虽作者自以为'小笑话'，但和中国普通之所谓'趣闻'，却又截然两样的。它不是简单的只招人笑。一读自然往往会笑，不过笑后总还剩下些什么——问题。生瘤的化装，蹩脚的跳舞，那模样不免使人笑，而笑时也知道：这可笑是因为他有病。这病能医不能医。这八篇里面，我以为没有一篇是可以一笑就了的。但作者自己却将这些指为'小笑话'，我想，这也许是因为他谦虚，或者后来更加深广，更加严肃了。"[③]

在为本国同胞介绍俄国经典文学时，鲁迅并不只限于做翻译。他熟读托尔斯泰、陀思妥耶夫斯基、柯罗连科、屠格涅夫和涅克拉索夫的作品并为之做宣传，对布宁、别林斯基、冈察洛夫和斯基塔列茨的创作也充满兴趣。鲁迅称托尔斯泰为"19世纪俄国文学的巨人"。他认真研究俄国国内外作家对托尔斯泰的评价材料，经常在杂

---

① 《鲁迅全集》（第17卷），上海：复社1938年版，第739页。

② 1929年12月，《奔流》杂志登载了鲁迅翻译的李沃夫·罗加切夫斯基《最新露西亚文学研究》书中的《契诃夫和新道路》一章。

③ 《鲁迅全集》（第18卷），上海：复社1938年版，第752页。

文和书信中引用托尔斯泰作品中的例句。这位俄国天才作家的创作在中国广受欢迎，但作者本人常遭遇肤浅评价，而之所以如此，在很大程度上是因为人们对托尔斯泰的生平和创作道路不够了解。这令鲁迅痛心不已。为了填补这一缺陷，1926年，鲁迅翻译了日本批评家藏原惟人写的《访革命后的托尔斯泰故乡记》，发表在《奔流》杂志上。1929年，鲁迅又为杂志《春潮月刊》翻译了卢那察尔斯基的《托尔斯泰之死与少年欧罗巴》一文。为纪念托尔斯泰100周年诞辰，鲁迅专门将1928年的一期《奔流》献给托尔斯泰，这期专刊在各种材料中选择刊登了鲁迅所译的卢那察尔斯基的《托尔斯泰与马克思》一文和李沃夫·罗加切夫斯基《最新露西亚文学研究》书中的《列夫·托尔斯泰》一章。

鲁迅对另一位伟大的俄国作家——陀思妥耶夫斯基也很了解，并评价其为"人的灵魂的伟大的审问者"和现实主义者。但是，陀思妥耶夫斯基阴郁的愤懑和病态的悲观是为鲁迅所否定的。如鲁迅自己所言，为何"对于这先生，我是尊敬，佩服的，但我又恨他"，主要原因之一就在于此。在鲁迅看来，陀思妥耶夫斯基在与社会之恶抗争的同时，其本身的行为也过于残酷："他布置了精神上的苦刑，一个个拉了不幸的人来，拷问给我们看。"

鲁迅写过两篇关于陀思妥耶夫斯基的作品：长篇小说《穷人》的中文译本序（1926）和《陀思妥耶夫斯基的事》一文（1935）。鲁迅认为，陀思妥耶夫斯基天才最为突出的一面是其对读者影响极大的作品所达到的心理深度。

"他写人物，几乎无须描写外貌，只要以语气，声音，就不独将他们的思想和感情，便是面目和身体也表示着。又因为显示着灵魂的深，所以一读那作品，便令人发生精神的变化。"

还要指出一点，1921年，鲁迅在《小说月报》杂志翻译发表了《小俄罗斯文学略说》，这是德国文艺学家凯尔沛来斯的《文学通史》中的一篇。多亏了这篇文章，中国读者得以了解乌克兰文学的经典作家，比如，舍甫琴科、科特利亚列夫斯基、古拉克－阿尔捷莫夫斯基。鲁迅在附记中说道，除去已翻译的章节所提到的作家，19世纪的乌克兰还有其他"铮铮的作家"，须知道那些名姓，其中有"进向新轨道的著作者伊凡·弗兰柯与华西里·斯杰法尼克"，以及"女权的战士奥尔加·科贝梁斯卡娅"[①]。

作为俄罗斯经典文学的翻译家和宣传家，鲁迅的鲜明特征是兴趣的广泛和知识的渊博。为了向中国读者揭示俄罗斯经典文学的丰富性，鲁迅付出了很多心血。译于上海时期的果戈理、契诃夫和萨尔蒂科夫－谢德林的作品，表达了他对俄罗斯讽刺传统的特别关注，这种讽刺传统对鲁迅个人的创作也有影响。而鲁迅对俄罗斯作家的评介，体现的是他对俄罗斯民族伟大文学的崇高敬爱。

三

在鲁迅眼中，当时尚年轻的苏联文学是俄罗斯现实主义民主革命传统当之无愧的延续。与此同时，他还将苏联文学描述为世界文学史上的崭新现象。它诞生自无产阶级革命和建设，与由劳动群众掌握政权的新社会紧密相关，具有巨大的精神影响力。中国国内革命战争期间，苏联作家的作品，特别是那些以革命和国内战争为题材的作品，对人民的革命教育起到了促进作用。

鲁迅说过："我看苏维埃文学，是大半因为想介绍给中国，而对

---

① 唐弢主编：《鲁迅全集补遗续篇》，上海：上海出版公司1946年版，第49~50页。

于中国，现在也还是战斗的作品更为紧要。"

换言之，苏联文学对于中国就像一种革命的教科书。鲁迅持续认真地关注着苏联文学的发展，为它的成就而欣喜，若苏联作家遇到创作失败，他也会为之忧虑。

幸而有鲁迅积极热烈的活动，苏联文学开始以"洪流"之势涌入中国。但是，对苏联作家作品的宣传伴随着诸多困难，鲁迅不得不与借叛徒文人之手散布的对苏联文学的污蔑做斗争。由帝国主义者把持的无耻刊物叫嚣着俄国文学的灭亡和革命后天才的退化，极力向中国读者灌输，文学创作在苏联政府执政下无法发展。任何一个为苏联文学说真话的人，都被称为"共产主义者的走狗"。

苏联作家的作品和俄国经典作家作品一起，共同进入被禁书籍之列，鲁迅的译作也没能逃脱这种命运。国民党密探局对苏联文学十分恐惧，他们不仅禁止"含有某种革命性内容"的书，就连那些"封面印着某些红色汉字"的书也不能幸免，甚至契诃夫和列昂尼德·安德烈耶夫的书都在其中[1]。

"《莽原》被迫暂时停刊，因上面刊载了俄国文学作品的译文，当时只要带上俄的字眼，就足以引起惊慌惶恐了。"

1931年革命后对译本的"围剿"——鲁迅对审查迫害的称呼——进行得如火如荼，但即便如此也没能阻止鲁迅，正是在这一阶段，鲁迅宣传苏联作家的活动愈加活跃。

国民党反动派密切监视着苏联文学在中国日益增大的影响力，大力鼓吹关于俄国文学"死亡"的污蔑，以防苏联书籍向中国渗透，据此臆造出关于苏联文学贫瘠的虚假谎言。鲁迅是苏联真正的朋友之一，对于谣言和诽谤他予以斩钉截铁的驳斥。对他而言，未来的

---

① 例如，审查机关查禁了鲁迅翻译的契诃夫的小说《狮子和太阳》。

文学是苏联的文学，他相信它有无穷的创造力，认为苏联作家和革命人民的利益的统一是创造力的来源。

接触过苏联文学的作品后，鲁迅便能够用有力的事实来回击反动派的污蔑，驳斥他们关于贫乏的虚假言论："文学家如绥拉菲摩维支、法捷耶夫、革拉特珂夫、绥甫林娜、唆罗诃底科夫等，不是西欧东亚，无不赞美他们的作品吗？"苏联文学的存在本身和光辉灿烂的成就都证明了其旺盛的生命力。在具体阐释苏联文学的世界性历史意义时，鲁迅强调，苏联作家的作品"在御用文人的明枪暗箭之中"，但仍然"大踏步跨到读者大众的怀里去，给——知道了变革、战斗、建设的辛苦和成功"①。

鲁迅曾在《祝中俄文字之交》（1932）一文中写道："十五年前，被西欧的所谓文明国人看作半开化的俄国，那文学，在世界文坛上，是胜利的；十五年以来，被帝国主义者看作恶魔的苏联，那文学，在世界文坛上，是胜利的。这里的所谓'胜利'，是说：以它的内容和技术的杰出，而得到广大的读者，并且给予读者许多有益的东西。"②

鲁迅提到了十月革命前就已开始创作的俄国作家正向苏联文学迈进，如高尔基、阿列克塞·托尔斯泰、魏烈萨耶夫、普里什文、马雅可夫斯基和布留索夫。这是苏联文学生命力的又一证据。

鲁迅不仅是苏联文学在中国的朋友和宣传者，更是它勇敢的捍卫者。这位伟大的中国作家对苏联文学的态度最为清晰地显示了他对苏联这个国家的友爱情怀。

鲁迅研读过马克思文艺理论著作，这对他掌握苏联作家的经验、

---

① 《鲁迅全集》（第2卷），上海：复社1938年版，第101页。

② 《鲁迅全集》（第2卷），上海：复社1938年版，第98页。

分析中国革命文学的基础理论都很有帮助。1925年，他为任国桢翻译的《俄苏的文艺论战》一书撰写前记，该书收入了十月革命后俄国杂志上的文章。鲁迅在前记中简明扼要地描述了革命后前十年苏联文学多样纷呈的思想创作流派，对与各种颓废势力斗争的无产阶级革命艺术做出了赞同的回应。任国桢译著的出现，用鲁迅的话来说，是"最为有益的事"，中国读者因而有机会了解俄苏文学战线的总体情况，以及无产阶级文学的思想原理。稍晚些年，在关于革命文学的论战期间，鲁迅（主要从日语版本）翻译了一系列的马克思文艺理论著作。1929年，鲁迅出版了两本卢那察尔斯基的文集——《艺术论》和《文艺与批评》。前一本书收入了《实证美学的基础》和卢那察尔斯基一些关于如艺术起源、对美的理解、作为科学的美学的对象、艺术反映阶级斗争等基础理论问题的文章。第二本书则由6篇卢那察尔斯基不同时期的文章组成，鲁迅特别指出，对中国革命文学的发展而言，这本文集所包含的与马克思主义文学批评相关的论题非常重要。

　　1930年，鲁迅译出了普列汉诺夫《没有地址的信》前三分之一的内容和他的《论文集〈二十年间〉第三版序》，并以《艺术论》为总标题出版了这些译作。普列汉诺夫从马克思主义立场出发对如艺术起源与社会本质等重要问题的分析，以及对美学中唯心主义概念的批判，对中国具有极为重要的价值。同年，鲁迅翻译发表了普列汉诺夫的《车尔尼雪夫斯基的文学观》其中两章。

　　1928年6月，鲁迅开始在《奔流》上发表译自日语的苏联文学基础理论方面的资料。这些资料以《文艺政策》为名于1930年出版合集，书中包含：1924年5月9日俄共（布）中央召开的关于文艺政策讨论会的记录（包含卢那察尔斯基、别德内依和别济缅斯基的

演说），第一次全苏无产阶级作家大会（1925年1月）的决议，以及
1925年6月18日发表在《真理报》上的俄共（布）中央《关于文艺
领域上的党的政策》的决议。

针对"革命文学"论争过程中未能解决的许多问题，马克思主
义美学著作都给出了答案。鲁迅在1928年7月给韦素园的信中写道：
"以史底惟物论批评文艺的书，我也曾看了一点，以为那是极直捷爽
快的，有许多昧暧难解的问题，都可说明。"①指的就是普列汉诺夫的
作品。

在鲁迅看来，对中国革命文学的理论建设意义重大的还有《文
艺政策》一书。他坚信，收入该书中的译作，特别是俄共（布）中
央委员会的决议，"可以看见在劳动阶级文学的大本营的俄国的文学
的理论和实际，于现在的中国，恐怕是不为无益的"②。

对马克思主义美学和苏联文学经验的研习，让鲁迅和其他革命
作家在制定左翼作家联盟的纲领时受益匪浅。

以中国作家为例证，可知对中国现代文学影响最大的作家是高
尔基。早在1907年，中国就出现了译自日语的高尔基短篇小说集首
本译本，只是在1919年五四运动后，中国文学家们才真正开始理解
高尔基作品对中国和中国文学的全部重要性。1924—1927年革命期
间和第二次国内革命战争期间，人们对高尔基的兴趣愈加浓厚。高
尔基的作品成了中国无产阶级在自由斗争中的武器，中国的革命者
们在其中寻找鼓舞人心的榜样和道德上的支持。

鲁迅称高尔基是"新俄的伟大的艺术家"。鲁迅最早接触高尔基
的作品还是在留学日本期间，但当时远不是立刻就能全部理解。高

---

① 《鲁迅书信集》（第1卷），北京：人民文学出版社1953年版，第186页。
② 《鲁迅全集》（第17卷），上海：复社1938年版，第452页。

尔基对代表社会底层的人物的关注让鲁迅很感兴趣，这是高尔基的
作品留给鲁迅的第一印象，"高尔基的短篇写了很多流浪汉"（Ⅰ，
324）。正如鲁迅所认为的，这解释了高尔基为何能继屠格涅夫或契
诃夫之后在中国赢得承认：

"当屠格涅夫、柴霍夫这些作家大为中国读书界所称颂的时候，
高尔基是不很有人很注意的。即使偶然有一两篇翻译，也不过因为
他所描的人物来得特别，但总不觉得有什么大意思。这原因，现在
很明白了：因为他的'底层'的代表者，是无产阶级的作家。对于
他的作品，中国的旧的知识阶级不能共鸣，正是当然的事。"

1926年，鲁迅在董秋芳译的俄国作家短篇小说集前言中对高尔
基则是另外一种评价，他最强调的是高尔基在创作中表现的对人类
生活的积极态度。他称高尔基描写革命后俄罗斯的作品为"过去的
血的流水账簿"，不理解它就"不能够推见将来"。

从这时起，鲁迅越来越关注高尔基的创作。继1929年高尔基的
小说《母亲》第一部出版后，1930年，第二部由沈端先译出。鲁迅
特别指出了这部伟大的无产阶级文学作品对于中国工农群众的革命
斗争和中国革命作家创作的意义。鲁迅在把画家亚历克舍夫的小说
木刻插图寄给韩白罗时作过简短的序言，附在1934年7月27日致韩
白罗信的末尾：

"高尔基的小说《母亲》一出版，革命者就说是一部'最合时的
书'。而且不但在那时，还在现在。我想，尤其是在中国的现在和未
来……用不着多说。"

鲁迅从高尔基的小说能够帮助中国革命者们认清"暗黑的政治"
和"奋斗的大众"，即汲取斗争经验出发，指出了高尔基的《母亲》
对于第二次国内革命战争时期的中国所具有的现实性和迫切性。高

尔基是"革命作家",他的作品教导无产者,应该如何斗争,与谁斗争。

鲁迅本人也翻译高尔基的作品。他为《译文》杂志翻译过《俄罗斯的童话》,1935年8月出版了单行本。1934年又翻译了短篇小说《恶魔》,还以许暇为笔名,为《文学》月刊译了《我的文学修养》一文中的片段。鲁迅还为《奔流》杂志译了日本作家升曙梦《最近的戈理基》的大部分内容,纪念高尔基60周年诞辰。

中国最出色的高尔基作品翻译家之一,是精通俄苏文学的瞿秋白。他从1923年起就开始翻译高尔基的作品。10年后,即1933年10月,他的译著《高尔基创作选集》在上海出版,内含《海燕之歌》和几篇短篇小说(《莫尔多姑娘》《同志》和《坟场》等)。然而,这本书立刻遭查禁,已发行的也均被销毁。后来瞿秋白还翻译过高尔基的两部短篇(《马尔华》和《二十六个和一个》)、20多篇文章以及《马特维·柯热米亚金的一生》的第一章。

在瞿秋白惨遭国民党刽子手杀害后,鲁迅开始着手出版他的翻译遗产。1936年,瞿秋白翻译的《高尔基论文集》由鲁迅校订并付印。1936年10月,鲁迅在去世前一段时间完成了第二本译文集的出版,其中收入瞿秋白翻译的高尔基的文学作品。鲁迅为这两本文集都作了简短的序言。为了迷惑检查机关,替中国读者保存下瞿秋白的译著,该书被命名为《海上述林》,意为《在森林之海上的述说》,封面不仅没有译者的名字,甚至连瞿秋白的笔名——史铁儿都只用3个首字母表示,还是用拉丁字母转写的[1]。

---

[1] 《海上述林》第一部中,鲁迅收入了瞿秋白翻译的除高尔基以外的作家文章,有列宁论托尔斯泰的两篇文章,以及马克思、恩格斯、普列汉诺夫和拉法格谈文艺的论文。第二部同样也收入了瞿秋白译的其他俄罗斯和苏联作家的文学作品,包括卢那察尔斯基的《解放了的堂吉诃德》、帕甫伦珂的《第十三篇关于列尔孟托夫的小说》等。但是,这两本作品集中占主要地位的还是高尔基。

鲁迅为读者介绍瞿秋白的译作时，一直在强调它们的准确性和高超的艺术特长，因为瞿秋白既精通俄语又富于创作才华，二者独有的结合，在当时的中国尚属少见。鲁迅在给茅盾的一封信中曾写道，他真正了解高尔基的作品正是因为瞿秋白的译作。

鲁迅不止一次表示很遗憾无缘读完高尔基的所有作品，他曾梦想用汉语出版高尔基的作品集，让中国读者大大扩宽对伟大的无产阶级艺术家的认识。

鲁迅深知自己在国民党的恐怖暗杀和审查迫害之下宣传高尔基会遇到怎样的危险，然而他依然坚持这样做，因为高尔基的作品对群众尤其是青少年的革命教育至关重要。在《译本高尔基〈一月九日〉小引》中，鲁迅强调，这篇小说"脱出了文人的书斋，开始与大众相见，此后所启发的是和先前不同的读者，它将要生出不同的结果来"①。

鲁迅翻译和宣传高尔基的作品，想让它们和这篇小说一样，变成广大读者群众的财富，给读者注入战斗的力量和相信无产阶级事业胜利的信心，以及对人类和劳动的真正博爱。俄国无产阶级在革命中所取得的胜利，坚定了鲁迅对中华民族解放运动必胜的信心，这胜利也是高尔基在为之奋斗的。

鲁迅称高尔基是"伟大的作者"："（高）是伟大的，我看无人可比。"②而高尔基的伟大之处在于，他的全部生活和创作都与人民生活鼓舞人心的源泉紧紧相连。高尔基不仅来自人民，而且以人民的利益为先，和革命群众站在同一个队伍里战斗，他的武器是别样的，他凭借的是同样不屈和勇敢的精神，难怪"革命的导师（指列宁——

---

① 《鲁迅全集》（第2卷），上海：复社1938年版，第398页。
② 《鲁迅书信集》（第2卷），北京：人民文学出版社1953年版，第824页。

作者注）……已经知道他是新俄的伟大的艺术家，用了别一种兵器，向着同一的敌人，为了同一的目的而战斗的伙伴，他的武器——艺术的言语——是有极大的意义的"[1]。

正如鲁迅指出的，高尔基"生前享有尊荣，死后受人敬重"，因为"他的一身，就是大众的一体，喜怒哀乐，无不相通"。

鲁迅常被称作"中国的高尔基"，这是一个意味深长的比喻。和高尔基一样，鲁迅还在身处旧制度之时就预见其必定终结，人民当家做主的美好明天将会诞生。鲁迅的人道主义和高尔基很类似，他的政论杂文和高尔基的一样，都贯穿着对人民的爱和对敌人的不妥协。鲁迅呼吁革命作家向高尔基学习。对于鲁迅晚年牢牢坚持的社会主义现实主义立场，苏联文学特别是高尔基，有着至关重要的影响。

四

20年代末30年代初，在革命事件的影响下，中国对苏联文学的兴趣呈整体增长之势。中国读者从中汲取阶级斗争的经验和革命思想，学习生存和战斗，了解苏联人民在国内战争期间和国外武装干涉之时不得不克服的那些困难和对旧生活方式的破除。这段时期，为宣传苏联文学付出了巨大力量的有作家沈端先、蒋光慈和瞿秋白。

鲁迅的第一本苏联作家作品译文集完成于1929—1930年，其中包括雅科夫列夫的中篇小说《十月》和短篇小说《农夫》，还有左琴科的两篇短篇《贵家妇女》和《波兰姑娘》。

雅科夫列夫的中篇是苏联文学中最早描写十月革命的作品之一，

---

[1] 《鲁迅全集》（第2卷），上海：复社1938年版，第397页。

这是促使鲁迅翻译它的原因之一。鲁迅相信，小说中所讲的"对现在和未来都可作为教训，所以这部书的生命力是很久的"①，但他也很清楚，作者遇到的最大败笔，在于对革命事件的描写，他说，小说里的"人物，没有一个是铁底意志的革命家"②。雅科夫列夫笔下，在赤卫军队伍中作战的工人们行动盲目，可当时广大的工人阶级却是自觉且坚定不移地投身革命的。

1930年1月，鲁迅投身法捷耶夫小说《毁灭》的翻译中。一开始以专章发表在中国左翼作家联盟的机关刊物——《萌芽》杂志上，1931年印行单行本。和翻译《死魂灵》一样，鲁迅利用了几种外文译本，以日译本为主，德译本和英译本则用来校对。《毁灭》的翻译对中国有特殊意义，这是鲁迅为中国劳动者反对国民党反动派革命斗争做出的贡献。鲁迅深知，中国革命需要成百上千万的新英雄，他们得和法捷耶夫在小说中描写的俄苏国内战争时期的英雄一样，果敢坚定，忠实于无产阶级事业，能够处理暂时的失败的痛苦。所以，鲁迅把在中国宣传苏联文学作品视为自己的义务，这些作品教会群众团结一致，战胜困难。鲁迅在发表于《萌芽》杂志上的《毁灭》前3章的后记中写道，这"溃灭"正是新生之前的一滴血，是实际战斗者献给现代人们的大教训。③

鲁迅对小说中的乐观主义激情有着准确的理解，中国的革命作家正应该以这样的热情学会真实地描写革命战士如何经受一切困难和考验、失败和胜利。鲁迅多次强调，像《毁灭》这样明晰真实的作品，只能由深刻了解生活、在创作过程中以实际经验为基础而非幻想的战士作家创造出来。法捷耶夫本人在远东有过革命经历，在

---

① 《鲁迅书信集》（第1卷），北京：人民文学出版社1953年版，第323页。

② 《鲁迅全集》（第18卷），上海：复社1938年版，第253页。

③ 唐弢编：《鲁迅全集补遗续篇》，上海：上海出版公司1952年版，第381页。

鲁迅看来，这正是他的小说具有非同一般的艺术说服力的原因。鲁迅对法捷耶夫的才华和技巧赞叹不已，还将作家简练的文风和中国古典小说《水浒传》的风格做了比较。

在题为《〈毁灭〉感想》的译者附记中，鲁迅详尽分析了小说的主要人物和作品艺术思想特色。他形容《毁灭》为一部被社会主义革命催生的关于新人的作品，一部歌颂共产主义者的作品。此外，鲁迅还关注了《毁灭》中的小资产阶级知识分子问题。在中国革命的紧张时期，很多欢迎人民斗争的知识分子都不理解革命的任务，有时甚至会因此用自己的行动妨害革命，尤其是在他们的小资产阶级知识分子习性和集体利益发生冲突的时候。正因为如此，鲁迅将注意力最集中在美谛克这个一直处于自我矛盾中的人物形象身上。

"他要革新，然而怀旧；他在战斗，但想安宁；他无法可想，然而反对无法中之法，然而仍然同食无法中之法所得的果子——朝鲜人的猪肉——为什么呢，因为他饿着！……读者倘于读本书时，觉得美谛克大可同情，大可宽恕，便是自己也具有他的缺点，于自己的这缺点不自觉，则对于当来的革命，也不会真正地了解的。"①

鲁迅在形容美谛克时把他和小说的另一位主人公，即布尔什维克党莱奋生做了对比。莱奋生也有很多缺点和不足，他的心情状态和美谛克很相似，但是他"立刻又加以克服"。鲁迅认为，这两个人物之间主要的不同是"美谛克希望了许多事，而莱奋生做到了很多事"，于是后者的事业因着对美好未来的梦想而充满光彩。美谛克沉浸在罗曼蒂克式的虚假幻觉中，只想着自己，只爱自己，而莱奋生完全不是这样，他忠于人民，为集体事业奉献自我，这也增强了他的力量和信心。

---

① 唐弢编：《鲁迅全集补遗续篇》，上海：上海出版公司1952年版，第380~381页。

《毁灭》单行本的出版发行是鲁迅翻译工作的一个范例，他一直试着向中国读者传达关于他所翻译的作品作者，以及作者的创作生平方面的信息。在《毁灭》的译文后面，鲁迅附上了作者法捷耶夫的生平、日本翻译家藏原惟人关于《毁灭》的文章和弗理契的序，并收集插图，最后亲自写后记。

法捷耶夫的《毁灭》和绥拉菲莫维奇的《铁流》是鲁迅最喜爱的苏联文学作品，因为他认为它们最明显地体现了创新精神。

"我爱它（指《毁灭》——作者注），像爱自己的儿女一样……还有《铁流》，我也很喜欢。这两部小说，虽然粗制，却并非滥造，铁的人物和血的战斗，实在够使描写多愁善病的才子和千娇百媚的佳人的所谓'美文'，在这面前淡到毫无踪影。"

《毁灭》的译文受到了文学界的一致好评，尤其是左翼作家。瞿秋白形容《毁灭》中文译本的出版，是中国文学生活中非常重要的事件，是"每位革命文学战线上的战士和每个革命读者都应欢欣鼓舞的胜利"[①]。不过，鲁迅本人认为，《毁灭》的翻译只是在实施为中国介绍苏联文学这一深思熟虑的庞大计划中的"一点小小的胜利"。他希望集结多人的力量翻译出版一系列国内战争时期和建设时期的纪念碑式的作品，只有当这一计划实现，中国文学的新生创作力量才能拥有真正的榜样。

1931年，鲁迅制订计划，出版苏联作家的10部作品，其中除了法捷耶夫的《毁灭》和雅科夫列夫的《十月》以外，还包括伊万诺夫的《铁甲列车 Nr.14–69》、卢那察尔斯基的《浮士德与城》和《解放了的堂吉诃德》、富尔曼诺夫的《叛乱》、格拉德科夫的《火马》、绥拉菲莫维奇的《铁流》、肖洛霍夫的《静静的顿河》。他将这套系

---

① 《瞿秋白全集》（第2卷），北京：人民文学出版社1953年版，第917页。

列的出版视为左翼作家联盟最重要的任务之一。

1933年1月，鲁迅出版文集《竖琴》，其中包含苏联作家的10篇小说，6篇自译，3篇为柔石所译，还有一篇系曹靖华译。1933年3月出版第二本文集《一天的工作》，也包含了10篇小说，其中8篇为鲁迅自己翻译，绥拉菲莫维奇的两篇小说《一天的工作》和《岔道夫》是瞿秋白化名为文尹翻译。鲁迅为这两本书写了前言，介绍了苏联文学的成就和俄苏的文学斗争，读者能在详细的前言中找到作家和作家创作的相关信息。《竖琴》和《一天的工作》这两本文集出版后，立刻遭到审查机关的查禁，稍晚一些，1936年7月，合编为《苏联作家二十人集》出版。

鲁迅为这些文集翻译的作品有：斐定的《果树园》、绥甫林娜的《肥料》、理定的《竖琴》、略悉珂的《铁的静寂》、涅维洛夫的《我要活》、唆罗诃夫的《父亲》、孚尔玛诺夫的《革命的英雄们》、左祝黎的《亚克与人性》、雅各武莱夫的《穷苦的人们》、英培尔的《拉拉的利益》、班非洛夫和伊连坷夫合写的《枯煤，人们和耐火砖》。

1935年，鲁迅翻译了苏联作家班台莱耶夫的小说《表》，他称这篇小说是儿童文学真正的典范，融趣味性和教育目的为一体，着手翻译成中文时，他"自然也想到中国"，"抱了不小的野心"[①]。

可以确知的是，鲁迅一直在为当代的教育做斗争，希望中国的孩子可以在现代教育下成长为新社会的建设者。在他看来，在教育过程中起重要作用的，是儿童文学。鲁迅热情支持儿童作家在中国的出现，他形容作家叶绍钧的童话作品《稻草人》是一部为中国儿童开启自主创作之路的作品。但是，中国的儿童文学还只是迈出了颤颤巍巍的第一步，孩子们还是和以前一样，看的是歌颂儒家道

---

① 《鲁迅全集》（第15卷），上海：复社1938年版，第295页。

德、把小读者拉回过去而不让他们了解当代周围世界的旧书，鲁迅不想与之妥协，所以决定借助于翻译，他觉得班台莱耶夫的《手表》对孩子而言有趣且有益，也可接受，对于父母老师和儿童作家而言也是有所教益的。在他的构想中，这篇小说应该能再次激起人们对中国当代儿童文学日渐冷却的热情。

鲁迅积极促进出版苏联作家多部作品的中文译本，帮助苏联文学的翻译者。在他的参与下，1928—1936年，出版了勃洛克的《十二个》、肖洛霍夫《静静的顿河》、伊万诺夫的《铁甲列车 Nr.14–69》、绥拉菲莫维奇的《铁流》、革拉特珂夫的《土敏土》、费定的《城与年》和涅维洛夫的《不走正路的安得伦》。鲁迅几乎为所有的这些书都写了前言或后记。

20世纪30年代，鲁迅一直在孜孜不倦地组织翻译工作。1934年9月，在他的倡议下，月刊《译文》（翻译文学）首期发行，著名作家茅盾积极参与了《译文》的出版。鲁迅为这本杂志提出了两个主要任务："（一）通过介绍苏联文学及其他国家的革命的和进步的文学作品的方法，来反抗国民党反动政府的压迫，突破国民党反动派在文艺战线上的包围和封锁；（二）通过介绍苏联文学及其他国家的革命的和进步的文学作品的方法，来推动当时作家们对现实主义创作方法的学习，并在青年中间进行国际主义和爱国主义的教育。"①

《译文》杂志凝聚了很多翻译家的心血，圆满完成了这两大任务，迅速受到欢迎。占据杂志内页最重要位置的，是俄罗斯经典作家和苏联作家作品的译文。这本杂志在很多方面都要归功于鲁迅的指导，鲁迅本人也作为译者参与其中。他为杂志的第1期翻译了果戈理的《鼻子》和日本批评家立野信之关于果戈理的文章。接下来

---

① 《译文》北京：人民文学出版社，1953年第1期，第1页。

几期杂志又刊登了鲁迅翻译的《死魂灵》第二卷的章节。

反动机关因为这本宣传革命文学的杂志与日俱增的欢迎度而担忧不已，想尽办法阻挠杂志的推广。1935年9月，鲁迅领导的编辑部被迫宣布暂时停止杂志的出版。不过就在几个月后，1936年3月，杂志得以恢复，继续履行自己崇高的国际主义使命。

鲁迅的文章和他的个别言论证明，他非常熟悉革命后前20年的苏联文学，并对它的基本进程理解准确。鲁迅为阿列克塞·托尔斯泰、费定、巴甫连科、爱伦坡、诺维科夫－普里波、伊利别金斯基、革拉特珂夫、潘菲奥罗夫、拉夫列尼约夫、巴别尔、阿菲诺格诺夫等许多其他苏联作家的作品大做宣传。鲁迅注意到了受欢迎的讽刺作家杰米扬·别德内依的诗歌，指出其诗歌语言和人民群众语言十分接近，将其树立为不以辱骂或口号为讽刺方式的爱好政治论争之人的榜样："别德内依的诗虽然自认为'恶毒'，但其中最甚的也不过是笑骂。"鲁迅对富尔曼诺夫很喜爱，认为他是"作家兼共产党员"；革拉特珂夫的《士敏土》则被认为是"新俄文学的永恒纪念碑"，关于拉甫列涅夫的小说《星花》，鲁迅称其"令人非一气读完，不肯掩卷"[1]。

1930年，接触了贺非翻译的《静静的顿河》第一部后[2]，负责审订译本的鲁迅立刻预见到小说作者肖洛霍夫是一位真正的天才，并被他的才华所折服："风物既殊，人情复异，写法又明朗简洁，绝无旧文人描头画角，宛转抑扬的恶习。"鲁迅认为，《静静的顿河》是一本能让中国的年轻读者醍醐灌顶的书，并表示同意德国反法西斯作家华斯珂普对这本书的评价，后者称，这本小说从所表现的思想

---

① 《鲁迅全集》(第11卷)，上海：复社1938年版，第252页。

② 出版《静静的顿河》时，鲁迅是从德文版翻译的，并附上了肖洛霍夫本人的简短生平。

的伟大性、生活现象的复杂多样，以及描写的深刻性，都足以让人联想到托尔斯泰的《战争与和平》。

在鲁迅的创作中，乡村题材占据着如此重要的地位。他对苏联作家的农民小说、对革命给俄罗斯农村带来的变化很感兴趣，忧心于那些不久前尚处在与半封建中国农民相似的境况之下，革命后赢得土地、为自己争取到人权的主人公的命运。这从鲁迅对绥甫林娜和涅维洛夫作品的关注就可以看出来。

绥甫林娜的《肥料》以其尖锐的主题——对革命后初期贫农和富农的斗争、乡村迈向新生活的描写吸引了鲁迅。鲁迅对绥甫林娜的技巧和其作品的生动性欣赏不已，"地主的阴险，乡下革命家的粗鲁和认真，老农的坚决，都历历如在目前"[①]。鲁迅认为，"她的作品至今还为读书界所爱重"，原因之一在于，作家身上没有"对于革命的冷淡模样"，她是真正关心农民的命运。

涅维洛夫刻画苏联初期农村政权、父权生活、尖锐的贫富阶级斗争的作品也深深感染了鲁迅。鲁迅称涅维洛夫为"将崩坏时代的农村生活，加以杰出的描写者之一"，并从涅维洛夫独特的创作风格中发掘了其生动幽默地讲述事件和主人公的能力。涅维洛夫有时会专注于日常家庭关系，在思考农村的革命突变方面还不够深刻。鲁迅暗示了这一点，在谈及小说《我不想活》时强调，这部作品的主人公在思维方式上还不太像劳动人民，支配他们行动的不是革命思想，只是对压迫者的个人仇恨。

鲁迅不仅为卢那察尔斯基的批评文章做宣传，还宣传他的文学作品。他很赞同后者创作无产阶级历史剧的经验——对经典文学中的伟大永恒形象进行新解释。1930年，鲁迅编辑出版了柔石翻译的

---

① 《鲁迅全集》（第19卷），上海：复社1938年版，第522页。

卢那察尔斯基的《浮士德与城》，并为之写了后记。鲁迅还亲自从德语翻译了《解放了的堂吉诃德》，1931年11月在《北斗》杂志上发表第一幕。但是，在知晓德语译本存在严重删节后，鲁迅放弃了最初的想法。不过1934年，在鲁迅的直接支持和审订下，瞿秋白翻译的《解放了的堂吉诃德》完整译本还是出版了。鲁迅在前言中让读者注意这部戏剧的政治意义，"极明白的指出了吉诃德主义的缺点，甚至于毒害"。用鲁迅的话说，卢那察尔斯基的戏剧是对那些信奉抽象的人道主义、指责革命对被推翻阶级过于残忍而倒戈帮助反动派的知识分子的回击。

鲁迅以在中国传播俄罗斯经典文学和苏联文学为目的写就的皇皇巨著，在两个伟大民族的精神交流中扮演了重要角色。他替苏联文学讲真话，为中国发掘了许多新作家，在中国的文学革命运动中运用苏联文学的经验，以苏联作家的作品教导年轻人。

五

鲁迅不仅为中国介绍了俄罗斯文学，他还是最早翻译和宣传东欧国家进步文学的人之一。正如他自己所认为的，让他接触东欧国家文学的原因，是"所求的作品是叫喊和反抗"。从俄罗斯、波兰和巴尔干诸国作家的书中，他"才明白了世界上也有许多和我们劳苦大众同一命运的人"，所以，鲁迅想首先把波兰、匈牙利、保加利亚和其他东欧国家作家的作品树立为同胞们的榜样，这些作品再现了受压迫民族的悲惨处境和他们为了自由而做的斗争。从另一方面来说，英、法、德等国文学在中国读者已经有机会了解，东欧文学在中国却还完全不为人所知。

《摩罗诗力说》一文中，鲁迅首次在中国提到了伟大的匈牙利爱国诗人裴多菲和波兰经典诗人——斯洛伐支奇、克拉旬斯奇。

裴多菲是鲁迅很喜爱的诗人。这位匈牙利诗人诗歌中热爱自由和祖国的主题，以及裴多菲本人对于民族压迫者的仇恨，都激励着鲁迅。

1908年，鲁迅在《河南》杂志上翻译发表了《匈牙利文学史》中的一章《裴彖飞诗论》。1925年，《语丝》刊登了鲁迅翻译的5篇裴多菲的诗作。鲁迅还经常引用裴多菲的诗歌（诗歌《野草·希望》、文章《诗歌之敌》、《中国新文学大系》小说二集序、文章《为了忘却的记念》[①]）。

在外国作家中，裴多菲是对鲁迅自身创作产生明显影响的作家之一。鲁迅不仅自己翻译和宣传裴多菲的诗歌，还呼吁中国的年轻翻译家关注这位伟大的诗人。在《奔流》杂志上，鲁迅编辑校订了殷夫翻译的关于裴多菲生平和诗歌的译文，而且他还帮忙提供了必需的资料。[②]

鲁迅为在中国宣传波兰文学做了很多工作，他在《摩罗诗力说》一文中对热爱自由的诗人密克威支赞叹不已：

"诸凡诗中之声，清澈弘厉，万感悉至，直至波阑一角之天，悉满歌声，虽至今日，而影响于波兰人之心者，力犹无限。"

和裴多菲一样，密克威支为鲁迅所看重的，首先也是他的爱国作品。密克威支的诗召唤着波兰民族为自由而抗争，这对于正为解放处于清王朝外来压迫之下的中国而抗争的中国年轻爱国者而言很

① 《裴多菲和鲁迅》，《人民日报》1953年1月3日。
② 1929年11月至1931年11月，鲁迅花费了两年时间用来出版孙用翻译的裴多菲的童话诗《勇敢的约翰》。有关鲁迅遭遇的审查困难和财政困难，在他这几年的通信中都有明显说明。

好理解。稍后，1929年，继续推广波兰文学的鲁迅在刊载了他所译的密克威支诗歌的那一期《奔流》杂志的编者后记中写道：

"A.Mickiewicz[①]（1798—1855）是波兰在异族压迫之下的时代的诗人，所鼓吹的是复仇，所希求的是解放，在二三十年前，是很足以招致中国青年的共鸣的。"

鲁迅年轻时非常喜爱显克微支的作品，后来还建议自己在左翼作家联盟的年轻同事们翻译他的《十字军骑士》和莱蒙特的《农民》。

中国开始大规模了解东欧北欧国家的作家，和文学研究会的活动也是密不可分的。《小说月报》杂志曾发表过保加利亚（跋佐夫、斯塔马托夫、埃林·彼林）、波兰（显克微支、莱蒙特、普鲁斯）、捷克（聂鲁达、捷赫）、匈牙利（莫尔纳尔、约卡伊）作家的作品，译者有王鲁彦、胡愈之、沈泽民、楼适夷等。1921年，《小说月报》10月号将整版献给了欧洲受压迫的弱小民族的文学。除了已经翻译的波兰、芬兰、新希腊等其他国家的文学作品外，这一期还发表了塞尔维亚、波兰、保加利亚、捷克、希腊作家作品的译义。有趣的是，茅盾作为中国首批翻译乌克兰和亚美尼亚作家作品的译者（乌克恩卡的剧作《巴比伦的俘虏》，谢甫琴科、鲁丹斯基和伊萨克扬的诗），也参与其中。

鲁迅同样参与了《小说月报》的这一期特刊。他翻译了保加利亚作家伊凡·伐佐夫的作品《战争中的威尔珂》、芬兰作家明娜·亢德和亚勒吉阿的小说（每个作家一篇）以及捷克学者凯拉绥克《斯拉夫文学史》中的《近代捷克文学概观》。

1935年8月至9月，《译文》杂志发表了鲁迅翻译的小说：索陀威奴的《恋歌》和跋佐夫的《村妇》。鲁迅认为，跋佐夫这位杰出的

① 密支凯维奇。

保加利亚现实主义作家的主要创作特点就是，激情的爱国主义。鲁迅写道："他爱他的故乡，终身记念着……他爱他的国民。"鲁迅强调，跋佐夫走的是一条新道路，"跋佐夫不但是革命的文人，也是旧文学的轨道破坏者"。作为一个作家，跋佐夫为鲁迅所亲近之处在于，"跋佐夫是鼓吹白话，又善于运用白话的人"①。在鲁迅对这位保加利亚作家的描述中，可以看出俄罗斯文学尤其是托尔斯泰对跋佐夫的影响。

鲁迅对东欧国家文学的关注，特别是意在让中国大量了解俄罗斯经典作家和苏联文学的积极活动，引起了总在徒劳非难鲁迅创举的资产阶级文学家的抱怨和恶意攻击。1935年，英文比中文更好更流利的"西崽"作家林语堂污蔑支持鲁迅路线的进步翻译家，指责鲁迅和他的同路人是"无来由的酷爱"弱小民族的文学，忽视公认的西欧文学杰作，用林语堂的话说，鲁迅和他的支持者"今日绍介波兰诗人，明日绍介捷克文豪，而对于已经闻名之英美法德文人，反厌为陈腐，不欲深察，求一究竟"②。

鲁迅对这一谣言做出了应有的驳斥：

"'英美法德'，在中国有宣教师，在中国现有或曾有租界，几处有驻军，几处有军舰，商人多，用西崽也多，至于使一般人仅知有'大英''花旗''法兰西'和'茄门'，而不知世界上还有波兰和捷克。但世界文学史，是用了文学的眼睛看，而不用势利眼睛看的，所以文学无须用金钱和枪炮作掩护，波兰捷克，虽然未曾加入八国联军来打过北京，那文学却在，不过有一些人，并未'已经闻名'而已。"

---

① 《鲁迅全集》（第11卷），上海：复社1938年版，第368~369页。
② 引自：《鲁迅全集》（第6卷），上海：复社1938年版，第352页。

鲁迅很尊重英、法、美等国文学的成就，承认其在世界文学史中的重要作用。但和林语堂不同的是，鲁迅对其他民族创造的精神价值态度并不倨傲，他更偏好于扩大并涌入中国的外国文学潮流，所以他号召翻译家去翻译在当时中国还不太为人熟知的作品，比如，荷马史诗、印度寓言、阿拉伯童话《一千零一夜》、塞万提斯的小说《堂吉诃德》。

1928年，鲁迅翻译并出版了荷兰著名现实主义作家望·蔼覃的长篇童话《小约翰》。接下来的1929年，鲁迅出版了奥地利女作家海尔密尼亚·至尔·妙伦的6篇童话，翻译文集总标题为《小彼得》。这些童话是专为劳动人民的小孩创作，具有革命倾向。这两本书，《小约翰》和《小彼得》，以及班台莱耶夫的《手表》，在鲁迅的想法中，都应该能吸引中国作家对儿童文学的关注。

1924年，鲁迅在《小说月报》上发表了翻译自荷兰作家穆尔塔图里《观念集》的两个片段。此外，鲁迅还主编出版了由他选编的两本欧洲现代作家小说集：《近代世界短篇小说集（1）：奇剑及其他》和《近代世界短篇小说集（2）：在沙漠上及其他》[1]。

鲁迅一直在努力为同胞展示外国文学中最重要、最有价值的东西，即它们的现实主义和革命主义传统。这一点在读鲁迅的政论杂文时很容易证实，他经常会在杂文中举莎士比亚、拉封丹、斯威夫特、巴比塞、波德莱尔、巴尔扎克、罗曼·罗兰、布拉斯科·伊巴涅斯、马克·吐温、塞万提斯的生活和创作为例证。

在《中华民国的新"堂吉诃德"们》一文中，堂吉诃德这一形象被用来嘲笑那些爱夸夸其谈的人的行为，"这一切等等，确是十分'堂吉诃德'的了。然而究竟是中国的'堂吉诃德'"。而在《北人

---

[1] 鲁迅翻译的腓立普的两篇小说被收入第一本文集。

与南人》一文中，阿纳·弗朗梭阿·狄波的小说《黛依丝》中的形象则用来形容现代的文学家们。弗朗梭阿的创作被鲁迅作为严肃文学的典范，用以反对林语堂鼓吹的帮闲文学。

在回忆自己年轻时喜爱的拜伦时，鲁迅写道，读了他的诗以后，"心神俱旺"。在文学革命前夕，拜伦是在中国被译介为数不多的欧洲诗人之一。拜伦诗选系著名诗人苏曼殊所译，这是中国文学生活中的一个事件。但是，"其实，那时拜伦之所以比较为中国人知晓，还有别一原因，就是他的助希腊独立。时当清的末年，在一部分中国青年的心中，革命思潮正盛，凡有叫喊复仇和反抗的，便容易惹起感应"。鲁迅便是那些由拜伦的诗歌惹起感应的人之一，他敬拜伦为解放受压迫民族的战士，最看重拜伦诗中的自由思想、自尊独立和反抗等浪漫主义主题。[①]

1907年，鲁迅为中国读者"发掘"了易卜生，称易卜生是揭露人际关系虚伪、为公平而战的作家。易卜生的个人主义被鲁迅赋予了革命的意义，被鲁迅阐释为对成规和虚伪的反抗。所以，戏剧《人民公敌》中的斯多克芒医生被鲁迅形容为毫不动摇地坚持真理，随时准备为社会福利而战并为此做出任何牺牲的坚定战士，用鲁迅的话说，易卜生在这一作品和其他作品中"反抗时代陋习"，为改造人类生活而斗争。

在"文学革命"年代，易卜生是中国最流行的外国作家之一，他的创作对包括女作家白薇在内的一系列中国作家的作品都产生过重要的影响。这一时期，鲁迅也多次提到易卜生的戏剧。在《我们怎样做父亲》（1919）一文中，鲁迅谈及父亲对未来儿童的责任时，举了《群鬼》中的欧士华这一形象为例。1924年，鲁迅在《娜拉走

---

① 关于鲁迅对拜伦态度的详情，见陈鸣树的文章《鲁迅与拜伦》，《文史哲》1957年第9期。该文还提到了拜伦对鲁迅创作的影响，但是作者的论证尚有争议。

后怎样》的演讲中对易卜生的创作做了全面评价，认为易卜生社会
戏剧的主要优点在于，提出了人类社会存在的紧迫的重大问题。

　　一些作家，比如，研究中国戏剧的日本教授青木正儿，将人们
对易卜生日渐浓厚的兴趣解释为，仅仅是中国人在试图为自己所谓
的口头戏剧（话剧）创作寻找榜样。鲁迅就认为，易卜生在中国之
所以受欢迎，是因为他"敢于挑战社会，敢于独战多数"。当时，中
国的知识分子为新的理想战斗时还常常感到孤独，他们在易卜生的
作品中找到了令人鼓舞的榜样。1928年8月，鲁迅在《奔流》杂志
《H. 伊孛生诞生一百周年纪念增刊》上发表了关于这位伟大剧作家
生平创作的资料，并亲自为这一期杂志翻译了日本作家有岛武郎的
文章《伊孛生的工作态度》和《庐勃克和伊里纳的后来》。

　　鲁迅对萧伯纳的戏剧也很熟悉。中国读者了解萧伯纳的作品是
在20世纪20年代。1933年2月，完成了环球之旅的萧伯纳在上海做
了短暂停留。为欢迎这位尊贵的客人，午餐会于宋庆龄家中举办，
鲁迅在餐会上见到了萧伯纳，之后在正式的接待笔会上又有过会面。
因为这次会面，鲁迅写了一些关于萧伯纳的文章。在应日本《改造》
杂志之邀而作的其中一篇文章中，鲁迅描述了萧伯纳给他留下的印
象。这其实是一幅萧伯纳的个人肖像画。在瞿秋白主编出版了内含
中外报纸文章和报道的《萧伯纳在上海》一书后，鲁迅为该书作
了序。

　　资产阶级的报刊媒体为追求轰动效应，围绕着萧伯纳逗留上海
制造了不少流言，捏造了一些萧伯纳实际上没有做过的声明，反动
记者甚至指责他意图在中国人中间实施"红色宣传"。但是，正如
鲁迅指出的，"唠唠叨叨，鬼鬼祟祟，是打不倒文豪的"。鲁迅以
《谁的矛盾》（1933）一文来对付妥协刊物的成心刁难和所有对萧伯

纳不怀好意的人。鲁迅反对那些试图把萧伯纳想象成生活中的怪人和文学上的无害幽默家的人，他将这位杰出的英国剧作家的创作视为"一面镜"，照出资本社会的畸形。萧伯纳确实拥有绝佳的幽默感，但他也"最猛烈的鞭挞了那主人们"。鲁迅之所以喜爱萧伯纳，主要是因为后者保持着自己独立的信念，在揭露统治阶级上比易卜生走得更远。鲁迅引用了戏剧批评家列维陀夫的文章，文中称易卜生为"天才的问号"，萧伯纳则是"伟大的惊叹号"。鲁迅按照自己的理解对这一生动形象的定义做出了解释。在鲁迅看来，易卜生在舞台上指出了社会的弊端，没有下结论，只是迫使观众去思考他提出的问题，而"萧可不这样了"。鲁迅写道，他使绅士小姐们登场，"撕掉了假面具，阔衣装，终于拉住耳朵，指给大家道：'看哪，这是蛆虫！'连磋商的工夫，掩饰的法子也不给人有一点。这时候，能笑的就只有并无他所指摘的病痛的下等人了。在这一点上，萧是和下等人相近的，而也就和上等人相远。"

同样如此受到鲁迅关注的，还有东方国家的文学生活，主要是日本文学的发展。鲁迅在留日期间就已经接触了日本文学，他最感兴趣的是日本诗歌的现实主义方法的形成期。作为日本文学的翻译家，鲁迅是从政论文开始的：1913年，他在《教育部编纂处月刊》上发表了日本心理学家和政论家上野阳一的三篇关于艺术教育的文章，而后又翻译了各种体裁的作品，如散文、诗歌、论文、随笔、文艺理论著作等。

1919年和1922年，鲁迅翻译和出版了日本著名作家武者小路实笃的剧本《一个青年的梦》。他为反战主题吸引，认为："这剧本也很可以医许多中国旧思想上的痼疾。"[①]鲁迅从新时代的日本作品中选

---

① 唐弢主编：《鲁迅全集补遗》，上海：上海出版公司1952年版，第208页。

择了夏目漱石、森鸥外、有岛武郎、菊池宽、芥川龙之介和江口涣的小说来翻译。他所译的11部作品共同构成了《现代日本小说集》（1923）。

出于对文学理论的兴趣，鲁迅翻译了厨川白村教授的《苦闷的象征》（1924）和《出了象牙之塔》（1925）这两本书。从鲁迅为它们作的序言中可以看出他对日本资本主义文学理论的批判态度。厨川白村的基本主旨是受柏格森和弗洛伊德心理反应概念的启发而成，可以归结为："生命力受了压抑而生的苦闷懊恼乃是文艺的根柢，而其表现法乃是广义的象征主义。"这是一种反现实的理论。鲁迅作为现实主义的研究者，何以会认为有必要翻译这两本书呢？原因在于，《苦闷的象征》和《出了象牙之塔》中宣扬的许多思想，尤其是反抗陈腐的传统封建文化和艺术为解放个性服务的思想，在某种程度上和当时任教于北京大学的鲁迅的个人看法不谋而合。所以，鲁迅在自己的课上宣讲了厨川白村的理论。然而，1924—1927年革命期间中国的社会生活和文学的发展，以及鲁迅之后参与的革命文学特征的论争，使得他相信有必要深刻地审视自己的文艺观，于是，作家毅然同厨川白村的理论决裂。

1926—1934年，鲁迅又翻译了30多篇日本作家和文艺学家的文章，这些译文起初发表在不同的杂志上，后来合成两本文集——《壁下译丛》（1929）和《译文补编》（1938）[1]，其中主要包括作家武者小路实笃、有岛武郎和批评家升曙梦、青野季吉的文艺理论文章。令鲁迅感兴趣的还有日本作家关于西欧历史、俄国经典文学和苏联文

---

[1]　这本文集由许广平主编出版，除去日本作者的文章外，还收入了俄罗斯和西欧文艺学家的批判著作。

学方面的论著。①

鲁迅希望，新中国不仅能继承延续多个世纪的民族文化，还能继承人类累积的全部精神财富。他梦想着能尽快打破那些想阻止别国进步文学以及革命思想深入中国的守旧者建起的"中国的圈子"。鲁迅无法容忍中国在了解世界文学的进程上远落后于其他国家，世界文学的经典作家如契诃夫、莫泊桑、莎士比亚、歌德、托尔斯泰和陀思妥耶夫斯基的作品没有中文译本。在宣传苏联文学时，鲁迅呼吁中国作家"以走在前的人为榜样"，因为"通往光明的道路别无他法"。鲁迅坚信，世界进步文学，首先是俄国经典作家和苏联作家的作品，会成为中国文学重塑现实主义、爱国主义和民族性等优秀传统的动因。

六

鲁迅的杰出贡献还体现在对一系列文学翻译问题的研究上。鲁迅创作了不少翻译理论和翻译实践方面的文章：《几条"顺"的翻译》（1931）、《再来一条"顺"的翻译》（1931）、《关于翻译》（1933年鲁迅以此为标题，写了3篇文章，其中两篇收入《准风月谈》，一篇收入《南腔北调集》）、《为翻译辩护》（1933）、《论重译》（1934）、《再论重译》（1934）、《非有复译不可》（1935）。在和青年翻译家的通信中，鲁迅也提出了翻译原则方面的宝贵意见。在当时的中国文学界，存在这样一种观点，仿佛翻译是"容易的劳动"，有的作家倾

---

① 1924—1929年间，鲁迅从日文翻译了很多文章。1926年，他为《莽原》杂志翻译了有岛武郎的小型著作，1928年翻译了鹤见祐辅的旅行记《思想·山水·人物》，1929年翻译出版了板垣鹰穗的《近代美术史潮论》，同年出版了画家蒋谷虹儿的诗画复刻本，诗也是由鲁迅所译。

向于认为，翻译会对原作造成严重的妨碍。鲁迅否定这些错误观点时写道："翻译并不比随便的创作容易，然而于新文学的发展却更有功，于大家更有益。"他坚信，真正的翻译家的工作是有创造性的，甚至往往会成为自主创作的动因或者某种准备阶段。对翻译工作的轻视不仅会影响中国认识世界文学，还会破坏青年翻译家对自身工作合理性的信心。鲁迅呼吁年轻人研究别国的进步文学，以此培养青年文学家对翻译的严肃创作态度。

20世纪初，适逢鲁迅开始尝试翻译时期，中国文学也才刚刚开始形成翻译欧洲语言的传统。当时的著名翻译家林琴南完全不懂欧洲语言，而是借助懂外语的人口头转述作品内容。林琴南的做法总结起来就是让录自其他语种的译本被赋予各种可能的艺术形式。不难想象，这种所谓的翻译会导致对原作何等荒谬的曲解。而19世纪末20世纪初的另一位著名翻译家殷夫关心的，主要是让译文的语言符合文言文的修辞规范。

1908—1909年，鲁迅进行了第一次尝试，试图按词语本身的含义翻译，与林琴南的自由改写形成对立。《域外小说集》实际上是往前迈出的明确一步。通晓外语的鲁迅是在翻译（事实上还是从其他语言译过来），而不是像林琴南一样，在搞译本的口头替代品。但是，要立刻摆脱旧式翻译方法的影响也不太可能，比如，迦尔洵和安德烈耶夫的作品鲁迅就是用文言翻译的，因为翻译成白话当时没人会去读。不过，在五四运动期间和随之而来的文学革命中，鲁迅推广了自己在语言和翻译上的创新，他开始只用现代的标准语——白话翻译，立刻为更准确地传达外国作家作品的内容与风格创造了有利条件。

20世纪30年代，中国文学界争论不休的一个问题是，是否有权利转译译本，因为中国的译者在英语、日语、德语和法语上更有优势，翻译其他语种写的原著的机会不多。鲁迅多次表示支持转译译本，认为在现有条件下拒绝这种方法会长期阻碍中国了解其他国家或民族的经典文学：

"中国人所懂的外国文，恐怕是英文最多，日文次之，倘不重译，我们将只能看见许多英美和日本的文学作品，不但没有伊卜生，没有伊本涅支，连极通行的安徒生的童话，赛万提斯的《吉诃德先生》，也无从看见了。"

对那些完全无视具体条件，从纯理论出发全然不接受转译的文学家，鲁迅是不赞同的。他承认转译在一定阶段内不可避免且有裨益，但他只把它当作暂时的现象。他坚定地强调直译的优势，对那些熟练掌握所译语言的译者，比如，"在二十年的工作中俄语掌握得极好"的曹靖华和"同时精通中文和俄文"的瞿秋白给予鼓励，不止一次赞赏曹、瞿二人译文的高度准确性。"靖华的俄语很好，他在列宁格勒大学教中国文学，所以有困难的、不懂的方言，总是能问个明白；他的译文很漂亮，这是早被读者公认的。"在给作家唐弢的一封信中，鲁迅建议他掌握俄语，因为"倘要研究俄苏文学，总要懂俄文才好"（10，230），并指出，从日语版本翻译欧洲特别是俄国作家的作品"是不够的"。在另一封于1936年2月19日写给夏传经的信中，鲁迅写道："外国文却非精通不可，至少一国，英法德日都可，俄更好。"

鲁迅号召文学青年首先学习俄语不是没有根据的。在当时的中国，掌握俄语的译者很少，而众所周知，鲁迅将宣传俄国经典尤其是苏联文学赋予了特殊的意义。他希望，未来中国"著名的作品，几乎都找得到译本"，转译这种翻译方法将随着掌握外语的译者人数渐长而自然消亡。鲁迅称，在发展完善翻译的方法和手段的过程中，必须让"硬译"这种新方法真正优于旧方法，而不是仅仅挂上一块"直接翻译"的挡牌（5，409）。

鲁迅以个人的翻译经验和对其他译者经验的研究为基础，坚决反对追求意译。1931年，著名的翻译家赵景深教授以"与其信而不顺，不如顺而不信"这一论题为形式宣布了自己的观念。对这一立场鲁迅表示批驳，直接提出了反对意见，并指出，如果翻译"信而不顺"，读者虽不能立刻理解，但思考一下，终究还是能理解的，而如果翻译"顺而不信"，读者其实会被误导：他感觉自己什么都明白，但实际上原文讲的完全是另一回事。

鲁迅对译者的要求，第一是准确，忠实于原文；第二是不要死译，也不要为了文风通顺而人为汉化；第三是尽可能保留民族风味和原文的一些修辞手段。在鲁迅看来，通过研究译语所属国家的文学、历史和日常生活，就可以做到这三条要求。译者的阅读量越大，他的知识储备就越深广，就越能成功地保留民族风味和原文的语言财富。对此鲁迅在《且介亭杂文二集》的一篇文章中说：

"动笔之前，就先得解决一个问题：竭力使它归化，还是尽量保存洋气呢？……它必须有异国情调，就是所谓洋气……凡是翻译，必须兼顾着两面，一当然力求其易解，一则保存着原作的丰姿……"

鲁迅曾写道，解决对读者通俗易懂和保留民族特色之间可能存在的矛盾，取决于译者的水平技巧、知识和创作分寸。鲁迅本人的译文以准确性和高度的文采见长，是解决类似矛盾的典型范例。饱读诗书，眼光敏锐，以及翻译上的鉴别力，是鲁迅的固有特征。这也是他的译作被视为典范流传至今的缘故。

鲁迅在自己翻译实践的过程中和在与错误翻译观点的斗争中研

究出来的文学翻译理论，对培养一代杰出的翻译家、鲁迅和瞿秋白的战友和继承人，起着巨大作用，名列其中的有曹靖华和戈宝权。他们延续了鲁迅的光辉传统，为中国读者打开了通往世界文学宝库的道路。隔绝了中国与外界数个世纪的"圈子"永远地倒塌了，民族间、各民族文学间友好交流的时代取得胜利，这正是鲁迅一直在为之奋斗的。

七

上海时期，作家仍在投入紧张而繁忙的工作，全盘思考新的创作计划①，但是他的精力已经被大大损耗。从1936年年初起，作家的身体明显每况愈下。5月15日，病情恶化。鲁迅仍在继续工作，并且是高强度的：翻译、自己写作、口述文章、校对年轻人的手稿。10月初，作家情况好转，开始出门访友，10月8日还参观了全国木刻展览会。然而，命定的结局终究还是无法避免。10月18日，鲁迅感到身体状况变差，开始出现窒息。1936年10月19日上午5时25分，作家与世长辞。

鲁迅的好友许寿裳教授列出了他早逝（55岁去世）的几大原因：

"（一）心境的寂寞。呐喊冲锋了三十年，百战疮痍，还是醒不了沉沉的大梦，扫不清千年淤积的秽坑……

（二）精力的剥削。……毕生所受的只有压迫，禁锢，围攻，

---

① 1936年6月，鲁迅几次提到自己计划写一本关于中国四代知识分子的长篇小说。第一代是他的老师章太炎，其次是鲁迅先生自己的一代，第三是瞿秋白等人的一代，最后就是比瞿秋白和其同龄人年轻些的青年。"知识分子，我是熟悉的，能写的。"鲁迅说，"我想从一个读书人的大家庭衰落写起……一直写到现在。"参见：沈鹏年辑：《鲁迅研究资料编目》，上海：上海文艺出版社1958年版，第192页。

榨取。

（三）经济的窘迫。他的生活只靠版税和卖稿两种收入，所有仰事俯畜，旁助朋友，以及购买印行图书等费用尽出于此……大病后之所以不转地疗养，'何时行与何处去'，始终踌躇着，多半是为了这经济的压迫。"[1]

10月22日鲁迅的葬礼真正表现了中国人民对这位优秀作家的大爱。送行队伍有上万人参加：

"租界内的道路两旁布满印度骑巡队[2]和全副武装的步警，当送行队伍走到中国地界的虹桥路，便由全副武装的黑衣白绑腿的中国警察接替了，刺刀紧挨着步枪，手枪严阵以待。"[3]

国民党反动派就是这样送鲁迅最后一程的，他们惧怕他，哪怕他已死去。而人民群众则用另一种方式来悼念这位伟大的作家和革命者。中国共产党和红色政权地区的政府通过了特别决议，以示永远纪念鲁迅。期刊上登载数十篇献给鲁迅的文章和有关他的回忆。茅盾题为《学习鲁迅先生》的文章完美传达了鲁迅的战友和学生继续未竟事业、发扬革命战斗传统的决心。

鲁迅的生命献给了为人民服务这一崇高目标，这才是真正的人的生命，是勇敢的斗士和思想者的生命，用许寿裳的话说，他身上糅合了清醒的智慧和火热的内心。原则性是鲁迅的主要性格特点。他从不放弃自己的信念，从不背叛诺言。他能够爱憎分明，爱人民和朋友，恨敌人，在敌人面前，他从不退缩。他在日常生活中毫不挑剔，但同时又严格要求，特别是对自己。

鲁迅开创了中国文学发展的新时代，丰富并推进了中国文学的

---

[1] 引自《鲁迅选集》，莫斯科：国家文艺出版社1945年版，第196~197页。

[2] 在租界做警察的一般是外国人。

[3] 王士菁:《鲁迅传》，北京：三联书店1950年版，第503页。

现实主义传统，引领中国小说踏上新道路，更新了中国小说的形式和艺术手法，创造了战斗政论杂文的体裁，为中国的新标准语奠定了基础。他把能量、知识和才华都用于为公认服务于改造社会和提升人类的新文学而战斗，为反对政治艺术的革命文学而战斗，为不墨守成规、不搞形式主义和模仿抄袭的高超技艺而战斗，为学习那些走在前面的——苏联文学而战斗。这位大作家永远都让自己的创作、斗争和事业服务于人民利益。他揭露阿Q精神、卑躬屈膝和谎言——以在精神上解放人民，他将讽刺的炮火对准国民党反动派、军国主义者和他们身在大洋彼岸的主子——以帮助为民族自由而斗争的革命群众，他拥护文字改革——使劳动人民获得了解文化的途径，他热烈支持在中国宣传进步的西方文学——为让中国接触到全人类的精神财富。

鲁迅去世后，中国的进步作家、他的学生和战友仍在继续并加强革命艺术的斗争。他们效法鲁迅的经验，遵照他的遗嘱，研究人民群众的生活，发展和苏联文学的友好关系。在反对日本侵略者和国民党反动派的战争年代，鲁迅建立的统一战线将中国的先进作家团结在一起，发挥了突出作用。鲁迅的名字永远激励着他们。作家茅盾和巴金在抗日战争刚刚打响时就创办了杂志《呐喊》——以鲁迅第一本文集的标题命名。战争时期还有另一本杂志名为《鲁迅风》，即"鲁迅的文风"之意。还有作家群体在桂林出版了杂志《野草》，延续鲁迅的杂文传统，主要刊载小品文、时下要闻和杂记。中国共产党在延安成立了鲁迅艺术学院，为文化战线输送人才。以鲁迅命名不仅为了表示对这位伟大作家的尊敬，还为了表达延续鲁迅为自由和公正而斗争的传统的决心。

如今，"鲁迅学派"在中国获得了胜利，他为之奋斗的理想正在变为现实，滋生如阿Q精神般的丑陋现象的社会制度已告终结。中国挣脱了黑暗的统治，踏上了知识和进步的康庄大道。生活改变了，整个中国文学的面貌也焕然一新。正因为鲁迅迫而为政论文争取存在的权利，才会有今天如夏衍、唐弢、孔罗荪、秦似等才华横溢的作家们创作出的一系列杰出作品；正因为鲁迅痛心于中国懂俄语的译者太缺乏，如今俄国经典和苏联文学的传播者才能组成一支庞大的队伍。在中国文学中，虽然作家们从五四时期才开始从现实主义角度描写乡村，但当下真实描绘今昔中国农民的长、中、短篇小说，如赵树理、周立波、柳青、康濯等人的作品，都已蜚声中外；正因为鲁迅和左联的战友在残酷的斗争中奋力捍卫革命艺术的原则，如今这些原则才能成为新中国文学的基石。鲁迅写的很多东西都已成为过往，但他的创作仍旧鲜活。他是作家经验和技艺的宝库。在中国建设社会主义的今天，鲁迅的生活和他的创作活动以及社会事业，是高度原则性、爱国主义、忠诚于革命信仰和热爱人民的典范。

马潇　译

外国作家书系① 鲁迅(1881—1936)

B.索罗金

　　不论是对于中国新文学，还是20世纪中国精神生活的其他领域，鲁迅多方面的改革活动都具有极其重大的意义。这位伟大的作家、革命家和思想家，的确配得上中国新文学奠基者这样一个崇高的称号。在他去世40年后的今天，他的文学创作、大胆思想、生命样式、不懈的追求和斗争，仍然起着现实的作用。鲁迅的盛名已远播海外，他的创作在人类文化遗产中占据着当之无愧的地位。

　　鲁迅是作家常用的数百个优秀笔名中的一个（且事实上也只是最常用的）。他原名为周树人，生于1881年9月25日，童年和青年时期均在同一个地方——中国东部的古城绍兴（浙江省）度过。周家是地主官僚家庭，原本生活富庶，然而（因徇私舞弊罪）遭查封后，家庭的主要支柱倒塌，之后父亲生病去世，家道迅速破落。

　　16岁前，即父亲去世前，鲁迅完成了以背诵和解读儒家经书为主的基础传统教育，算术不在学习之列，其他的自然科学和精密科学自不用说。院子的围墙长久地将青年作家隔绝在广大世界和劳动

---

　　① 译自《鲁迅作品集》（四卷本）。总主编：弗·谢·科洛科洛夫，康·米·西蒙诺夫，尼·特·费多连科（费德林）。莫斯科：国家文艺出版社1954年版。

人民之外，只有在回母亲乡下时他才有机会和他们打交道。

但是在绍兴，新时代的迹象已萌发。那是一个封建制度危机加深、帝国主义侵略日益严峻的时代。外国的大炮和商品进入中国后，各种西欧技术、科学和文化开始为人所知，统治阶级决定利用它们来维护自己的统治，一些城市里出现了西化的学校。其中一所是南京水师学堂。1898年，鲁迅进入该校。之所以选择这所学校是出于经济上的考虑：学堂的学生可以拿到政府补贴。然而，在接下来几年里，鲁迅对该校的教育状况却不满意，之后他又去了同在南京的矿务铁路学堂，1902年毕业。

在南京求学的岁月里，鲁迅不仅了解了技术学科，还第一次接触到欧洲文学和当代的科学思想。此外，他还对反君主专制和清王朝的斗争产生了同情。鲁迅革命爱国观点的基石正是由此奠定。

1902年3月，鲁迅公费前往日本留学，起初在东京学习日语，而后去了上岛的医学院。促使作家学医的主要原因是想医治人民身体上的苦痛，因为庸医常会给人带来比疾病本身更多的痛苦（就像作家的父亲那样）。然而，到了1906年，鲁迅转而相信，首先要紧的是激发人民的精神力量，把他们从奴役的桎梏下解放出来，而达到这一目的的最好方法就是文学。他回到东京，全身心投入对世界文学和新思潮流派的研究中。

鲁迅和侨居日本的中国革命家们相交甚繁。1906年，他成为一个革命组织——光复会的成员之一。这个团体由著名的政论家、学者、思想家章太炎主持成立。这一时期，鲁迅的民主革命信仰正在形成。

早自1903年起，鲁迅就已经开始了自己的文学和翻译事业。他发表了重要作品——《中国地质略论》和一些文章，翻译了凡尔纳的两部小说。1907—1908年，他在一本大学杂志上发表系列文章，其中陈述了对各式各样的自然科学、哲学和文学问题的见解。这些文章如《科学史教篇》《文化偏至论》《摩罗诗力说》等，是有关20世纪初中国社会思想的有趣且重要的史料。

在这些文章中，鲁迅涉及了这样一些问题，如自然和社会的发展法则、当代文化的特点、中国落后的原因和解决之道等。基本结论可概括如下：自然和人类社会处于连续不断的进化中，中国要么迅速赶上已跑在前头的国家，要么灭亡；局部革命、创立工业、强化武备都无法挽救颓势，必须培养坚强勇敢的有志之士，只有他们才可能克服封建陈规束缚之下的污浊社会的强大惰性，带领国家走上进步之路。培养这种"勇猛无畏之人……排舆言而弗沦于俗囿者"，是文学的首要任务。

鲁迅很钟爱19世纪上半叶的伟大诗人普希金、莱蒙托夫、拜伦、雪莱和密茨凯维奇，他惊叹于他们作品中对自由平等的向往、对奴役的愤恨、对上帝的反抗和激昂的爱国热情，这些诗人的作品几乎全是鲁迅首次介绍给中国读者的。鲁迅尤其推崇"令西欧人士，无不惊其美伟矣"的俄罗斯文学，他终其一生对俄罗斯文学都充满热爱。

对俄罗斯民族的解放斗争，特别是1905—1907年俄国革命，鲁迅给予了长久的关注。这是中国进步活动家独有的特点。鲁迅否定了行将腐朽的封建君主专制及其思想制度，同时也不接受西方的资产阶级民主制，认为在这种民主制下"成千上万的小人前仆后继换当暴君"。批判这种伪民主时，作家有时会采用从尼采和叔本华那里借用的一些个人主义的术语。不过，鲁迅文章的全部内容表明他对这些术语完全是另一种理解，通过使用这些术语作家找到了革新中国的战斗热情，以及敢于站到因循守旧的反动派和庸人对立面的勇气。

在回国前不久（1909年夏），鲁迅参与出版了两本外国小说集，即欧洲作家的作品译本，其中几乎一半是俄罗斯作家的小说，迦尔洵和安德烈耶夫的小说也被收入其中。由此开始，直到生命最后几年，鲁迅始终坚持不懈地为中国介绍俄罗斯的文学。

鲁迅的回国令其家庭经济条件每况愈下。为谋生计，他在绍兴和杭州的学校当起了教师。鲁迅开的化学课和物理课对那个时代而言深刻且大胆，引起了听者热烈的兴趣，也吸引了政府不怀好意的目光。1911年革命前夕，鲁迅最终被迫离职。

对这场革命，鲁迅表示了热情的欢迎。作为学生队伍的带队人，他在革命解放绍兴时帮助建立秩序，积极创办革命刊物。然而，作家很快就明白，革命只是推翻了清王朝，并未改变人民群众的本质状况。他极度失望，离家前往北京，并经由朋友介绍任职于教育部，长时间告别了文坛和社会生活。这段自由的光阴被作家用来抄录古碑铭文，校对古籍，研究佛教教义。只有极少的日常记录表明，在这段"返古"的日子里，鲁迅仍和以往一样关注着周围，对中华民国的新秩序表现出了极度的痛恨——在当时的政府中已经出现了和帝国主义者勾结的怀有反动倾向的将军。

鲁迅在帝制被推翻后不久创作的极少量的文学作品中，第一篇小说《怀旧》值得关注。这篇小说虽是以当时的官方书面语言"文言文"写就，远离现实口语，但在内容和形式上有其创新之处。它是中国传统文言小说和作家一贯辛辣尖刻的情节的平衡，从心理上细腻刻画了一个普通中学生的生活片段。作家借学生之口表达了对民族起义的同情，同时描绘了旧社会的砥柱——愚笨、爱财、奸诈、故弄玄虚的卫道士的极具表现力的讽刺肖像。小说明显受到欧洲现实主义文学创作经验的影响，饱含对普通百姓的同情，警醒同胞莫过于轻信革命的伪战友。

1907年，中国开始爆发民族解放运动和文化民主运动，导火索是为中国带来马克思主义的俄国十月社会主义革命，1919年的五四运动达到高潮。五四运动是广大人民群众群情激奋的结果，目标直指反帝反封建。在这种新的斗争环境下，鲁迅重新投入热火朝天的事业中，很快再次成为激进知识分子和渴望变革的青年人的思想领袖之一。

1918年，即著名小说《狂人日记》发表的这一年，5月，鲁迅加入《新青年》杂志。这是当时最具权威性的进步刊物之一。除了小说和诗歌外，他在上面还发表了许多嘲弄腐朽封建文化拥护者的短文。在其中一篇中，作者热情欢迎了俄国的人民革命斗争，认为它是"新纪元的曙光"。

和其他民主知识分子一样，鲁迅从此时起，开始转而使用鲜活的、为大众接受的语言——"白话"。《狂人日记》便是第一篇用白话写成的文学作品，它和"文言文"不一样，和中国古代传统小说的半白话也不同。这对中国文学来说已经是一次革命性的创举，但更富感染力的，在当时人看来，是小说的内容。

这篇小说的构思取自果戈理。主人公意外得知周围的世界实际上是被吃人法规统治了4000年的弱肉强食的世界，只是之前被仁义道德、公正诚善的假话遮蔽着而已。这一看法本质上极为准确，在主人公的大脑里，这一想法表现为一些可怖的具体形式，比如，他认为有人要吃他，他本人曾吃过自己姐妹的肉……然而在狂人身上，满怀拯救人类希望的人道主义者仍占据着上风。他的悲剧在于，受压迫的人民不理解他，不仅如此，人民还公然与他为敌。作者最后只有寄希望于"没有吃过人"的孩子，也许只有孩子才能成为"真的人"。

小说的这种结尾既有优点，也有缺陷，这是20世纪20年代中期以后的鲁迅作品所特有的。优点在于作家对进步和胜利、对历史进程充满信念，缺点是作者也未能明确指出胜利的道路，同时忽略了"孩子"也有不一样的这一事实。

《狂人日记》为鲁迅打开了广泛的知名度。继首篇短篇小说后，作家又创作了20多篇同类题材的作品和一篇中篇小说，被编入《呐喊》（1923）和《彷徨》（1926）集。

凭借着反映现实生活的广度、思想的创新度、艺术手法的多样化和语言的灵活准确，这两本容量不大的小书成了中国新文学的奠基石。

鲁迅的短篇小说多次被翻译为外文，这使得他成为外国读者熟悉的中国作家之一。

这些小说在中国文学史上首次为"默默的生长，萎黄，枯死了，像压在大石底下的草一样，已经有四千年"的百姓发声。鲁迅把此前未得到足够刻画的新生活领域和新人引入了"主流文学"。要知道，即便在中国传统诗歌和小说那些愤慨社会不公及忧心民生疾苦的最优秀的作品里，都没有也不可能彻底揭露中国社会的根本矛盾。在描述穷人的悲惨境遇时，这些作品寄予了真切的同情，但似乎只是同情而已，关于如何解救人民于水深火热，除了以诚善的统治者代替暴恶的统治者外，作者们也别无选择。

鲁迅能够深入地触及旧中国人与人关系的本质。在这一点上，他承认俄罗斯文学功不可没："从文学（俄罗斯文学——作者注）里明白了一件大事，是世界上有两种人：压迫者和被压迫者！……却是一个大发见，正不亚于古人的发见了火的可以照暗夜，煮东西。"鲁迅的贡献在于，他揭露了阶级对立在中国的独特形式。

如果在《狂人日记》里，作家只是从最普遍的大范围来谈论这一主题，那么在接下来的作品中，所谓"上等人"和"下等人"之间不可调和的矛盾对立则得到了越来越深入和具体的展现。这种矛盾表现在《祝福》中祥林嫂的悲惨命运上，她是地主们的偏见迷信和残酷无情的牺牲品；也表现在对农民闰土（家乡、土地之义）生活的悲伤叙写中，他从一个勇敢活泼的男孩变成屈服于命运的奴颜婢膝的佃户。而天才式的小说《阿Q正传》更以独特的深度刻画出了这种矛盾对立。小说主人公是一个可笑又可怜的乡村雇工，靠着有钱人赵太爷讨生活，他象征着人性自尊被贬低到极致的旧中国人民。而必须指出的一点是，鲁迅从未在任何一篇小说中试图在现有秩序下寻求解决矛盾之道，他只是始终坚持否定腐朽的旧制度。作家在《故乡》中强调，"应该有新的生活，为我们所未经生活过的"，那时才能建立起平等的人际关系。

1911年革命并没有带来"新的生活"。小说《风波》证明，革命和农民是完全格格不入的。人们只不过剪掉了象征屈从于清朝的辫子，乡村的父权制生活和政治的怠惰依然照旧。对此《阿Q正传》中也有所提及："革命党虽然进了城，倒还没有什么大异样。知县大老爷还是原官，不过改称了什么……带兵的也还是先前的老把总。"至于"自由党"，阿Q的同村人不仅不知道这个党是干什么的，就连"自由"这个词是什么意思也不懂。

对1911年革命的不彻底性的批判表明，鲁迅是站在中国劳苦大众人民，首先是农民这边的。他的作品发出了对能真正体现人民价值的革命的呼唤。

鲁迅作品中的主线之一是批判封建道德、揭露儒家教条和贯注教条的官方"文化"。对旧思想的不妥协使得鲁迅和19世纪末20世纪初那些在嘲讽假冒学者和争名逐利者的同时，自身不但不反对儒家的思想意识，反而还时时宣称自己是该学说的正统拥护人的中国老朽截然不同。无怪乎他作品的这一方面令时人印象深刻。有人写道，鲁迅"撕开了鸡鸣狗盗之徒满口仁义道德，戴着封建卫道士的面具躲在其后吃人的帘幕"，也有人称他的作品"有着炸弹般的毁灭性力量"。

孔乙己是鲁迅同名小说的主人公，他在追逐科举之路上白白蹉跎了自己最好的岁月，而通过科举考试当官对穷人来说，几乎是不可能实现的梦想。如今垂垂老矣的他，只能靠做零工、喝酒和偷窃勉强度日。然而他依然相信，读书人在生活中有某些特殊的权利：没读过书的人是偷，读书人的事则不算偷。这个和周围人没什么差别的乞丐，却因为清高而受到周围人的恶意嘲笑。作者强调，他的主人公是把知识分子和人民群众割裂开来的官方教育体制的牺牲品。

鲁迅创造了一系列恶的罪魁祸首和帮凶的形象，其中有好色的伪君子四铭（《肥皂》），敬神的恶人鲁四爷（《祝福》），最后还有《阿Q正传》中的未庄"贵人"们。依照鲁迅的风格，文中几乎找不到对他们的直接嘲讽和批判。作者把被嘲笑人物的言行和那些人自认为所代表的高尚道德原则做对比，以达成讽刺性的揭露。并且，作者一般会把这种对比的机会交给读者本人。这种手法用得非常出彩，特别是在《阿Q正传》里赵太爷和他的儿子还有"洋鬼子"活动的各种场景中。

西方的读者常常会感到惊讶，鲁迅为何几乎不写爱情。的确，鲁迅只有一篇短篇小说《伤逝》谈到了主人公的爱情，准确地说是谈到这种无力承受社会冷漠和生活困顿的爱情的逝去。几乎不写爱情，原因绝对不在于作家创作视野的局限。鲁迅真实地指出，儒家原典及植根于此的"阶级划分"和扼杀年轻人幸福生活的父母包办婚姻制度正在逐渐丧失权威。

书写真相，无论真相多么残酷——这是鲁迅所恪守的格言。鲁迅清楚地看到，漫长世纪的压迫在人民的心理上留下了痕迹：在《药》中，无知的穷苦父母想用被绞杀的革命者的鲜血医治害痨病的儿子；《头发的故事》中，庸人们不断对爱国者们加以嘲笑；在描写极为鲜明的《示众》场景中，人们麻木地冷眼旁观被定罪的人，似乎希望罪者之罪可以令自己感到幸福。

小说《阿Q正传》对某个特定民族群体的缺点的批判达到了登峰造极的程度，批判的矛头在这里直指"精神胜利法"。这种方法的本质在于，被侮辱的人通过各种诡辩说服自己，让自己相信自己在精神上高出侮辱人者一等，从而变失败为胜利。这种自我欺骗和对生活矛盾的逃避遭到了作者激烈的讽刺。

研究者们一直争论的问题是，尽管小说中已充分说明催生出精神胜利法的是旧中国的整个生活方式，为什么鲁迅还会选择一个无家无室的雇工阿Q作为精神胜利法的实施者？为什么他没有首先把这一重任交给"尊贵"的赵太爷和其心腹们？答案也许只有一个：在作者看来，帮助自己的同胞和一切阻碍人民进步的东西，包括群众的阴暗心理，做斗争，是自己的基本责任。鲁迅严格的甚至是毫不留情的批判体现着他革命的爱国热情，这与封建落后分子的伪爱国截然对立。

对资产阶级的激烈揭发，对民族劣根性的辛辣讥讽，对社会制度牺牲品的坚定同情，这都是鲁迅短篇小说的突出特色。所以《呐喊》和《彷徨》应该被归为批判现实主义作品。与此同时，还必须指出的是，虽然鲁迅短篇小说中的正面人物数量不多，但他们对于理解鲁迅20世纪20年代的创作方向极为重要，特别是和鲁迅的政论文相比。

鲁迅不仅看到了人民的悲剧，还看到了人民的伟大。他们的命运千百年来始终悲惨如一，但美好的道德品质、健康的民族精神，让鲁迅对他们的未来充满信心。

短篇小说《一件小事》中的主人公——人力车夫，为了帮助一贫如洗的老太太而停车，不顾这样收入会受到损失。这件事本身不值一提，但作者从中发现了普通人崇高的心灵。这种充满人道精神的行为影响力不容小觑，连乘客狭隘自私的冷漠内心也被深深触动。文章借乘客之口说出："我这时突然感到一种异样的感觉，觉得他满身灰尘的后影，刹时高大了，而且愈走愈大，须仰视才见。而且他对于我，渐渐的又几乎变成一种威压，甚而至于要榨出皮袍下面藏着的'小'来……独有这一件小事，却总是浮在我眼前，有时反更分明，教我惭愧，催我自新，并且增长我的勇气和希望。"

在其他一系列的短篇小说中，鲁迅带着深切的好感勾勒出了普通劳动者充满魅力的崇高轮廓，如《社戏》《故乡》和《明天》。而在这一时期的作品中，革命者形象只出现了一次，这就是小说《药》中因谋反言行被清政府绞杀的主人公夏瑜。作者毫不掩饰自己对这位即使身处牢狱都要进行革命宣传的勇敢青年的赞叹。然而，夏瑜并非小说的主人公（读者只能从其他人物的对话中获知此人）。小说黑暗的结局更会让人为这位孤独的反抗者的牺牲备感不值，他的所作所为并不被世人理解。真正试图和人民并肩作战进行解放斗争的主人公，主要出现在鲁迅20世纪30年代的作品里。

鲁迅作为一个革新家，不仅表现在作品的内容上，还有作品的思想中。他为中国文学引进了一种崭新的塑造人物艺术形象的方法。在传统的长篇或短篇小说中，每个人物一般只表现出一种性格特征，如忠心、狡诈或者敏感。人物的全部行为和所有的细节描写都要服从于这些主要特征。形象获得了清晰度和鲜明度，却是单一维度的。而鲁迅笔下的人物往往拥有很多维度。各种各样表面上互相排斥的特征融合在一起，构成了极富生活可信度的人物性格。在这方面很出色的一个形象就是阿Q，他的性格不但充满矛盾，而且处于复杂的变化发展中。

鲁迅创新之处的另一个最重要的方面就是其短篇的人物心理。在一些描写知识分子生活的小说，如《孤独者》《伤逝》《弟兄》（来自《彷徨》集）中，主人公内心隐秘的思想和感受借助高超的技巧得到最为淋漓尽致的传达。身处转折时代、无法在生活斗争中找到自己位置的人的冲动激情和摇摆不定，城市知识分子粉饰自身小市民心态的企图，都是作家严苛的心理分析的对象。

鲁迅的心理描写对中国文学而言是一个新的现象，因为此前的中国文学在表现人物感情时几乎都是通过人物的行为动作完成。鲁迅在自己的很多小说中把复杂情节的重要性降到了最低，首次以欧洲文学的成就为基础，广泛使用内心独白、回忆和作者插叙等揭示人物心理的方法。

而与此同时，鲁迅的作品和民族传统又是紧紧勾连的。这种联系特别体现在拒绝铺陈和细节描写，在人物轮廓的塑造上力求简练，保证对话的准确和简洁。作者独具个性的语言风格涵纳了上个时代文学语体中最优秀的元素，同时也加入了一定的口语。

鲁迅在文学创作中实际创立的现实主义艺术原则，在中国文学的形成和发展中起到了巨大的作用。早在1921年，第一个大型的现实主义作家团体——文学研究会成立，研究会主要成员（如茅盾、叶圣陶、王统照）的创作宗旨正是在鲁迅作品的直接影响下形成。

除了《彷徨》集中的短篇小说，鲁迅还创作了一系列的小型作品，或可称为散文诗，它们构成了鲁迅的另一文集——《野草》（出版于1927年）。按照鲁迅的说法，这一系列作品中那些变化无常，且总是古怪离奇的形象，体现的是作者对发生在写作年代的时事的印象。"因为那时难于直说，所以有时措辞就很含糊了。"连鲁迅学的专家们也无法给出能把所有作品穿起来的具体理由。不过有一点是清楚的，这些作品反映出的是心灵的斗争和作者因中国北方受反动势力压迫的局势而出现的苦闷情绪的延续。早期的诗歌所绘形象主要是"死火""彷徨的影""颤抖的线"，而之后的系列作品奏响的主题则是不屈不挠的斗争（《这样的战士》），歌颂的是燃尽一切腐朽的"地火"（出自《野草题辞》，同样以散文诗的形式写就）。丰富的想象力，准确传达感情变化的多样修辞手法，使得《野草》成为鲁迅作为一个艺术家所取得的显著成就之一。

鲁迅在20世纪20年代前半段的活动是极为多面的。他没有丢下教育部的工作，同时还在北京的研究所教授文学史的课程，出版了《中国小说史略》，并在为出版文学批评资料做着准备。而且，鲁迅的政论文创作愈来愈频繁。他在这一时期写的文章差不多组成了四本文集:《坟》《热风》和两卷《华盖集》。

此期鲁迅的政论文形成了如下几个特色:主题的广泛性，所提问题的尖锐性，高超的论争技巧和无比的睿智。鲁迅在自己的大部分政论文中都会涉及具体的时代事件，揭发或者嘲讽某个具体的人。

不过，正如杰出文化革命活动家瞿秋白明确指出，鲁迅笔下那些蒙昧主义的部长、扮演情报提供员的教授和"自由艺术"的献身者，正在转变为封建帝国反动派的典型代表形象。鲁迅在这一时期的政论作品总体上呈现为反对整体政治思想制度的斗士形象。

鲁迅的政论文中，占据特殊位置的是他为1926年"三一八惨案"所作的战斗檄文。当时，北京政府持枪射杀了维护和平的大学生游行队伍。这些文章意味着作家的世界观发展到了新的层次，而此时的作家正在正确认知1924—1927年革命的任务和前景的道路上艰难跋涉。

同年夏，鲁迅离开北京，前往正在革命的南方。起初几个月作家在厦门度过，任教于大学，进行回忆录《朝花夕拾》的写作，之后搬到广州，领导中山大学的文学系。在他到来后不久，蒋介石发动了反革命政变。鲁迅的很多学生因此牺牲，危险也降临作家头上。1927年9月，他离开广州去往上海，由此开始了作家创作生涯中最后的、最富于战斗性的、最为光辉的时期。

1924—1927年革命的失败并没有使中国人民自由解放运动的发展就此止步。在中国共产党的领导下，劳动人民再次举起武装斗争的大旗，中国的很多省份都建立了苏维埃区。在这种形势下，进步文学界展开了关于革命文学的后续任务和发展道路的争论。争论总体上是必需的，也是有益的。然而，因部分年轻作家的理论尚不成熟，争论的很大一部分内容是对鲁迅和茅盾观点及作品的错误批判。

来自太阳社和创造社的一些青年作家站在庸俗社会主义和宗派主义的立场上，试图将鲁迅的文学遗产当作过时之物一笔勾销，称鲁迅本人是"资产阶级的喉舌"甚至"封建残余"。虽然他们本身也提出了一系列基本正确的与作家世界观创作相关的文学和革命斗争的原则，但是，他们没有强调深入生活的必要性和根本性，也不理解建立统一文学战线的重要性。对这些错误的倾向，鲁迅予以了极为严厉的批判。虽然在细节上有错误，但鲁迅促进革命文学发展的立场整体上还是正确的。1929年年末，以鲁迅提出的原则为基础，在党的领导下，进步作家力量团结在了一起，组织上体现在1930年3月2日中国左翼作家联盟的成立。鲁迅被公认为左联的首领。

在此需要强调一点，有益的文学论争也有助于鲁迅世界观的转变，激发了他从美学和社会学角度去深入研究马克思主义文学（特别是，鲁迅把普列汉诺夫和卢那察尔斯基的作品翻译成了汉语）。从20世纪20年代末起，作家的思想政治立场开始向马克思主义转变。鲁迅和中国共产党上海地下组织保持着密切联系，在文学和艺术领域丝毫不动摇地坚持革命路线。

上海时期，作家的主要武器就是政论文。这9年内作家创作的各种政论题材的作品共组成了10本文集，如《而已集》《南腔北调集》《伪自由书》《且介亭杂文》等。在这些书中，作家对国计民生做出了自己的回应，毫不畏惧地控诉反动势力的罪行，讴歌为民族自由抗争的斗士。

鲁迅的政论文的思想和人生内涵都是一笔取之不尽的丰富资源。正如茅盾公允的评价，鲁迅的文章"是历史风云的反映，几乎现代文学三个十年中所有的政治、经济、文化现象在他的作品中都有反映"。从这里我们能窥见鲁迅政论作品的基本倾向和作品中形成的主要原则。

鲁迅在揭露国民党体制的反人民政策和帝国主义者对中国的真实企图的同时，表达了对中国共产党纲领的完全支持。

鲁迅始终致力揭露蒋介石针对日本侵略所持立场的投降本质，

他证明了帝国主义者的虚假"同情"是无法阻止武装干涉者的，只有广大的人民统一战线才能做到。

苏联人民的可靠朋友——鲁迅如此写道："现在苏联的存在和成功，使我确切相信无阶级社会一定要出现，不但完全排除了怀疑，而且增加许多勇气了。"作家呼吁："我们倒是要打倒进攻苏联的恶鬼，无论它说着怎样甜腻的话头，装着怎样公正的面孔。"

在反对诸如"远离政治的自由创作""超乎阶级的作家"这些五花八门的资产阶级论调的同时，鲁迅同样坚持着革命艺术的原则。他指出，真正的革命作家应该克服小资产阶级的残余意识，接近人民群众，让作品通俗易懂，同时不流于浅薄。这位经验丰富的作家，他的建议和严格批评，对很多青年作家和左联成员都起到了不可估量的作用。同时还不得不说的是，在中国进步艺术的形成——首先是汉字书写法的形成中，鲁迅的重要性也是独一无二的。

他付出了不小的心血研究象形文字演变的相关问题，积极提倡汉字拉丁化。他把推进大众语作为首要任务，这是一种比知识分子作家的"白话"更接近民族口语的标准语，白话中还保留了一定量的书面短语和欧化用语。

在鲁迅的政论文中，比较特殊的是他写给为中国自由而牺牲的斗士的作品。在深切悲恸和狂热激情的字里行间，鲁迅为中国共产党创立者之一李大钊，还有1931年被处死的党员作家，以及游行中被枪杀的大学生们高唱赞歌。在这些文章中，我们能感受到主人公想和读者接近的愿望。文章指出，为民族争取光辉未来的，不是什么尤物，而是那些普普通通却满怀信念和决心的人。

鲁迅的政论文有着惊人丰富的体裁类型，如论文、小品文、公开信、回忆录、日记、评论、前言等，还有很多别的形式也运用得同样出色，他会为每种情况找到特别的风格和传递材料的手法。

由于作品常常发表在受检查的刊物上——这是出于扩大读者群考虑，鲁迅摸索出了一套伊索式的语言，这自然加大了他的一些文章的接受难度，但这难度同时又因作者闪光的思想和深邃的智慧而备受赞誉。和在北京时一样，作者在上海期间也没有中断自己的翻译事业。他为中国介绍了日本、荷兰、保加利亚、罗马尼亚、奥地利等国的许多作品，其中成就最大的是他在俄国和苏联文学上的翻译活动。契诃夫、萨尔蒂科夫－谢德林、果戈理的小说，法捷耶夫的《毁灭》，潘捷列耶夫和雅科夫列夫的中篇，肖洛霍夫、费定、涅韦罗夫等人的作品——这只是一部分——根据鲁迅的说法，这是"精神食粮"，也多亏了他，它们才能为中国读者熟悉。鲁迅最后一部大型的翻译作品是果戈理的《死魂灵》，翻译工作因去世而在第二卷第五章戛然而止。

鲁迅在从事革命文学家、政论家和翻译家的繁重工作时，并没有放弃自身的文学创作。1934—1935年，他完成了始创于20世纪20年代的《故事新编》系列。这本集子是基于古代框架——古代传说、神话和神话书片段之上的再创作和再思索，许多传说都是直接针对当时发生的政治事件。因为从当代现实中取材是不可能的：半合法的处境，监禁的威胁，令作者没有机会直接观察生活和与广大社会阶层交流。

20世纪30年代中叶，作家的旧疾——肺结核加重。他以自己顽强的生命力震惊了外国医生，直到生命最后一刻，他仍然在坚持工作。1936年10月19日，作家逝世，他的葬礼最后演变成了一次政府无力阻止的民众游行。

鲁迅的创作遗产，以及与他的名字有关联的所有东西，对中华民族而言都是无价之宝，鼓舞着人民为争取民族和社会解放艰难抗争。继承自鲁迅的革命现实主义传统，在新的历史条件下，在20世纪50年代最优秀的文艺作品中得到了发展。作家的书得到大量出版，并被改编为戏剧和电影。在北京、上海和绍兴，都有鲁迅的纪念博物馆。他的世界观、美学观和形象体系，是很多人研究的对象。

　　早在生前，鲁迅就已经获得了国际声誉。20世纪20年代末，他的作品最早被翻译成俄语、法语和其他语种。过去的10年，鲁迅的创作已成为各大洲读者的财富。特别是在我国，这位为巩固两国友谊付出了如此努力的伟大作家，赢得了人们的极大尊重。

马潇　译

回忆录与讽刺故事①

Л. 波兹涅耶娃

鲁迅提笔回忆童年和少年时代是在40岁以后，为时相当晚。

作家详细描绘了自己成长于此的小地主之家的日常富裕生活和充满腐朽守旧之风的小县城。他很反感各种迷信礼节束缚下的畸形儿童教育，在短篇小说《阿长和〈山海经〉》中，作家回忆道，人们在新年这个节日只能讲寓意幸福和富裕的吉祥话，所有人，上自父亲，下至保姆，教给孩子的都是兆头和迷信。

对每个家庭来说，生男孩，特别是长子，是一件大喜事，因为这是家族香火的延续。于是为保护孩子免遭危险，人们研制出了一整套迷信手段。比如，取阿猫阿狗这种可以让孩子远离邪物的名字，以防鬼灵伤害孩子。类似的还有请和尚来给男孩当师父（《我的第一个师父》），因为在道学先生看来，和尚是下贱之流，所以鬼怪对和尚也应是不屑搅扰的。然而，道学先生尽管自己鄙视和尚，却让孩子对和尚师父毕恭毕敬，领到师父的庙里去。鲁迅揭露了虚伪的卫道士们，他们罔顾被自己视作必需的道德准则。

---

① 译自《鲁迅作品集》（四卷本）。总主编：弗·谢·科洛科洛夫，康·米·西蒙诺夫，尼·特·费多连科（费德林）。莫斯科：国家文艺出版社1954年版。

在小说《我的第一个师父》中，作者再现了一个充满矛盾的师父形象——龙师父。尽管信佛，这个和尚却是俗家人，不仅结了婚，还是几个孩子的父亲。这都是宗教教规不允许的。他和儿子们以庙为家：对和尚而言，受戒仪式是一份繁累的重负，办丧事才是收入的来源。和尚们的逾规，乡民和地主的小儿子都心知肚明。

孩子身边充斥的虚假和伪善，这对于他们的教育十分不利。即使照今天的观念看来文化水平较高的家庭中，鬼神之说都占据着上风，一切以迷信为依据，从外部渗透进中国的新事物也在转变为混合了古老咒语的迷信手段。（《我的种痘》）

从作者的回忆看，长妈妈是他童年最亲近的人。这是一个朴实的农村妇女，甚至连名字都没有，人们以上一个用人的名字来称呼她——只不过换了个佣工而已。阿长是第一个给小鲁迅讲太平天国起义战争的人，她本人还曾被迫参与其中。小鲁迅常常和她吵架，但很喜欢她。作家对这位孤苦无依的用人的回忆贯穿着一种温暖的感情："仁厚黑暗的地母呵，愿在你怀里永安她的魂灵！"作者在小说结尾为自己的保姆如此写道。

鲁迅从保姆、祖母和乡村老少那里听到了大量民间故事和传说，为自己后来的创作汲取了很多形象（《狗·猫·鼠》《论雷峰塔的倒掉》等）。受过民间传说故事熏陶的作家，对民间场景如宗教游行和乡村戏院，一直怀有极大兴趣。他曾表示，乡村戏传达的中国神话形象比城市戏、职业戏更清晰，更有表现力（《无常》）。

每个乡村都有自己的戏台，台上表演的不仅有演员，还有票友，如农民和手艺人。演出戏剧是为了敬土地神，也是为了在灾年时向上天祈求。

鲁迅曾经认为，《目连救母》和《女吊》是民间戏创作的最优秀的剧目。在戏的结尾，世上并不存在的正义总能获得胜利："坏人下地狱，好人上天堂。"

民间剧目常常具有反政府的性质：其中，死士们和17世纪的满族人抗争，为参与19世纪的太平天国起义而牺牲，被人民歌颂为英雄。

鲁迅既深切又真实地刻画了古代中国妇女的悲惨命运。通常，贫苦人家的女孩不得不从小住在夫家，忍受蛮横婆婆的欺辱。她们的不幸命运被唱入曲中，写入书中，也被民间戏剧编成剧目。舞台上的演出虚虚实实，交织着对来生的期盼。在戏剧中，讽刺起着至关重要的作用：人们会嘲讽地府的掌管者本人——阎罗，嘲讽专门送人上西天的蹩脚大夫。社戏、游行、童话、趣事，都是和迷信斗争的有力手段。正如俄罗斯人民创造了战胜"医生、牧师、警察、魔鬼，甚至死亡"（高尔基语）的彼得鲁什卡一样，中国人也嘲弄死亡。在鲁迅笔下的乡村剧中，祭礼常伴随着娱乐。作家强调了和尚在寺庙和书中塑造的、用来威吓人的可怖的天神形象和劳动人民在自己的戏里创造出的欢乐、睿智、狡黠的神之间的区别。从鲁迅的回忆可以看出，这种艺术具有深刻的人民性。乡村戏如今仍然存在，它在中国是最广泛的艺术，但现在其中演出的已不是宗教性的内容，而是革命性的内容。

人民和宗教教条对抗的方式，或是嘲笑宗教人员（龙师父的故事），或是在专门的结局中痛斥作恶之人（《论雷峰塔的倒掉》故事中的和尚）。人们按自己的方式理解传说，在民间戏里汲取乐观的生命力量，化为反抗劝世之说的斗争手段。统治阶级的代表们对民间创作是不屑的，也不允许自己的孩子看乡村戏，他们教给孩子的是谎言和虚伪，还有对扼杀鲜活思想的儒家戒律的尊崇。

在《从百草园到三味书屋》等文中，作家展现了古代中国的教育面貌。他用清晰的画面描绘出，父亲如何强迫7岁的孩子背诵他并不理解的经文，死记硬背不解其意的词语和复杂的象形符号。这种教育在19世纪，甚至20世纪的中国都非常典型，虽然爆发过1919年革命，但类似的方式在一些地区仍保留至1949年人民革命胜利前夕。

在中国古代的学校，培养孩子的好奇心是完全没有必要的，在家庭里也是。没有人向少年鲁迅解释他阅读的书，也没有人注意到他的绘画特长。充满活力和好奇心的男孩痴迷于当时被禁止的戏剧文学、叙事文学和带插图的出版物，通过它们了解周围的世界，并临摹自己喜爱的图画。从童年起，对美的热爱和对准确形容事物的追求就这样在作家身上生发和发展。艺术才华后来令作家受益匪浅：他有时会自己画封面，做过好几次关于绘画问题的演讲，还是恢复20世纪30年代木版雕刻艺术的发起人。

鲁迅在自己的回忆文章中讽刺了写给儿童的劝诫书籍，其中一本（《二十四孝图》）以儒家戒律为纲，扭曲子女孝敬父母的概念。书中最典型的人物老莱，70岁还穿着五彩斑斓的童衣，走路手舞足蹈，在地上打滚，玩拨浪鼓，逗父母开心。还有贫苦人郭巨，决定牺牲自己的儿子，活埋儿子，减少一张吃饭的嘴来赡养老母。鲁迅尖锐地批判了类似的孝道概念和这些书中宣传的对奇迹的迷信。他把劝世文学中的正面人物称为残忍、造假和虚伪的代表，剥去了他们自我牺牲的光环，指出了这些理想人物和现实的脱节。作者从现实主义的立场出发，证明劝世文学在思想上就是错误的，书中的插图灌输给孩子的只有憎恶，是失败的，因为最富才华的艺术家不会把破坏真理的东西画得如此引人入胜。鲁迅把为类似文学做宣传、禁止现代儿童书籍的劝世者们，比作童话里的吃人怪——马虎子。

鲁迅关于童年最艰难时日的回忆饱含着苦涩（《父亲的病》）。作家描画了一幅县城名医的肖像图，揭露了他们贪图钱财。在他们开出的古怪药方中，最普通的草都被冠以奇奇怪怪的名字。蹩脚医生勾结药房，药房再开高价去"寻"最"珍稀的"药。在作者眼中，古代的中医"尚未和巫术脱离"，支配古代中医的代表们的，不是仁者之心，而是个人私利。鲁迅认为，这些医生最大的恶在于守旧，他们不追求知识，反而反对科学的医术。

在一些短篇中，作家勾勒了省城居民的形象。比如，衍太太（《琐记》），为博好人的名声，她撺掇孩子玩危险的游戏，而后却又立马指责孩子。她引孩子走歧路，如果孩子听从她的意见，又第一个落井下石。和其他形象一样，鲁迅借这个形象揭露了小市民的卑鄙和欺骗性，作者也因此决定离开家乡，出发去寻找新的未知。

在短篇小说《琐记》和《论照相之类》中，作家再现了各种各样有关外来洋人的无稽传闻。人们编造类似关于残忍的征服者的故事，这很正常。但为了揭穿这些无稽之谈，使人不再为此惧怕担忧，不仅需要勇气和无畏，还要有发现新事物的能力。

鲁迅还在回忆文章中讲述了自己在南京矿路学校学习，以及在旧中国引入新技术的悲惨经历。学校的桅杆和水池、下去"看了看"发现完全是另一副模样的矿洞等，只能激发对技术的渴求，而没法教会人技术。新学校的建立者——高官显贵们，也培养不出工程师和技术员。鲁迅笔下的这幅技术学校图，不全是揭露，还充满了幽默。但是，他的幽默很多都带着伤感——祖国没有能力培养年轻人，所以年轻人不得不去留学。

在《琐记》《藤野先生》《范爱农》等短篇中，鲁迅记述了19、

20世纪之交的年轻人如何形成新意识，塑造了一个和旧传统决裂的青年形象：他靠公费念新开的学校，如饥似渴地阅读新出的报纸、书籍和译作，当时的政治事件——百日维新革命及其被残酷镇压（1898）让他看到了中国的落后，那些年涌现的反对外来压迫的革命者和斗士，帮助他更清晰地认识到了周围的局势和环境，而政治文学则令人联想到17世纪满族人的暴力征服，想起中华民族的英勇反抗和揭竿而起的英雄们。

作家在自己的短文中常常提起满人强迫汉人留的辫子。无数头颅垂下，血流成河，全城遭屠，然后人们才开始留辫子——这是清王朝桎梏压迫的罪证。后来，人民在奋起反抗征服者时，都会用辫子宣战：蓄满头发，和古代男人应当做的一样。所以起义者总被称为"长毛"。而革命者对清王朝宣战时，都会剪掉头发。作家本人也曾因为辫子遭遇过很多不快。

鲁迅的很多短篇文都清楚地记录了日本留学生的生活。当时，日本是中国政治移民的中心，鲁迅也正是在日本接受的教育。从关于范爱农的回忆文中，我们能了解到当时作家和其日本友人身处其中的紧张氛围，比如，革命者的斗争，比如，大学生愤慨于徐锡麟和秋瑾被处以极刑。和《孤独者》一样，鲁迅借范爱农展示了一个典型的中国人形象，这一形象长久地试图与旧社会决裂，直至肉身灭亡，以失败告终。

从鲁迅描写日俄战争时期的小说可以看出，作家和其他进步中国人一样，绝对不会站在日本侵略者一边。他强调，这种"万岁"的欢呼"特别听得刺耳"。作家为还在沉睡的民族，为正饱受战火摧残的祖国悲痛不已，他既不支持日本，也不支持沙皇俄国，而是站在反对战争、支持革命的俄罗斯人民一边。鲁迅也能看到对中国持友好态度的日本人民的杰出代表们，并通过藤野教授这个勤奋的技术工作者形象展现出来。

1909年，作家回到祖国，随后参与了1911年中国资产阶级民主革命。这场革命推翻了清王朝，却没有后续的发展。作家对革命很失望，认为革命只是"剪掉了辫子"，他试着去理解，为何革命会被"扼杀在摇篮里"（毛泽东语）。

政权全部把持在自由党人和反动分子手里。到1912年春，鲁迅已经被最为反动的阶层代表——卫道士和社会教育改革的反对者们撤掉了北京师范学堂校长的职务。

鲁迅在回忆文中流露出了对统治中国的清王朝的憎恨。他号召人们揭竿而起，并和当时的仁人志士积极参与其中。1924—1927年革命期间，他所记述的时下事件犹如一本历史教科书，一部和反动者、自由主义者斗争的历史。作家多次提及革命者陶成章的名字，表达对1912年秘密镇压社会积极先进分子的蒋介石叛变政策的反对。

鲁迅的很多回忆文章都写到了一个地下社会组织的领袖——章太炎。这个活动家的形象极其复杂和矛盾，一开始，他作为推翻清王朝的斗士备受人们爱戴，但在1911年革命后，他又转变成了守旧者。鲁迅明确地划分了这两面，在揭露章太炎20世纪二三十年代的反动形象的同时，也充分肯定他曾经革命家的身份。作家领导了捍卫革命传统、捍卫革命运动之历史传承性的斗争，领导了在当时具有现实意义的斗争。他撕下反动者的伪革命面具，揭发了国民党高官——吴稚晖的真面目。

鲁迅在自己的回忆录中强调了中国的先进青年对被他们视为坚定革命战士的高尔基的喜爱，还把高尔基和早已脱离革命的章太炎进行了对比。在忆刘半农的文章中，鲁迅勾勒出了1919年反帝反封建革命后，先进阵营内部这样一幅分化的景象："我不得不再一次经历这样的时刻，我曾经的战友发生着这样的转变。"他以辛辣尖刻的话语描写曾经的"领袖"，并以高超的技巧展示了"不问世事"和"隐居山林"之间的区别。作家用"烂泥的深渊"这一形象揭发陈独秀和胡适这两名叛变者，借一条清溪指刘半农——一个不大聪明的、不擅长背后插刀的人。在鲁迅笔下，反动派的狡猾手段也无所遁形，他们极力诱惑意志不够坚定者下水，利用其过往的斗士名声与进步创举作对。在《趋时和复古》一文中，作者揭露的正是这样一种反动手段，如招揽1898年改革领袖康有为和翻译赫胥黎、孟德斯鸠作品的翻译家严复等人入麾下。

在被打压的漂泊年月里，作家将注意力投注到对童年的回忆和乡村生活上，唤起记忆中那些可爱的普通好人的形象，为接下来的战斗寻找勇气。他把自己的情绪都表达在了散文集《朝花夕拾》的序言中。只要浸在水里就绿意盎然的枝叶——这是一个隐喻形象，象征着作家对自己民族永不枯竭的、无论在任何恶劣的天气下都屹立不倒的信念。长在暗杀恐怖笼罩之下的广东的树枝，和仿佛在反抗灰色生命的鲜红花朵一样，都代表着中国暗藏的力量："何处还有如此冬花开在雪野中？"

整个创作过程中，作家都在探索自己的正面人物主题，而且在创作的每个阶段，这一主题都在不断地发展，补充入新的特点。

鲁迅的许多作品都贯穿着为祖国服务的思想，他早期有一首诗便是向民族立下的誓言：

灵台无计逃神矢，风雨如磐暗故园。

寄意寒星荃不察，我以我血荐轩辕。（1903）

这样的思想也体现在鲁迅1936年最后的宣言中，宣言坚持捍卫毛泽东提出的人民政策，并表示和共产党合作是他的幸福。

鲁迅在自己的作品中把中国现实中的反面人物和劳动者形象如闰土（《故乡》）、闰土之父、长工（《从百草园到三味书屋》）、长妈妈等做了对比。鲁迅20世纪20年代作品中的正面人物，是满怀热忱的爱国者，是真理的狂热追求者，对其而言，最高的幸福是为解放人民的斗争而献身。他孜孜不倦地学习，永远在努力认识所有的新事物、最进步的事物，虽然会犯错，会失败，但是谁也无法让他灰心，让他放弃为解放祖国而斗争。他不会以自我欺骗来安慰自己，他看得到敌人的阴险狡诈，他敢于直面危险，不怕奋起抗恶、消灭恶。他是有着钢铁意志的人。

继《呐喊》和《野草》两本作品集之后，正面人物出现在鲁迅的作品中是在1926年及更晚之后。在这些作品里，鲁迅的主人公已经不再是孤独一人，他是人民的代表，和群众一起前行，如果他在战斗中倒下，将有其他人接替他在队伍中的位置。鲁迅谈到了在新基础之上，即共产党领导的群众运动的基础之上恢复革命传统这一问题。

在纪念刘和珍及其友伴的文章中，鲁迅塑造了一个新女性的形象。这些少见的肖像画不仅仅是作者给为民捐躯的姑娘们立下的纪念碑，在她们身上，我们看到的是中国未来的女战士。

在关于文学小团体——未名社成员的文章中，作家再现了为俄苏文学翻译事业贡献力量的无私奉献者形象——从不自吹自擂，却是这一艰苦事业的根基。"靖华就是一声不响，不断的翻译着的一个……且受挤排，两处受封锁之害。但他依然不断的在改定他先前的译作，而他的译作，也依然活在读者们的心中。"在悼念韦素园的文章中，鲁迅塑造了一个自我牺牲的工作者形象，这是"中国第一要"的普通建筑者之一。

鲁迅笔下其他主人公的名字"以鲜血记录在中国无产阶级革命文学的历史的第一页上"。1922年，经验丰富的地下共产党员白莽几次被关进监狱，但仍然以顽强的心态笑对人生的苦难。这位上海无产阶级的歌唱者、诗人裴多菲的狂热爱好者，和中国红色地区第一届人民代表大会的其他上海代表一起，为自由献出了年轻的生命。与他一起的还有和鲁迅共同出版文学翻译杂志与外国语言杂志的柔石，虽然创举很快遭遇失败，但是，没有什么能让柔石失去对人的信心，他时刻准备投入最危险的工作，追求新知识，即使戴着镣铐也依然继续学习。满怀悲恸的鲁迅在悼词中写道，他相信反动派的黑夜不会永远持续——"即使不是我，将来总会有记起他们，再说他们的时候的"。

而关于李大钊的回忆，则是"交织着鲜血"、令作家"窒息"的。作家把现代人类最美好的品格——谦虚、自我奉献、忠于祖国和党等，永远封存在了这位首次向中国介绍马克思主义的令人难忘的宣传者形象里。

在这些作品中，鲁迅成了正面的现代新主人公——共产党员形象的塑造者。在他的文学评论文章和创作中，对批判现实主义方法的探索占据着主要地位。而他的正面主人公已经开始显露社会主义理想人物的特点。

鲁迅笔下的这种正面人物即使到20世纪30年代也不太多，个中原因不仅有中国社会生活的状况，还有中国新文学发展道路的影响。

中国新文学和旧世纪经院学派之间的斗争从1919年才展开，当时，革命浪漫主义和批判现实主义已经开始发展，新文学产生的20世纪前10年里也已有了社会主义现实主义手法方面的探索，不少基于这种手法的文学作品出版（鲁迅的《一件小事》，瞿秋白《赤都心史》中的一系列随笔，白莽的诗歌等）。中国正在加快步伐，走其他国家走过的文学之路，新文学方向和方法的发展在极其紧张的时间内完成，正因为如此，新文学和反对派的斗争时间被大大压缩——他们的阵营于是显得异常广泛和多样纷呈。进步作家必须同时为反对旧时代的残留遗产，尤其是中国反动派和旧资产阶级各类代表、帝国主义最新反动势力而斗争。而斗争首先需要的，是批判的热情。

所以，鲁迅在填补中国美学思想发展最重要的空白，即探索现实主义的普遍原理、创造现实主义流派时，最常采用的方法，就是讽刺体裁和表现与揭露。

对马克思主义的掌握，以及从20世纪20年代起，在与中国共产党息息相关的左翼作家联盟的工作，让作家更清楚地看到了战胜旧事物的方法。转向社会主义现实主义手法，决定了作家的概括总结能具备更大的力量，使其典型人物拥有了更准确的社会面貌。

崭新的创作手法和高超的艺术才华体现在作家一系列完整的讽刺作品中。作家压低自己故事的意义，将它们形容为"滑稽"体，实质上是想指出，笑和直接揭露相比，是更有力量的手段和更可靠的鞭笞方法。

鲁迅在他的讽刺故事中借用了中国古代的故事情节，置古代人物于现代。作家把视线投向历史的原因在于国民党方面的镇压和政府的书报检查制度。正因为如此，研究现代的主题才不得不依靠过去的材料。不过除此以外，从新的角度审视传统在作家看来也是很有必要的。

阐述历史事实时，鲁迅首先把占主导的反动传统与人民革命传统相对立。在晚期的政论文章和自己的讽刺故事中，他也是如此做的。作家否定了把全部的创造发明都归功于"帝王"和"智者"的儒家学说，并坚定地表示，在建造社会和文化时，人民才是创造的全部主体。他认为必须审视中国所有的文化遗产，驳斥统治阶级对国家进步人士的污蔑中伤，重建被外国侵略者篡改的"文字纪念碑"，了解人民起义的真实历史。

讽刺故事集《故事新编》——《铸剑》《理水》等，探讨的就是文化如何产生，谁是文化创造者的问题。如《补天》的故事情节是作家从以泥巴造人、为被桀骜不驯的共工破坏的大地重建秩序的上古女神——女娲的神话借用而来。女娲把折塌的不周之山用巨鳌运往大海，收集了很多石头去补天，用芦苇燃起熊熊大火，将石头熔炼成一整块，再用灰烬建造堤坝，把泛滥的河水引入河道。

作家按照自己的方式重构了古代传说，利用具有传承性的形象和典型来进行创新。他笔下的女娲并不是女皇，而是以艰辛的劳动创造了大地和人类的自然之母。然而，她塑造出来的人类却辜负了她的期望。人类并没有以女娲为榜样继续劳动，反而为谁有权自称为女娲的嫡派争论不休。人们编造关于她的传说，建起城堡，互相征战，被巨鳌运往大海的山石被宣称是长生之岛，人们派船只甚至整支考察队前去搜寻。

鲁迅在这个故事中表现的，一方面是创造的景象比如孜孜不倦劳动的画面，另一方面是对奉祖先为神明、将遥远的古代神话化的辛辣讽刺，打碎了儒家关于上古大神和女神的无稽之谈。

但是，如果说在关于女娲的这个故事中，所有的人类都和女娲一样，只是失败的创造物、只是妨害者的话，那么在13年后写成的《理水》中，主要人物则被明确地分为了劳动人民与寄生虫——知识阶层。这后几个故事讲述的与其说是大自然，不如说是人类和社会。

其中一些人物坚持自己"有权"直接（皇帝、高官儒士、当红教授）或间接（庄子）统治，另外一些人物则力求起来反抗统治阶级，为人民利益斗争，和人民一起建立国家、建设文化（墨子、禹）。

这些故事有的情节取自神话（《补天》《理水》），另一些则来源于古代哲学家的生活（《起死》《出关》等）。不过，两种情况作家都是在遥远的古代和当今的时代两个层面进行讲述的。

统治阶级代表及其走狗对民间传说的篡改在小说《奔月》（1926）中得以揭露。和善射者羿形成鲜明对比的，是他的弟子逢蒙。羿所得的荣誉当之无愧：当天上出现10个太阳时，他凭借精准的射术用大弓射下了其中9个，拯救大地于干旱之中。逢蒙则什么都没有为人民做过，驱使他的只有对荣誉的追求。为了给自己赢得射箭的功劳，他随时准备行任何卑劣之事，污蔑中伤甚至杀死自己的老师。逢蒙炫耀自己的学识，但他的引经据典都只是用来欺骗老太婆的——人民敬爱的是真正的英雄，即便他们不提自己的功绩。

《铸剑》中，反面人物国王和正面人物——劳动人民形成了对比。他们之间展开的斗争是残酷的。鲁迅用怪诞的讽刺瓦解了国王贵人的神圣性。王和所有人一样会害怕，他处死了为自己铸剑的名工，这位铸剑师却将另一把剑留给自己的儿子，立下遗嘱，命儿子为自己复仇。作家赋予了铸剑师之子眉间尺在当时会妨碍人民战胜压迫者的很多缺点，只有战胜自己优柔的性情，他才变得比主宰者更强大。故事的基本思想——劳动人民，也就是文化的创造者，要铸造武器，推翻压迫自己的政权——由1924—1927年革命引发。

在关于伯夷和叔齐的故事（《采薇》）中，鲁迅嘲讽了被儒家传统视为"黄金时代"的传奇帝王统治的相关传闻。这一问题极具现实意义，因为日本人及其帮凶正在中国大肆宣传"黄金时代"的思想（胡适等）。鲁迅想证明的是，关于古代（王道）仁义统治之说全都是一派胡言，而指称日本侵略者乃人道主义无异于"放毒药"。故事说明，历史人物的传说都是偶然发展起来的，没有经过特殊思考，必须批判地看待，不可奉为圭臬。作家的基本手法是各种语言风格的混用，以达到怪诞的夸张。鲁迅将"智贤"名言表现为互相矛盾的见解，并把迂腐书生以文雅之风所谈论的商讨征伐殷王，借普通士兵和军人之口道出。作家用无助的老人代表智慧的载体，这些人就和生活中所有的温和派一样，总是被人给踹上一脚。作家把远古时代的英雄描写成了生动的人，赋予每个人以独特的个性。老子（《出关》）就如同老年的作家，他向自己呆笨的学生孔子指出，对方寻找的是明君先王统治的"痕迹"，但事物的迹可不等于事物本身，就像"迹和鞋子不是同一个东西"。作家重构了这个老子隐逸不知所终的传闻，以怪诞的手法粉碎了这位哲学家的无为而治说——他不过是他极力想远离的当权者的掌间玩偶。

《起死》讽刺的，是哲学家庄子的理想主义和被"超阶级"作家们大力宣传的相对性学说。鲁迅用具体的人物展现了理想主义者苍白无力的高谈阔论：应不应该穿衣服，生死如果是同等的自然形式，那它们之间是否存在差别等。故事主人公是一个理想主义的哲学家，他不愿意裸身，却轻易留下别人赤身露体。他自己也不想死，为防备被他救活的人，他唤来巡士，而巡士才是庄子理想主义的忠实拥趸。

《非攻》写的则是哲学家墨子。但这个重建的形象绝不是一个和平主义者。墨子在通过外交谈判阻止强大的楚国侵略弱小的宋国的同时，又嘱咐宋国人准备防御；向楚王呼吁和平的同时，又力证小国能战胜强国；劝说武器发明家行义事："有利于人的，就是巧，就是好，不利于人的，就是拙，也就是坏的。"然而，墨子并没有因为奔走求情而获得什么奖赏，而是力乏疲累，在路上得了感冒。作者在这个故事中揭发了那些借天灾人祸伺机敛财的人。

对古代世界的揭露达到高峰的，是《理水》中的反面典型。反复背诵古代经义或者重复欧美理论的学者们把自己当成中华民族的精英，为了苟且偷生随时打算牺牲人民和国家。鲁迅用这个故事和其政论杂文证明，统治阶级及其依附者无权代表人民和人民的文化遗产，批判了所有"身着古代官员外衣之人"。这类人的特点有：傲慢、蔑视人民、为一己之利背叛别人、虚伪和欺骗；总是做出一副为人民谋福祉的姿态，或者假装成能够享受世上任何东西哪怕是松针饼在内的唯美主义者；死板的传统对他而言总是高于国家的利益；自尊傲慢的外表之下隐藏的是奴颜婢膝和畏缩胆怯，是对人民的卑微的恐惧。鲁迅用对比的手法塑造这些怪诞的典型形象，其高超的语言艺术混合了各类元素：高级的宗教格言、准确的民间语汇、科技术语、留美教授的习语、民间说书人的传统手法和官场套话。鲁迅清晰地刻画出了教条主义者和青年"学者"的典型形象，他们明目张胆的无知和短浅被人民准确切中。

《理水》中的正面人物——治水者禹是崇高的。他有一张被晒得发黑的脸，粗糙的大手，巨大的双足，磨得和栗子一般大的水泡。在和洪水做斗争时，他采取的措施虽和传统背道而驰，却是以人民意志为基础，以禹及其同事——"一排黑瘦的乞丐似的东西，不动，不言，不笑，像铁铸的一样"的经验为基础的。作家从民间传统和戏剧中汲取表现力来塑造自己的形象：达官显贵往往臃肿白净，墨子、禹和其战友则黝黑瘦弱。

鲁迅把大禹的神话搬到20世纪30年代的背景之下，借这个故事揭发了日本侵略者的走狗们，指出只有人民和人民意志的代表者才是真正的物质文化财富的创造者和国家的保护者。以社会主义现实主义手法塑造的中国的伟大建设者这一典型，体现着作者的理想。通过具体分析这些作品，能证明冯雪峰和周扬的观点，即鲁迅在晚年开始转向社会主义现实主义手法。

即使到了今天，作家的讽刺也仍不失其尖锐性。这位伟大政论家的优秀作品支持着被解放的中国人民与残留的奴隶心理、与中国历史文化上的反动落后现象做斗争，同时，对于研究和宣扬民主革命传统的优秀代表们也起着积极作用。

鲁迅的人物形象及其尖锐的描写特色持续传承下来，毛泽东同志在演说中曾不止一次提及他，并建议著文时研究其《答北斗杂志社问》一文，呼吁共产主义者和文学家以他为榜样，为无产阶级和人民服务到生命最后一刻。

从革命浪漫主义和批判现实主义走向社会主义现实主义，这是鲁迅所经历的艺术之路，他"不但是伟大的作家，而且是伟大的思想家和伟大的革命家"（毛泽东语）。

马潇　译

鲁迅的政论杂文 ①

Л.波兹德列耶娃

　　鲁迅的政论杂文和文学批评文章在其作品中占有很大比例，而且和他的文学作品之间有着紧密的联系，所以不能分割开来解读。

　　在短篇小说《狂人日记》（1918）中，鲁迅极其尖锐地提出了阶级社会的道德问题——人吃人。7年后，在他的杂文《灯下漫笔》（1925）中，同一主题思想得到进一步发展。这段时间内，作家的世界观发生了剧烈变化，他对阶级和阶级的斗争有了更明确的概念。《狂人日记》展现的只是对中国历史的一个普遍认知，即历史浸透着鲜血。作者在文章结尾呼吁人文主义者们去拯救国家的未来——孩子。《灯下漫笔》揭示的则是过去和现在森严的社会等级。鲁迅在这里已经在号召人们推翻内外压迫的整个社会制度："扫荡这些食人者，掀掉这筵席，毁坏这厨房。"

　　鲁迅在许多文章中都论及了中国的妇女问题（《我之节烈观》等），通过他塑造的令人难忘的妇女形象、饱受摧残的人物典型、被封建社会压迫的受害者等来揭示这一主题。

---

　　①　译自《鲁迅作品集》（四卷本）。总主编：弗·谢·科洛科洛夫，康·米·西蒙诺夫，尼·特·费多连科（费德林）。莫斯科：国家文艺出版社，1954年版。

在政论杂文中，鲁迅提出了妇女的解放问题，并发愿，希望"都纯洁聪明勇猛向上。要除去虚伪的脸谱……要除去于人生毫无意义的苦痛。要除去制造并赏玩别人苦痛的昏迷和强暴……要人类都受正当的幸福"。他在小说中描写了身处封建迷信和社会风俗（《明天》《祝福》）压迫之下的妇女的死亡，以及她们为反对社会思想做出的以失败告终的努力（《伤逝》《离婚》）。在纪念刘和珍君的悼词中，鲁迅再现了中国女性战士的新形象。他的政论杂文和文学作品就这样紧密地联系在一起。

鲁迅的政论文对于正确理解其文学作品起着重要作用，但与此同时，它们本身也有着重大意义。鲁迅沿袭了俄罗斯民主革命家别林斯基和杜勃罗留波夫的传统，接着又继承了社会主义现实主义奠基人高尔基的传统，创造了自己的政论文体——短杂文，鲁迅把这种文体称为自己的"投枪"（《这样的战士》）。

鲁迅的政论文在形式上是极其多样的，有警句、杂记、论文、小品文、信函、与作家的论战、书本的前言和后记等。但是，不论形式如何，其中的内容都富含政治指向性，充满了对丑恶反动势力的尖锐揭露。在新文化和新文学的论战中，在抗议镇压进步活动家和高校时，在抨击帝国武装干涉或明或暗的罪魁祸首和斥责反苏联舆论宣传的小册子中，在反对扼杀民主、镇压革命活动的起诉书中，在揭发叛国者时，革命作家的高超技艺得以锤炼和打造，其笔触变得越发精到。正是在政论文中，鲁迅作为一个揭发者的才华体现得淋漓尽致，毛泽东如此评价："他没有丝毫的奴颜和媚骨，这是殖民地半殖民地人民最可宝贵的性格。"

对于自己的政论演讲文，作家会反复推敲和锤炼，直到达到公民诗歌的程度。20世纪30年代的文学批评家、鲁迅的战友冯雪峰曾写道，鲁迅的杂记就是诗。鲁迅在这些文章中把中国的文学批评提升到了原则性的高度，使其成为锋利的斗争武器，为解放运动的任务服务，把杂志变成了政治的讲坛。

但是在旧中国，作家的政治评论权利不得不伴随着斗争来确立。鲁迅的反对者们在经历了和鲁迅的政治、文学论战的失败后，开始改变策略——攻击作家的名誉。针对这些进攻，共产党人瞿秋白用卢那察尔斯基在自己的文章《作家和政治家》中维护政论家高尔基的话予以了回击。瞿秋白强调，鲁迅"总是公开地表示他们和社会斗争的联系；他们不但在自己的作品里表现一定的思想，而且时常以一个公民的资格出来对社会说话"。

在《华盖集》及其他文章的前言中，鲁迅不仅和腐旧的空谈者论争，还和喊出"为艺术而艺术"口号的"最新"流派进行论争，证明作家有权利且有必要为中国创作现实的揭露性作品。鲁迅把自己置于来自"上等"社会的"贵族和智者"的对立面，把自己的创作置于"艺术之宫"的对立面。他嘲讽唯美主义者的长句和抽象的故弄玄虚，为现实生活和斗争大唱赞歌。参与斗争也被作家视作自己的职责。当受到逮捕威胁时，鲁迅被迫从首都逃往厦门。他曾多次提到这段社会生活的停滞时期，回忆在北京度过的岁月，形象地描述了笼罩在国家、民族和作家本人头上的风暴。政治风暴一直在激发鲁迅的创作能量。

鲁迅政论文的基本意义是政治揭露，撕下一切可能的面具，和反动势力持久斗争。关于这一点作家说道，"我不屈服于命令"，"我要掀开某种崇高伟大的面具"。鲁迅并不止步于揭露他所工作的学院的院长、教育部部长和政府总理。在他尖锐的战斗檄文里，作家的生活轨迹、他所参与的政治斗争和理论上的进步都被清晰地展现出来。鲁迅对发表在定期书刊上的文章十分不满意。他将它们收集成册，单独出版成书，并做了补充，在前言中给它们做了一些评价。于是，在1927年的文集前言中出现了这样的句子：

> 泪揩了，血消了；
>
> 屠伯们逍遥复逍遥，
>
> 用钢刀的，用软刀的。
>
> 然而我只有"杂感"而已。

政论，这是鲁迅与中华民族的迫害者做斗争的武器。它砍杀得如此准确和痛切，以至于敌人怕他犹如怕火，试着用各种手段加害于他：指摘其发表的文章，写署名信或匿名信，迫其离职，列入逮捕名单，或从街角暗杀。

作家20世纪20年代的手法之一就是，把和反动派的斗争赋予个人特点，但在个人特点中又反映出社会性。当反对派赞美他，奉他为青年领袖时，他回应道："我已经出离愤怒了。我将深味这非人间的浓黑的悲凉，以我的最大哀痛显示于非人间，使它们快意于我的苦痛。"

鲁迅管自己的政论作品叫作杂文、杂感。他多次耐心记录下自己的观察，在以警句形式写下的简短杂记中，作家就像在记事簿上一样，记下首次闯入脑中的想法。紧接着，这些想法不断以事实填充增补，并运用到某一事件或具体人物上，从而得到发展。

鲁迅在一些文章中，以高妙的技巧对包罗万象的社会现象做了描绘。比如，谈及中国的现代语言缺乏自由度时，他将这种情况和1911年遭遇的君主制政治压迫做了比较："从清末以来，'莫谈国事'的条子帖在酒楼饭馆里，至今还没有跟着辫子（清朝封建统治的象征——作者注）取消。所以，有些时候，难煞了执笔的人。但这时却可以看见一种有趣的东西，即希望别人以文字得祸的人所做的文字。"鲁迅不仅关注负面现象，还发现了文学翻译家的共同兴趣和他们对遭禁作品的渴望。揭露旧事物，为新事物的诞生积攒力量，是他的很多文章所具有的特点。

根据作家的杂记，可以看出他文章中的形象是如何诞生的，尤其是政论文中的形象。

鲁迅在20世纪20年代塑造了一系列著名的讽喻形象——苍蝇、领头羊和狗，以揭发那些卖身记者、反动教授和自由主义者。

鲁迅在很多文章中都谈到了中国进步人士与反动势力的抗争，在犯罪分子每一次发出不和之音、做出卑劣行径后，鲁迅都会将他们大白于天下。在北京的进步团体取得对反动教育部部长及其御用文人的胜利后，自由主义者林语堂当中间人来调解，请求宽恕部长这只"被打的落水狗"，而鲁迅截然反驳了他，并在《论"费厄泼赖"应该缓行》一文中分析了其本质。

作家反对妥协分子的做法，他把自由主义者比作老好人，说狗会游泳，自然也能游上岸，要指望它"在水里遇难，忏悔，再也不咬人"，定是徒劳的。鲁迅激烈批判了自由主义者对"被打的落水狗"，即政治变色龙的同情，并说道，"打落水狗"即"打死老虎"。作家借狗这一讽喻形象，寄望于读者能轻易猜到他指的，实际上是军国主义者、买办资产阶级、地主阶级和外国帝国主义者的走狗。瞿秋白说过，"打落水狗"这一说法，"真正是反自由主义，反妥协主义的宣言"。鲁迅认为林语堂身上就具备中国自由主义者的基本特点，并对此大加批判。作家这种赋予私人事件以普遍特性的能力，是其政论文的显著要素之一。

瞿秋白曾写道："现在的读者往往以为《华盖集》正续编里的杂感，不过是攻击个人的文章……等类的姓名，在鲁迅的杂感里，简直可以当作普通名词读，就是认做社会上的某种典型。他们个人的履历倒可以不必多加考究，重要的是他们这种'媚态的猫'，'比它主人更严厉的狗'，'吸人的血还要预先哼哼地发一通议论的蚊子'，'嗡嗡地闹了半天，停下来舐一点油汗，还要拉上一点蝇矢的苍蝇'……到现在还活着，活着！揭穿这些卑劣，懦怯，无耻，虚伪而又残酷的刽子手和奴才的假面具，是战斗之中不可少的阵线。"

鲁迅在自己的政论檄文里运用了极其多样的形式。有时候，深刻的抒情沉思会俘获作家的心。如《长城》一文，本质上就是一首散文诗。作家在其中勾勒了以著名的万里长城为象征的封建社会。长城建成很早，变为废墟也是早就应该发生的事，但是，"有人还想着保护它"，修复这座古代的建筑，不让其倾颓。鲁迅发出了终结旧社会的号召，表达了自己的严厉谴责。在这篇短文里，他展现出了激昂的革命战争热情。他暗示道，中国的旧奴隶时期将要过去，新的时代即将来临。

鲁迅还谈道，在中国，教育强调的是要尊重坏人。古代的小笑话讲人们给某个知县送金老鼠贺寿，因知县出生于鼠年，于是知县便向自己的属员宣告夫人的生日马上也要到，夫人生在牛年。作家在这个关于贪官的民间传说中找到了证明，即"被捧者"的贪婪非但不减，反而会愈增。鲁迅借鉴治水的经验作为抗争之道：不停地筑坝，以防止洪水泛堤，"最奇怪的是北几省的河道，竟捧得河身比屋顶高得多了。当初自然是防其溃决，所以壅上一点土；殊不料愈壅愈高，一旦溃决，那祸害就更大……如果当初见河水泛滥，不去增堤，却去挖底，我以为绝不至于这样……有贪图金牛者，不但金老鼠，便是死老鼠也不给。那么，此辈也就连生日都未必做了……已经是一件大快事"。

1924—1927年革命失败后，鲁迅政论文的内容仍然不变，主要是关于中国的政治局势。日本帝国主义的侵略，国民政府的卖国求荣、法西斯化和为帝国主义主人服务的走狗行径，变为中华民族头号敌人的蒋介石集团，国家新生力量的崛起，特别是红军和红色根据地的日益稳固，社会进步人士纷纷投靠的中国共产党的发展壮大等，皆是作家生命最后10年的创作主题。鲁迅和中国共产党的紧密联系，以及正值反动势力最黑暗之际在左翼作家联盟发表的演说，都再次强调了其活动的革命意义。

作家还揭露了国民党为扼杀一切进步活动而发明的文学手段和非文学手段，并对反压迫革命阵营的发展给予了极大关注（《中国文坛上的鬼魅》及其他文章）。鲁迅愤怒地写道，进步出版机构被迫关闭，中国作家的革命作品、俄罗斯经典作品和苏联文学作品都被禁止出版，书店暗藏着密探，原先的老板都换成了国民党安插的人，特务局头子和倒戈国民党的叛徒一起以编辑和作者的身份活动。鲁迅揭发了那些和特务局看上去无关，却实质上暗中勾结的自由主义者，那些为国民党警察机关的追踪提供情报的人，因为"统治阶级的官僚，感觉比学者慢一点"。作家揭开了这些民族主义作家的真实面孔，他们不仅仅是国民党的武器，还是日本侵略者的武器，为反苏联做着舆论宣传。作家指出，"超阶级"文人是革命文学的敌人，以否定文学和政治的关系来掩盖自身。他高明地揭示出，在阶级社会中不可能诞生出"超阶级"作品，因为人不可能揪着自己的头发离开地球。鲁迅将蒋介石的法西斯蓝衣社成员对进步出版社和图书公司的突袭，以及审查委员会的组织和预审查机关的启动公之于众，还证实了一些曾后悔参加革命的作家和"超阶级"文学家在审查一事上扮演的叛徒角色。但他也强调，被送上绞刑架的人和送人上绞刑架的人之间的新的公开分化，绝不可能使斗争停止，反而只会使斗争变得更加残酷，因为进步作家们会越来越紧密地团结在自己的队伍里："然而在实际上，文学界的阵线却更加分明了。蒙蔽是不能长久的，接着起来的又将是一场血腥的战斗。"

在蒋介石的恐怖统治时期，鲁迅躲避审查的能力得到了非常明显的展现。他会利用多种方法，如更换笔名、笔迹、地址，最重要的是，不断完善自己的"伊索式"语言，其中最佳示例之一就是《由中国女人的脚》一文。这是一篇复杂的受检文章，作家在文中成功提出了尖锐的政治问题。而在《关于中国的两三事——关于中国的监狱》一文里，鲁迅讽刺地谈到了现代文明提供给囚犯的"福利"，同时还描述了共产党人在狱中遭遇的侮辱和拷打。当不能畅所欲言时，鲁迅会从报纸上剪辑片段，拼凑起来，以揭露按照政府的意愿在出版物上被掩盖和歪曲的时事的本质。《九一八》一文正是这样。在文中，国民党统治者那些声称要解救国家于日本侵略之中的夸夸其谈，和禁止游行、派遣巡逻警、押送囚车等行为形成了鲜明的对照。在《不知肉味和不知水味》一文中，作者把"上层社会一千余人"的挥霍无度和干旱区人们因一口水被逼自杀的极度匮乏做了对比，不遗余力地谴责了国民党人将本应保卫国家、抵御外敌的军队和武装力量用在反党上的行径，国民党——才是民族真正的敌人。

鲁迅把"懂得外来者如何征服我们，我们的奴性如何由此产生直到今日"，视为自己的目标，这让人联想到高尔基关于革命前俄罗斯猪狗般丑恶生活的名言。

鲁迅还指出，"我们中国人中间，有许多作家有着坚忍不拔的意志"。他恢复中华民族的民主革命传统，要求重新审视中华文化遗产，以洗去统治阶级加诸进步人士的污蔑，重塑被篡改的文本经典，

揭发统治阶级奴役和剥削人民的目的所在。他在《病后杂谈》《隔膜》
等文中提出了自己略显零散的优秀见解，为历史研究树立了典范。
他批判了关于皇帝和智者的传说（《门外杂谈》等），证明了高尔基
所言非虚："人民不仅是创造一切物质价值的力量，人民也是精神价
值所从出的唯一永不枯竭的源泉，无论就时间、就美和创作天才来
说，人民总是第一名的哲学家和诗人：他们创作了一切伟大的诗歌、
大地上一切悲剧和悲剧中最宏伟的悲剧——世界文学史。"①

　　鲁迅认为，儒家经典是统治阶级利益的维护者，"刑不上大夫，
礼不下庶人"。他指出，剥削"下等人"是从儒教开始确立的，贵族
犯罪可豁免也由此而定。

　　在揭露统治阶级的代表时，鲁迅断言，统治阶级一直相信统治
与被统治的旧秩序绝不可能动摇。在《论秦理斋夫人事》等文中，
鲁迅扮演了宣判世界注定灭亡的法官的角色，这种说法高尔基曾在
1934年作家大会召开的演说中提过。

　　鲁迅在人民身上看到了对改变现存秩序可能性的乐观态度和有
力信心。他知道，科学很快就会取代封建迷信（《运命》）。任何一
种日常现象都能被作者用来揭示阶级的差异，比如，即使是像《喝
茶》这样的文章。

　　鲁迅在揭露统治阶级上穷追猛打，指斥统治阶级的代表们沉醉
于迷信，他们赋予宗教活动以无上的庄重性是为了麻痹人民，残酷
镇压哪怕刚露苗头的反帝国主义倾向。在揭发国民党的法西斯化时，
鲁迅暗指，他们以后还会犯下越来越多的兽行：也许，把婴孩抛向
空中或扔向刺刀要乐的那一天不远了。鲁迅多次揭露希特勒，认为
他和蒋介石一样，很快就会完蛋。他还经常思考人类的命运，支持

---

① 《高尔基全集30卷集》（第24卷），莫斯科：国家文艺出版社1955年版，第26页。

为和平而战（《火》《拿破仑与隋那》）。

早自1918年起，中国就已经有了支持走俄国道路和支持走美国道路的两派相争。瞿秋白高明地形容鲁迅在其政论文中所扮演的后者的角色："旧的卫道先生们渐渐的没落了，于是需要在他们这些僵尸的血管里，注射一些'欧化'的西洋国故和牛津剑桥哥伦比亚的学究主义，再加上一些洋场流氓的把戏，然后僵尸可以暂时'复活'，或者多留恋几年'死尸的生命'。这些欧化绅士和洋场市侩，后来就和'革命军人'（蒋介石集团——作者注）结合了新的帮口，于是僵尸统治，变成了戏子统治。僵尸还要做戏，自然是再可怕也没有了。"鲁迅证明，反动派为了和苏联文化、马克思列宁主义的影响对抗，真正无所不用其极，上自卫道士、学究型留洋教授，下至靠再版古书谋利的小商小贩和低俗文学"大师"们，都要勾结起来，建立广泛的"统一"战线。美国的强盗电影和反动文学，在鲁迅看来是帝国主义文化中最令人恶心的，甚至会引发作家生理上的反感。为古代道德唱赞歌，这是把年轻人的注意力从现有社会问题上转移开去的方法，且只对统治者有利。鲁迅的这些文章是对斯大林关于帝国主义"乃是一种支持、鼓舞、栽培、保存封建残余及其全部官僚军阀上层建筑的力量"[1]论点的清晰图解。

当时，中国的许多文学家都深陷于追求财富和狂热扩充资本中，鲁迅揭示了这一现象，他列举出种种焦点和轰动事件、广告手段、背信弃义等文学界投机分子为了升官发财而使用的手段（《各种捐班》及其他文章）。

帝国主义国家的风俗习性侵入中国，感染到各阶级的人民，由此诞生出一类特别的人，这类人在作家的一些随笔中得以呈现，其

---

[1] 《斯大林全集》（第9卷），莫斯科：国家政治文献出版社1953年版，第286页。

中最有趣的是"游手好闲者"和"不劳而获者"。这两类人在殖民地国家非常典型，前者说的是各类盗匪，后者则是坑蒙拐骗之流。尽管这两个例子取自下层阶级的生活，但这些特征上层社会同样也有——因为"不劳而获"乃买办商人们的天性使然。在作家笔下，小偷小摸们都比大商人更诚实，因为"坐享其成"的中国统治者们是没有一丁点诚实可言的，贩卖祖国的财主们在签下所有的合同、借贷任何一笔款子时都只想坐享其成，或者把钱全部塞进自己的口袋，这类"游手好闲者"不仅剥削人民，还污蔑人民，给人民安上各种罪名，把人民出卖给可怕的死刑。

鲁迅极富技巧地使用了萨尔蒂-谢德林的全部手法——历史类型学手法。他借鉴中国戏剧，在其怪诞典型中融入了御用文人和卖国政府的形象（《脸谱臆测》《二丑艺术》等），利用中国历史上的活动家、中世纪文学中的角色和外国文学主人公等形象来揭示当代的现象和典型。堂吉诃德这一典型就被鲁迅拿来揭露政府的卖国行为和伪饰手段。

鲁迅也使用了斯威夫特的一些讽刺方法，巧妙地将中国比喻为新格列佛游记的舞台[《奇怪（一）》]。

不过，最吸引鲁迅注意力的，还是果戈理。鲁迅塑造了中国版的泼留希金（《怀旧》片段），在中国发现了《钦差大臣》，为《死魂灵》中几乎所有的典型在旧中国注入了持久的生命力：

"果戈理开手作《死魂灵》第一部的时候，是一八三五年的下半年，离现在足有一百年了。幸而，还是不幸呢，其中的许多人物，到现在还很有生气，使我们不同国度，不同时代的读者，也觉得仿佛写着自己的周围，不得不叹服他伟大的写实的本领。"

中国需要萨尔蒂-谢德林，需要果戈理和高尔基——这是鲁迅在自己的文章和书信中说的。鲁迅的现实主义脱胎于俄罗斯文学，正如冯雪峰所言："最贴近俄国现实主义。"鲁迅因其所提社会问题的深刻性和尖锐性与俄罗斯文学心心相通，作为一个现实主义者和民族作家，一个鲜明的个体，鲁迅提出了最紧迫的难题，以他所亲近的中国现实为材料，塑造了中国的典型人物。鲁迅是革新家，是中国文化最优秀的民主传统的继承者。他拥有巨大的特殊才能，尽管师法果戈理、高尔基和其他俄国作家，但绝不老调重弹。

鲁迅不仅仅是一个揭露者，在他的揭露中，我们还能找到以揭露这样的否定方法所通往的积极面。作为中国的青年作家之师，国内几代人的学校教育者，鲁迅一直在和自己的缺点做斗争，同时教导人们如何培养出"敢说，敢笑，敢哭，敢怒，敢骂，敢打，在这可诅咒的地方击退了可诅咒的时代"的人。他呼请作家们和全民族"直面"现实，把革命传统与统治阶级灌输的谎言、欺骗和虚伪的旧奴性传统对立起来。用毛泽东的话说，鲁迅是中国文化革命的舵手。他支持新兴的进步文学，鼓励青年人不要灰心丧气，教导其在生活和战斗中要学会勇敢、沉着、勤奋和坚持。

多亏了伟大的十月社会主义革命和苏联社会主义制度的建立，多亏中国共产党的活动坚定了作家对国家社会主义未来的信心，加上20世纪20年代末身处于共产主义的集体之中，鲁迅虽然没有加入党的队伍，但他了解了党的领导方针，并将其运用在了实际生活中。他不仅可以揭露旧世界，还能制定出斗士和公民的新的行为准则，并成功从批判现实主义转向了社会主义现实主义。鲁迅对社会主义中国未来秉持着坚定不移的信念，对旧世界的衰落和分崩离析表示谴责。

作家对新事物的敌人的果敢判决，对中世纪准则和习俗的无情揭露，证明他没有站在帝国主义时代摇摆不定、优柔寡断的资产阶级这一边，而是站在无产阶级民主忠诚战士的队伍里。他在自己的文章《随感录五十六"来了"》（1919）中向苏联政府表示拥护，在《答国际文学社问》一文里公开宣布自己在无产阶级中看到了创造新事物的力量，而这个新事物就是社会主义。在很多文章中（如《关于格拉德科夫的〈水泥〉》），作家都谈到了俄国无产阶级者的战斗经验，还有苏联人的新面貌，以及社会主义的新道德。

鲁迅把苏联文学看成最好的老师：苏联版画"真心的绍介着建设的成绩，令人抬起头来"。他还提到了苏联人民的友谊和成果，提到了民族艺术的发展。他期待着这些作品能对中国产生卓有成效的影响，中国"不但可见苏联的艺术的成绩"，还有适合自身的经验教训。

鲁迅会抓住一切可能的机会谈论借鉴苏联经验、学习马列主义的必要性。他批判作家们不思考中国发展的特殊性，对马克思主义断章取义、机械照搬，只重表面理论。鲁迅以列宁在俄国共青团第三次代表大会上的发言为基础，提出要研究人民的心理和习惯。在文化遗产的问题上他反对"主张十分激烈，以为凡非革命文学，统得扫荡的人"，提醒人们，"列宁爱看冈却罗夫的作品的故事，觉得非革命文学，意义倒也十分深长"。他引用了列宁关于托尔斯泰的一段话，事实上没有说明作者，指出中国需要的不仅是直接的行动，还有"揭露了政府的暴虐以及法庭和国家管理机关的滑稽剧"[1]。

鲁迅反对中国无产阶级拉普倾向的文章当数著名的《拿来主义》一文。

在这篇文章里，作者用祖上继承下来的宅子来形容祖国，说这

---

[1] 《列宁全集第五版》（第15卷），莫斯科：国家政治文献出版社1967年版，第180页。

座宅子应该换掉旧主人，清扫去奢侈、饥饿、抽大烟和不必要的旧物，建议中国人好好建设自己的国家，培养"新主人"和"沉着，勇猛，有辨别，不自私"的作家，"没有拿来的，人不能自成为新人，没有拿来的，文艺不能自成为新文艺"。

这篇杂文形象地、简明扼要地陈述了改造旧社会的问题。鲁迅在世时，统治者不允许他公开写作。用列宁的话说，"伊索式的笔调，写作上的屈从，奴隶的语言，思想上的农奴制——这个该诅咒的时代！"①尽管如此，鲁迅依然多次公开著文表示，统治阶级和帝国主义者在中国的统治不会持久："未来的事与我们当代的官僚和商人毫不相干。""这样的结果（暴行——作者注），官员猛虎、官僚暴君是无法预见到的，甚至他们预见到了，也没有什么用：'未来属于新兴的无产阶级。'"

鲁迅在唤醒中国人的民族意识，他断言，"人能组织，能反抗，能为奴，也能为主，不肯努力，固然可以永沦为舆台。自由解放，便能够获得彼此的平等"。他提醒中国人，"那运命是并不一定终于送进厨房，做成大菜的"（《倒提》）。他呼吁人们不要从鸦片中寻找缥缈的安慰，而要直面危险和风暴，"这时却只用得着挣扎和战斗"，造起"大建筑，要坚固而伟大"，拿起武器"匕首和投枪，要锋利而切实"（《小品文的危机》）。他认为他所处的时代"是生死的分歧，能一直得到死亡，也能由此至于恢复"，号召作家用作品"杀出一条生存的血路的东西……不是抚慰和麻痹，它给人的愉快和休息是休养，是劳作和战斗之前的准备"。

鲁迅关心的是未来，"旧社会破产的趋势愈加明显，阶级斗争愈来愈尖锐，我们能看到……无产阶级正准备建设新的文化，清扫

---

① 《列宁全集第五版》（第10卷），莫斯科：国家政治文献出版社1967年版，第26页。

旧的垃圾"。他直陈，在中国，真正的人，应该去共产主义者中寻找——向地底下去寻（《中国人失掉自信力了吗？》）。

作为建设新文化的斗士，鲁迅在生命的最后几年常常说到人民的识字和教育问题（《看图识字等》）。他反对降低作品质量，要求作家的作品除了做到通俗易懂，还应具备现实意义。为了儿童的文学和书画，鲁迅一直在努力。

所以作家呈现给我们的，是新中国人面貌、共产主义新道德的缔造者的形象。关于这点，他的自白十分意味深长："将来的光明，必将证明我们不但是文艺上的遗产的保存者，而且也是开拓者和建设者。"

鲁迅通过辛辣尖刻、揭露时政的文章展示了一幅长达20年的中国历史画卷，不了解他满怀热忱的政论杂文，就不可能正确理解这位伟大作家和他在中华民族为自由英勇斗争的历史中的意义。

马潇　译

鲁迅：中国古代文学研究家 ①

E.谢列布里亚科夫

　　伟大作家鲁迅非常熟悉自己祖国的文学。他的早期作品就已经开始反映本民族丰富的精神世界。在他的小说《狗·猫·鼠》中，鲁迅写道："那是我儿时的一个夏夜，我躺在一株大桂树下的小饭桌上乘凉，祖母摇着芭蕉扇坐在桌旁，给我猜谜语，讲故事。" ②

　　民间传说、故事和迷信——小男孩从祖母和奶娘处听来的这些，都给他留下了深刻的印象，并且在他幼小的心灵上打上了烙印，影响了他的一生。正是这些丰富了鲁迅的想象，普通劳动人民生动形象的语言是他创作的基础。

　　故事唤起了小男孩对善良对正义的热爱，摒弃一切卑劣的行径。从祖母那儿听到白蛇传的故事，被法海和尚关押在雷峰塔底的白蛇，鲁迅就非常同情白蛇而痛恨法海，甚至在《论雷峰塔的倒掉》一文中写道："那时候我是盼着塔倒掉的。"在作品《社戏》《无常》《女吊》中，鲁迅惊叹民众戏剧的表现力，指出其中蕴含的人文主义精神，包括对自由的热爱和向往，以及对黑暗势力的痛恨。民间创作

　　① 《鲁迅选集》，莫斯科：文艺书籍出版社1965年版。
　　② 《鲁迅全集》（第3卷），莫斯科：国家文艺出版社1955年版，第15页。

的形象和思想，是作家自幼年就了解并熟知的，同时也丰富了作家的内心世界，帮助作家透彻理解本民族人民的精神世界。

鲁迅读了七年制的学校，教学体制的根本要求是死背书，记住所学的一切，所幸，这并没有扼杀掉鲁迅的求知欲和好学精神。他对中国历史非常感兴趣，最热衷于官方正史的发掘，然后是个人书稿和笔记，有时甚至是当时的一些禁书。就此，鲁迅对于国家的过去和历史的熟谙不仅仅来自那些有倾向性的官方资料，同时他也敢于推翻这些去探究一个全面的、更真实的历史。

鲁迅对待中国文学艺术保有非常浓厚的兴趣。论及中国古代神话小说集《山海经》，鲁迅称："这四本书，乃是我最初得到，最为心爱的宝书。"[1]作家从唐宋短篇小说和明代长篇小说中获得了特别真切的感受。伴随着鲁迅对古老而优秀的传统文化的敬仰，他于学生时代对过去几个世纪许多负面文化现象的批判也日趋成熟。很显然，在当时他已经感到了儒家思想的虚妄。1926年，鲁迅在其文集《坟》的书跋中（又名《写在〈坟〉后面》）写道："孔孟的书我读得最早，最熟，然而倒似乎和我不相干！"[2]1902—1907年，鲁迅在日本期间是对传统文化认知观点形成的时期，同时也使他认识到祖国需要变革的观念。在鲁迅看来，当时落后的中国首先需要的是人的精神的解放。王瑶1956年发表在《文艺报》第19期上的文章《论鲁迅作品与中国古典文学的历史联系》一文中指出，20世纪初期，进步中国青年的理想是推翻腐朽的清王朝，经常会从本国古代优秀创作中寻找精神支持。他认为，这些作品都体现了作者伟大而忘我的艺术胆识和古代英雄的人文主义精神。

---

[1] 《鲁迅全集》（第3卷），莫斯科：国家文艺出版社1955年版，第26页。

[2] 鲁迅：《坟》，北京：人民文学出版社1953年版，第262页。

同时，作家对杰出的爱国诗人屈原的热爱是合乎情理的。屈原是一位有着极度叛逆精神的人，中国第一位伟大的爱国诗人，他对祖国的这种热爱，使他的名字成了伟大爱国主义精神的象征和标志。在充满了热爱自由和反抗精神的《摩罗诗力说》（1909）一文中，鲁迅高度赞扬了屈原，这位生命中充满了沉郁忧愤，一生都在与迂腐且鼠目寸光的执政者做斗争的诗人。

作家的朋友许寿山回忆说，鲁迅在日本期间书桌上总是放着一本屈原的《离骚》，鲁迅的一生都深受这位伟大诗人的影响：爱憎分明，充满理想。所以，1926年在《彷徨》成集的时候，作家从《离骚》中摘录了几行作为文集的引言。

王瑶在《鲁迅与中国文学》（北京出版社，1953年，上海）一书中写道："年轻时，作家就意识到了庄子对他的影响，并且将此解释为他对屈原的热爱。"杰出的哲学家鲁迅，显然也是在倡导自由和自然，拒绝一切形式的规则和教条，尽管屈原的思想并没有给青年鲁迅的观点留下太多的痕迹，而是于1935年间接体现于他的讽刺小说《起死》中，在这篇小说中，作家揭露了封建礼教崇尚理想学说的本质，揭示了这种学说为统治者政权服务，维护其利益的本质。

值得指出的是，尽管《庄子》一书是最为珍贵的文学记忆，这不仅仅因为它的创作语言是独特而优美的，同时也蕴含丰富的哲理。庄子作品高度的艺术价值是鲁迅一直非常看重的。1940年，郭沫若发表了一篇名为《庄子与鲁迅》的文章。[1]文中用许多的事实来例证伟大的作家鲁迅，在他的小说和文章中如何使用了庄子所独有的一些词汇、引文和劝喻性警句。

我们不关注是否完全涵盖了我们所感兴趣的题目，郭沫若的文

---

[1] 《今昔蒲剑》，上海：海燕书店1949年版，第275~296页。

章至少证明了，庄子对鲁迅的知识体系的形成的确是影响显著的，并且让作家在他的创作中能够自如地运用这些源于古典作品的语言、形象等。

1909年鲁迅回国后的几年（直到1918年）作家将自己的全部精力都献给了对古代文学的研究。1915年出版了《会稽郡故书杂集》。在这本文集中收录了自己本国历史上所有珍贵、稀有的资料。

绍兴，此乃作家出生的地方，很久以前这里是古国越国的所在地。这一执政地位在中国文化史和发展史上都有重要地位。

关于《会稽郡故书杂集》一书的成因，可以从鲁迅前言中的寥寥数语来做一个判断："是故序述明德，著其贤能。"[①] 作家想要做的就是将这一些保存下来，并且传给当代人。因此，鲁迅的书所具有的不仅仅是认知意义。其中讲述的历史事件、过去的英雄人物给读者展示了古代中国崇高的理想，同时也增强了民族自豪感。

研究古代文学让鲁迅看到了旧社会的不公正，反动的封建文化扼杀人性、为社会的恶辩解的特点。1918年春，在《狂人日记》中他写下了在中国的封建社会制度下数千年来人与人之间的关系：

"我翻开历史一查，这历史没有年代，歪歪斜斜的每页上都写着'仁义道德'四个字。我横竖睡不着，仔细看了半夜，才从字缝里看出字来，满本都写着两个字，那就是'吃人'！"[②]

在十月革命影响下兴起的1919年反帝反封建五四运动中，鲁迅被尊为新文化运动的代表。在他的优秀小说中，在他立场鲜明的政论文章中，作家揭露了旧社会以及封建礼教的吃人本质。他百折不挠地同那些反动派做斗争，那些人打着维护民族权益的大旗，实际

① 《鲁迅全集》（第8卷），上海：复社1948年版，第8页。
② 《鲁迅全集》（第1卷），莫斯科：国家文艺出版社1954年版，第64~65页。

上却是在维护封建社会秩序，他们在任何一场改革中都存在着。

《坟》《热风》两本文集，收录了鲁迅1925年之前写下的文章，充满了否定封建文化的慷慨陈词，揭露了这些旧社会制度捍卫者的本质。鲁迅说："什么叫'国粹'？照字面来看，必是一国独有，他国所无的事物了。换一句话，便是特别的东西了。但特别未必就是好，何以应该保存？譬如一个人脸上长了一个瘤，额上肿出一颗疮，的确是与众不同，显出他特别的样子，可以算他的'粹'，然而据我看来还不如将这颗'粹'割去了，同别人一样的好。"①

反动派将现代比作古时候的太平盛世，人民都似乎生活得很富足。鲁迅不无嘲笑地发问，为什么在不断被赞颂公正的封建帝制时期，却有那么多的罪恶和暴力，也最终没有能终止人民的哀号？作家自己讲："扫荡这些食人者，掀掉这筵席，毁坏这厨房，则是现在青年的使命。"②

革命的阶级敌人一直极力捍卫业已失去活力的文言文在文学中的主导地位，文言文不仅没有了生命力，而且已经成了人民群众走向文化之路中的障碍。鲁迅一直对妨碍新文化运动的这些人特别气愤，因为新文化运动倡导的白话文是更民主也更容易接受的。鲁迅对于文言文的反动特质深信不疑。在其文章《现在的屠杀者》中作家写道："做了人类想成仙；生在地上要上天；明明是现代人，吸着现在的空气，却偏要勒派朽腐的名教，僵死的语言，污蔑尽现在，这都是'现在的屠杀者'，杀了现在，也便杀了'将来'，——将来是子孙的时代。"③

反封建、反腐朽旧文化的影响，鲁迅并没有完全否定中国人在

---

① 《鲁迅全集》（第2卷），上海：复社1948年版，第24页。
② 鲁迅：《坟》，北京：人民文学出版社1953年版，第200页。
③ 《鲁迅全集》（第2卷），莫斯科：国家文艺出版社1955年版，第10页。

过去创造的文化价值。1919年5月4日新民主主义文化运动成为一股热潮：摧毁反动的封建文化，毁灭封建文化的捍卫者。他们之中的一些人开始完全反对中国旧文化，无论这当中是不是有合理的成分。

资产阶级知识分子胡适和部分附庸他们的小资产阶级知识分子从西方文明中看到了理想，想要按照西方模式建一个新文化于中国，而蔑视中国的传统文化。优秀的中国先进人士反对这种不加区分就竭力否定中国旧文化的不良趋势。鲁迅写道："我们有艺术史，而且生在中国，即必须翻开中国的艺术史来。"[1] 必须注意，对待鲁迅关于文化继承问题的表述应该非常谨慎，并且要时刻注意文章的写作语境及其目的性。比如，1927年在回答《京报》关于年轻人应该看什么书的问题时，鲁迅讲道："我以为要少——或者竟不——看中国书，多看外国书。少看中国书，其结果不过不能作文而已。但现在的青年，最要紧的是'行'不是'言'，只要是活的不能作文算什么大不了的事呢。"[2]

鲁迅的这种说法引起了指责和争论，在回答批评界时，作家说："施蛰存先生忽略了时候和环境，他说一条的那几句的时候，正是许多人大叫要作白话文，也非读古书不可之际，所以那几句是针对他们而发的，犹言即是恰如他们所说，也不过不能作文，而去读古书却比不能作文之害还大。"[3] 鲁迅当时觉得，应该着重指出的是青年人要保持和巩固五四运动所获得的劳动成果，但是也不能不远离与古文世界的斗争。

在激烈的意识形态斗争中鲁迅经常不得不将自己的争论性文章的矛头指向乔装成革命者并企图片面地选择鲁迅的言论的胡适以及

---

① 《鲁迅全集》（第6卷），上海：复社1948年版，第30页。

② 《鲁迅全集》（第3卷），上海：复社1948年版，第18页。

③ 《鲁迅全集》（第5卷），上海：复社1948年版，第408页。

他的走狗们，他们这些人在解读鲁迅的时候往往都脱离开具体的历史条件，证明现代文学的奠基者对于民族文化遗产所持的鄙夷态度。胡适企图以鲁迅先生的名义掩盖其鼓吹资产阶级虚无主义观对待中国文化的实质，而在西方帝国主义面前确实奴颜婢膝，谄媚逢迎。

在鲁迅逝世20周年召开的大会上，茅盾做了题为《鲁迅——从革命民主主义到共产主义》的报告，在报告中茅盾指出了革命敌人和对革命文化所做的诬蔑之词，他讲道："中国民族文化中所有的优良传统鲁迅都非常的珍视，只有封建腐朽、阻碍中华民族进步和发展的才是鲁迅先生所深恶痛绝并坚决予以抛弃的，同时还不断地无情揭露并痛批。

"1918年，他写道：'我的一位好友说，如果我们很好地保持了我们的民族性，那么这民族性首先能帮助我们做自己，我们的存在，诚然，有着重要的意义。还应该追问一句，是否能维护我们的力量，是不是能成为我们民族的特性。'

"我认为，这些话很好地总结了鲁迅的观点。他对民族文化遗产和与之相对的马克思主义对于传统问题的解决方案。"①

伟大作家意识到，在反动封建势力的作用下，古文化中能够发掘出许多珍贵而有益的。"先前，"鲁迅说，"听到二十四史不过是'相斫书'是'独夫的家谱'一类的话，便以为诚然，后来自己看起来，明白了，何尝如此。历史上都写着中国的灵魂，指示着将来的命运，只因为涂饰太厚，废话太多，所以很不容易察觉出底细来。正如通过密叶投射在莓苔上面的月光，只看见点点的碎影，但如看野史和杂记，可更容易了然了：因为他们究竟不必太摆史官的架子。"②刚开

---

① 《人民日报》1956年10月20日。
② 《鲁迅全集》(第3卷)，上海：复社1948年版，第23页。

始鲁迅并没有遵循一定的理论基础，而只是凭借他对祖国和人民的热爱和同反动派做斗争的斗士精神，认识到：民族文化的发展并不是唯一的。

1927—1929年，鲁迅对马克思主义做了深入研究，翻译了很多苏联文学作品。在此之后，中国的伟大作家鲁迅终于找到了文化传承问题的解决途径——用先进的理论武装自己。

1930年鲁迅翻译了卢那卡尔斯基的《浮士德与城》，在后跋中写道："因为新的阶级及其文化，并非突然从天而降，大抵是发达于对于旧支配者及其文化的反抗中，亦即发达于和旧者的对立中，所以新文化仍然有所承传，于旧文化也仍然有所择取。"[1]列宁教导我们说，继承文化遗产这不是说必须将过去的经验在新条件下创造性地改造。鲁迅在讲到传承对于文化的意义时，他清醒地认识到："主要的问题是新文化建设。所以他之主张择存文化底遗产，是因为'我们继承着人的过去，也爱人类的未来'的缘故；他之以为创业的雄主，胜于世纪末的颓唐人，是因为占人所创的事业中，即含有后来的新兴阶级皆可以择取的遗产，而颓唐人则自置于人间之上，自放于人间之外，于当时及后世都无益处的缘故。但自然也有破坏，这是为了未来的新的建设。新的建设的理想，是一切言动的南针，倘没有这而言破坏，便如未来派，不过是破坏的同路人，而言保存，则全然是旧社会的维持者。"[2]

鲁迅曾经关心的问题是，年轻人不能受腐朽的旧世界的影响，他深刻认识到，先进、进步的民族传统文化被腐朽、反动的所替代，将其拖进新社会或是新文化中是有危害而且有危险的。但不应该忘

---

[1] 《鲁迅全集》（第7卷），上海：复社1948年版，第780页。

[2] 《鲁迅全集》（第3卷），上海：复社1948年版，第781页。

记的一点是，鲁迅始终坚持认为，必须掌握以前的文学。

从革命初期，中国就有一些人，他们对于新社会的建立是很赞成的，但是反对弘扬旧文化中的精华，害怕这会伤害到新文化。鲁迅反对这些没有勇气正确理解文化传承的人，认为源于对未来新民主主义文化臆想出来的恐惧而试图摒弃中国人民在过去数百年间创造的一切文化所持的态度都是不可取的。

为了证明这种危险之说的无根据性，鲁迅写道："这些措施，并非断片的古董的杂陈，必须溶化于新作品中，那是不必赘述的事，恰如吃用牛羊，弃去蹄毛，留其精粹，结果是滋养及发达新的生体，决不因此会'类乎'牛羊的。"①

鲁迅对于旧文化成就秉持着严肃、谨慎、细致的态度。1934年在《拿来主义》一文中，作家在国民党严苛的审查制度下敢于表达自己遵循真正马克思主义的原则去理解文化遗产问题，同时也揭示出了虚无主义对待文化遗产的不可靠性。"譬如罢，我们之中的一个穷青年，因为祖上的阴功（姑且让我这么说说罢），得了一所大宅子，且不问他是骗来的，抢来的，或合法继承的，或是做了女婿换来的。那么，怎么办呢？我想，首先是不管三七二十一，'拿来'！但是，如果反对这宅子的旧主人，怕给他的东西染污了，徘徊不敢走进门，是孱头；勃然大怒，放一把火烧光，算是保存自己的清白，则是浑蛋。不过因为原是羡慕这宅子的旧主人的，而这回接受一切，欣欣然的蹩进卧室，大吸剩下的土烟，那当然更是废物。'拿来主义'者与之是有本质区别的。他占有，挑选。看见鱼翅，并不就抛在路上以显其'平民化'，只要有养料，也和朋友们像萝卜白菜一样的吃掉，只是不用它来大摆宴席；看见土烟，也不当众摔在茅厕里，

---

① 《鲁迅全集》（第6卷），上海：复社1948年版，第31页。

以见其彻底革命，只送到药房里去，以供治病之用，却不弄'出售存膏，售完即止'的玄虚。只有烟枪和烟灯，虽然形式和印度，波斯，阿拉伯的烟具都不同，确可以算是一种国粹，倘使背着周游世界，一定会有人看，但我想，除了送一点进博物馆之外，其余的是大可以毁掉的了。还有一群姨太太，也大以请她们各自走散为是，要不然，'拿来主义'怕未免有些危机。总之，我们要拿来。我们要或使用，或存放，或毁灭。那么，主人是新主人，宅子也就会成为新宅子。然而首先要这人沉着，勇猛，有辨别，不自私。没有拿来的，人不能自成为新人，没有拿来的，文艺不能自成为新文艺。"①

这是鲁迅将自己这许多的注意力放在研究古文上的原因。鲁迅有非常宽广的视角，他敢于将那些被死读书的书呆子忽略掉的古代文献也放在有文学价值的框架内。

在封建中国，对于文学的内容和类别的认定，对于文学学科的理解都是有着明显时代特点的。有些人认为，文学就是真知灼见的表现形式，是绝对的真理思想；而另外一些人则认为，是在文学的大概念下暗指作品形式的优美、考究。持两种观点的人都是将民间口头创作和贴近人民的艺术作品排除在文学范畴之外。

1782年依照清政府令开始修订《四库全书》②，《四库全书》就明确规定了官方所承认的著作范围。鲁迅写道："清的康熙，雍正和乾隆三个，尤其是后两个皇帝，对于'文艺政策'或说得较大一点的'文化统制'，却真尽了很大的努力的。文字狱不过是消极的一方面，积极的一面，则如钦定四库全书，于汉人的著作，无不加以取舍，所取的书，凡有涉及金元之处者，又大抵加以修改，作为定本。"③

---

① 《鲁迅全集》（第2卷），莫斯科：国家文艺出版社1955年版，第307页。

② 此处时间有误，应该为1772年。——译者。

③ 《鲁迅全集》（第2卷），莫斯科：国家文艺出版社1955年版，第319页。

　　清朝末年国家的社会进步催生了重新理解文学学科的必要性，也正是在那个时候，开始特别关注作为中国精神生活的小说文学的重要性。

　　那个时代，发生了一场席卷了全国的改革运动，运动的领袖之一梁启超在其《译印政治小说序》（1898）和《小说与群政治之关系》（1902）中写道："小说有不可思议之力支配人道，欲兴政治，必兴小说。"小说能促进社会变革，一两部好的小说会给予人的心灵和社会以巨大的影响，这种影响大于成百上千本宗教和哲学书籍。清朝末年很多文学家都持类似的观点，但鲁迅是第一个如此深刻研究中国小说并且向人们展示这笔文化财富的人。

　　当鲁迅还在教育部供职期间，开始编纂《古小说钩沉》，其中收录了唐前期的小说。《古小说钩沉》辑录周至隋散佚小说36种1400余则。鲁迅不得不阅读大量的原始材料并进行细致的整理工作，尽可能恢复古小说的原貌。《鲁迅全集》第8卷中，《古小说钩沉》的篇幅就超过500页。

　　古代笑话集《笑林》总共只有7则，但是为了重新编纂，鲁迅翻阅了大量的书籍。这些都表明，《古小说钩沉》是鲁迅辛勤劳动的成果。鲁迅所辑录的文本都是经过仔细校对，出版时不断给出新的形式，给出可能有的异文（作品或者文献中的不同理解）。

　　1920年秋天开始，鲁迅在北京大学讲授《中国小说史略》，一直到1927年他在其他高校也一直教授这门课。

　　鲁迅教导年轻人，中国人几千年内创造了多么宝贵的艺术财富，并让学生对祖国的自由、幸福充满期望。魏建功在其文章《忆二十年代的鲁迅》①中写道："先生讲课的精神跟写杂感的风格是一致的。

---

　　①　此处应为《忆三十年代的鲁迅》。——译者注

我们那时候听先生讲课，实在是在听先生对社会说话。先生的教学是最典范的理论联系实际的。他为着自己的理想，整个精神贯注在教育青年的事业上，我们就幸福地当面受到他伟大思想的教育。"①许钦文（1897年7月14日—1984年11月10日），原名许绳尧，作家，以其短篇小说集《故乡》而闻名，本书由鲁迅选校，资助出版。据他回忆，鲁迅关于历史小说的第一讲给他留下了特别深刻而强烈的印象："虽然，我当时听鲁迅讲课还不到一个小时，但是我感觉，我头脑中混乱的思绪像是逐渐开始清晰了。""虽然鲁迅一周只给我们讲一次课，但是对我们的影响确是巨大的。"②鲁迅当时勘正的《唐宋传奇集》，收录勘正了48篇唐宋传奇类作品，鲁迅选取了最优秀、那个年代最有代表性的传奇作品，勘误了文中的错误，检查并给出了作者的详尽信息。鲁迅在备课过程中收集材料，从各种古籍中做摘录，这项工作的最终成果以《小说旧闻钞》的形式出版，其中包含了41篇宋朝后期的作品信息。

《小说旧闻钞》是鲁迅92本古代文献研究成果的总汇，总计1575本书，古文摘录过程中作家补充进34篇，论著加入了一些必要的勘误。

《古小说钩沉》《唐宋传奇集》《小说旧闻钞》是古籍整理的典范之作。著名的古文专家郑振铎教授对鲁迅的编辑工作情况予以了补写："编辑、创作和翻译工作是他的三个主要实践活动，编辑工作在清代就做，做得很顺利，这种工作要求精细、仔细的核对文本，要求核对人具有渊博的知识，博览全书，而最初人们全都认为这是一件枯燥的事情，而且这件事随便谁都能做。但事实上并非如此，如

---

① 《文艺报》，1956年第19期，第30页。

② 许钦文：《跟鲁迅先生学写小说》，《中国青年报》，1956年10月19日。

果一个人他是粗线条行事，且特别自负，那么他永远也胜任不了这份工作，同时这个人若是很肤浅、读书少，那么他也永远不可能做好这项工作。这份工作的难度，确实，不亚于创作和翻译工作。"①这不仅需要热爱本土文化，清楚这份编辑工作的目的，了解这份工作的重要意义，能够像鲁迅一样，愿意花费如此多的时间和精力在这上面，方可胜任。

没有对古文献的收集、编辑整理和文本检查就不可能进入对叙事文学发展道路的理论分析阶段。在中国很多小说集都有遗失，都是不完整的。有大量的仿作关于创作日期和创作者都是相互矛盾的。如果不加判断、不加辨别地去依靠这些材料，那么，很容易就会得出错误的结论。

鲁迅就曾经对一位日本学者的中国文学讲义进行过批评。这位日本学者认为，诸如《汉武故事》以及其他的一些书作，都是创作于汉朝，并将这一结论写进了自己的学术著作。但是，事实上这些书籍是在南北朝时期出现的，只不过，它被纳入汉朝的作家名下。鲁迅本人在1924年出版的《中国小说史略》就避免了类似的错误，因为在成书之前就耗费大量精力做了许多年资料收集和文本细查工作。

鲁迅的《中国小说史略》的出现是中国文学史上的大事件。在封建制中国，正如郭沫若所说的，对古代文学的研究工作一直在进行，主要是沿着两个方向在进行：（1）个别词语和内容的阐释；（2）文字的检查和修正。第一部文学史是1904年出现的。1922年刊登的郑振铎的文章《我的一个要求》中，我们了解到，中国在此之前已经有了9部文学史。但是，这些文学史书主要都是非常浅显的

---

① 王士菁：《鲁迅传》，上海：新知书店出版社1948年版，第75~76页。

中学生课本。甚至，其中最好的文学史，比如，谢无量完全是朝代史引文、史话和文学家的作品。鲁迅却尝试独立分析各种文学现象的实质和成因，对于不同文学作品的主旨做出分析。他指出在几个世纪之久的时间内"小说"的概念是如何演变的。

在西方，许多年来一直存在着一种观点，认为中国是一个停滞不前的国家，这个国家的精神世界在几个世纪的时间里一直都没有任何变化。持这种观点的，其中也包括顾威廉（又译格罗贝，1855—1908）于1902年用德语出版了《中国文学史》，此书含有对个别作家的详尽介绍。

鲁迅作品的特点并非收集文学生活的现实，而是展现文学发展过程中的中国小说。从鲁迅的书中可以看出，每一个时代，每一个语言大师都给文学贡献了许多新的元素。作者试图确定这种或者那种体裁产生的原因。密切关注它的形式，鲁迅的小说史中，我们能找到许多材料是跟早期古代文献的形式和体裁相关，被下个世纪的文学研究者重新研究。鲁迅指出中国文学传统的继承性，并同时区分出，某些特定时期人民的艺术自觉，不断丰富之。

中国正统哲学中，过度关注的是被视为典范的儒家书籍出现的时代，而将离我们很近的时代，放在一个不显著的位置，即使是1926年出版的维力赫里穆的《中国文学》中所使用的论述材料都呈现出明显的不平衡性。全书的大概三分之一篇幅都基本上是在叙述孔子和老子。可鲁迅的小说史并没有这一不足。鲁迅研究的范围囊括所有从古代到20世纪初的重要作品。

在确证了那一时期的历史的同时，我们发现，每当宫廷文学处于衰颓之态，叙述性文学便更贴近人民群众，这给民族文学的发展提供了很好的创作契机。例如，明清两代创作的小说《三国演义》

《水浒传》《儒林外史》《红楼梦》。在清政府统治末期，不难发现，出现了大量的小说。鲁迅书籍的主要思想是，人民才是这许多文学财富的创造者。讲到明代小说，其中也包括《水浒传》，作者指出，这些作品都源于民间故事。

鲁迅晚期文章更清晰地表达了口头创作的民间性特征。他不止一次地写道，书面文学中的很多也是取材于民俗。1934年的文章《门外文谈》："旧文学衰颓时，因为摄取民间文学或外国文学而起一个新的转变，这例子是常见于文学史上的。不识字的作家虽然不及文人的细腻，但他却刚健、清新。"①

赵景深在《鲁迅与民族文学》一文中列举了一系列作家对于各种文学体裁的论断，最后归结为："在鲁迅的基础上，我们完全可以坚信，《诗经》、楚辞、六朝诗歌、唐诗、宋词、元曲，所有这些文体一直到长篇小说，在民族文学中都有自己的根，书面文学正是从民间创作中汲取了养分之后，才更为强大。"②

鲁迅更大的贡献在于，他在自己的著作中将注意力放在了对文学作品艺术特色的揭示上，这些揭示有时候虽只是寥寥数语，而且对作品风格优点的评价似乎无足轻重，却有助于我们洞悉许多古代作品对读者审美影响的缘由所在。对美的深刻感受、大量的阅读、特定的审美理想都让鲁迅能够对作品有着独立的判断，并且不主张对低级书予以评说。鲁迅对许多作品的序感到强烈不满。为此，鲁迅将作品予以分类研究，用他自己的话来讲，"描写现实"的单独划分出来。在《红楼梦》中，例如，他指出了书信的现实主义风格，认为这些信件准确地再现了人的感受。

---

① 《鲁迅全集》(第2卷)，莫斯科：国家文艺出版社1955年版，第333页。
② 《人民日报》，1955年10月22日。

鲁迅乃美好未来的战士，在小说史上尤其被那些在内容上反对旧世界的作品所吸引。他高度评价18世纪长篇讽刺小说《儒林外史》，对这本书的批判性大为赞赏。鲁迅还指出了很多古代作家的高超创作技巧。这在20世纪20年代是尤为可贵的。当时，有一个反动的社会政治理论认为，民族艺术形式是原始的、简单的和粗糙的，因此只有从外国资产阶级文学中学习才能提高中国的文学水平。

鲁迅在自己的作品中运用了过去那些进步作家的描写手段中最好的成分，在中国小说史上清晰地显示了叙事文学的崇高思想和艺术价值，以及民族文化珍宝中应有的重要地位。

在鲁迅《中国小说史略》中，关于小说是否与时代特征有关、对趋势的分析或者作品的阐释，让我们很容易就捕捉到共性的、主要的、经常被表述为与社会生活之间的联系以及他们的学理深度——当代著名文艺评论家阿英这样写道。[1]

翟理斯 Giles 主编《中国文学史》（1901年出版），为了反映杜甫对于安禄山造反的态度援引的诗并不是杜甫所作，而是另一位唐代诗人的诗，因此受到了来自郑振铎的强烈批评。在中国作品中，当然了，并没有类似的错误，但其中的例子也都具有偶然性。

鲁迅选择一些作品的片段，同样能明显地揭示其主要特征和特色。比如，《西游记》中的一个场景被确认为这部长篇小说创作主题与《印度游记》这一中篇小说有着继承性的联系，另外一些人则证明吴承恩创作诗意幻想丰富性以及书中幽默和讽刺成分。

《中国小说史略》创作时，作家还没有掌握马克思主义方法论，这也一定会对他这本书的写作水平有影响。鲁迅在对作品做评论、指出其不足之处时，通常会指出他们的社会理想意义的突出。他的

---

① 阿英：《关于〈中国小说史略〉》，《文艺报》，1956年第20期，第31页。

一些表达太过于简洁，并不能完全地解决问题。

但是这项研究已经给中国的科学研究者以很好的开端，至今仍保留着这一特点，而且时下也并没有可以来替代的。阿英在1956年10月讲过这样一段话："现在，当我们来纪念鲁迅逝世二十周年之时，我们仍然在小说这一领域，这本令人赞叹的书经受住了时间的考验。" ①

1924年鲁迅完成了1913年就开始了的工作：编辑诗人嵇康文集，嵇康，生于3世纪。1952年2月18日刊于《光明日报》的文章《关于鲁迅编辑的嵇康文集的一些意见》中，姜毅学写道，伟大的作家关注这位古代诗人并非偶然。嵇康生活的年代是动乱不安的，因此，他诗歌中所表达的主题与鲁迅本人的感情是相一致的，遭受的迫害也是类似的。最终被皇帝下令处死的嵇康，他的作品中充满了反抗精神，这一点尤其吸引鲁迅。而鲁迅总是能够辨认出那些有着更高的思想境地，更伟大的精神力量的活动家。除此之外，鲁迅，总的来说，是对汉王朝末期、魏晋时期更为感兴趣，他认为，嵇康对于中国精神的发展史是非常重要的。鲁迅在其作品的前言中详细地叙述了嵇康作品的命运。这篇简短的小文非常充分地证明了，作者是多么深入地研究了这些材料。鲁迅对比了诗歌的5个版本才将其编成一本完整准确的文集。他总是主张学者在自己的研究中运用所有跟作者有关系的各种信息，而不是只在一些偶然、零散不成体系的事例基础上就得出结论。他强调，过去编的文集有一个共同点就是都带有个人主观色彩，都有偏见。

1933年，鲁迅写道："凡选本，往往能比所选各家的全集更能流行，更有作用。册数不多而包罗诸作，固然也是一种原因，但还在

---

① 阿英：《关于〈中国小说史略〉》，《文艺报》，1956年第20期，第31页。

近则由选者的名位，远则凭古人之威灵。读者想从一个有名的选家，窥见许多有名作家的作品。《昭明太子集》只剩一点辑本了，而《文选》却在的。读《古文辞类篹》者多，读《惜抱轩全集》的却少。凡是对于文术，自有主张的作家，他所赖以发表和流布自己主张的手段，倒并不在作文心，文则，诗品，诗话，而在出选本。"①

"选本可以借古人的文章，寓自己的意见。博览群籍，采其合于自己意见的为一集，一法也，如《文选》是。择取一书，删其不合于自己意见的为一新书，又一法也，如《唐人万首绝句选》是。如此，则读者虽读古人书，却得了选者之意，意见也就逐渐和选者接近，终于'就范'了。"②

鲁迅认为，以《文选》为例，其中并没有选择嵇康最重要的作品，给读者塑造了一个失真的嵇康形象，认为他是一个愤世嫉俗，好像无端活得不快活的怪人。"不收陶潜《闲情赋》，掩去了他也是一个既取民间《子夜歌》意，而又拒以圣道的迂士。选本既经选者所滤过，就总只能吃他所给予的糟或醨。况且有时还加以批评，提醒了他之以为然，而默杀了他之以为不然处。"鲁迅这样写道。他同时还举了一个例子，应该怎样细致地收集材料，并且只有在可靠的文献资料基础上才可进行研究。

1926—1927年鲁迅在厦门和广州完成了中国文学史课大纲的编写。由10章组成，以司马相如和司马迁的创作特点结尾。大学里的课程曾一度被中断，因此这项工作也就搁置下了。在这个大纲中，鲁迅首次提出了楚辞的民族性和反抗性，指出楚辞对汉代早期文学所产生的巨大影响。

---

① 《鲁迅全集》（第7卷），上海：复社1948年版，第504页。

② 《鲁迅全集》（第7卷），上海：复社1948年版，第504页。

1926年，鲁迅在给许广平的信中讲道："但我还想认真一点，编成一本较好的文学史。"[1]鲁迅直到他逝世都还有着这个想法。

1924—1927年国民革命后，持有彻底无产阶级立场并掌握了马克思列宁主义的鲁迅，已经为写一部真正有科研意义的中国文学史做足了准备。1927年所做的演讲《魏晋风度及文章与药及酒之关系》中，鲁迅指出了："我们想要研究某一时代的文学，至少要知道作者的环境、经历和著作。"[2]

鲁迅已经看到了文学现象所受的社会制约性。分析了陶潜的创作，作家指出了文学创作与社会之间的联系。鲁迅写道："据我的意思，即使是从前的人，那诗文完全超于政治的所谓'田园诗人''山水诗人'是没有的。完全超出于人世间的也是没有的。既然是超出于世，则当然连诗文也是没有的。"[3]作者的这些话与列宁关于艺术家与社会的联系的论断恰好相互呼应。

遗憾的是，20世纪20年代末至30年代初，愈演愈烈的政治和文学斗争要求鲁迅倾尽全力。但是作家还关注到中国文艺学的发展并成书，意在于这种情况下着手进行严谨的研究。因此，1935年将这些写在《中国小说史略》日本译本序中，提到了马廉教授和郑振铎的新作。

"但愿鲁迅的文学史研究还没有终结，他的研究中也找不到对马克思列宁主义科学方法和审美原则的完整应用，所有他留存下的文章中都解释清楚了文艺学方面很多根本性的问题。勾勒出了中国文学发展的轮廓，给我们继续书写文学史做了一个好榜样，给文学遗

---

[1] 《鲁迅全集》（第4卷），莫斯科：国家文艺出版社1956年版，第50页。
[2] 《鲁迅全集》（第3卷），上海：复社出版社1948年版，第486页。
[3] 《鲁迅全集》（第3卷），上海：复社出版社1948年版，第486页。

产的弘扬开辟了道路。"①——文学评论家李长之这样评价鲁迅。

在鲁迅已经发表的文章中他仍然像以前一样，不知疲倦地揭露旧制度卫道士的反动角色并捍卫进步的民族传统文化。这位伟大作家看到，在剥削阶级占统治地位的社会，数以百万的人民群众被排除在文化之外。"传到我们的整个中国古代文学，是几个圣人的继承者写给他们自己的思想和法规。至于说到人民，他们几千年习惯于沉默，衰败、萎靡就像是被巨石压着的草。"②鲁迅认识到，只有革命斗争才能给新文化的真正崛起创造条件，才能够完全掌握过去的优秀文化遗产。

现在中国人民已经成为自己的国家与文化的主人。鲁迅在文化遗产方面所做的富有成效的工作，为中国人民树立了对民族传统关心的榜样。

姜明宇　译

---

① 李长之:《文学史家的鲁迅》,《人民文学》，1956年第11期，第19页。
② 《鲁迅选集》，莫斯科：国民文学出版社1945年版，第3~4页。

鲁迅与中国诗歌

B. 彼得罗夫

鲁迅遗留下来的诗歌作品并不多。根据中国文学研究者黄明奇（注：音译）的统计，鲁迅共有68首，其中包括旧体诗和新体诗，被保存下来[①]。鲁迅并没有想到这些旧体诗可以发表，但是这些诗歌通过作者的朋友在中国文学界广为人知。部分作品在鲁迅生前就已为人所知了，直到他去世之后，大部分旧体诗和一些在此之前就已经在杂志上刊登的新体诗一起经过搜集、整理，而后出版。在杨霁云编著和修订的《集外集拾遗》（1935）中发表了19首诗歌，在许广平编订印入的《集外集扩编》（1938）中有33首。

本文研究目的在于阐述鲁迅诗歌风格以及他诗歌的共性特征。[②]

通常说到诗歌，鲁迅说："我是一个被诗歌遗忘了的人。"而提及自己的诗，他故作漫不经心道："我平常并不作诗，只在有人要

[①] 黄明奇（音译），《鲁迅诗歌全集》，《长江文艺》，1954年 第10期，第49页。这里还需要增补进黄明奇未统计的三首，也就是说鲁迅的诗歌总共71首。

[②] 无论是俄语还是西欧语言，都没有专门写鲁迅诗歌的。本文的最后给出了中文的图书目录，本文的作者依据的是中国学者的研究，尤其是许寿裳、刘泮溪、陈思苓、臧克家和刘大杰，遗憾的是，一些文章［程千帆、索志（音译）、蒲志奇（音译）、吕守松、李文初］都是通俗性读物，另外一些（冯志、胡今虚、魏建功）也只是对鲁迅的诗歌做了比较笼统的评价。

我写字时，胡诌几句塞责，并不存稿。"①另外，他表达得非常确定：
"我自己是不会作诗的。"②（卷七，第116页），而中国诗人却不同意
鲁迅的自我评价。"鲁迅具有诗人的性格和气质的，"臧克家写道，
"他在诗歌方面，做出了不可磨灭的成绩，"③最后，肯定了鲁迅诗歌
天赋的出类拔萃，"这些诗里沁透着这位文艺巨人的深挚的激情。"
当然他的诗歌并不像他的小说、散文、译著那样，在中国文学史上
以及他的创作史上扮演着非常重要的角色，但至少，许多诗作仍是
获得了广泛的认可。鲁迅的典型代表诗歌《自嘲》，作于1932年10
月，是献给民主人士、诗人柳亚子的独特礼物。毛泽东同志在1942
年5月《在延安文艺座谈会上的讲话》中，为了回答"作家对人民
大众的态度问题应该是怎样的时"，引用鲁迅诗歌《自嘲》中的两
句："'横眉冷对千夫指，俯首甘为孺子牛'，应该成为我们的座右
铭。'千夫'在这里就是指敌人，对于无论多么凶恶的敌人我们决不
屈服。'孺子'在这里就是指无产阶级和人民大众。一切共产党员，
一切革命家，一切革命的文艺工作者，都应该学鲁迅的榜样，做无
产阶级和人民大众的'牛'，鞠躬尽瘁，死而后已。"——毛泽东同
志说道④。

诗歌《自嘲》传达了伟大作家、革命家创作及生命的主旨：为
人民服务，不向敌人屈服。另外，毛泽东引用的这一行诗，也是鲁
迅诗歌作品的主旋律，虽寥寥数语，但对于理解他的创作思想很重
要。"牛"的形象也绝非偶然。鲁迅将自己比作"牛"，因为他在艰
苦卓绝的环境中兢兢业业工作，而他的工作如牛一样，给人们带来

① 《鲁迅书信集》（第2卷），北京：人民文学出版社1953年版，第686页。
② 此处与下文中涉及的引文都选自《鲁迅全集》，上海：复社1948年版。
③ 臧克家，《鲁迅对诗歌的贡献》，《解放军文艺》，1956年第11期，第16页。
④ 《毛泽东选集》（第4卷），莫斯科：外国文学出版社1953年版，第170页。

好处。

众所周知，1933年鲁迅所作的一系列文章，后来都被收录到《准风月谈》中，这些作品鲁迅均是以"孺牛"的笔名写的。这个笔名意即"孺子牛"，也就是服务于人民。

鲁迅认为自己是诗歌创作领域的门外汉，从未学习过诗歌理论。"我对于诗一向未曾研究过，实在不能说些什么。"[1]——他在1935年9月20日给蔡斐君的信中写道。而在1934年11月1日给窦隐夫的信中嘲讽道："要我论诗，真如要我讲天文一样，苦于不知怎么说才好，实在因为素无研究，空空如也。"[2] 但是在鲁迅的文章和书信中有许多内容都与诗歌起源、诗歌的社会角色、诗歌形式与诗歌内容的相互影响、诗歌艺术以及诗歌分类等等有关。把这些零散的主张融合成一个整体，便是鲁迅对诗歌所持系统而完整的见解，也能够便于我们弄清楚近代诗歌发展的重要性。

鲁迅评价诗歌作品时的主要准则是——诗人应满怀时代精神，他本人也以此为己任，将自己与人民群众的切身感受融合起来，真正的诗人应被赋予自由与人道主义思想。鲁迅认为只有在这样的诗中，才能听到民族的声音；也只有这样的诗才可以铭记于同胞们的心中。在1907年发表的《摩罗诗力说》中，鲁迅明确地提出了这一观点。他用拜伦、雪莱、普希金、莱蒙托夫、密茨凯维支、裴多菲作品中的具体例子阐述了这一点[3]。鲁迅把这些诗人归为一类是因为他们都是"无不刚健不挠，抱诚守真；不取媚于群，以随顺旧俗；发为雄声，以起国人之新生，而大其国于天下"。（卷一，第99页）这些自由歌者怀揣伟大的梦想，用精神鼓舞着人们，在年青一代人

---

① 《鲁迅书信集》（第2卷），北京：人民文学出版社1953年版，第955页。

② 《鲁迅书信集》（第2卷），北京：人民文学出版社1953年版，第889页。

③ 鲁迅自己翻译了裴多菲、海涅以及其他诗人的诗歌，但这只是他的个别经验。

心中点燃了对人民的爱，对压迫者的憎恨。他们这些"反动诗歌"在鲁迅看来却正是民族的声音。

中国的传统诗人中，鲁迅最为推崇的是那些坚持爱国主义思想、奋起反对谎言、坚定自己的原则、贴近人民的人，比如，屈原、嵇康、孔融和陶潜。

鲁迅要求诗人们对社会上发生的事件做出积极反应，尤其是在人们击溃了旧世界，铺设走向新世界道路的革命时代。感受到革命真谛的诗人，总能找到一种力量，斩断自己与过去的联系，并在动荡不安的革命年代选择与人民站在一起，也正是出于这一原因，鲁迅异常推崇俄国诗人勃洛克。在胡斅（1926）翻译的《十二个》后记中，鲁迅以非常热烈的口吻写到了他——《十二个》的作者勃洛克。鲁迅这样描述他对《十二个》的看法："《十二个》于是便成了十月革命的重要作品，还要永久地流传"，给了革命前时代颓废派"最重的一击"。在鲁迅看来，《十二个》首先是一首诗歌，是时代最可靠的精神，传递了俄罗斯无产阶级革命者的真实气魄，这是"伟大的风暴"，因此他"将永生"；在评价诗歌内容时鲁迅写道：

"旧的诗人沉默，失措，逃走了，新的诗人还未弹他的奇颖的琴。勃洛克独在革命的俄国中，倾听'咆哮狞猛吐着长太息的破坏的音乐'，他听到黑夜白雪间的风……然而，他又听到像癞皮狗似的旧世界，他向着革命这边突进了。"（卷七，第720页）

鲁迅认为，诗人最主要的优点就是奔着革命的目标，尽管，在鲁迅看来，勃洛克比寻常人更能听到革命中旧世界崩溃的"音乐"，但诗人还没有意识到，这场巨大的社会变革对于建立新社会的重要性。此外，鲁迅还提到对勃洛克精神和革命任务相矛盾的理解，据勃洛克所说："他向前，所以向革命突进了，然而反顾，于是受伤。"

（卷七，第720~721页）。诗歌的最后耶稣出现提到了这一点，但这又与他本人所持的普遍思想相矛盾。勃洛克还无法找到新世界伟大真理的其他表现形式。鲁迅认为，由于诗歌思想内容存在矛盾性，"于是便成了十月革命的重要作品"——《十二个》，尽管具有浪漫主义革命色彩，但仍然不属于无产阶级诗歌，不过，已经十分接近了。

鲁迅对当代中国诗歌中的某些现象持否定态度，他认为诗歌不应该是空洞的、唯美的、颓废的，但这样的诗却经常出现在20年代的中国文学杂志上。他嘲笑胡适诗歌作品的"无用"，不配"中国新诗之父"的称号，并毫不掩饰地表露出自己对保守派文学偶像——徐志摩诗歌缺陷的极度厌恶①。鲁迅批判邵洵美（1906—1968）的唯美主义诗歌，邵洵美认为天才诗人的秘诀在于以"人们不懂才是美，才是好"的原则写诗。鲁迅同样反对"自然"的诗歌创作理论，这一理论与"诗人要作诗，就如植物要开花，因为它非开不可的缘故"（卷五，第607页）一致。鲁迅没有做详细的对比："诗人究竟不是一株草，还是社会里的一个人……即使真是花罢，倘不是开在深山幽谷，人际不到之处，如果有毒，那是园丁之流就要想法的。"因此，就像植物需要园丁防止它野蛮生长或长出对人们有害的毒果一样，诗人也需要批评。社会对他不是冷漠的，所以他对社会也不应该冷漠。由此可以得出结论：批评可以帮助诗人在正确的道路上行走，使诗人有益于社会。

鲁迅对于周作人社会主题的诗，也没有持模棱两可的判断，同样也提出了反对意见：

"周作人自寿诗，诚有讽世之意，然此种微词，已为今之青年

---

① 陈思苓，《鲁迅的诗歌理论及其诗歌批评》，《四川大学学报》，1956年第1期，第10~11页。

所不憭，群公相和，则多近于肉麻，于是火上添油，遽成众矢之的，而不作此等攻击文字，此外近日亦无可言。"①

鲁迅认为，中国正处于革命斗争的年代，诗人不能仅仅满足于传统的"风月"主题；革命活动要求他们创作出有战斗激情的、积极向上的、属于人民的诗歌。对于鲁迅来说，诗人首先是一名革命战士，但是，创作革命诗歌仅仅喊喊口号或兴奋疾呼是远远不够的，鲁迅在写给蔡斐君的信中这样讲："其实，口号是口号，诗是诗，如果用进去还是好诗，用亦可，倘是坏诗，即和用不用都无关。"② 换句话说，其实鲁迅强调的是：诗歌创作不应该寻找捷径，更不应该借助口号来追求其表面的"革命性"，但其实，"革命"的本质并未融入诗歌创作。③

在极力倡导和拥护国民诗歌的同时，鲁迅总是把关注的重点、焦点放在诗歌创作目的上，但同时，他也并没有把社会主题作为革命的唯一准则，他热情地拥护追求未来的诗歌，这些诗歌鼓舞人们，动员他们投入革命斗争，培养他们的气魄以及为革命理想创作的信念。他曾毫不留情地批评"民族主义文学追随者"——诗人邵冠华以及其他反动的国民党文学形式，揭露了人种歧视的说教本质，抨击了黄震遐的诗剧《黄人之血》④ 剧本中的反社会主义思想。号召同胞和臆造的"现实"，这些都无法掩盖这类作品反人民的本质。臆

---

① 《鲁迅书信集》（第2卷），北京：人民文学出版社1953年版，第669页。

② 同上，第955~956页。

③ 鲁迅给予王独清（1898—1940）伪革命诗以否定的评价。"这边也禁，那边也禁的王独清，从上海租界遥望广州暴动的诗。"鲁迅这样讲："'Pong Pong Pong'，铅字逐渐大了起来，只在说明他曾为电影的字幕和上海的酱园招牌所感动，有模仿勃洛克的《十二个》之志而无其力和才。"

④ 鲁迅极力准确地给出这部诗剧的内容特征："这诗剧的事迹，是黄色人种的西征，主将是成吉思汗的孙子拔都元帅，真正的黄色种。所征的是欧洲，其实专在斡罗斯（俄罗斯）——这是作者的目标。"

造出来的"现实"实际上是在自然主义精神世界里堆砌起来的血腥恐怖。鲁迅将那些大声喊着沙文主义口号诗人的诗类比成哭丧者的艺术，是"葬礼上的哀号"。他果断唾弃那些为了反动利益而利用爱国主义情感的诗人，他们毒害人民意志，将他们从阶级斗争中偷走，使他们习惯于顺从奴役。

"如果从奴隶生活中寻出'美'来，赞叹，抚摩，陶醉，那可简直是万劫不复的奴才了，他使自己和别人永远安住于这生活，就因为奴群中有这一点差别，所以使社会有平安和不安的差别，而在文学上就分明的显现了麻醉的和战斗的不同。"（卷五，第186页）

鲁迅将唯美主义与民族主义诗歌同战斗革命诗歌相比较①。白莽见证了他对诗歌的态度。白莽（殷夫，原名徐柏庭，1909—1931），中国无产阶级的先声之一，革命家、狂热梦想家，才华横溢之时死于国民党的枪下。鲁迅留下了他在杂志《奔流》中的诗歌和译作，并帮他躲过了一次国民党暗探局的追捕。1936年，他给白莽的诗集《孩儿塔》做了序言，并给予他的诗歌以高度评价。序言中鲁迅这样写道："这《孩儿塔》的出世并非要和现在一般的诗人争一日之长，是有别一种意义在。这是东方的微光，是林中的响箭，是冬末的萌芽，是进军的第一步，是对于前驱者的爱的大纛，也是对于摧残者的憎的丰碑。一切所谓圆熟简练，静穆幽远之作，都无须来作比方，因为这诗属于别一世界。"（卷六，第495页）

鲁迅欣赏白莽，因为诗人一生都坚持无产阶级革命思想，有魄力，有韧性，以为广大人民群众谋幸福为梦想。白莽的诗，将抒情、激情与革命热情完美融合。

---

① 鲁迅对革命中诗人的地位的观点以及他对于一些小资产阶级诗人的批评详见陈思苓的文章：《鲁迅的诗歌理论及其诗歌批评》，《四川大学学报》，1956年第1期，第13~15页。

如果说，服务于自己所处时代的进步思想，这是鲁迅对诗歌提出的第一个要求，那么第二个要求便是：诗歌作为一种文学体裁要进一步发展，应具备的特点便是对现实的情感感知。鲁迅认为，好的诗歌永远可以让读者感觉到作者的个性、感受和思想，因此"诗歌是本以发抒自己的热情的"（卷七，第624页）。鲁迅指责以描述为主的诗歌，支持抒情诗，支持高感知度的诗歌，他指责《新桥》杂志的编辑，因为他们就要求描述性的诗歌，很少有抒情诗收入杂志，因此在阅读的时候会产生一种单调性。"此后能多有几样作风很不同的诗就好了"，他补充道（卷七，第575页），这句话与马雅可夫斯基主张"更多不同的好诗人"互为呼应。

但是，为了保护每一位诗人诗歌思想具有独特性，鲁迅从来不主张个人主义抒情诗，这样的诗只有作者自己或极少数作者的朋友能理解。他曾强调，自我表达并不是最终目的，仅仅是行为表现形式。只有当诗人的感受与时代趋势相契合，他饱含热情创作的诗才有了真正的生命。这样的诗歌创作才能够走进读者的内心，完成为人民服务的主要任务。鲁迅还在谈及诗人与读者关系的《摩罗诗力说》一书中提到了对这一论断的理解："凡人之心，无不有诗，如诗人作诗，诗不为诗人独有，凡一读其诗，心即会解。"（卷一，第61页）

另外一篇名字很独特的文章《诗歌之敌》（1925），可视作鲁迅同那些拒绝抒情诗的人做的激论。他反驳传统道德维护者，他们憎恶新诗，就好像这些热情洋溢的抒情诗会对社会道德产生危害一样，可是他却推崇汪静之的抒情诗集《蕙的风》，这本书遭到了纯洁主义者及文学伪君子们的诋毁。相反，他在1919年青年人"真实声音"抗议活动——五四运动后的几年里顺服于爱情抒情诗，他意识到，年青一代渴望摆脱因循守旧的封建家长制作风和虚伪道德的压迫，这种思想感情与中国新时代的生活是相契合的。

最后，鲁迅将关注的焦点放在了诗歌形式上。他要求诗人作诗时要有高超的作诗技巧。呼吁诗人追求创作的同时，鲁迅并不要求像那些所谓的"自由诗"一样，只一味追求诗歌的形式之美，弄不好只会适得其反：诗失去了自有的语言紧凑性、音乐性，变成了散的不好的散文里的短行。根据鲁迅的观点，诗歌应该具有与其他文学形式不同的独特艺术形式。韵律、韵脚、其他诗歌元素以及诗歌的情感性语言都能更加完整、更加丰富地表现出诗人的思想与心情。鲁迅说，到目前为止，新中国诗歌暂时还未建立起新的民族诗歌形式，她会因为浑浑噩噩而没落，却不会因为丰富多彩的生活而消失。"诗歌虽有眼看的和嘴唱的两种，也究以后一种为好；可惜中国的新诗大概是前一种。没有节调，没有韵，它唱不来；唱不来就记不住，记不住就不能在人们的脑子里将旧诗挤出，占了它的地位。新诗直到现在还是在交倒霉运。"[1]

1919年五四运动后，大量白话诗出现在中国文学领域是好现象，因为这标志着对烦琐哲学和正统诗歌形式主义的抗议，但是音乐节奏的缺失，导致这些新诗并不能在大众中普及，使得他们只能成为文化领域的一种财富。

"我以为内容且不说，新诗首先要有节调，押大致相近的韵，给大家容易记，又顺口，唱得出来。但白话要押韵而自然，是颇不容易的，我自己实在不会做，只要发议论。"[2]——鲁迅继续发展自己的主张。

---

① 《鲁迅书信集》（第2卷），北京：人民文学出版社1953年版，第889页。

② 《鲁迅书信集》（第2卷），北京：人民文学出版社1953年版，第890页。

　　最后一句明显反映出了，鲁迅自己已经预见了在建立中国诗歌新国民形式道路上的困难。他在形式方面的要求绝不仅仅只是尝试复辟传统诗歌过时的烦琐规则，但鲁迅也只是提出创作追求的基本方向，他坚持"诗须有形式，要易记，易懂，易唱，动听"，并且随后补充道："但格式不要太严。要有韵，但不必依旧诗韵，只要顺口就好。"[①] 这样的话，根据鲁迅的观点，在建立新的诗歌形式时，出发点应该是白话文学语音的规律性，而不是传统作诗法向新诗歌创作形式的机械转化。

　　鲁迅指出，诗歌与人民创作紧密联系。他注意到诗歌在人民间萌芽。[②] 为了证明这一观点，他从中国古代民歌集中寻找依据，民间创作是不同的民间诗歌创作的源泉。在1934年写给姚克的信中，鲁迅对古代和中世纪不同形式的中国诗歌发展给出了简短扼要但却是非常有趣、内涵隽永的评定："歌，诗，词，曲，我以为原是民间物，文人取为己有，越作越难懂，弄得变成僵石，他们就又去取一样，又来慢慢绞死它。譬如《楚辞》罢，《离骚》虽有方言，倒不难懂，到了扬雄，就特地'古奥'，令人莫名其妙……"[③]

　　鲁迅发现，刚刚诞生不久的中国白话诗歌面临着走向绝路的可能，因为诗歌具有独特的历史创作规则和局限性，这也正是鲁迅反对新月派成员们形式主义的原因之一，他们只会一味地找寻诗歌形式格律，鲁迅曾感叹道："现在的白话诗，已有人掇用'选'字，或每句字必一定，写成一长方块，也就是这一类。"[④]

　　鲁迅看到，被烦琐哲学和形式主义诘难的革新不可避免地给诗

①　《鲁迅书信集》（第2卷），北京：人民文学出版社1953年版，第956页。
②　鲁迅的这一思想在《门外文谈》（1934）一文中进一步得以发展。
③　《鲁迅书信集》（第1卷），北京：人民文学出版社1953年版，第426页。
④　《鲁迅书信集》（第1卷），北京：人民文学出版社1953年版，第426页

坛带来了极为负面的影响，对没落方块诗的模仿也一样。鲁迅将欧洲"方块诗"形式的追随者比作"早年官学派的唯美主义者"，并嘲笑他们，包括徐志摩也在此列。与这些唯美主义者不同的是，徐志摩"缺少辫子和有时穿穿洋服而已"（卷五，第373页）。鲁迅明白，这样的欧化距离中国民间诗歌传统太过遥远，因此便指责这些欧化的拥护者，鲁迅提出的新中国诗歌形式直到现在仍具有意义，因为新形式问题无论是在诗歌理论，还是在作诗实践过程中都依然存在。

众所周知，旧中国的教育体系，从人幼年时就培养其对古诗的喜爱，并掌握作诗技能。鲁迅在童年时就接受了这样的教育，青年时期就写出了严格遵守韵脚、长短、顺序、行等传统规则的古诗。据鲁迅弟弟回忆，1898年，鲁迅动身前往南京前两个月，请当时被尊为古诗行家的寿莫林（音译）先生给他的第一次诗作尝试做评价及修改。鲁迅在1900—1901年间创作的12首抒情诗都被保留了下来，这些诗都表达了对周家没落的悲楚。一首叫作《寄诸弟》的诗中，鲁迅告诉弟弟"梦魂常向故乡驰……怅然回忆家乡乐"——这些诗句都作于南京。八行诗《惜花四律》用前人固定韵脚（鲁迅按照林步清的诗歌韵脚，即步韵。译者注）写成[1]。但青年鲁迅所作的诗并没有什么特别的艺术价值，这些诗作只能证明鲁迅对于儿时上过的作诗课掌握得很好。

鲁迅早期诗中还有作于1903年的四行诗，在照片的背面写着，赠予他最亲近的朋友之一——许寿裳，在这一首诗里，鲁迅表达了自己的爱国主义理想，"他的瑰奇的诗才与伟大的抱负，已完全表现出来了"[2]：

---

① 唐弢主编《鲁迅全集补遗续编》，上海：上海出版公司1952年版。
② 胡今虚，《鲁迅作品及其他》，上海：泥土社1951年版，第10页。

灵台无计逃神矢，

风雨如磐暗故园。

寄意寒星荃不察，

我以我血荐轩辕。

轩辕——中国古代传说中皇帝的名字，这里他用这一特有标志来进行讽喻。许寿裳给予这首诗如下评价："首句说留学外邦所受刺激之深，次写遥望故园风雨飘摇之状，三述同胞未醒，不胜寂寞之感，末了直抒怀抱，是一句毕生实践的格言。"①

而事实上，诗的最后一行则为鲁迅一生的座右铭，提醒自己为国服务；他也与《自嘲》中精彩的一句形成呼应，并在《自嘲》中将爱国主义思想升华且使其更具体。

1912年，鲁迅写了三首名为《哀悼的诗》的八言诗，其中一个版本的名称叫作《哭范爱农》。这组诗献给鲁迅在日本结识的一个朋友——范爱农。鲁迅在其回忆性散文集《朝花夕拾》中描述了与范爱农结交的故事。鲁迅在1912年因范爱农去世而创作的诗作中，悼念自己的朋友，嗟惜他命运的不幸。鲁迅认为，范爱农去世的主要原因是1911年那场革命，革命并没有真正解放国家，而革命之后的阶段，也正是中国知识分子遭受到社会压迫的时期。这场革命的结果使鲁迅陷入沉思，心绪郁结：

故里寒云恶，

炎天凛夜长。

---

① 许寿裳，《我所认识的鲁迅》，北京：人民文学出版社1953年版，第24~25页。多数作家都遵循许寿裳的意见，认为这首诗作于1903年，于植元以充分的证据证明过了这首诗写于两年前，即1901年，他援引的是鲁迅手稿《二十二年元旦》诗作后面补写的文章，以及许广平的文章（《与敌人的残酷斗争》，人民日报，1951年10月19），于植元因此认为，许寿裳对于前两行诗的注解是不正确的。并且完全推翻了锡金《鲁迅诗本事》中的阐释。（《文学月刊》，1956年第11期）。

在诗歌中还有这样一句"狐狸方去穴",这句诗直接指出袁世凯对共和国和中国人民的阴谋。通过对一个人命运的关注,鲁迅总是能够把它跟整个社会的命运联系起来。因此,这些乍看之下抒发极其私人感受的抒情诗歌,在鲁迅的笔下亦被增添了社会色彩。

几乎在鲁迅最初发表诗歌的同期,他还发表了自己的第一批现实主义白话短篇①。1918年夏,《新青年》发表了鲁迅用笔名唐俟创作的第一批白话诗歌:《梦》《爱之神》《桃花》《人与时》《他们的花园》等作品,一年之后。《新青年》又刊登了鲁迅的一首名为《他》的诗。最终,在1921年8月,已经是以"鲁迅"为笔名创作的诗歌《夏日黎明》(注:字面翻译,未查到原诗)发表②。后来,作家这样描述自己在新体诗歌领域的表现:"我其实是不喜欢作新诗的,但也不喜欢作古诗——只因为那时诗坛寂寞,所以打打边鼓,凑些热闹;待到称为诗人的一出现,就洗手不作了。"(卷7,第371页)

鲁迅发表新诗的目的:证明白话作为一种文学语言所具有的生命力,不仅存在于散文和政论文,同时也存在于诗歌之中,这是当时发生的所谓"文学革命"的结果。1918—1919年,《新青年》上首次刊登用白话文创作的新体诗,其中最早的一批发起者包括刘半农、沈尹默、刘大白和胡适等人。他们几乎所有人的创作都在某种程度上涉及社会议题,但这些创作实际上却不彻底,畏畏缩缩、半遮半掩。这里值得一提的是胡适,那些年他竭力迎合革命者,但根据叶丁易教授非常中肯的评价,胡适其实是坐在四轮马车里同情马车夫,诸如此类的同情心并没有超出"有良心的"知识分子片刻善行的范畴。胡适成了传统主题与形象的俘虏,他盲目地跟随西欧诗人的脚

---

① 此前,诗歌《哭范爱农》刊于上海《民心日报》,1912年9月20日。

② 此诗歌在《鲁迅全集》《鲁迅全集补遗》中均未收录。

步，在宣告诗歌领域革命的同时亦虚无地抹去了经典文学遗产的价值。创作首批白话诗歌的诗人，他们之间的矛盾和胆怯情绪则成了鲁迅号召创作新体诗的动机。

鲁迅宣布了有别于与传统诗歌烦琐规则的全新创作原则，并且创作了具有重大意义的"自由诗"。在文学革命时期，"自由诗"意味着反抗正统诗歌死气沉沉的教条主义和形式主义。诗人创作的主要目的是为了将思想和感受从程式化的教条、了无生气的书面语中解放出来。当然，就刊登在《新青年》上的诗歌而言，鲁迅距完全解决新体诗形式的问题仍然还有一段距离，但是这些已经足可以被认为是迈出了解决问题的第一步。鲁迅的诗歌表达了"他的思想和感受……并且发出了五四时期刚刚被唤醒的中国人的呐喊"①。这些诗歌的中心思想是将美好的梦想和残酷的现实对立起来，在诗作《梦》中，鲁迅以讽喻的形式传达了自己的思想："去的前梦黑如墨，在的后梦墨一般黑。"通过这些文字，鲁迅暗示了当时的旧中国尽管经历了1911年辛亥革命，却仍然被黑暗统治着。如今的中国在鲁迅看来是令人痛苦和失望的。但是星星之火的希望仍然能够把他照亮，他在诗的末尾写道："你来你来！明白的梦。"

鲁迅在1918年发表的短文中，引用了一位中国青年的诗："我是一个可怜的中国人。爱情！我不知道你是什么。"鲁迅在字里行间听到了"醒过来的人的真声音"，感受到了"血的蒸气"。被封建道德及家庭中因循守旧的规矩所束缚的中国青年，被剥夺了爱的权利，他渴望爱情，却不能理解这种伟大且高尚的感受，体会不出其美妙之处。鲁迅在诗作《爱之神》中借用欧洲诗歌中的爱神形象描述了这种矛盾的情绪：

---

① 刘泮溪，《鲁迅的诗歌和书信》，《文史哲》，1954年第8期，第50页。

一个小娃子，展开翅子在空中，

一手搭箭，一手张弓，

不知怎么一下，一箭射着前胸。

"小娃子先生，谢你胡乱栽培！

但得告诉我：我应该爱谁？"

娃子着慌，摇头说："唉！

你是还有心胸的人，竟也说这宗话。

你应该爱谁，我怎么知道。

总之我的箭是放过了！

你要是爱谁，便没命的去爱他；

你要是谁也不爱，也可以没命的去自己死掉。"

诗歌《他们的花园》充满了鲁迅深邃的思索：奄奄一息孩子的喜悦，他的小小幸福就是能够偷偷地摘下一朵百合花，只要一朵小花就能让这个孩子脱胎换骨，但是他回到家，回到那个贫困、肮脏、苍蝇飞鸣的世界，洁白干净的百合花瞬间便被污染了，孩子的快乐再次被夺走，而他的邻居家，是一个巨大的"他们的花园"，那里生长着"许多好花"，他需要做的只是跨过那扇被毁坏的门，跨过这道贫穷与富贵之间的门槛。鲁迅没有给出明确的结论，但是一切都很明显：不只是孩子，所有人都可以真正地享受到大自然的美，但是为此需要挣脱贫穷和肮脏的束缚，别人的花园应该成为他们的花园。

诗歌《人与时》反映了鲁迅当时对社会本质的看法，他对革命理论的坚信，为现在不得志的人颂扬未来或者悼念过去，同时让时间给他们做出评判：

一人说，将来胜过现在。

一人说，现在远不及从前。

一人说，什么？

时道，你们都侮辱我的现在。

从前好的，自己回去。

将来好的，跟我前去。

这说什么的，

我不和你说什么。

鲁迅在这里表达了他早期世界观中固有的信念——时间能带来更美好的未来，诗歌所蕴含的哲理也正在于此。

鲁迅新诗的一大特点是，将19世纪大部分代表诗人创作封建诗歌时所固有的装饰性描述与人的遭遇两相对比，在新诗中引入大量的口语词汇和生动对话，将新体诗从传统程式化作诗法中解放出来，但是他的"自由诗"含有特定的内在节奏——自由的韵脚，也就是说，"自由诗"对于鲁迅而言，并不意味着完全不采用某种形式，这也是五四运动时期的一些诗人的特点。鲁迅在寻找新的诗歌形式，那么，首要任务应当是建立以民间口语为基础的全新文学语言，而这也正是鲁迅在"自由诗"方面所进行的实验取得的进步。当然，鲁迅在散文领域的步伐要走得更为坚定，他创作于文学革命早期的白话诗只是某种诗歌的雏形。

接下来的几年，作为一个一直以来在对待旧文学态度上与知识分子们截然不同的作家，鲁迅选择了这样一条道路进行创作：使用经典文学形式和题材来表述全新内容，同时通过使用现代口语词汇的方式积极扩充诗歌语言。鲁迅之所以选择回归传统形式，是因为他对于当代诗人在诗歌形式领域的探索并不满意，同时也得益于他个人的实践经验。这些中国古典诗歌的简洁凝练，如绝句（四言）和律诗（八言）都对鲁迅产生了深刻的影响。鲁迅一直更喜欢简短而有力的、能够像剑一样刺穿一切的句子，不喜欢冗长、没有任何说服力的句子。古典诗歌的紧凑、简练、含义隽永一直深深吸引着鲁迅。鲁迅成功且灵活地掌握了旧诗创作形式的主要元素，并用其拓展全新的思想和描述诞生于他同时代的全新形象。简洁的形式对鲁迅而言并不意味着思想内容的贫乏，这也是鲁迅诗歌天赋最强有力的证据。

鲁迅谈论旧诗时提道："旧诗本非所长，不得已而作，后辙忘却。"[1] 他这里所指的是自己的作品。但仅只一首《自嘲》便极具说服力地反驳了他的这些话。当然，这些诗歌的基础通常是由某种，有时甚至是纯属偶然的事件造成的主观印象，观点经常隐含于潜台词中，但是，当代人很容易便能猜到鲁迅想表达的主旨，因为他们是鲁迅在诗歌中暗指那些事件的见证者。

鲁迅的每一首诗，在以他的创作为研究对象的胡今虚看来，"首首都含有独特而深长的意义，完全表现了现代社会革命战士的姿态与心声……"[2] 鲁迅绝大多数古典形式的诗歌创作于1931—1934年，其中大多数都是由政治事件引发的，在这些作品中，鲁迅作为一个革命者的形象被刻画得尤为鲜明。诗歌《悼柔石》便是其中一个典型的例子，该诗被视为纪念1931年遭到国民党特务血腥迫害的年轻作家柔石而作。"我又沉重地感到我失掉了很好的朋友，中国失掉了很好的青年，我在悲愤中沉静下去了，不料积习又从沉静中抬起头来，写下了以上那些字。"（卷5，第186页）下面是诗歌的内容：

> 惯于长夜过春时，挈妇将雏鬓有丝。
> 梦里依稀慈母泪，城头变幻大王旗。
> 忍看朋辈成新鬼，怒向刀丛觅小诗。
> 吟罢低眉无写处，月光如水照缁衣。

这首诗歌体现了作家的阶级仇恨和坚强意志，关于"慈母泪"

---

[1] 《鲁迅书信集》（第2卷），北京：人民文学出版社1953年版，第688页。
[2] 胡今虚，《鲁迅作品及其他》，上海：泥土社1951年版，第13~14页

这句——暗指当上海的反动刊物散播关于鲁迅也被逮捕并已处决的谣言时，鲁迅母亲不得不面对这些流言蜚语，艰难度日的痛苦时日。要知道，当时所有人都很清楚鲁迅对无产阶级革命运动的同情。

郭沫若曾高度评价这首诗，他说："（该诗）在思想和韵脚上具有唐代诗人的丰富性，悲伤且令人不安，可以说是天下一绝。"[①]1937年，当郭沫若从日本回到祖国后，他用鲁迅的韵脚写了一首诗，这首诗"把我全部的赤诚倾泻了出来"，并且是他生命史上的一个"里程碑"[②]。

诗人臧克家如此评价《悼柔石》："这篇诗里充满着对战友的无限深情和对反动政权的不共戴天的仇恨。它写出了当时那地狱一般的环境和诗人的愤怒。"[③]

哀悼去世的朋友、对国民党反动派的憎恶，这些主题在鲁迅许多其他的诗歌中也有体现，其中便包括纪念著名的进步人士杨铨（杨杏佛）的《悼杨铨》，1933年6月，杨铨在光天化日之下被国民党特务杀害。杨铨是鲁迅所在的同盟会成员。甚至在杨铨葬礼那天，法西斯分子还试图迫害威胁其他的同盟会成员，这其中包括蔡元培和鲁迅。下面是诗歌的内容：

岂有豪情似旧时，

花开花落两由之。

何期泪洒江南雨，

又为斯民哭健儿。

因对宪兵警察镇压湖南人民运动的血腥迫害大为愤怒，鲁迅以

① 引自文学研究者黄明奇（音译）的文章：《鲁迅的诗歌》，《长江文艺》，1954年第62期，第58页。

② 郭沫若，《天地玄黄》，上海：新文艺出版社1953年版，第449页。

③ 臧克家，《鲁迅对诗歌的贡献》，《解放军文艺》，1956年第11期，第15页。

这一事件为背景创作了《湘灵歌》。这首诗以"昔闻湘水碧如染，今闻湘水胭脂痕"开头，伟大爱国诗人屈原的著名诗作《离骚》引发了鲁迅的联想。屈原在《离骚》中为人民的凄惨命运感到悲哀，同时谴责了当时统治者的暴政。鲁迅对于当时的中国没有出现一位像屈原一样站出来抨击国民党迫害者的诗人而深感恼火：

洞庭木落楚天高，眉黛猩红浣战袍。

泽畔有人吟不得，秋波渺渺失离骚。

"故乡黯黯锁玄云"，鲁迅带着内心的痛苦描述了反动派的猖獗。他愤怒地抗议蒋介石统治集团的暴政，因为在那些"血沃中原""所砍头渐多""大野多钩棘""长天列战云"的日子里[①]，他无法保持内心的平静。鲁迅把赤贫村落那些冻死的穷人世界和那些在租界区打着麻将迎接新年的富人世界两相对比，由此可以很自然地联想到杜甫非常著名的两句诗——"朱门酒肉臭，路有冻死骨"引用至此作为类比。难怪评论家刘大杰认为，鲁迅诗歌的精神与杜甫近似[②]。在诗歌《所闻》中，鲁迅难以抑制地联想到那些被日本侵略者炸弹袭击后，闸北那些无家可归的人：

华灯照宴敞豪门，娇女严妆侍玉樽。

忽忆情亲焦土下，佯看罗袜掩啼痕。

鲁迅的诗歌《一·二八战后作》是写给那些参加1932年上海战役，在与日本帝国主义侵略者做力量悬殊战斗中逝去的英雄们：

战云暂敛残春在，重炮清歌两寂然。

我亦无诗送归棹，但从心底祝平安。

---

① 这些都出自诗歌《献给内村》（《无题·洞庭木落楚天高》），揭露声讨国民政府孙传芳在上海的反动统治。内村鉴三（1885）当时在上海控制书报出版，与鲁迅走得很近。

② 刘大杰，《鲁迅与旧体诗》，《文艺月报》，1956年第11期，第65页。

臧克家如此评论鲁迅的诗作："他的诗句闪电似的划破了黑暗浓重的天空。他的诗句就是投在窒死人的活地狱里的响雷。他那毫不容情的诗句，给龌龊的旧社会和国民党的反动统治以致命的打击，有热讽也有冷嘲。"①

这些年的其他诗作——《赠日本歌人》《赠画师》《送增田涉君回国》②《阻郁达夫移家杭州》《亥年残秋偶作》和《秋夜有感》，以及一系列《无题》诗歌中，鲁迅表达了恐慌、憎恶、愤怒和悲痛的情绪。从表面上看，这些诗歌并没有触及政治事件，而是献给朋友或是抒情描写，但是，鲁迅的思想总是能回到社会议题上来。在这方面最具代表性的便是八言诗《阻郁达夫移家杭州》（1933）。鲁迅因在左翼作家联盟中与郁达夫共事而结为好友，当郁达夫决定从上海搬家至杭州时，鲁迅特别激烈地反对他这么做。鲁迅的反对是有重要依据的，一年以前他自己曾到过杭州，他确信，杭州这座城市是反动派的地盘，鲁迅到杭州的结果众所周知，他被国民党浙江省党部逮捕。鲁迅的提醒是正确的，郁达夫曾寄希望于许多在杭州相识之人的援助，但是在那里，他没能找到真正靠得住的朋友。浙江省委的代表许绍棣利用与郁达夫的故交，让郁达夫和妻子发生争吵，损伤了作家的情绪，在《忆鲁迅》中作家写道："我因不听他的忠告，终于搬到杭州去住了，结果竟不出他之所料，被一位党部的先生，弄得家破人亡；这一位吃党饭出身，积私财至数百万，曾经呈请南京中央党部通缉我们的先生，对我竟做出了比敌人对待我们老百姓还更凶恶的事情，而且还是在这一次的抗战军兴之后。"③

另一个例子是诗作《题三义塔》（1933），它的故事是这样的，

---

① 臧克家，《鲁迅对诗歌的贡献》，《解放军文艺》，1956年第11期，第14页。

② 增田涉君（1903），日本汉学家，文学史家，鲁迅作品日文译者。

③ 摘自杂志《文艺报》，1956年第19期，第22页。

在1932年1月，日本军队入侵上海，侵占中国领土，在日本人中有一位西村真琴博士，他在完全毁于日本人炮火袭击和轰炸的工人区——上海闸北地区三义里的瓦砾堆底下找到了一只鸽子，一片死寂的土地上唯一的活物，他将鸽子解救出来，并把鸽子作为在三义里度过那些可怕日子的记忆带回了日本。但是很不幸，鸽子很快便死去了，在农民的帮助下，西村真琴博士在鸽子的墓穴上建立起一座塔，他把这座塔叫作三义塔——用以纪念死于三义里地区的人们。西村真琴博士修书一封详细叙述了这件事，他还特意请鲁迅为这一事件作了一首诗，正是下面的这首《题三义塔》：

> 奔霆飞熛歼人子，败井残垣剩饿鸠。
>
> 偶值大心离火宅，终遗高塔念瀛洲。

这几句诗描绘了战争时期的上海闸北区。诗中的瀛洲寓指中国。接下来鲁迅想到与日本侵略者英勇斗争的中国爱国人士的坚定：

> 精禽梦觉仍衔石，斗士诚坚共抗流。

但鲁迅坚信，总有一天战争会结束，彼时，中国人和日本人一定能够重归于好。这个观点可以从诗歌的小引看出来——塔是农民亲手搭建的。鲁迅想借此说明，将战火引来中国并不是日本的农民，而是日本的帝国主义者。这样一来，一个具体的、独特的主题便在鲁迅的诗歌中取得了重要的社会意义。

1931年11月—1932年1月，鲁迅在工人杂志《十字街头》上用笔名阿二发表了一些讽刺性诗作，也就是我们常说的政治讽刺诗，这些诗作嘲讽了国民党中出卖中华民族利益的行政官员、军官、只会煽动情绪的政客和贪财者。在《好东西歌》和《"言词争执"歌》中，鲁迅描绘了政治投机者和蛊惑者的形象，他们彼此揭发叛国行径，又自证清白，同时还揭发执政高层的内讧和分歧。鲁迅所嘲笑的国会，很有可能是成立于1931年11月的国民党第四届国会。鲁迅在诗歌中指出了国民党的代表人物——"领导班子"中的吴稚晖，"边对骂边丧失领土，边争吵边挥霍无度"的汪精卫，这些诗歌所触及的都是国民党执政最根本的政治之基。鲁迅的诗作《公民科歌》亦不遑多让，他反映了国民党反动派在人民教育领域的"立法工作"，他是这么解释"倡导者"的，认为中国公民应当作为基本行为规范的新纪律四大训条。第一条——学会忍受；第二条——学会服从统治者：

> 拜得不好就砍头，
>
> 砍头之际莫讨命，要命便是反革命，
>
> 大人有刀你有头，这点天职应该尽。

也即用刀对付那些不服从于统治者的人。

第三条：

> 莫讲爱，自由结婚放洋屁，
>
> 最好是做第十第廿姨太太……

如果爹娘要钱花，可以让他们以几百几千块的价钱卖女儿——正了风化又赚钱。第四条，也就是最后一条，要听话，要顺从："大人怎讲你怎做。"

《公民科歌》是对国民党统治集团惯常用来吹嘘自身拥护"民主"、宣扬中国人民（享有的）"权利和自由"的辛辣讽刺。鲁迅揭露了这种"自由"的本质，反动派公然将杀人的"权利"、懦弱的屈服以及买卖人口奉为神圣。在简短的《南京民谣》中，鲁迅讥笑政治无赖和伪君子，集中描绘了蒋介石统治集团的真实面目："大家去谒灵"——白天，一群人吊谒逝去的先辈，"强盗装正经"，强盗满口仁爱责任，伪装正人君子，"静默十分钟，各自想拳经"，而到了夜晚却都开始想"拳经"。

鲁迅刊载在《十字街头》杂志上的讽刺诗歌，具有揭露从无产阶级和革命群众立场出发而滋生的中国反革命势力的政治属性，诗歌的字里行间都在抨击敌人，有着同政论文一样的威慑力。鲁迅在诗歌中使用鲜活的口语词汇，也即所谓的"大众语"，以面向广大读者，这就要求鲁迅放弃诗歌的经典形式，鲁迅毫不犹豫地踏上了一条新路：他将目光转向民间故事、民歌，将它们引为范例。杂志《十字街头》里的诗歌正是鲁迅在由中国左翼作家联盟提出的"大众文学"道路上的真实探索。

鲁迅还创作过仿拟诗。如散文诗集《野草》中《我的失恋——拟古的新打油诗》，杂文集《热风》中以自由诗形式创作的《儿歌的"反动"》①，以及组诗《教授杂咏四首》——对钱玄同、赵景深、章衣萍和谢六逸四人的讽刺。最后，还有一首《剥崔颢黄鹤楼诗吊大学生》——描述了政府是如何将古物盗运出北京，放弃古城，但却禁止学生迁出的事件②。鲁迅诗歌中的幽默建立在读者习惯联想以及词意表达的怪诞手法之上。

引用《教授杂咏四首》的第二首为例：

可怜织女星，化为马郎妇。

乌鹊疑不来，迢迢牛奶路。

这是对当年非常著名的翻译家——赵景深的讽刺，当时他在自己的译文中将英文的 Milky Way（银河）直译为"牛奶路"，字面意思是"牛奶形成的路"，这对中国人来说非常荒谬的，因为 Milky Way 在中文语境下意指"天河"或者"银河"。为了让读者知道翻译家所犯的错误，鲁迅使用了中国人民都非常熟悉的牛郎织女的传说：牛郎织女彼此相爱，却被银河阻隔，幸福使者喜鹊帮助他们二人跨

① 可笑的模仿胡怀琛的作品《儿歌》，鲁迅讽刺的是这其中过于造作的荒谬。

② 鲁迅的第二首讽刺八行诗是在其《学生和玉佛》（1933）一文中，见《南腔北调集》。

越天河，相会在一起。但是在鲁迅笔下，织女变成了马郎妇——佛教女观音的转世。鲁迅就通过这种方式暗指赵景深如何轻易便将"银河"翻译成了"牛奶路"的，要知道，在赵景深的译文中，连喜鹊都不认识路而只剩下惊诧了。

鲁迅诗歌的强大之处，不仅因其内容上具有政治意义及战斗激情，还因其诗歌中的抒情成分和尖锐讽刺，以及他对各种体裁、诗歌形式及诗歌语言等多种表现形式的驾驭能力。首先，应该指出，那些用古典形式写成的诗歌，因为采用旧形式，或者借助传统的意向来表达新内容、新思想和新的体悟，多多少少都会加大鲁迅诗歌创作的难度，同时这也对诗人的才华提出了更高要求。鲁迅那些内容新颖的诗歌，尽管受到了旧诗的影响，仍然可以被视作一种当代文学现象，而旧形式，尽管也受到了民主化的影响，仍然整体上保留了自身独立性和独特性。鲁迅总能将这两者完美结合，使旧有形式不至使诗歌显得了无生气，而新内容也不会破坏旧有形式的完整性。个中原因，首先，是因为鲁迅将旧形式从虚假的神化以及形式主义的倒错中解放出来；其次，是因为他极好地掌握了形式运用法，从来没有将形式当作行为目的本身，他总是以一个真正诗人的身份作为，而不只是一个会作诗却没有诗才的人。臧克家曾就鲁迅诗歌作品的这一特点做出评价：

"鲁迅的古体诗，并不严格遵守成规，把它作的堂皇雅正。他并不是为作诗而作诗，而是把诗作为武器使用的。从他的各种体制的诗可以看出，都是在抑制不住悲愤的情况下喷射而出……"[1]

鲁迅都是在被称为"新体诗"的体裁下创作，也就是绝句（四行）和律诗（八行）。在创作时，需要使用限定的五言或八言，还要

---

[1] 臧克家，《鲁迅对诗歌的贡献》，《解放军文艺》，1956年第11期，第14页。

严格遵循诗歌每一行的音节数一致。鲁迅创作的诗歌中，大约三分之一是七言绝句[1]。他遵照"新体诗"全部的基本标准，这些标准是中国古典诗歌"黄金时代"——唐朝的伟大诗人们所确立。只要内容需要，鲁迅才会不遵照这些标准。

中国诗人一直致力于在自己诗作中增添古诗韵味。为此，他们使用先辈作品中曾使用过的古语和孔子的经典作品（用典），这也是传统诗歌创作的要求之一。仿效伟大的先辈被认为是一种景仰他们才能的独特方式，比如，11世纪诗人苏东坡就曾专门用伟大诗人陶潜（4—5世纪）的韵脚创作过诗歌。当然，这种成功的模仿完全依赖于诗人的造诣：只有那些模仿时仍能够保留自己的特点，而非盲目照搬的诗人，才能做好这件事。

鲁迅非常敬重古代诗人的才华。"玉溪生清词丽句，何敢比肩？"——鲁迅曾这样描述唐代伟大诗人李商隐的诗歌，曾使用玉溪生作为笔名的李商隐（813—858）。"而用典太多，则为我所不满。"[2]

鲁迅认为李商隐滥用古词和历史上的典故暗指，但他自己确实也很喜欢使用这种艺术手段，可是二者目的完全不同：从古诗词中借取的古词和事件能够帮助鲁迅误导审查机构。但这绝不意味着，它们在许多诗歌的艺术性上没有扮演自己的角色。鲁迅经常从他非常景仰的诗人屈原（前340—前278）的作品中寻找意象，使用屈原诗歌中的词汇[3]。鲁迅从《离骚》中摘取词语用到自己的诗歌中，比如，"扶桑"——神奇的树，日出所拂之木；"萧艾"——最低的草，

---

[1] 鲁迅的60首古体诗中，7首是五言律诗，9首是五言绝句，14首是七言律诗，30首都是七言绝句。

[2] 《鲁迅书信集》（第2卷），北京：人民文学出版社1953年版，第697页。

[3] 详见许寿裳：《亡友鲁迅印象记》，北京：人民文学出版社1953年版，屈原和鲁迅，第5~8页。

转义为微不足道之人；"湘灵"——湘江之灵魂；"渺渺"——无边无际的、遥远的；"惆怅"——忧愁的，失望的；"众女"——附庸；"玄云"——乌云。有时候鲁迅没有任何更改地直接引用整个表达，比如，"荃不察"——你们无法理解，这里屈原和鲁迅（诗中献给许寿裳）所用的"荃"指的是一种香草，深层意思是尊称"您"。在其他的诗作中，鲁迅则完全地代入屈原的形象。比如，在《九歌》中有这样的一句："袅袅兮秋风，洞庭波兮木叶下。"这句诗被鲁迅引用于诗歌《无题》的开头中："洞庭木落楚天高……"

鲁迅也曾使用其他作品中出现过的古词，如"九畴"——九种智慧的统治方法（出自《书经》）；"蛾眉"——细细的眉毛，转义为美人（出自《诗经》）。鲁迅还非常出色地运用了古典诗歌的其他表现手法，包括讽喻和排偶。

中国古诗惯用艺术手法之一是运用历史事件来暗喻，是所谓的"含蓄"（隐藏的想法）的一种。通常，当诗人想要将现在和过去进行对比时会使用这一手法。诗作《阻郁达夫移家杭州》，无疑证明了鲁迅特别擅长使用这种创作手法。鲁迅在这首诗中使用历史事件暗喻，将杭州城过往的荣耀和那些著名的将帅、政治活动家和诗人被迫成为遁世索居的反动派的日子对比。鲁迅在某种特定的语境下，通过与杭州有关的著名人物的名称引发相关历史事件的联想，比如钱镠（钱王），10世纪时吴越国的统治者；春秋时期的政治活动家伍子胥（楚国）；唐代诗人高适和岑参；历史事件的联想让每一个词都显得特别饱满，意蕴悠长，就比如《阻郁达夫移家杭州》一诗中的第五行和第六行是这么写的：

坟坛冷落将军岳，
梅鹤凄凉处士林。

尽管在诗中并没有直接描述相关的历史事件，但是这些都可以借助历史暗示在诗句的潜台词中领会到。军事统帅和爱国主义者岳飞（12世纪）抗击外族入侵者，用自己的军功为祖国带来荣耀，最后长埋杭州；隐士、诗人林和靖（967—1028）曾居住在杭州近郊的西湖边上。他亲手栽种了几百株桃树并为它们的盛开而赞叹不已。据说，他非常喜爱喂养鹤，因此人们说，梅树是他的妻子，鹤是他的孩子，也就是常说的"以梅为妻，以鹤为子"，林和靖去世后被埋葬在西湖边，而在他的坟墓旁边，在他种下的梅花旁边，建起了一座纪念他的"放鹤亭"。由此便可以明白，为何鲁迅在诗中要提到梅与鹤了。

鲁迅的诗歌创作与古典诗歌的联系并不局限于单单一个屈原的影响，无可争议的是，屈原对鲁迅的影响比其他人更多，当然鲁迅也吸取了一些其他古典诗人的诗作。

众所周知的是，鲁迅对于诗歌作品——无论是自己的还是他人的——都以最高的标准进行评判，因此他在评价唐代以来的中国诗歌时总是带着一丝没来由的轻视。1934年，他在给杨霁云的信中写道："来信于我的诗，奖誉太过。其实我于旧诗素未研究，胡说八道而已。我以为一切好诗，到唐已被作完，此后倘非能翻出如来掌心之'齐天大圣'，大可不必动手，然而言行不能一致，有时也诌几句，自省亦殊可笑。"[1]

这对于唐代之后最优秀的中国诗歌传统的传承者，比如，辛弃疾、陆游、顾炎武、黄遵宪等人而言显然是不公平的。但是鲁迅如此厌恶的原因可以在他对形式主义和唐代之后，尤其是18至19世纪的封建诗歌中盛行的追随作风的态度中寻找到。 在与封建文化的激烈斗争中，鲁迅竭力强调自己对它的仇视态度，但这同时也影响

[1] 《鲁迅书信集》（第2卷），北京：人民文学出版社1953年版，第697页。

了他对古典诗歌的判断。因此，他经常借口说自己对诗歌创作一知半解用以推诿，有时也是表达自己对诗歌的厌恶。这样，在1935年1月17日给山本初枝的信中，鲁迅断言道："我是散文式的人，任何中国诗人的诗都不喜欢。只是年轻时较爱读唐朝李贺的诗，他的诗晦涩难懂，也正因为难懂，所以才钦佩的。现在连这位李君也不钦佩了。"①

而事实证明，最后的言论并非如此。例如，锡金曾引用鲁迅1932年的日记。日记中记载了鲁迅保持着对李贺（790—816）诗歌的喜爱。日记中暗指，有一天鲁迅特地改写了李贺的诗，并将此诗送给他的一位朋友，而给另一位日本作家鲁迅还赠送了李商隐的诗集。最主要的是，李贺和李商隐对鲁迅的影响，可以在鲁迅的一些诗作上看得出来。例如，《湘灵歌》《秋夜有感》和一系列《无题》诗。据锡金所说，李长吉和李义山（也就是李贺和李商隐）"对鲁迅的古体诗影响深远"。因此也相当难理解②。

谈及鲁迅的诗歌技巧水平，郁达夫给出了颇有意思的评价。他说："鲁迅诗歌的技巧介于东坡和放翁之间"，也就是宋代伟大的诗人苏轼和陆游③。

传统与革新的结合最佳体现是在鲁迅诗歌语言上。他能够赋予语言强大的表现力，"一方面，得益于对古诗的娴熟掌握；另一方面，归功于自己不懈的努力"。④另外革新的意义并不比继承传统来得小。

许寿裳教授在《鲁迅旧体诗集》（1944）的序中提出了四点鲁迅

---

① 吴远康译（音译）：《鲁迅集外集》，《赠日本歌人》，上海：1952年版，第105页。
② 锡金：《鲁迅诗本事》，《文学月刊》，1956年10月号，第10页。
③ 摘自刘大杰：《鲁迅的旧体诗》，《文艺月报》，1956年第11期，第65页。
④ 摘自刘大杰：《鲁迅的旧体诗》，《文艺月报》，1956年第11期，第65页。

诗歌作品的特点:(一)使用口语,极其自然;(二)解放诗韵,不受拘束;(三)采取异域典故,借用西方文学的形象(伊卡洛斯和丘比特);(四)讽刺文坛阙失[1]。前两个特点对鲁迅尤其重要。有了这些方法,鲁迅在新内容的影响下在一定程度上使"新体诗"民主化。文学研究家刘泮溪指出:新内容是形式民主化的重要前提,并强调鲁迅"不为了律诗和绝句的韵脚而放弃内容;他用这些形式表达自己的战斗热情。因此,在他创作的内容中加入了斗争情绪,形式上做了创新,鲁迅打破了'新体诗'既有的规则,在一定程度上自由"[2]。

许寿裳提到的"使用口语",首先涉及的就是鲁迅诗中的词汇。众所周知,传统诗歌,尤其是新体诗的语言是刻板、书面化的文言文语体,一个音节包含一个语义单位,并且需要押韵。鲁迅经常在自己的诗中加入口语词汇和新的文学语言。例如,"世界""文学""鸡汤""辩证法""掩门"(《教授杂咏》);"到底""租界""打牌""不如……好"(《二十二年元旦》);"翻身""碰头""管他""躲进"(《自嘲》);"阔人""专车""晦气""重重"(《剥崔颢黄鹤楼诗吊大学生》);"英雄""诅咒""斗士"(其他诗歌)。加入口语就打破了对"新体诗"来说是法则的音律。《二十二日元旦》和《赠邬其山》是广泛使用口语的例子。以下为《赠邬其山》的前四行:

廿年居上海,每日见中华。

有病不求药,无聊才读书。

这首诗可以作为许寿裳提到鲁迅诗歌第二个特点"解放诗韵,不受拘束"的例证。根据古诗的规则,这首诗(为律诗题材)应该在4个双数行押韵,但鲁迅只在第六和第八行有押韵,破坏了押韵

---

① 许寿裳:《我所认识的鲁迅》,北京:人民文学出版社1953年版,第97~98页。

② 刘泮溪:《鲁迅的诗歌和书信》,《文史哲》,1954年第8期,第51页。

规则。

鲁迅的旧体诗是传统与革新的结合。鲁迅的实践证明，只有这样，古诗才能用以成功表达新内容。鲁迅诗歌对当代中国诗歌的意义和影响也正在于此，即使对现如今的诗歌来讲，形式问题也是非常迫切的，说到内容，鲁迅的诗歌、散文、政论有共鸣。许寿裳说鲁迅是真正的诗人[①]。他的诗就是这句话最有力的证明。

参考书目

俄文：

1. 毛泽东选集（第4卷）[M]. 莫斯科：外国文学出版社，1953.

汉语：

1. 魏建功. 关于鲁迅旧体诗木刻事及其他 [J]. 文艺报，1957（29）：10.

2. 李本初（音译）. 关于摩罗诗力说 [N]. 四川日报，1956-10-19.

3. 李拓之. 鲁迅的小诗 [J]. 厦门大学学报，1956（5）：26-40.

4. 李霁野. 回忆鲁迅先生 [M]. 上海：新文艺出版社，1957.

5. 林林. 鲁迅与诗歌 诗歌杂记文集 [M]. 广州：人间书屋，1950：98-114.

6. 刘泮溪. 鲁迅的诗歌和书信 [J]. 文史哲，1954（8）：48-52.

7. 刘大杰. 鲁迅的旧诗 [J]. 文艺报，1956（11）：64-65.

8. 刘守松. 读鲁迅诗一首 [J]. 长江文艺，1956（11）：28-29.

9. 蒲志奇（音译）. 略谈鲁迅先生的旧诗 [N]. 安徽日报，1956-10-19.

10. 锡金. 鲁迅诗本事 [J]. 文学月刊，1956（11）：9-14.

---

① 许寿裳：《我所认识的鲁迅》，北京：人民文学出版社1953年版，第99页。

11. 锡金 . 关于植元同志的质疑的答复和补充说明 [J]. 处女地，1957（1）：60-61.

12. 索志（音译）. 鲁迅摩罗诗力说 [N]. 长江日报，1956-09-25.

13. 索志（音译）. 关于鲁迅早期新诗的题鉴 [N]. 长江日报，1956-10-19.

14. 许寿裳 . 我所认识的鲁迅 [M]. 北京：人民文学出版社，1953.

15. 许寿裳 . 亡友鲁迅印象记 [M]. 北京：人民文学出版社，1953.

16. 吴木 . 鲁迅的《阻郁达夫移家杭州》[J]. 文艺报，1956（10）：22.

17. 吴从琛（音译）. 鲁迅和新诗歌运动 [J]. 文学月刊，1956（12）：11-13.

18. 冯志（音译）. 冯志诗歌与散文选集 [M]. 北京：人民文学出版社，1955.

19. 胡今虚 . 鲁迅诗歌及其他文章选集 [M]. 上海，1951：9-20.

20. 黄明奇（音译）. 鲁迅的诗歌 [J]. 长江文艺，1954（10）：49-63.

21. 臧克家 . 鲁迅对诗歌的贡献 [J]. 解放军文艺，1956（11）：14-18.

22. 程千帆 . 鲁迅早期的几首抒情诗 [J]. 语文教学，1956（10）：16.

23. 陈思苓 . 鲁迅的诗歌理论及其诗歌批评 [J]. 四川大学学报，1956（1）：9-22.

24. 于植元 . 鲁迅诗本事 [J]. 处女地，1957（1）：58-59.

姜明宇　译

鲁迅《阿Q正传》序 [①]

Б.瓦西里耶夫

我们对已有几千年历史的伟大中国古典文学还知之甚少，但令人不可思议的是，我们对中国现代文学也一无所知。同时，我们没有比革命后文学作品更好的资料来了解邻国人民的生活，来了解这段与旧文化割裂，新文化复兴的新时期。文学作品是反映这个新生的中国最实际的体现。

现当代中国文学是1917年语言改革的产物，旧的文言文已不能满足民众丰富生动的语言形式遂被废止（类似的还有在现代意大利已不使用拉丁语，而在印度已不使用梵文）。这种语言上的现代性转变碰撞出了以新语言书就的新文学。同时，新文学反映出现代中国的生活与思想体系，使中国能够更了解西方文明。

开创新文学的过程是双线发展的，有两个基本的流派，一个是以"为艺术而艺术"为口号的浪漫主义流派，而另一个则是以"为生活而艺术"为原则的现实主义流派。

浪漫主义流派主要模仿欧洲与日本文学，主要在西化知识分子中广泛流行。虽然这种文学极大地丰富了文学语言，但没有现实主义流

---

① 译自《鲁迅中短篇小说集〈阿Q正传〉》，列宁格勒：海浪出版社1929年版。

派在中国那么流行。现实主义流派鲜明地反映了民族主义和自然主义倾向，更贴近中国人民的纯理性主义的智慧。中国现实主义流派的领军人物是作家鲁迅。

鲁迅是著名文学家、政论家周树人的笔名。两本文集——1922年发表的《呐喊》与1925年的《彷徨》为作家赢得了文学荣耀。

中国的文学评论界一致推崇这位新作家。不久之后，鲁迅的部分作品便被译成了英语、日语和法语，同时，《阿Q正传》还得到了罗曼·罗兰高度的赞誉。

就鲁迅创作的特征而言，他是一位风俗派作家，同时，他是最早开始触及中国乡村话题的作家之一，而这一话题在中国古典文学中并不多见。鲁迅是一位观察家，兼具冷静沉稳的特点。

对于鲁迅而言他的文学创作具有重大的教育意义：他认为艺术应当从实惠着眼并且艺术应当对人类有益。他认为纯艺术在何时何地都没有价值，同时，任何一位艺术家都应当是自己祖国与时代之子。

在鲁迅的作品中没有紧张的情节，有时这些情节显得不够突出，然而在同时代的中国作家中没有一个能像鲁迅那样善于抓住生活细节并给予真实的描述。

从鲁迅的政治观点来看，他是一位无政府主义者和个人主义者。他对社会生活中的旧礼教，就像看待某种有害的旧事物的残余一样，持嘲讽和怀疑的态度。一些持激进思想的中国年轻知识分子都支持他的这种观点。在《阿Q正传》这篇小说中，鲁迅不仅讽刺了1911年辛亥革命那场伪革命，而且主要抨击了旧中国文化与旧中国社会。在描绘那些普通人的同时，作家还"嘲笑"了他们的孤立无援，而这种"嘲笑"只是含泪的笑，作家始终对那些被侮辱和被损害的小人物给予极大的同情。

鲁迅并不属于任何一个党派，起初他同情过国民党，但当他1927年前往广东后，便与国民党分道扬镳，开始反对国民党的政治主张。重回北方后，他又继续着自己的文学事业。

将鲁迅的中短篇小说译作俄语，翻译不得不克服极大的困难，其中主要是文本中与中国汉字相关的某些特征——在文字的视觉上所传达出的含义要比文字本身的意义大得多。俄译的主要原则是尽可能少用注释，那么运用了该原则的俄译本在翻译的过程中很多意义便会丢失。

马轶伦　译

《鲁迅（1881—1936）纪念中国现代伟大的文豪论文译文集》^① 书评

M. 凯瑟尔

　　由苏联科学院东方文化研究所编纂出版的这本文集并不算厚重，就像其副标题所说的那样，由两部分组成：第一部分是关于鲁迅的纪念文章，第二部分是鲁迅作品的译文。作家的创作总是比他的生平有趣得多，书的第二部分，选取了作家小说代表作《阿Q正传》。鲁迅深谙中国农村风俗，并将这一特征融入自己的写作。《阿Q正传》便发生在一个偏僻的小村庄，那里居住着愚昧无知的人们，在富人面前谄媚逢迎，却又嘲讽挖苦受尽苦难的贫穷乡邻。阿Q孤独地过着半饥半饱的生活，连一隅避风之所也没有，终日被同村人嘲讽与殴打。

　　然而当村里传出了革命者要来的消息时："'革命也好罢，'阿Q想，'革这伙妈妈的命，太可恶！太可恨！……便是我，也要投降革命党了。'"然而，他并没有那么走运。当他告诉他的同乡钱太爷的

---

① 《鲁迅（1881—1936）：纪念伟大的中国现代文豪论文译文集》，莫斯科—列宁格勒：苏联科学院出版社1938年版。

儿子他想闹革命时，却被钱太爷的儿子赶了出去。阿Q没能成为革命者，而过了几日却因闹革命被抓进栅栏门，要将他枪决。

阿Q是中国数百万贫苦农民的象征。这些农民甚至不知道没有剥削、饥饿、殴打的生活会是什么样儿，也不知道人为什么要活着，因为什么死去。

阿Q的故事笔触简洁与生动，其中不乏温和的幽默。

小说《祝福》饱含深深的悲剧性，小说讲的是一个年轻的寡妇，后嫁了第二家（在中国被认为是可耻的事）。很快，第二个丈夫也死了，而他们的孩子被狼叼走了。周围的人都认为这是上天在惩罚她并残忍地挖苦她。最终饱受折磨的女人在绝望中终结了自己的生命。小说《祝福》中，鲁迅揭示了封建礼教与偏见是如何残害了一个生命。

小说《端午节》中喜欢高谈阔论的官僚是一部分典型的信仰不坚定的中国知识分子。而在心理小说《示众》中人们面对当街处决者的反应也给读者留下了深刻的印象。

遗憾的是，鲁迅作品的译者俄语不好。例如，这样的句子只能是理解而已："有的勃然了，大约是以为侮辱了神圣的青年；有几个却对他微笑了，大约以为这是他替自己的辩解：因为方玄绰就是兼做官僚的。"（《端午节》）或是："回头人出嫁，哭喊的也有，说要寻死觅活的也有，抬到男家闹得拜不成天地的也有，连花烛都砸了的也有。祥林嫂可是异乎寻常，他们说她一路只是号，骂，抬到贺家坳，喉咙已经全哑了。拉出轿来，两个男人和她的小叔子使劲地捺

住她也还拜不成天地。"(《祝福》)①

上述举例中句式与语法错误也不胜枚举，文集中的小说都是以这样的语言译成的。令人惊讶的是该书的编辑对译文也如此不负责任，听之任之，导致一位伟大的中国作家的作品竟然出现了这样的俄译本。

选集中，萧三在自己的文章中对鲁迅做出了准确的描述——作家、革命家、思想家与社会活动家。

苏联科学院东方文化研究所的研究员 A.史萍青的论文《鲁迅和中国语言文字问题》具有丰富翔实的内容，文章中，作者向我们介绍了中国自19世纪起的语言文字改革，其中，鲁迅为中国文学语言的民主化与中国文字拉丁化的发展起了极大的作用。遗憾的是，文章却是以极其艰涩的语言写成的。

写在选集前面的序言，似乎是萧三文章的缩减版。整个选集的容量不大，或许将这篇文章去掉，再加上更多鲁迅作品的译文将会更好。

译自《外国文学》1938年第7期

马轶伦　译

---

① 被作者指责俄语翻译得不好的文字是这样的：И тогда даже честные и незапятнанные чиновники, и они мало-помалу стали думать, что жалованья нельзя не требовать, а тем более совмещающий с казенной службой занятия учителя Фан Сюань-чо. (Весенний праздник). Или: ... человек (!) во второй замуж выходит, бывает, и поплачет, бывает, скажет, что и смерти искать будет, бывает, что принесут в дом мужа земле и небу поклониться не хочет. Вот пойдешь ты в приказ (!)в обители мрака, а оба эти мужа будет препираться за (!) тебя. (Моление о счастье). 译文中将作品名《端午节》翻译成了《春节》。

鲁迅和中国语言文字问题 [①]

A.史萍青

中国伟大作家鲁迅的生平经历极为丰富，他的事业也是多方面的。然而，这丰富卓越的成就却统一为一种思想服务，并且仅仅指向一个目标，那就是为了中国人民的民族与社会解放。

鲁迅的巨大天赋都献给了一个事业——为了自己的国家和人民更美好的未来做斗争。这斗争对他而言并非小事。只要是他的言论、他的作品能够给中国人民的解放事业带来益处的，他始终都冲在第一位。

在鲁迅尤其熟悉的语言文字领域，他也是一位充满激情的斗士，一直在为最先进的思想，为提高中国广大人民群众的文化水平做斗争。鲁迅一生都在争取帮助人民群众克服一切在识字、普及知识与文化过程中遇到的障碍，坚决反对一切反动与落后的东西，反对为中国人民对文化与教育的渴望戴上镣铐，反对停滞不前，重回黑暗愚昧、因循守旧的中世纪。

然而，为了理解并评价鲁迅对中国语言文字领域的活动，应该首

---

① 译自《鲁迅（1881—1936）——纪念中国当代伟大文豪鲁迅作品译文与论文合集》，莫斯科—列宁格勒：苏联科学院出版社1938年版。

先介绍一下中国书面语在19世纪末20世纪初以及20世纪第一个25年的发展情况。

众所周知，在中国语言领域，封建主义残余相当严重。并且现在未必有人反驳，旧的封建语言——文言文及其与之密不可分的汉字仍旧存在，并且至今仍旧是中国文化普及道路上的最大障碍，也成了中国广大人民群众在政治文化发展上的阻碍。

因此，19世纪末20世纪初的所有先进运动，尤其是民族解放运动在战后的兴起，在反对汉字文字与旧的教育制度的汉语改革运动中也得到了体现。我们有理由确信，在最近15年（1919—1935）间，在语言斗争的标志下，我们始终致力于建立符合新的社会需要的书面语。

本文我们并不详尽叙述所有这些在中国语言文字改革问题上，或取得众所周知的正面结果的，或早早就以失败告终的尝试。我们仅选定近年来的一些事实，清晰地指明中国语言文字改革尝试中的优点与缺点。中国国内社会与民族解放斗争也使语言文字方案问题日益凸显出来，亟待建立能使广大人民群众易于接受的新语言文字方案。鉴于此，中国的拉丁化新文字方案得以问世，并成为提高群众文化水平的新的有力武器，而这正是鲁迅热烈参与并积极支持的进步事业。

鲁迅与大众书面语的问题

1934年以前中国教育与书面语制度改革的尝试中，成效最显著的毫无疑问正是1919年的"文学革命"。

在这一阶段反帝民族解放运动高涨的历史条件下，"文学革命"

毫无疑问对中国书面语民主化起到了巨大的作用，使书面语趋于大众语，具有历史先进性。

中国文学家与社会活动家陈子展总结了语言讨论与"文学革命"时期的论战结果，在他的一篇文章中表达了自己的见解："'文学革命'时期对笔头语的斗争与讨论是市民语与贵族语之间的斗争。"①这一观点尽管有不准确之处，但也不失公正。在汉语上负有"文学革命"责任的"白话文"毫无疑问意味着破除封建反动残余又前进了一步。

鲁迅虽然没有直接参与领导"文学革命"，但鲁迅最大的功绩在于用白话文写成了一系列一流的文学作品②。在这些反映了广大人民群众生活的现实主义的作品中，已经奠定了后来鲁迅成为中国文学革命的领袖并鼓励建立基于大众语与拉丁化文字系统的书面语。

然而将白话文变为中文书面语并不能从根本上解决现代汉语书面语的问题。如果我们将过去的15年描述成为汉语书面语而斗争并符合了当时新的社会条件的话，那么还应当补充的是，这种语言仍是未完全形成的，还留有未解决的任务。

其中的一个原因是白话文作为新的通用书面语，它的基础不是活的大众语，而是继承了几个世纪所谓"旧小说"③的语言传统。

"文学革命"的运动没有建立也不能建立起真正的大众书面语，因为基于汉字材料，首先，这种运动为今后僵死的文学语言"文言"的存活留下了可能；其次，随后这种运动并不是沿着文学语言的解

---

① 文逸编著，《文言—白话—大众语》，选自《语文论战的现阶段》，上海：天马书店1935年版，第156页。

② 参见：本选集中萧三的文章。萧三：《纪念鲁迅》，第29页。

③ 然而这里指的并不是作为过去最伟大的文化遗产的语言传统应该被使用。这里"文化革命"是几千年民间创作与古典语言之前斗争的终结，尽管从连续不断的尝试看来是将这种创作塞进传统文学形式与汉字语言的框架内了。

放之路发展，而相反，是背道而驰，越来越接近旧的古典语言。

"文学革命"的未完成性应该这样理解，"文学革命"并没有为中国人民的大众语在书面语中的发展创造条件，而是产生了一种环境，在这种环境下活的大众语的特质几乎不被注意，相反，古典语言的语法、词汇形式却被增强了。同时，还毫无选择地混入了日化与欧化，最终，使阅读与理解书面语体变得困难。

还应当补充一个情况，这对理解近25年中国语言发展至关重要。

作为提升中国民族解放，反帝、反封建运动的一部分，"文学革命"在语言领域历史性地直接反映出中国民族资产阶级与先进知识分子致力于统一全国汉语的趋势。这种以基于白话文并以北京（时为中国首都）话为汉语的统一标准语并以汉字作为书写标准的语言作为统一民族语言形式的"国语"被积极宣传并在教育系统广泛推广。由于象形文字无法将语言与发音结合起来，各种各样的半音节书写系统作为辅助汉字读音的工具便应运而生（注音字母、国语罗马字）。它们在使用时功能有多有限，它们的形式便有多复杂。

因此，虽然"文学革命"以书面语民主化告终，然而白话运动的结果则是为僵死的书面语留下了广阔的活动领域，封建汉字书写被完全地保留了下来。然而真正的属于人民的汉语，尤其是中国东南地区以及中部地区的方言（还有少数民族的语言）则被剥夺了继续发展的权利，直接由人为制定的国家语言规范来领导。

从上述情况不难猜测出近些年中国语言斗争的开展方向，鲁迅也积极参与了这场斗争。

早在1928年文学团体"创造社"就已经发表了宣言，指出了"文学革命"的未完成性与不彻底性。随后的1932年中，在《文学月报》

杂志就大众文学以及文学应该以何种语言进行创作的问题展开了一场论战。论战不久便中止了。

最终，在1934年至1935年，我们就"大众语"的广泛性与现实性展开了一场声势浩大的讨论。

起初，这场讨论是以反对恢复旧的书面语、反对重新在中小学教授文言文与古典作品为标志。很快，这场讨论就超过了斗争的狭窄框架。

分析了原因与基础，恢复古典书面语的反动尝试似乎不能得出这个无可置疑的结论，即其中的一个原因是现代书面语白话文存在缺陷①，即白话文已经失去了进步特征与过去反对文言文的倾向，如今已不能作为封建语言的对立面，也不能作为提高中国人民文化水平的有力工具了。

"文学革命"尚未完成，因此便有了第二次文学革命的需求。第二次文学革命的主要内容应该是：反对文言文，反对将文言文与白话文融合，反对象形文字；支持使中国各地区广大群众通俗易懂的文学语言，支持能够符合大众需求、易于掌握的文字。

无疑，鲁迅在"文学革命"时期引领了文学事业并被认为是第一位白话文语言艺术家，然而，不能不看到白话文发展道路上的缺陷。继而，鲁迅成了与官僚主义化的白话文做斗争的倡导者之一，积极鼓励大众语运动。

鲁迅作为白话文运动的积极拥护者，在1935年至1936年发表了一系列文章、书信与声明，宣传了这场运动在我们看来最本质的两个要求。第一点是必须在大众语中利用中国民间口头语的一切财富，直到为中国个别语言群体建立起独立的文献。第二点与第一点不可

① 关于这次讨论的相关评论参见期刊《东方书刊简介》，第10期，第173页。以及《革命与文字》第2辑中的文章《中国大众语言与文字斗争的新阶段》。

分割并且由第一点产生出来，即大众语文字的基础不应是象形文字，而是字母。同时也不是注音字母和罗马字，而是中国的拉丁化新文字方案。这种新文字方案已经在苏联的中国居民中成功实行并已开始在中国推广。

我们应该注意所有大众语讨论的两个根本情况，或者是大众语的实质。大众语从本质上异于白话文即在于大众语竭尽所能将人民的语言以及中国各地区方言固着到书面文字上，并以方言、土话为基础被创造出来。

鲁迅以他作家、学者、社会活动家的威信来捍卫大众语的地位。他专门撰文《汉字和拉丁化》[1]批评反对大众语的人士，认为大众语是一个神奇的东西并且优于白话文。

鲁迅在文章开端写道：

反对大众语文的人，对主张者得意地命令道："拿出货色来看！"一面也真有这样的老实人，毫不问他是诚意，还是寻开心，立刻拼命地来做标本。由读书人来提倡大众语，当然比提倡白话困难。因为提倡白话时，好好坏坏，用的总算是白话，现在提倡大众语的文章却大抵不是大众语。

鲁迅又尖刻地讽刺道：

但是，反对者是没有发命令的权利的。虽是一个残废人，倘在主张健康运动，他绝对没有错；如果提倡缠足，则即使是天足的壮健的女性，她还是在有意的或无意的害人。

鲁迅公正地指出，创造大众语这样庞大的问题是不可能一下子用一种方法就解决了的。"倘若就用他的矛去攻他的盾，那么，反对者该是赞成文言或白话的了，文言有几千年的历史，白话有近二十

---

[1] 《汉字和拉丁化》发表在报纸《新文字周刊》上（香港报纸《大众日报》1936.X.20，No.30的增刊中）。

年的历史，他也拿出他的'货色'来给大家看看罢。"

针对编纂关于土话和方言的文献的议题开始逐步推进。同时，除鲁迅外，中研院院长蔡元培、孙科[1]，伟大的作家茅盾、郭沫若以及其他众多知名的语文学家、记者和教育家共计约700位知名人士共同在推行新文字的号召上签名[2]。

这份纲领性的意见中完全正确地指出，所有现有的汉语字母方案的主要缺陷在于它们都仅针对单一的、强制性地被普及起来的官方语言。

国语罗马字崇奉北平话为国语，名为提倡国语统一，实际上是来他一个北话独裁。

在有闲有钱的人看来，学了一口北平话再用罗马字母读读写写，是不费什么事。但是叫一个上海的、福州的或广州的苦人同时学北平话又学罗马字，那几乎是和外国语一样的难。

方块汉字支持者们称汉字是强大的中国统一物，而为了反驳他们的论据，宣言的作者们（其中包括鲁迅）写道：

有人怕各地方言新文字起来之后会阻碍中国统一。我们详细的把它考察一下，知道这是一种过虑。

第一，中国各个地方方言之不同，不像我们平常所想的那样厉害。因为国内各地方言是汉话与各处土话互相同化克服的结果。它们的不同是有规律的。我们只须把它们彼此不同的规律指出来，大部分是很容易相通的。

第二，汉字在名义上是中国统一文字，但是认得汉字的只是少数人，而多数人是没有文字。多数人没有文字，除了谈话之外，便

---

[1] 原文为 Сунь Фо，则音译为孙佛（Sun Fo），但经查证《我们对于推行新文字的意见》一文文后名单中并无此人名，应为孙科。——译者注

[2] 《我们对于推行新文字的意见》发表于香港报纸《大众日报》的增刊中。

不能彼此相通也不能与认识汉字的小众相通；如果各区的方言新文字传给了各区的大众，那末区以内的大众便可以彼此相通。

鲁迅对现代汉语现实的根本问题的态度，通过上文的描述，被清晰准确地描绘了出来。他坚决反对通过暴力手段将整个中国用统一的官方语言拴在一起，坚定不移地支持发展制定地方民间口头语文字。

这里有必要谈谈关于形成了统一形式后的通用语与地方语，将会引起一系列不理解与不正确的解释，这样一来终究会导致错误的结论。

其中的一个错误理解是将中国某些个地区的活言语视为完全独立的语言并且它们彼此之间毫无联系。

对地方语论题的这种广泛解释，我们没有任何语言学的或者另外的根据。

事实上，作为复杂历史形成过程的结果，语言在中国分散为众多的方言与土话，这种语言的分散性是国家经济与文化领域的封建残余之一。自然，语言的未来发展方向并不是使之进一步分散，相反，而是应该朝着众多非常小的方言与土语的融合而努力。如果拿两个较为紧密的语言单位，如中国北方与中国东南的语言单位，则在这种情况下，把它们当作完全独立的语言对立起来是毫无根据的。首先，从本质上来讲，这些分歧并非相矛盾、相排斥的；相反，这些语言以相当准确的系统性的特性，属于一个共同的类别。因此，北京话与广东话虽然从本质上差别甚大，但是将它们与像日语这样的语言相比较时，它们便联合成了一个整体。

其二，相似程度本身不能作为区分语言与方言的根据，这是非常重要的一点。例如，研究者指出，保加利亚语与塞尔维亚语相当接近，德国巴伐利亚方言与施瓦本方言却相差甚远。尽管如此，保加利亚语与塞尔维亚语仍是独立的民族语言，而德国巴伐利亚方言与施瓦本方言则是德语的方言。

此外，在当下的历史时期与中国的具体条件下，将中国各个区域的活言语彼此对立，在本质上是不正确的，在政治上也是有害的，因为这种对立会为今后中国割裂成数个独立部分所利用，作为其语言学"论据"。

另一种类型的错误是否认某种共同书面语（общелитературный язык）准则的必要性。

就这个意义而言，与统一国语做斗争的口号应当加以更加明确的说明。

完全不应该反对共同书面语的构想，而应该反对通过暴力手段强制性地统一语言并且大力拥护共同书面语民主化。

因此，当前的任务是将共同书面语从压迫的工具变为促进民族团结和民族解放斗争的工具。

鲁迅与中国文字问题

我们认为中国之前的新文字（новый алфавит）运动从历史上到现实上都是不正确的，脱离了汉字改革与变化的方向。支持大众语（массовый язык）的运动、支持中国新文字的普及是全面提升中国民族解放斗争的反映，也是其中的一个环节。支持大众语的运动、支持中国新文字的普及是通过汉字或其他字母文字系统扫盲的尝试失败后发展起来的。

众所周知，近几十年是不断尝试扫盲培训的手段与形式的几十年。这些尝试在较短的时间内使中国成年居民获得了基本的文化水平。这些尝试不仅有以促进大众学习汉字为目的的，也有利用其他字母系统进行培训的。

当谈到方块字（иероглифика），应该首先谈谈建立某种基本汉字（минимум）的尝试。借助这种基本汉字可以完成消灭文盲、普及识字的任务。在某个特别委员会领导下建立起相当广泛的学校网络，建立了"平民千字课"体系并发行了专门的报纸等。①

然而，尽管进行了数年的工作，教授1000个汉字仍不能证明自己是正确的。花费大量的时间与财力，这种教授方式存在相当大的限制，人为地限定了知识范围。

1935年的一篇批评文章②不失公允地评价了"千字课"培训体系。

……可是，这书仍有一个大缺点，就是范围太窄！只能说明人的简单的意思，而不能表达人的翻去的心情；我总觉得"助话辞"不大足用。

又只能说明日常普通的事情，而不能讨论拿在生存竞争中根本重大的问题，如"帝国主义对于次殖民地的经济侵略"或"国际间的矛盾和第二次世界大战"。这类事情，用"平民千字课"里的字，几乎没有法子可以说明白的。这个"千字课"，在学会了的人，也许可以记一本日用账，或勉强写一封普通信，可是看书，看报，看政府的文告，看文艺，都是不行的。所以学习"平民千字课"的结果，有时候和从前乡村里学习"千字文"的结果是一样的！尽管在学习的时候，书本子里的字个个认得，会念，会写，可是过了三年五年，因为日常生活中应用的机会实在太少，慢慢地又把识得的字，"还给

---

① 《新民》。1925年11月在北京创刊，1926年6月停刊。并发行了25期《新民合订本》。

② 《一千一百个基本汉字使用法》《东方杂志》1935年6月，第32卷，第14号。该文章献给正在推行识字运动的众位先生。

那教他的先生"了！

然而，这种"平民千字课"的反面经验还是没有中止而后利用汉字作为工具培训大众、识字扫盲的尝试。

上文引用的《东方杂志》上评论"千字课"的文章中，作者自己毫无疑问受到了著名的奥格登（G.K.Ogden）"基础英语"体系的影响，推出了自己的"一千一百个基本汉字"体系，旨在在成年人中消灭文盲，能让人们像文章作者所希望的那样，能够"看书看报，看得懂我们所要对他们说的关于政治经济社会情形世界大势等一切的话；就是，使得他真能被我们影响着，领导着，教育着，组织着，做成一个我们期望他做成的国民"①。

这种选择基本汉字的方法，又从国语的角度被著名汉语语言学家赵元任在其《基本汉语体系思想》（*The Idea of a System of Basic Chinese*）②一文中提出。

文中，赵元任指出了民众学习国语这种尝试没有获得成功③，并提出了创建某种基本国语库的想法。该基本国语库的词汇量应当限制在北京标准语中。此外，赵元任还建议给基本汉语（Basic Chinese）使用罗马字，但是必须控制罗马字的量，因为，他认为："数十年后，我们还是会继续使用方块字作为我们主要的文字

---

① 《一千一百个基本汉字使用法》《东方杂志》1935年6月，第32卷，第14号，第5页。虽然文章的作者也认为"千字课"的一个最大缺点在于，用这种模式进行教学，大大限制了知识范围，限定范围的这种方式也因此招致更多的反对。作者的原则在这里是让每一个词汇分类中都能有一个必备的最低限度汉字表，从中去掉同义词等。例如，建议将"田"剔除，只用"地"，这样，就用"种地人"取代"种田人"。同理，剔除"哥"这一字符，将"他是我的哥哥"替换为"我是他的弟弟"。

② V.R.Chao 赵元任, The Idea of a System of Basic Chinese，Quarterly Bulletin of Chinese bibliography. Vol.1，No.4，Oct. 1934, P. 171~181.

③ 同上，第173页。"在这种情况下，尝试在全国教授国语收效甚微并不令人惊讶，奇怪的是，它已经取得了它该有的效果。"

形式。"①

因此，数年来，制定共同语言标准以及与之相关的人为挑选的基本汉字的一系列工作，从本质上看都是收效甚微的。

另一个方向上的努力近两年也非常多，但从构想甚至是实际应用上看都毫无新意。他们试图对汉字本身进行改革，对汉字的外形进行简化，希望通过简化字（或手头字）的一系列删减汉字字形的方案，简化汉字的掌握。

知名但相当保守的汉语语言学家、国语与罗马字的衷心拥护者黎锦熙早在1934年就已经痛苦地指出，这些尝试完全没有任何结果。② 然而在1935年以后我们还是看到了越来越新的汉字改革方案——不仅仅是方案，甚至是政府命令在民众教育与初级教育教科书中必须使用一定数量的简化字。③ 这些方案以及某种不切实际的超方言语音汉字书写系统方案④，都是一些治标不治本的方法，无法解决目前越来越迫切的民族任务——在广大中国人民群众中消灭文盲。

1933—1935年情况越来越复杂，罗马字改变了意识形态发展的局势。罗马字的倡导者的想法不仅把它当作一种学习汉字的方法，更是借助这种方法使外国人与非北方的中国人都能掌握国语的标准发音。在近两三年，在这方面有一定的进展。罗马字在很大程度上

---

① V.R.Chao 赵 元 任，The Idea of a System of Basic Chinese，Quarterly Bulletin of Chinese bibliography. Vol.1，No.4，Oct. 1934，P. 175.

② 黎锦熙，《大众语文的工具——简体字》，社会，1934年10月，第1卷，第5期，第10~14页。

③ 参 见:《Chinese Language Reforms》，Quarterly Bulletin of Chinese Bibliography. Vol.11，No.3，Nov. 1935，P. 74.

④ 例如，林峰创立的"新字"体系。在 Chinese Language Reforms 一文中，是这样描述林峰的"新字"的:"他的'新字'几乎没有实行的机会，但是这种体系十分有趣并且充满原创性。"参见: 林峰的其他文献，如《新字典》《新字音谱》《新字千字文》。

已经不是汉字的辅助工具，而成了掌握不了汉字或没条件掌握汉字的那些群众的独立文字体系。

另一本罗马字教科书的作者，批评了一些将文字改革问题视作对拥有几个世纪历史传统的汉字的保护的人。他坚持强调有必要将罗马字作为独立的文字形式来使用，这样与汉字相比在中国普及识字将会简单许多。[①]

虽然毫无疑问与汉字相比是更先进的文字形式，却不能获得令人满意的结果。这主要是因为罗马字主要与象形文字[②]和象形文字语言相关。由于理论上不正确的先决条件，罗马字的创立者将象形文字语言的复杂性搬到了字母文字中。除此之外，还引入了声调记号，掌握和运用该文字系统时尤其困难。

因此，当时的先进知识分子并没有找到快速在国内普及识字、文化、启蒙事业的有效办法。1934年前复杂化的语言形势可谓毫无前途。

在这种复杂的形势下，1934年由苏联的中国工人所创造并在远东边疆地区发展起来的拉丁化新文字在中国出现了。

这种为广大群众创造的文字方案，样式简单，规避了复杂的声调记号，因此简单易掌握。拉丁化文字在中国能够成功传播的条件之一是能够为中国各个语言群体独立使用。这套新方案的创始人根据中国北方方言制订（在苏联的大部分中国居民使用的是这种语言），而后举办了中国新文字第一次代表大会，确定了这套新方案。会上不但没有委派任务去机械性地转向这套方案，也没有要求将方案的语言基础转向中国的其他地区，而相反，决议坚决反对强制性

---

① 前言：写这本小书的大意；李仲吟，《国语罗马字初步讲义》，天津：华洋书店1933年版，第1页。

② 同上，第1~3页。

地统一国语。[1]

我们现在回想起大众语运动的一句主要口号——要求尽可能地使用来自中国各个语言群广大民众的活言语，并借助不复杂的易于掌握的字母将这种言语形成文字。在汉语民主化的支持者以及中国先进知识分子中，新文字得到了很好的反响，这种情况对我们而言并不意外。

很明显，鲁迅作为大众化运动的鼓舞者之一，坚定不移地成了新文字的积极支持者，公正地将新文字视作提高中国人民大众文化水平的工具。

鲁迅在1934年12月以《关于新文字》[2]为题致公开信，向大众介绍新文字并用新文字出版教学参考书。文章开端作家这样写道：

比较，是最好的事情。当没有知道拼音字之前，就不会想到象形字的难；当没有看见拉丁化的新文字之前，就很难明确的断定以前的注音字母和罗马字拼法，也还是麻烦的，不合实用，也没有前途的文字。方块汉字真是愚民政策的利器，不但劳苦大众没有学习和学会的可能，就是有钱有势的特权阶级，费时一二十年，终于学不会的也多得很。

由此，鲁迅得出结论称：

汉字也是中国劳苦大众身上的一个结核，病菌都潜伏在里面，倘不首先除去它，结果只有自己死。

而在另一处文章中，鲁迅就这一问题表达的态度更加尖锐：

汉字不灭，中国必亡。因为汉字的艰深，使全中国大多数的人民，永远和前进的文化隔离，中国的人民，决不会聪明起来，理解

---

① 参见：第一届汉语拉丁化大会决议，第9章。于1931年发表。这里谈到了上述关于统一语言的问题（参见：第65~67页）。

② 鲁迅，《关于新文字》。

自身所遭受的压榨，理解整个民族的危机。我是自身受汉字苦痛很深的一个人，因此我坚决主张以新文字来替代这种障碍大众进步的汉字。①

1936年夏，当应用汉语新文字的实际工作已经在中国的众多区域和城市成功开展之际，鲁迅又以《汉字和拉丁化》为题特写一文。上文已援引过此文，文章中，鲁迅给出了关于汉字更为形象的描述：

大众语文的音数比文言和白话繁，如果还是用方块字来写，不但费脑力，也很费工夫，连纸墨都不经济。为了这方块的带病的遗产，我们的最大多数人，已经几千年做了文盲来殉难了，中国也弄到这模样，到别国已在人工造雨的时候，我们却还是拜蛇，迎神。如果大家还要活下去，我想：是只好请汉字来做我们的牺牲了。

汉字的支持者们认为无论如何也不能失去方块汉字和方块汉字语言，一个主要的理由是因为，必须保留下来数个世纪的中国文化传统。鲁迅挖苦地嘲笑了他们的理由，在文章末尾这样说道：

不错，汉字是古代传下来的宝贝，但我们的祖先，比汉字还要古，所以我们更是古代传下来的宝贝。

为汉字而牺牲我们，还是为我们而牺牲汉字呢？

这是只要还没有丧心病狂的人，都能够马上回答的。②

当鲁迅刚刚了解了汉语新文字时，他就在自己关于新文字的第一篇文章中，详尽地表达了自己对新文字的支持：

先前也曾有过学者，想出拼音字来，要大家容易学，也就是更容易教训，并且延长他们服役的生命，但那些字都还很烦琐，因为学者总忘不了官话，四声，以及这是学者创造出来的字，必需有学

---

① 引自：《鲁迅论新文字》，《拥护新文字六日报》，第4期（157），1937年1月23日。

② 当然，无论是在理论上还是在实践上，拉丁化方案还不能完全全取代方块汉字。这里讲的是两种文字方案的并存。

者的气息。这回的新文字却简易得远了，又是根据于实生活的，容易学、有用，可以用这对大家说话，听大家的话，明白道理，学得技艺，这才是劳苦大众自己的东西，首先的唯一的活路。[①]

除鲁迅之外，还有很多中国知名的作家、学者、社会活动家在拉丁化的号召书上签名，并明确指出了汉语新文字方案毋庸置疑的优点。首先，它的形式简单，因为它不要求声调；其次，它并不仅仅应用于一个特定的汉语方言。

当然，这还是不够大。新文字近3年在中国得以成功推广也有其深刻的社会原因。这种原因在本文中已经不止一次地提到过。新文字运动与民主解放运动、抵抗日本侵略存在直接的关系。因此，所有这些以抗日救国为口号的组织和团体都是推广拉丁化的据点。这一要求被写入中国文艺工作者救国会的章程第六章[②]：

新文字的语音易于掌握，易于书写，易于学习。必须尽快接受这种方案，使它成为大众普及识字的主要工具。

由全国各界救国联合会颁布的《全国各界救国联合会章程》第五条也谈到了这一点：

联合会认为，普及新文字是民众教育的工具。必须千方百计让新文字普及开。

近几年，这些要求在现实中找到了完完全全的反映，看到了拉丁化在中国越来越广泛地传播。随着中国共产党领导民族防御教育政策的实施，汉语新文字的意义日渐增强。在这样的条件下，汉语新文字应该为中国广大劳动人民的扫盲事业提供帮助，进一步增强广大人民的民族意识，从而更好地在抗日斗争中夺取胜利。谈到在

---

① 鲁迅：《关于新文字》。——译者注
② 详尽参见，萧三：《谈谈新文字》，在巴黎发行的中国报纸《救国时报》，第53~54期，1936年11月。

别国完成拉丁化文字革新的问题上，在苏联推行拉丁化的成功经验对中国的拉丁化推广具有重要意义。①

　　鲁迅是苏联的好朋友。作为一位富有同情心的、大公无私的朋友，他总是在需要的时刻为在苏联的中国劳动人民中出现的伟大事业——中国劳动人民创造文字的事业伸出援手。这样的帮助永远不会被遗忘。如今，有了新文字，越来越多的中国普通民众也可以读鲁迅的著作了。

　　　　译自论文译文集《鲁迅（1881—1936）纪念中国现代伟大的文豪》
　　　　　　　1938年苏联科学院出版社，莫斯科—列宁格勒

　　　　　　　马轶伦　译

---

① 藻荪:《苏联境内的中国人》,《宇宙风》, 1937年第33期。

来自真实的生命书写^①（代序）

A.哈尔哈托夫

中国作家鲁迅的短篇小说《阿Q正传》不仅具有不同寻常的艺术特色，而且具有丰富的社会意义。在这篇短篇小说中，我们可以找到鲜明的对中国城市和农村中那些毫无保障的打短工的劳动者的描写，然而在欧洲文学中却鲜有这样的描写。阿Q这个类型完完全全是独特的。在阿Q身上汇聚了许多相当典型的性格特点，以至于这篇小说出现一个月后便首先译成了英语，随后译成了其他欧洲语言。在上海发表的英译本引起了一系列评论，其中不乏一系列颇令英国殖民者满意的论调。然而在伦敦却引发了对如此卑微的人的热议，在中国这样的人甚至不能得到应有的人道的对待。同时，作家还描绘了主人公所生活的极端赤贫的状况。经过细致的观察与分析，作家认为这种状况主要是中国的殖民主义造成的。这种物质上的贫困不由得导致了思想上的贫瘠，阻碍了他们发展的道路，使人民更加被压迫被削弱。阿Q的性格特点应该不可避免地唤起他最强烈的反抗和愤怒。然而他仍然是单个地反抗并且不知道他的同盟者在何

---

① 译自《正传——中国现代中短篇小说选》，莫斯科：青年近卫军出版社，1929年版。

处。阿 Q 经历了第一次革命，那时革命最鲜明的象征是割去辫子。那些他叫作"假洋鬼子"的人在革命中占了主导地位，尽管他们是阿 Q 的乡里乡亲。阿 Q 将革命视为己任，但他并不知道革命的实质是什么。人们防备革命，甚至破坏革命。临死前，他仍旧充满自尊和英勇。走向刑场时，他准备好满足人群的愿望，让他们听到来自行刑者的声音，想在临终前唱出几句激昂的唱词。他想唱，却没有一句合适的戏令他满意的，他只能默默地死去了。小说中有众多具有象征意义之处，甚至常常容易被忽略。在小说的第一行我们便看到了被侮辱与被损害的阿 Q，无能的他想要向某人报仇。他打了自己的脸，却不在意被打的感觉，而是去想象那种打人的感觉。我们观察到，在这场革命后的很多年，中国虽然抗击了军国主义分子，但只是为了打击而打击。如今，中国已经明确地了解应该打击的是什么地方。阿 Q 没有活到"红色巅峰"的起义，没有活着看到广东、上海、南京工人的武装起义，然而阿 Q 在小说中假想到的儿子却看到了这一切。

马轶伦　译

鲁迅及其先驱者 [1]（节选）

B.谢曼诺夫

政论与诗歌

我们将这两种完全不同的文学体裁放到一起谈，是因为古老的中国政论常是以诗歌的形式书就。而且五四运动后，文言文写成的文和诗常与白话文写成的散文和戏剧作品相对立出现。

在文言文文学内存在自己的流派，鲁迅自然也对这些流派的态度各异。

关于19世纪至20世纪初的正统文学（关于桐城派、宋体诗等的政论），尽管作家很了解，但他相对较少提及。鲁迅干脆拒绝将这类作品当作文学作品看待。在他1925年写的一篇文章中，鲁迅曾援引了何栻（1816—1872）的诗作。但同时也指出，以他之见何栻并"不能入作者之林" [2]。鲁迅还愤怒地提道，日本侵略者曾试图强使中国将民国初期写过数封以骈文做通电给黎元洪的饶汉祥奉为中国的"杰

---

① 译自苏联科学院，高尔基世界文学院。莫斯科：科学出版社1967年版。

② 《鲁迅全集》（第三卷），上海：复社1938年版，第85页、第465页。

出作家"①。

19世纪那些正统政论家的文字鲁迅似乎只提到过一次，还是在特殊的上下文中。如复古派曾国藩的那句"从前种种，譬如昨日死"，鲁迅将这句话改成了一句颇具嘲讽意味的格言——"阔的聪明人种种譬如昨日死"②，用来讽刺那些国民党人的退化。

在支持中国女学生抵制束胸这种传统野蛮风习的文章中（1927），鲁迅嘲讽了诗人樊增祥（1846—1931）。樊曾追随一位皇帝并充满赞誉地将妃子的束胸比作"鸡头肉"③。下面这段便体会得到鲁迅言语中的讥讽与刻薄了：

有人以不得樊增祥作命令为憾。公文上不见'鸡头肉'等字样，盖殊不足以餍文人学士之心。④

这段话既讽刺了这些荒唐的审美理想（束胸），连同赞颂这种审美的诗人以及同樊增祥不相上下的那些20世纪20年代的反动文人也都被给予了讽刺一击。

再次提及樊增祥是在1932年，鲁迅揭露了那些千方百计巧取进步人士美名的保守派，竟还为自己的风烛残年百般辩护：

然而革命之后，采用的却是洋装，这是因为大家要维新，要便捷，要腰骨笔挺。少年英俊之徒，不但自己必洋装，还厌恶别人穿袍子。那时听说竟有人去责问樊山⑤老人（此处应为王闿运的故

①　《鲁迅全集》（第一卷），上海：复社1938年版，第363页、第540页。

②　《鲁迅全集》（第三卷），上海：复社1938年版，第397页、第556页。

③　樊增祥，湖北恩施人，清光绪进士，曾任江苏布政使。他曾经写过许多"艳体诗"，专门在典故和对仗上卖弄技巧；做官时所做的判牍，也很轻浮。此处的"鸡头肉"，是芡实（一种水生植物的果实）的别名。宋代刘斧《青琐高议》前集卷六《骊山记》载："一日，贵妃浴出，对镜匀面，裙腰褪，微露一乳……（帝）指妃乳言曰：'软温新剥鸡头肉。'"——译者注

④　《鲁迅全集》（第三卷），上海：复社1938年版，第354页、第537~538页。

⑤　樊山即樊增祥。——译者注

事——原作者谢曼诺夫注），问他为什么要穿满洲的衣裳。樊山回问道："你穿的是哪里的服饰呢？"少年答道："我穿的是外国服。"樊山道："我穿的也是外国服。"①

还在青年时代，鲁迅就从19世纪至20世纪初的正统派文学转而关注起李慈铭的日记。在1926年的一篇文章中，鲁迅提到《越缦堂日记》的作者在书中记下了从宫廷法令到学者间口角的全部事情。②鲁迅提道："这虽然不像日记的正脉，但若有志在立言，意存褒贬，欲人知而又畏人知的，却不妨模仿着试试。"③一年后，作家的态度更加尖锐了④，但是这并没有使他失去对李慈铭的兴趣，几乎到临终前还托他人给自己购买《越缦堂日记补》⑤。

介于正统派文学与20世纪初改良派文学之间的是作家王国维——最早从事西方美学、民间体裁戏剧与诗词的研究者之一。毫无疑问，他的历史著作具有很高的价值，其中的一些作品获得了鲁迅的赞誉⑥，同时，鲁迅还力图将王国维与其他的一些正统派文人区分开来：

独有王国维已经在水里将遗老生活结束，是老实人……所以他被弄成夹广告的 Sandwich，是常有的事，因为他老实到像火腿一般。⑦

王国维在美学上的论著可能影响了鲁迅，然而郭沫若对这两位

---

① 《鲁迅全集》（第五卷），上海：复社1938年版，第370页、第548~549页。

② "吾乡的李慈铭先生，是就以日记为著述的，上自朝章，中至学问，下迄相骂，都记录在那里面。"《马上日记》——编者注

③ 《鲁迅全集》（第三卷），上海：复社1938年版，第224页。

④ 《鲁迅全集》（第四卷），上海：复社1938年版，第21~22页。

⑤ 《日记》没有查到原著出版社的准确情况。

⑥ 《鲁迅全集》（第一卷），上海：复社1938年版，第466页；（第六卷），第321、597页；（第九卷），第302、352页。

⑦ 《鲁迅全集》（第三卷），上海：复社1938年版，第421页。

文学家笼统的比较，在我们看来并没有多大价值。尽管鲁迅与王国维生平中的一些事实的确相当接近，如艰苦的童年，留学日本，从自然科学转向文学，从事多年教育事业等，但这也并不能将两位不具可比性的人放在一起进行比较。"鲁迅先生随着时代的进展而进展，并且领导了时代的前进，而王国维先生却中止在了一个阶段上，竟成为时代的牺牲。"①是否有必要花费努力得出上面这个显而易见的结论呢？

鲁迅曾对改良主义者的作品提出过不少重要的意见。在与唐弢的谈话中，鲁迅曾高度评价了中国19世纪第一位爱国诗人龚自珍的七言律诗。②龚自珍以其激进而又创新的文章在某种程度上影响了鲁迅的杂文创作风格。③

鲁迅清楚地知道，支持改良运动对于中国的发展而言是一项进步的举措。他说："现在的官僚和土绅士或洋绅士，只要不合自意的，便说是赤化，是共产；民国元年以前稍不同，先是说康党，后是说革党。"④同时，他也给了康有为应有的评价："为什么康有为独独那么有名呢，因为他是公车上书的头儿，戊戌政变的主角。"⑤同时，作家亦揭示出了康有为纲领的局限性，几乎将他同也想进行"维新"的"清王朝官民"⑥等量齐观。在此，鲁迅并未表现出足够的历史主义观点，但他成功地嘲笑了中国的当权派模仿西方的枉费心机。

清末，因为想"维新"，常派些"人才"出洋去考察，我们现在

---

① 郭沫若，《历史人物》，第295页。
② 唐弢，《向鲁迅学习》，上海：平明出版社1953年版，第135~136页。
③ 矛尘，《新文化·古典文学·外国文学》，文艺报，1959年版，第八期，第9页。
④ 《鲁迅全集》（第二卷），上海：复社1938年版，第29页。
⑤ 《鲁迅全集》（第三卷），上海：复社1938年版，第127页。
⑥ 《鲁迅全集》（第三卷），上海：复社1938年版，第147页。

看看他们的笔记罢，他们最以为奇的是什么馆里的蜡人能够和活人对面下棋。南海圣人康有为，佼佼者也，他周游十一国，一直到得巴尔干，这才悟出外国之所以常有"弑君"之故来了，曰：因为宫墙太矮的缘故。①

鲁迅亦对另一位改良派领袖梁启超的活动与成果给予了尖锐的评价（这种情绪既来源于逻辑上激烈的态度，又是出于情感上的热血沸腾）。他将梁启超的《和文汉读法》一书看作汉语发展的路标，并且利用梁启超的经验确定了"直译"的准则：

要医这病，我以为只好陆续吃一点苦，装进异样的句法去，古的，外省外府的，外国的，后来便可以据为己有。这并不是空想的事情。远的例子，如日本，他们的文章里，欧化的语法是极平常的了，和梁启超做《和文汉读法》时代，大不相同。②

而鲁迅常常提到梁启超这个名字是在另一种截然不同的语境中。"自从西医割掉了梁启超的一个腰子以后，责难之声就风起云涌了"③，作家是在嘲讽改良派改革理想的不坚定。鲁迅既嘲讽了梁启超对儒家学说的忠诚，同时又批判其对孔子是否存在的怀疑。鲁迅回忆起他曾经3次看过孔子的画像，其中"一次是梁启超氏亡命日本时，作为横滨出版的《清议报》上的卷头画"④。

鲁迅对于改良派诸多言论和活动的严厉谴责，主要是针对康有为与梁启超在其中所扮演的守旧角色，而这并非发生在19世纪末20世纪初，而是在五四运动之后。我们可以在作家一系列的文章中找

---

① 《鲁迅全集》（第二卷），上海：复社1938年版，第128页。这一"思想"康有为曾在《塞耳维亚京悲罗吉辣记》一文中有提及。

② 《鲁迅全集》（第四卷），上海：复社1938年版，第308页。

③ 《鲁迅全集》（第三卷），上海：复社1938年版，第225页。

④ 《鲁迅全集》（第六卷），上海：复社1938年版，第248页。

到证据。① 然而后来，当论战的激情平息下来时，鲁迅则以另一种态度思考了粉碎1911—1913年辛亥革命后改良派与一些革命派的活动："康有为永定为复辟的祖师，袁皇帝要严复劝进，孙传芳大帅也来请太炎先生投壶了。"② 换言之，在探讨康有为、严复、章炳麟的退化与沉沦时，作家也没有忘记他们过去曾经作为进步人士，成功地将人们拉向先进面所做的一些贡献。

关于康有为与梁启超的诗，鲁迅并没有提及。同时，19世纪末20世纪初中国最伟大的诗人黄遵宪的作品也并未提到过。20世纪末以"诗界革命"闻名的夏曾佑，对于鲁迅而言也仅是教育部的一位同僚和具有揭露性的《中国历史教科书》一书的作者。③ 当夏曾佑迫使自己的单位职员去参加"祭孔"（1912）后不久，鲁迅就与他断绝了私交。随后，夏曾佑便一蹶不振，对1911—1913年不彻底的辛亥革命甚感失落。我们认为，有很大可能性鲁迅《头发的故事》（1920）的主人公——那位对众人与进步都失去信心的N先生的原型正是这位夏曾佑。④

在自己的作品中，鲁迅只提到过一位改良派诗人的作品，即谭嗣同的绝命诗，并且公正地将这位左翼改革家与革命女诗人秋瑾放在一起相提并论。⑤ 的确，鲁迅不仅看到了两位作家命运与思想立场上的共性（两位都曾被清政府处决），还看到了他们诗体形式的古体特征。当谈到谭嗣同与秋瑾的创新时（他们的作品看似"雅得还不

---

① 《鲁迅全集》（第一卷），上海：复社1938年版，第235页；（第三卷）第10页等。

② 《鲁迅全集》（第五卷），上海：复社1938年版，第434页。

③ 在1935年4月19日致唐弢的信中，鲁迅说，现在仍认为这本书"不错"（鲁迅，鲁迅全集，第十卷，第232页）。

④ 周遐寿，《鲁迅小说里的人物》，北京：人民文学出版社1957年版，第30~31页。

⑤ 《鲁迅全集》（第六卷），上海：复社1938年版，第134页。

够"，不足以收入正式的诗选），鲁迅认为在"新时代"也可以写得更简单通俗些。

相比改革政论，鲁迅在这个时期对古文的革命政论更感兴趣。比如，在他写给孙中山的两篇纪念文章中，是一致的言语与一系列主张。作家感到了思想上的共鸣，引用了孙中山的遗嘱，为革命者忘记了自己的领袖而感到悲伤。①

鲁迅毕生都对那些在反抗清朝压迫斗争中牺牲的文人报以崇敬之心，如对政论集《革命军》的作者邹容便是如此。鲁迅以凝练的笔调写道：

便是悲壮淋漓的诗文，也不过是纸片上的东西，于后来的武昌起义怕没有什么大关系。倘说影响，则别的千言万语，大概都抵不过浅近直截的革命军中马前卒邹容所作的《革命军》。②

鲁迅一生曾多次撰文论及其师章炳麟③先生及其创作。文学评论家宋云彬曾言，鲁迅在临终前所写的几篇文章《关于章太炎先生二三事》与《因太炎先生而想起的二三事》④，丝毫不亚于任何一本关于章炳麟先生的"评传"⑤。

鲁迅对章炳麟先生1911—1913年辛亥革命之前的创作给予了相当高的评价。在1936年11月25日致许寿裳的信中，他回忆30年前章炳麟先生在狱中写下的诗给他留下了多么深刻的印象⑥，并补充道：

---

① 《鲁迅全集》（第三卷），上海：复社1938年版，第30，306页；《鲁迅全集》（第五卷），上海：复社1938年版，第21页；《鲁迅全集》（第七卷），上海：复社1938年版，第393页；《鲁迅全集》（第九卷），上海：复社1938年版，第384页。

② 《鲁迅全集》（第一卷），上海：复社1938年版，第318页。

③ 章太炎（1869年1月12日—1936年6月14日），浙江余杭人。原名学乘，字枚叔（以纪念汉代辞赋家枚乘），后易名为炳麟。——译者注

④ 《鲁迅全集》（第三卷），上海：复社1938年版，第21页。

⑤ 宋云彬，《因纪念鲁迅而想到章太炎》，人民日报，1956年5月13日。

⑥ 见《关于章太炎先生二三事》。

"今太炎先生诸诗及'速死'等，实为贵重文献，似应趁收藏者多在北平之便，汇印成册，以示天下，以遗将来。"[①]同时，鲁迅没有避而不谈章炳麟先生的弱点，其中就包括他乌托邦式"欲以佛法"的尝试[②]以及使他投入了反动派怀抱的民族主义观点。

若认为20世纪头30年章炳麟全然属于反对派，是不公正的。章炳麟先生1915年为反抗袁世凯登基，在狱中墙壁上写下的"速死"这话，鲁迅认为是"贵重文献"的。1926年"孙传芳大帅也来请太炎先生投壶"一事，章炳麟先生拒绝了[③]，但鲁迅只字未提，因为对鲁迅而言重要的是总体趋势，而这一趋势就在于章炳麟明显的"右倾"。

对老师批判的态度并没有阻碍鲁迅在成熟期发展他的一些思想，如《难得糊涂》[④]（1933）一文便可证明。文学评论家王瑶认为，《狂人日记》是对"先哲精神的歌颂"，"孙中山和章太炎都是曾被某些人叫作'疯子'的"[⑤]。这一猜测被作家自己的回忆所证实。除此之外，鲁迅还承认章炳麟曾协助他创作了短篇小说《出关》。[⑥]

与鲁迅有过直接接触的南社诗人只有柳亚子一人。20世纪20至30年代，他们曾经有过往来，甚至还通信互赠诗歌。[⑦]鲁迅认为，

---

① 《鲁迅全集》（第九卷），上海：复社1938年版，第294页。

② 《鲁迅全集》（第九卷），上海：复社1938年版，第294页。

③ 《鲁迅全集》（第九卷），上海：复社1938年版，第387页（注释）；《鲁迅全集》（第五卷），上海：复社1938年版，第434页，第563页（注释）。

④ 《鲁迅全集》（第五卷），上海：复社1938年版，第299页，第535页。

⑤ 王瑶，《论鲁迅作品与中国古典文学的历史联系》，文艺报，1956年，第19期，第17页。译文引自：王瑶，《北大名家名著文丛·中国现代文学史论集》，北京大学出版社1998年版，第17、18页。

⑥ 《鲁迅全集》（第三卷），上海：复社1938年版，第80页，《鲁迅全集》（第六卷），上海：复社1938年版，第424~425页。

⑦ 《日记》没有查到原著出版社的准确情况。

苏曼殊的诗歌与散文仅仅在20世纪初才开始崭露头角。[①]然而，这个评价可以被认为是没有道理的。而鲁迅关于为什么第一批中国革命诗人没能保持着自己的进步地位和革命立场的思考则更为正确：

> 希望革命的文人，革命一到，反而沉默下去的例子，在中国便曾有过的。即如清末的南社，便是鼓吹革命的文学团体，他们叹汉族的被压制，愤满人的凶横，渴望着"光复旧物"。但民国成立以后，倒寂然无声了。我想，这是因为他们的理想，是在革命以后，"重见汉官威仪"，峨冠博带。而事实并不这样，所以反而索然无味，不想执笔了。[②]

作家认为，南社的理想不具有可行性（中国无法走向繁荣，这是由于封建主义与资本主义的阻碍，而在中国社会封建主义与资本主义扎根相当之深），同时指出了这些理想的局限性（南社成员们幻想着中国的复兴，这些成员主要指的是中国封建主义的复兴，而非社会主义革命）。鲁迅没有讲自己在1907—1917年的活动。但与大多数南社成员不同的是，他毕竟是坚持走革命道路的。

20世纪20—30年代，鲁迅相当频繁地利用中国早期翻译活动的经验教训来确立"直译"的原则，从而宣传俄苏文学。

> 我们曾在梁启超所办的《时务报》上，看见了《福尔摩斯包探案》的变幻，又在《新小说》上，看见了焦士威奴（Jules Verne）所做的号称科学小说的《海底旅行》之类的新奇。后来林琴南大译英国哈葛德（H. Rider Hagard）的小说了，我们又看见了伦敦小姐之

---

① 《鲁迅全集》（第一卷），上海：复社1938年版，第317页；《鲁迅全集》（第三卷），上海：复社1938年版，第366页；《鲁迅全集》（第四卷），上海：复社1938年版，第60页；《鲁迅全集》（第六卷），上海：复社1938年版，第180页。

② 《鲁迅全集》（第四卷），上海：复社1938年版，第108页。［相似的观点，参见《鲁迅全集》（第四卷），上海：复社1938年版，第188页。］

缠绵和非洲野蛮之古怪。①

　　鲁迅讽刺地谈到这一点，正是因为他是从过来人的高度看待这个问题的。但是我们不能忘记，19世纪末20世纪初中国翻译家的工作曾经起到了多么重要的启蒙作用。

　　甚至在《阿Q正传》中，鲁迅也讥讽了林纾："总而言之，这一篇也便是'本传'，"他写道，"但从我的文章着想，因为文体卑下，是'引车卖浆者流'所用之话，所以不敢僭称。"②

　　林纾在1919年五四运动中因上文标出的这段言论而闻名，以攻击白话文。鲁迅在短篇小说《荆生》和《妖梦》中鄙视地讲到林纾曾预言"文学革命"的破产。③然而在1928年和1933年的文章中，我们却看到了鲁迅对第一位多产的外国文学翻译家表现出另一种更加平和的态度。鲁迅认为，是时候客观评价林纾的功绩和他的错误了。④

　　"Don Quichotte则只有林纾的文言译，名《魔侠传》，仅上半部，又是删节过的。"⑤鲁迅说道。从这些话中听得出鲁迅的不满，然而事实上，林纾的翻译虽有其缺陷，但在中国那20多年间一直具有不可替代的地位。

　　鲁迅鄙视庸俗文学，认为应当在翻译上有所区分，尤其是在林

---

① 鲁迅，《鲁迅全集》，《祝中俄文字之交》，北京：中国青年出版社1956年版，第2卷，第98页。

② 《鲁迅全集》（第一卷），上海：复社1938年版，第134页。

③ 《鲁迅全集》（第一卷），上海：复社1938年版，第293页，第540页；《鲁迅全集》（第五卷），上海：复社1938年版，第199页、第517页。

④ 参见：鲁迅，鲁迅全集，第4卷，第87页、第89~90页；第5卷，第199页。据 Л.Д.波兹德涅娃（《鲁迅的生平及其创作（1881—1936）》，莫斯科：莫斯科大学出版社1959年版，第243页。（《鲁迅：生平及其创作》第30页），作家在成熟阶段时对林纾全然否定。实际上，他试图将林纾的早期起了进步作用的作品与之后的作品区分开来。

⑤ 《鲁迅全集》（第7卷），上海：复社1938年版，第515页。

纾的译作中：

然而才子＋佳人的书，却又出了一本当时震动一时的小说，那就是从英文翻译过来的《迦茵小传》，哈葛德（H.R. Haffard）的：《琼·海斯特》（*Joan Haste*）（原文中是英文）。但只有上半本[①]。据译者称，原本从旧书摊上得来，非常之好，可惜觅不到下册，无可奈何了。

果然，这很打动了才子佳人们的芳心，流行得很广很广。后来还至于打动了林琴南先生，将全部译出，仍旧名为《迦茵小传》。[②]

而同时受了先译者的大骂，说他不该全译，使迦茵的价值降低，给读者以不快的。于是才知道先前之所以只有半部，实非原本残缺，乃是因为记着迦茵生了一个私生子，译者故意不译的。[③]

在伪善粗俗与感伤悲愁之间抉择，鲁迅逐渐站到了林纾的一边。从整体看来，鲁迅对林纾的态度仍是很冷淡，然而鲁迅对同时代的另一位最知名的翻译家严复的态度却全然不同。

从某种程度上讲，严复第一次真正地让中国了解到了外国的科学成就。众所周知，鲁迅一生都对自然科学与社会科学充满兴趣。此外，严复并不译介消遣文学。因而对鲁迅而言，在这点上严复亦胜过林纾。

我一直从前曾见严又陵在一本什么书上发过议论，书名和原文都忘记了。大意是："在北京道上，看见许多孩子，辗转于车轮马足

---

① 显然，这里指的是潘溪子（杨紫麟）与天笑生（包公毅）1901年在《励学译编》上未完的翻译。参见：阿英：《晚清戏曲小说目》，上海：上海文艺联合出版社1954年版，第129页。

② 林纾与魏一的译本，1905年，第1卷、第2卷。参见：阿英：《晚清戏曲小说目》，上海：上海文艺联合出版社1954年版，第129页。《鲁迅全集》（第四卷，第533页）中，注者犯了一个明显的错误，将此译本写成了1913年（应为1905年）。

③ 《鲁迅全集》（第四卷），上海：复社1938年版，第231页。

之间，很怕把他们碰死了，又想起他们将来怎样得了，很是害怕。"
其实别的地方，也都如此，不过车马多少不同罢了。现在到了北京，
这情形还未改变，我也时时发起这样的忧虑；一面又佩服严又陵究
竟是"做"过赫胥黎《天演论》的，的确与众不同：是一个19世纪
末年中国感觉锐敏的人。①

严复以他的仁慈和人道吸引着鲁迅。然而，鲁迅对严复抱有极
大兴趣的主要原因当然是他们两人在创作原则上的接近。如果林纾
是根据别人口述来翻译并且译得相当随意的话，严复则精通英文并
致力于翻译的准确性。

当评论家瞿秋白给严复的作品简短的评价（"中国的民众和年轻
人们都笑话他们"）②，鲁迅则为他的翻译家严复予以辩护并将他古旧
文风归因为受19世纪末20世纪初中国的主要条件所限。③

同时，作家却没有为这位翻译家推卸责任，并意识到了之后
的时代对严复的大部分用语并不能接受。例如，严复试图以意译的
方法来翻译科学术语，使之较为易懂，却不准确。有时严复反而却
选择了极为古怪造作的辞藻将一些外国的概念音译出来（鲁迅青睐
于此）。④

鲁迅在综合了自己对中国早期翻译事业的观察后认为，20世纪
初文学家们的普及工作实际上收效甚微——中国读者还是像从前那
样不知道外国经典，甚至连莎士比亚的著作也不知道："严复提到

---

① 《鲁迅全集》（第一卷），上海：复社1938年版，第375页。
② 《瞿秋白文集》（第2卷），北京：人民文学出版社1954年版，第919页。
③ 《鲁迅选集》（第四卷），北京：中国青年出版社1956年版，第212页。
④ 《鲁迅全集》（第四卷），上海：复社1938年版，第231页。

了'狭斯丕尔'，一提便完；梁启超说过'莎士比亚'①，也不见有人注意。"②

尽管鲁迅公正地探讨了宣传工作的收效甚微以及社会上的落后态度。但值得注意的是，莎士比亚在中国并非未能推广译介。林纾翻译了查尔斯·兰姆的散文转述，而严复则在19世纪末20世纪初在翻译问题上并不是持最先进的观点。一些先进人士比严复更关注翻译的"信"而非严复所推崇的"雅"。③在翻科学术语的问题上，梁启超则更有远见，采用了日语中现成的专门术语进行翻译。④

《中国文学翻译简史》的作者进一步加深了鲁迅视野中严复与林纾的对立，他们称严复为"改良主义者"，而将林纾称作"反动派"，尽管从这两位翻译的履历上并不能找到任何关于这种分野的证据（严复和林纾最开始都被视为改良派但渐行渐远）。对于鲁迅所提出的二者的对立，我们应以另一种视角重新审视。对于文学家而言，包括鲁迅的文学创作，林纾的翻译应该比严复的翻译意义更大。

戏剧

异于19世纪至20世纪初的民族戏剧，鲁迅在他创作的成熟期走的是另一条新路，甚至走的是有些令人意外的方向。虽然鲁迅承认

---

① 莎士比亚这个姓氏中文中有很多译法，严复是在赫胥黎的《天演论》中"导言"部分提到他的（强调"迅此人狭斯丕尔之所写生，方今之人，不仅声音笑貌同也，凡相攻相感不相得之情，又无以异"）。梁启超在他的剧本《新罗马传奇》的《楔子》中将莎士比亚称为伟大的作家。

② 《鲁迅全集》（第五卷），上海：复社1938年版，第450页、第567页。

③ 《中国文学翻译简史》，第11页。

④ 《"五四"以来汉语书面语的变迁和发展》，北京：商务印书馆1959年版，第77页。

民间戏剧的诸多优点，但他几乎不接受当时中国传统戏剧的主要形式——"京剧"。

中国的研究者常常忽略掉了鲁迅关于传统戏剧最激烈的一些观点。[1]批判资产阶级文学家胡适和周作人对京剧的否定态度的同时[2]，这些研究者却对持有和他们相似的观点的鲁迅保持了缄默。然而，在这个问题上欧阳凡海的态度则不同。他称鲁迅对京剧的态度十分奇怪又特殊并且不容妥协，并认为这是鲁迅最极端的言论。[3]

"我在倒数上去的二十年中，"鲁迅于1922年写道，"只看过两回中国戏，前十年是绝不看，因为没有看戏的意思和机会，那两回全在后十年，然而都没有看出什么来就走了。"[4]

在短篇小说《社戏》中，鲁迅讽刺了20世纪初中国剧院主要的戏剧形式——旧式中国戏剧，或者更准确地说是讽刺了京剧。作家嘲讽了旧式戏剧演出的单一与毫无生机，机械模仿的情节，难懂的语言，原始的音乐以及传统戏剧的其他缺点。鲁迅非常难以容忍这种艺术形式，甚至还没看完19世纪末20世纪初的知名演员龚云甫的演出就草草离开了，更没观看另一位著名演员谭叫天的表演。

鲁迅对著名艺术家梅兰芳也是类似这样冷漠的态度。比如，他在1926年写道："前几天的夜里忽然听到'艺员'的歌声，自然是留在留声机里的，像粗糙而钝的针尖一般，刺得我耳膜很不舒服。"[5]

在1934年的一篇文章中，鲁迅认为梅兰芳是贵族文化艺术的继

---

[1] 参见：唐弢：《鲁迅和戏剧艺术》，人民日报，1956年，第10期，第44~45页。以及其他文章。

[2] 《中国文学史》（第4卷），北京：人民文学出版社1959年版，第420页。

[3] 欧阳凡海，《鲁迅的书》，香港：华美图书公司1949年版，第222页。

[4] 《鲁迅选集》（第1卷），北京：中国青年出版社1956年版，第212页。

[5] 《鲁迅全集》（第四卷），上海：复社1938年版，第231页。

承者，更准确地说，是上层所利用的"俗人的宠儿"①。鲁迅对京剧的态度也大抵如此。然而同年，鲁迅便开始研究中国戏剧扮装脸谱的特点及其历史渊源。尽管作家在这个上面做文章只是为了回答为何邀请梅兰芳赴苏联巡演②，但此时作家已经不再指责梅兰芳，看来，这里应该是苏联观众热烈欢迎京剧的事实起了作用。

请读读《社戏》，您可能会觉得写这篇文章的那个人从不去正规戏院。然而鲁迅并不是这样，两年后他甚至为传统戏剧演出花了一大笔钱③。鲁迅个性活泼却充满矛盾。他的错误有时看起来并不是错误，而是新思想的萌芽。问题的关键是，这些思想是如何发展的：是力图发展京剧或者将京剧勉强塞入些符合现代要求的内容，而毁了这个体裁本身。

在《社戏》中，作家将戏院里的戏与"远哉遥遥"时看过的一场民间演出的"好戏"放在一起相比较。④

这不妨碍我们想起，这篇短篇小说完全夸大其词了。而且鲁迅是在不同年代、不同心境下看了这些地方戏和京剧。第一种情形下，这个小男孩非常开心能去参加农村的节日。而最重要的事情莫过于看一场民间社戏，于他而言就好像荡舟而行，或者是豆子地里的"狩猎"。然而，京剧则是成人时看的，是在憎恶虚伪的贵族文化的时代看的。思想上的痛苦使他愈加清醒，甚至是那些毫无恶意的剧院座位对于他而言也像刑讯席一般。

与京剧相关的事物鲁迅也都不喜欢：昂贵的票价、名角有意拖延登台、大门口仰着头看戏的人群，一堆人挤着看散场之后出来的

---

① 《鲁迅全集》（第四卷），上海：复社1938年版，第231页。
② 《鲁迅全集》（第四卷），上海：复社1938年版，第231页。
③ 《日记》没有查到原著出版社的准确情况。
④ 《鲁迅选集》（第一卷），北京：中国青年出版社1956年版，第216~226页。

女人们。文学家严家炎称："显然，在这里引起作者厌恶之心的并不在京戏本身，而在于它周围丑恶的、俗不可耐的社会风气以及滋长这种风气的社会势力。同样的道理，作者对童年时代在农村看社戏特别留恋，其实也不是由于社戏本身特别好（连翻八十四个筋斗的铁头老生，当时作者也未得幸遇）；真正吸引作者而且使他深深怀念的，主要还是跟农民的淳朴友谊。"[1]

我们认为，主要影响鲁迅评价的还应是地方戏与京剧的实质。他在1933年的一篇文章中就谈到了这个问题。鲁迅回忆道：

前清光绪初年[2]，我乡有一班戏班，叫作"群玉班"，然而名实不副，戏做得非常坏，竟弄得没有人要看了。乡民的本领并不亚于大文豪，曾给他编过一支歌：

"台上群玉班，

台下都走散。

连忙关庙门，

两边墙壁都爬塌（平声），

连忙扯得牢，

只剩下一担馄饨担。"[3]

"地方戏"的确与京剧不同，具有较强的进步性。在地方戏中常有日常与社会情节，表演方式也更加自然。地方戏的剧本由当地方言写成，相较而言听起来也更易懂。

鲁迅能表达出这么多对中国民间戏剧的看法（首先是自己老家的绍兴地方戏），正是因为他试图以一个普通民众的视角来看待"京戏"。

---

[1]　严家炎，《社戏》，《语文学习》，1959年，第8期，第23页。

[2]　即1875年。

[3]　《鲁迅选集》（第2卷），北京：中国青年出版社1956年版，第167页。

作家更青睐"京戏"中的民间神秘剧，并且（的确，并非讽刺）强调了民间神秘剧生动灵活、质朴自然与富有人情味。[①] 这些神秘剧不乏民主色彩。例如，在鲁迅提到的一出剧里，就是以极大的同情之心塑造了一个幼年便被送去别人家做"童养媳"的女孩。她的婆婆又将她卖到了妓院，在那里她痛苦地与男人搂搂抱抱，最终上吊了。

另一个民间神秘剧的主人公是"勾摄生魂"[②] 的无常。似乎很难想象出比这个更悲惨的形象了。"然而人们一见他，为什么就都有些紧张，而且高兴起来呢？"[③] 作家紧接着又自问自答道，人们（指老百姓——谢曼诺夫注）"因了积久的经验，知道阳间维持'公理'的只有一个会，而且这会的本身就是'遥遥茫茫'，于是乎势不得不发生对于阴间的神往。"[④]

鲁迅的作品中常常会引发对19世纪至20世纪初中国戏剧的联想。例如，阿Q唱的一句话（"我手执钢鞭将你打！"），正是引自《龙虎斗》的唱词[⑤]。而《龙虎斗》在京剧与绍兴地方戏中均有这个剧目。本来剧本中这句唱词是出自一位少年之口，讲的是残忍的暴君杀害父亲之事。而在鲁迅的作品中，他们已不再是充满激情地讲出，而是语带讥讽。有时作家还直接诉诸绍兴戏中的讽刺元素。[⑥]

区别于民间戏剧的民主主题，鲁迅还讽刺地指出了民间戏剧中

---

① 《鲁迅选集》（第3卷），北京：中国青年出版社1956年版，第33~40页、第82页、第167页、第174页。

② 《鲁迅选集》（第3卷），北京：中国青年出版社1956年版，第35页。

③ 《鲁迅选集》（第3卷），北京：中国青年出版社1956年版，第36页。

④ 《鲁迅选集》（第2卷），北京：中国青年出版社1956年版，第246~247页。

⑤ 鲁迅可能是从绍兴剧中借用来的。参见：徐淦，《鲁迅先生和绍兴戏》，人民日报，1956年9月6~7日；鲁迅，鲁迅全集，第1卷，第489页（注释）。

⑥ 徐淦，《鲁迅先生和绍兴戏（三）》，人民日报，1956年9月7日。

存在的一些不动脑筋娱乐消遣的特点：

> 做起戏来，因为是乡下，还没有《乾隆微服南下》之类（公演
> 的清朝正统戏——谢曼诺夫注），所以往往是《双阳公主追狄》《薛
> 仁贵招亲》（险象环生的历史剧），其中的女战士，看客称之为"女
> 将"。她头插雉尾，手执双刀（或两端都有枪尖的长枪），一出台，
> 看客就看得更起劲的。①

实质上，《社戏》的作者也对地方戏持有一定的批判态度（在描
写民间戏时也有一些内容，如锣鼓声隆隆作响），然而研究者们照例
没有提到这一点。相比京剧的令人不快，描写地方戏的喧闹也就不
值一提了。

关于20世纪初的"话剧"鲁迅几乎没有提到过。仅在1933年的
一篇文章中，鲁迅提到了空虚无聊的笑声里幽默退化成了"油滑"
和"轻薄"，作家顺口说道："……则恰如'新戏'之入'X世界'，
必已成为'文明剧'也无疑。"②

第一批欧洲化的白话文剧本被称为"新戏"（或"新剧"），另
被称作"文明剧"。而随着术语"话剧"的普及，"文明剧"的概念
缩小成仅指上海"大世界""新世界"等剧院的娱乐演出。鲁迅在使
用"文明剧"一词时，指的是后一种含义，而并非反对早期话剧的
价值。

众所周知，1919年五四运动后，中国的激进团体曾毫不留情地
看待中国传统戏剧，认为它是贵族反动科学，而将新剧视为民主的
科学的艺术热烈地宣传。③鲁迅从不为欧洲化的戏剧辩护，同时也避

---

① 《鲁迅选集》（第4卷），北京：中国青年出版社1956年版，第265页。

② 《鲁迅选集》（第5卷），北京：中国青年出版社1956年版，第272页、第
531~532页。

③ 田汉，《中国话剧艺术发展的径路和展望》，《中国话剧运动五十年史料集》，
第1辑，北京：中国戏剧出版社1958年版，第4~5页。

免对传统戏剧持完全的虚无主义态度，这某种程度上是因为他将戏剧划定为民间的与官方的。

小说

鲁迅曾详尽分析了19世纪末20世纪初的小说。他自己在20世纪20—30年代以一个小说家的身份做过很多演讲，并且推进文学运动并没有妨碍他确定自己对民族文化遗产的看法。一个很好的例子便是作家在1923—1924年在北京和西安的大学所做的讲学。

鲁迅的讲稿不仅促进了众多中国年轻小说家的成长，也是新的文学研究方法的典范。作家支持"低级的小说"，而这类小说并不等同于胡适从形式上从民族遗产中区分出来的"白话文学"。鲁迅将注意力聚焦在民众所公认的文学上并从中努力挑选较为大众化的。这就是为什么，作家相比京剧更喜欢民间戏，相比19世纪末20世纪初的小说更喜欢14—18世纪的小说。诚然，有时在鲁迅的作品中我们能发现一些矛盾和虚无主义的色彩，或是缺少重要的材料。阿英就曾公正地指出了诸如鲁迅对太平天国文学与清末谴责文学的评价不足以及一些他过于理想化的论断。[①]

《中国小说史略》（在北京讲学时的讲稿）共28篇文章，其中有7篇都是关于清代小说。而在关于讽刺小说与人情小说的两篇文章中，鲁迅却没有提到任何一部19世纪至20世纪初的小说。这一时期的小说都放在了关于拟古小说的部分进行讨论。而"以小说见才学者"则放到了关于狭邪小说、侠义小说、公案小说、谴责小说的部分进行分析。

---

① 阿英，《关于〈中国小说史略〉》，人民日报，1956年第20期，第31页。

《中国小说的历史的变迁》（在西安时的讲稿）一书中最后一个部分提出了评价清代小说的一些新见解。作家将清代小说划分成了4个流派：拟古派、讽刺派、人情派、侠义派。[①] 同时，狭邪小说被归了人情派，谴责小说则属于讽刺派，公案小说属于侠义派，而士林小说则不知去向了。

原则上，类似的小说分类虽然能突出人情小说、狭邪小说、讽刺小说、谴责小说所具有的共同特点，但鲁迅常用他的这种小说分类来探讨19世纪至20世纪初的文学。这就是为什么我们在分析作家的观点前，有必要对《中国小说史略》做更详细更准确的分类。

我们对鲁迅的小说研究感兴趣是从《清之拟晋唐小说及其支流》这一章开始的。这是有道理的，因为仿写在任何一种文学中都存在。此外，回顾前辈的文学便能让鲁迅自然地过渡到关于清代小说的探讨。但不见得就能认为蒲松龄[②] 出色的志怪小说（17世纪）仅仅是普通的"对晋唐小说的仿拟"。而鲁迅对屠绅（1744—1801）的《六合内外琐言》评价则尤其尖刻，认为这篇小说"而言浅薄"[③]。鲁迅在随后分析的几篇小说中，将他幼时便已熟悉的纪昀（1724—1805）列入其中，并认为纪昀所著的《阅微草堂笔记》是出众的，这部作品中丰富的语言以及从日常生活中见细节的能力尤其吸引作家，可谓"长于文笔，多见秘书，又襟怀夷旷，测鬼神之情状，发人间之幽微，托狐鬼以抒己见者，隽思妙语，时足解颐；间杂考辨，亦有

---

① 参见:《鲁迅全集》（第八卷），上海：复社1938年版，第345页。

② 参见：聊斋，《聊斋·异闻集》，B.M.阿列克谢耶夫译注，列宁格勒：苏联文学出版社，1937年版。蒲松龄，《狐妖集》或译作《狐魅集》（指的是一系列与狐狸有关的小说，经查阅阿列克谢耶夫研究文献，应译作《异闻集》，《狐妖集》是阿列克谢耶夫的《聊斋志异》选译本），B.M.阿列克谢耶夫译，列宁格勒：苏联文学出版社1959年版。

③ 《鲁迅全集》（第八卷），上海：复社1938年版，第176页。

灼见"①。

这些志怪小说的讽刺性与鲁迅也尤其贴近：作家称纪昀"生在乾隆间法纪最严的时代，竟敢借文章以攻击社会上不通的礼法，荒谬的习俗，以当时的眼光看去，真算得很有魄力的一个人。可是到了末流，不能了解他攻击社会的精神，而只是学他的以神道设教一面的意思，于是这派小说差不多又变成劝善书了"②。

鲁迅认为19世纪下半叶的文学家，如王韬、宣鼎是"仿纪昀者流"。他们的小说不过只是"一时传布颇广远，然所记载，则已狐鬼渐稀，而烟花粉黛之事盛矣"③。这就意味着志怪已经被纯粹的色情所取代。然而事实上，中国小说是沿着一条更为复杂的道路发展的。其中，王韬，这样一位受欧式教育并与太平军合作的记者，在他的小说中自然是完全没有"狐仙鬼怪"的。许多启蒙运动者则致力于与神秘主义的斗争，中国的启蒙主义者也不例外。

在《清之以小说见才学者》一章中也包含了很多尖锐的评价。甚至是标题本身就表明了鲁迅的中心论题。若是像夏敬渠（18世纪下半叶）的《野叟暴言》、屠绅（18世纪末至19世纪初）的《蟫史》这类文章这个论题总体而言是有道理的。但将李汝珍（1763—1830）的讽刺神话小说《镜花缘》也纳入这一章则充满争议。

鲁迅认为《镜花缘》全书7/10都是关于哲学的对话，介于长篇小说与百科全书之间。④在20世纪20年代，这样的观点在一定程度上自然是合情合理的，但在当代文献中，这样的评价则明显落后于

① 《鲁迅全集》（第八卷），上海：复社1938年版，第176页。
② 《鲁迅全集》（第八卷），上海：复社1938年版，第346页。
③ 《鲁迅全集》（第八卷），上海：复社1938年版，第179页。
④ 《鲁迅全集》（第八卷），上海：复社1938年版，第213页。

时代。①

应该指出的是，鲁迅毕竟看到了《镜花缘》的讽刺本质②并在他的一些政论文章中使用了小说中的一些片段。例如，在《现在的屠杀者》（1919）一文中，作家借用《镜花缘》嘲笑了文言文的支持者们，甚至支持者们自己毁了文言文：

最可叹的是几位雅人，也还不能如《镜花缘》里说的君子国的酒保一般，满口"酒要一壶乎，两壶乎，菜要一碟乎，两碟乎"的终日高雅。③

在《清之狭邪小说》一章中，鲁迅对先前他所研究的材料态度依旧极其尖锐。他将19世纪生活小事或言情小说（照例，完全都是纯洁的）称作狭邪小说。作家批判了从志怪主题到对日常生活描写的转向。在小说中首先出现的主角是狐狸变的女人，然后是青楼女子和女伶，而最后是男伶（"象姑"）④，这种轮转被诠释为士大夫阶层的日益软弱以及纨绔子弟之流的堕落。

鲁迅以陈森的《品花宝鉴》（19世纪中叶）为例，指出了该书作者以抒情的笔调虚构出的主要理想人物——青年公子梅子玉和男伶杜琴言之间的故事。然而这种文人与象姑之间的故事实际是远离生活的。

梅子玉和杜琴言的故事与之前封建文学中"才子佳人"的故事甚是相似。"独有佳人非女，则他书所未写者耳。"⑤鲁迅讽刺道。

---

① 参见：刘大杰《中国文学发展史》（第3卷），上海：古典文学出版社1958年版，第349~350页。

② 《鲁迅全集》（第八卷），上海：复社1938年版，第211~212页。

③ 《鲁迅选集》（第二卷），北京：中国青年出版社1956年版，第9页。

④ 字面意思为"像女孩子"。随后，鲁迅自己指出，这种体裁的作品中主人公替换的连续性有些不同。

⑤ 《鲁迅全集》（第八卷），上海：复社1938年版，第216页。

同时，鲁迅也努力保持客观的态度，指出小说《品花宝鉴》的结构"情节与主要人物为紧密联系"①，继承了中国最优秀的小说——曹雪芹（18世纪）的《红楼梦》的传统。

一些研究者提到了《品花宝鉴》并没有鲁迅所讲的那么高的思想价值。例如，文学研究者陈则光指出，陈森的小说"暴露和讽刺"京城显贵腐化堕落的生活。②

《中国小说史略》的作者从对《品花宝鉴》的分析转向了对魏秀仁（1819—1874）的《花月痕》的研究。《花月痕》以双线叙事，写年少时好友韩荷生、韦痴珠与青楼女子杜采秋、刘秋痕的爱情故事。韩荷生与杜采秋幸福地修成正果——荷生飞黄腾达，累迁官至封侯，终得采秋，并予"一品夫人"封号。鲁迅愤恨地描述了荷生为庆祝封侯连续设宴三天。而另一位主人公韦痴珠却没有那么幸福，因为他已有妻室，因而不能再迎娶秋痕。

鲁迅准确而尖锐地指出，小说的作者似乎十分矛盾：从韦痴珠的命运折射出自己个人遭遇的郁郁寡欢，而在韩荷生一副装腔作势的形象上则投注了作家仕途上的愿望。③

"《花月痕》本不必当作宝书，但有人要标点付印，自然是各随各便。"④鲁迅在《望勿"纠正"》（1924）一文中如是说道。同时，《花月痕》的某些部分，亦是加入一些矫揉造作的成分，揭露出一些维护旧式小说的人（这里指的是汪原放）并不高明的做法：

"秋痕头上包着绉帕……突见痴珠，便含笑低声说道：'我料得

---

① 《鲁迅全集》（第八卷），上海：复社1938年版，第351页。
② 陈则光，《正确估计〈孽海花〉在中国近代文学史上的地位》，《明清小说研究论文集》，北京：人民文学出版社1959年版，第417页。
③ 《鲁迅全集》（第八卷），上海：复社1938年版，第220页。
④ 《鲁迅全集》（第一卷），上海：复社1938年版，第477页。

你挨不上十天，其实何苦呢？'

……痴珠笑道：'往后再商量罢。'……"

他们俩虽然都沦落，但其时却没有什么大悲哀，所以还都笑。而纠正本却将两个"笑"字都改成"哭"字了。教他们一见就哭，看眼泪似乎太不值钱，况且"含哭"也不成话。①

鲁迅似乎在维护小说免于这样的写法，并承认小说原本的情节和语言就已经相当生活化了。

作家认为中国19世纪狭邪小说的最高成就应属于韩邦庆（1856—1894）的小说《海上花列传》：

虽然也写妓女，但不像《青楼梦》②那样的理想，却以为妓女有好，有坏，较近于写实了。③

小说最值得一看的部分是赵朴斋、赵二宝兄妹来到上海投亲的悲剧。来上海后，赵朴斋以拉洋车为生④，二宝则沦为娼妓。

小说在二宝的噩梦中戛然而止。不像其他19世纪的生活小说以大团圆结局告终，这篇小说则向读者展示出真实生活的一面。鲁迅并没有特别关注二宝对史少爷高尚纯洁的爱情，因为这种爱情总令人联想到那种"才子"与"佳人"的传统模式。然而二宝饱受折磨却打动了作家："其訾倡女之无深情，虽责善于非所，而记载如实，绝少夸张。"⑤

鲁迅并不赞成他的前辈对《海上花列传》一书或袒护或否定的看法。例如，清代的一位作家认为这篇小说"唯吴中人读之，颇合

---

① 《鲁迅全集》（第一卷），上海：复社1938年版，第473页。

② 已核对原文，确实是这么写的。

③ 《鲁迅全集》（第八卷），上海：复社1938年版，第352页。

④ 鲁迅指出了中国文学的一个新的细节，用了"拉洋车"这个词。

⑤ 《鲁迅全集》（第八卷），上海：复社1938年版，第224页。这里我们第一次看到鲁迅不怀好意地如此"夸张"。详尽参见《20世纪初的谴责小说》一章。

情景，他省人则不尽解也"①。鲁迅则认为方言丰富了老百姓的语言，为了这一点，也需要克服一些理解上的困难：

据我个人的经验，我们那里的土话，和苏州很不同，但一部《海上花列传》，却教我"足不出户"地懂了苏白。先是不懂，硬着头皮看下去，参照记事，比较对话，后来就都懂了。②

在西安的讲座中，鲁迅还关注的是言情小说今后的发展：

一到光绪末年③，《九尾龟》④之类出，则所写的妓女都是坏人，狎客也像了无赖，与《海上花列传》又不同。这样，作者对于妓家的写法凡三变，先是溢美，中是近真，临末又溢恶，并且故意夸张，谩骂起来；有几种还是诬蔑、讹诈的器具。人情小说的末流至于如此，实在是很可以诧异的。⑤

鲁迅想在这里表明中国小说的衰落，因此他在关于人情小说的那一章末尾考察了这类小说的情色书写并仔细研究了20世纪初小说从《海上花列传》开始走上了一条言情小说之路。然而，当代研究者还应该弄清楚的一个更重要的线索，即从《海上花列传》到20世纪初的谴责小说。

作家把对"清之侠义小说及公案"的分析合并于《中国小说史略》的一章中，虽然传统上描述这些体裁所使用的术语（侠义小说和公案小说）不同，但它们有很多共通之处。例如，它们的共性是这些体裁取材于民间传说，保留了民间形式，因此比别的体裁更易于被接受。鲁迅正确地指出，尽管中国经典小说在18世纪中期取得了发展中的制高点（人情小说《红楼梦》），普通民众还是更喜爱像

① 蒋瑞藻，《小说考证》（第1卷），上海：古典文学出版社1957年版，第221页。
② 《鲁迅全集》（第五卷），上海：复社1938年版，第477~448页。
③ 1900年前后。
④ 《九尾龟》，张春帆的小说，首次发表于1906年。
⑤ 《鲁迅全集》（第八卷），上海：复社1938年版，第352页。

《三国演义》《水浒传》这样的英雄小说。[①]

然而，鲁迅认为，19世纪时英雄小说已不再流行：

时势屡更，人情日异于昔，久亦稍厌，渐生别流，虽故发源于前数书，而精神或至正反，大旨在揄扬勇侠，赞美粗豪，然又必不背于忠义。其所以然者，即一缘文人或有憾于《红楼》，其代表为《儿女英雄传》；一缘民心已不通于《水浒》[②]，其代表为《三侠五义》[③]。

满族旗人文康所著的小说《儿女英雄传》（1882）讲述了嫁给安骥的女侠何玉凤的故事。安骥和何玉凤两人的父亲都被陷害获罪，何玉凤立志为父报仇。因此，小说便也具有了谴责揭露的思想。但鲁迅并没有关注到这一点，认为何玉凤完完全全是一个作者臆造出的理想化的女英雄。[④]

鲁迅对《儿女英雄传》的批判观点与他同时代的资产阶级文学家不同。其中，胡适无条件地赞同文康有效的但不是完全正确的结论。文康认为："修道之谓教。与其隐教以'不善降殃'为背面敷粉，曷若'作善降祥'为当头棒喝乎？"[⑤]

中国当代的文学研究者继承了鲁迅的观点，照例对《儿女英雄传》进行了攻击，将它命名为针对《红楼梦》的反动写作。[⑥]然而这只是对伟大作家鲁迅的观点庸俗化了。他指出了文康与曹雪芹在生平与创作上的某些相似之处，如文康力求限制不切实际的角色，从

① 即17世纪的小说。《鲁迅全集》，第8卷，第227页。

② 即远离暴乱的打算。

③ 《鲁迅全集》（第八卷），上海：复社1938年版，第227页。

④ 《鲁迅全集》（第八卷），上海：复社1938年版，第228~229页。

⑤ 参见：胡适，胡适文存三集（卷6），上海：上海西亚图书馆1912年版，第746页。

⑥ 刘大杰，《中国文学发展史》（第3卷），上海：古典文学出版社1958年版，第352~353页；《中国文学讲话》（第3卷），北京：古华书局1962年版，第329页。

不同角度观察真实性等。①

如果《儿女英雄传》可被称作典型的侠义小说的话，那么鲁迅认为石玉昆的《三侠五义》（1879）则是19世纪真正意义上的侠义小说。

《三侠五义》讲述了9位侠义之士揭露襄阳王阴谋、除暴安良、行侠仗义的故事。鲁迅认为侠客们协助清官包拯审奇案这一点使小说具有正统性，尽管包拯的形象在其他的一些中国传统民间故事中早已经出现过了。

从艺术角度而言，鲁迅对《三侠五义》评价虽不高，但也给予了一定的赞许。于鲁迅这一位如此挑剔的评论家口中得到如此赞誉，也极是难能可贵："至于构设事端，颇伤稚弱，而独于写草野豪杰，辄奕奕有神，间或衬以世态，杂以诙谐，亦每令莽夫分外生色。"②

《三侠五义》出版10年后，1889年出版的新本中，"侠"的数量变大了，改书名为《七侠五义》。这样一来，石玉昆的小说开始出现了各种版本的续本。1890年出版了《小五义》，而同年10月，《续小五义》等续本也问世。

鲁迅对这些续本非常反感。仔细研究了清代评论家对于"侠义系列"的言论，鲁迅与胡适得出了完全不同的结论。他们两人都援引了《续小五义》的前言，但鲁迅认为："全书则以襄阳王谋反，义侠之士竞谋探其隐事为线索。"③也就是说，章回中关于忠君的片段成了主要情节。而胡适则先考证了石玉昆或其他人写的《小五义》和

① 《鲁迅全集》（第八卷），上海：复社1938年版，第228页。
② 《鲁迅全集》（第八卷），上海：复社1938年版，第231页。
③ 《鲁迅全集》（第八卷），上海：复社1938年版，第234页。

《续小五义》，唯一在谈到小说的形式时说了一些伤人的话。①

后来，"《七侠五义》中的人物"在鲁迅的政论文中已经变成了讽刺性的称谓，指那些徒有其表但实际上华而不实的人。②作家发现了中国在20世纪初特有的封建文化与资产阶级文化混杂在一起的现象可溯源自中国的消遣文学。③鲁迅在最有意思的一篇文章《流氓的变迁》（1929—1930）中给出了更多的材料。文中，鲁迅指出了侠义小说的衰落：

> 满洲入关，中国渐被压服了，连有"侠气"的人，也不敢再起盗心，不敢指斥奸臣，不敢直接为天子效力，于是跟一个好官员或钦差大臣，给他保镖，替他捕盗，一部《施公案》，也说得很分明，还有《彭公案》《七侠五义》之流，至今没有穷尽。他们出身清白，连先前也并无坏处，虽在钦差之下，究居平民之上，对一方面固然必须听命，对别方面还是大可逞雄，安全之度增多了，奴性也跟着加足。④

似乎，鲁迅对19世纪到20世纪初的侠义小说及公案全然持否定态度。然而，评论家将《三侠五义》列入反动文学⑤，毕竟是不对的。鲁迅指出，与满族官绅所书的小说不同，石玉昆的小说"为市井细民写心"⑥。在谈到《三侠五义》时，鲁迅说："是侠义小说之在清，正接宋人话本正脉，固平民文学之历七百余年而再兴者也。"⑦

在《中国小说史略》上述各章中，鲁迅几乎没有提到中国社会

---

① 胡适，《胡适文存三集》（卷6），上海：上海亚东图书馆1912年版，第166~700页。

② 《鲁迅全集》（第五卷），上海：复社1938年版，第195页。

③ 《鲁迅全集》（第十卷），上海：复社1938年版，第329页。

④ 《鲁迅全集》（第四卷），上海：复社1938年版，第123~124页。

⑤ 《中国文学讲话》（第3卷），北京：中华书局1962年版，第329页。

⑥ 《鲁迅全集》（第8卷），上海：复社1938年版，第237页。

⑦ 《鲁迅全集》（第8卷），上海：复社1938年版，第237页。

的状况，这是因为见才学者小说、言情小说、侠义小说等这些小说，都与中国社会生活变革的联系相对较少。

而在对"清末之谴责小说"的评论中，情况则大不相同。"细民暗昧，尚啜茗听平逆武功，有识者则已幡然思改革，凭敌忾之心，呼维新与爱国，而于'富强'尤致意焉。戊戌变政既不成，越二年即庚子岁而有义和团之变，群乃知政府不足与图治，顿有掊击之意矣。"①

鲁迅在这里相当准确地指出了新出现的谴责小说的思想核心，即改良运动与民众运动。他还指出，同一的进步思想对艺术作品的创作是相当不足的，没有好的艺术形式，文学便只流于醒世学说。"其在小说，则揭发伏藏，显其弊恶，而于时政，严加纠弹，或更扩充，并及风俗。虽命意在于匡世，似与讽刺小说同伦，而辞气浮露，笔无藏锋，甚且过甚其辞，以合时人嗜好，则其度量技术之相去亦远矣，故别谓之谴责小说。"②

鲁迅指出这些揭露者虽取得了一定的成就，但相比其他流派的作家，鲁迅对他们的态度更加严格。在描述谴责小说时鲁迅只选取了4位当时最知名的小说家（尽管这类作家在20世纪初并不少）——李宝嘉、吴沃尧、刘鹗、曾朴，并详尽分析了每位作家的一部作品。不得不提到《中国小说史略》一书中的篇幅分配。《清之以小说见才学者》一章仅占15页，而《清末之谴责小说》虽在最后，但确是篇幅最多的一章。

---

① 《鲁迅全集》（第8卷），上海：复社1938年版，第239页。

② 同上。一些当代研究者［刘大杰，《中国文学发展史》（第3卷），上海：古典文学出版社1958年版，第361页］认为，鲁迅给20世纪初民族小说以"谴责小说"的名号作为夸奖。其他也有引用这种说法的，只援引鲁迅论述中正面肯定的话，如刘绶松，《中国新文学史初稿》（第2卷），北京：人民文学出版社1956年版，第333~334页。

　　鲁迅从李宝嘉（1867—1906）的众多作品中选取了《官场现形记》并大量引用了作者的序言。鲁迅对李宝嘉的观点大为赞同并感同身受，认为现在的官员"送迎之外无治绩，供张之外无材能"，鲁迅引用了作家序言中揭露官员收受贿赂之风之语："于是群官搜刮，小民困穷，民不敢言，官乃愈肆。"[①]

　　这里将李宝嘉自己没有完全清楚地表达出来的劳苦大众的思想强调了出来。但在《中国小说史略》一书中谴责小说的这种思想的正面表现则很少提到。鲁迅对这种体裁持怀疑态度，不相信这类小说能起多大作用：

　　故凡所叙述，皆迎合、钻营、蒙混、罗掘、倾轧等故事，兼及士人之热心于做吏，及官吏闺中之隐情。头绪既繁，角色复夥，其记事遂率与一人俱起，亦即与其人俱讫，若断若续，与《儒林外史》略同。然臆说颇多，难云实录，无自序所谓"含蓄酝酿"之实，殊不足望文木老人后尘。况所搜罗，又仅"话柄"，联缀此等，以成类书；官场伎俩，本小异大同，汇为长编，即千篇一律。特缘时势要求，得此为快，故《官场现形记》乃骤享大名；而袭用"现形"名目，描写他事，如商界学界女界者亦接踵也。[②]

　　深刻且公正的见解及与实际不相符的论断在这里均有呈现。[③]鲁迅正确地发现了《官场现形记》与《儒林外史》的相似之处，却把两篇小说之间的差距看得过大了。鲁迅所反对的李宝嘉的创作意图被归结为一个目的——突出中心思想，使怪诞的社会状况更加

① 《鲁迅全集》（第8卷），上海：复社1938年版，第240页。

② 《鲁迅全集》（第8卷），上海：复社1938年版，第240~241页。

③ 《中国文学讲话》（第3卷），北京：中华书局1962年版，第403页的作者仅进一步深化了这种不正确的观点。

尖锐。①

　　甚至是在《中国小说史略》②中引用的《官场现形记》第26回的片段（却不是小说中最精彩的部分）都被鲁迅激烈驳斥：

　　……却说贾大少爷……看看已到了引见之期，头天赴部演礼，一切照例仪注，不庸细述。这天贾大少爷起了一个半夜，坐车进城……

　　一直等到八点钟，才有带领引见的司官老爷把他带了进去，不知走到一个什么殿上，司官把袖一摔，他们一班几个人在台阶上一溜跪下，离着上头约莫有二丈远，晓得坐在上头的就是"当今"了。……他是道班，又是明保的人员，当天就有旨，叫他第二天预备召见。……

　　贾大少爷虽是世家子弟，然而今番乃是第一遭见皇上，虽然请教过多少人，究竟放心不下。当时引见了下来，先看见华中堂。

　　华中堂是收过他一万银子古董的，见了面问长问短，甚是关切。后来贾大少爷请教他道：

　　"明日朝见，门生的父亲是现任臬司，门生见了上头，要碰头不要碰头？"

　　华中堂没有听见上文，只听得"碰头"二字，连连回答道：

　　"多碰头，少说话，是做官的秘诀。"

　　贾大少爷忙分辩道："门生说的是上头问着门生的父亲，自然要碰头；倘不问，也要碰头不要碰头？"

　　华中堂道："上头不问你，你千万不要多说话；应该碰头的地方，又万万不要忘记不碰，就是不该碰，你多磕头，总没有处分的。"

　　一席话说得贾大少爷格外糊涂，意思还要问，中堂已起身送客

---

　　①　一些当代评论家，延续了鲁迅的观点。参见：刘绶松，《中国新文学史初稿》（第2卷），北京：人民文学出版社1956年版，第336页。

　　②《鲁迅全集》（第8卷），上海：复社1938年版，第241~243页。

了。贾大少爷只好出来，心想华中堂事情忙，不便烦他，不如去找黄大军机……或者肯赐教一二。

谁知见了面，贾大少爷把话才说完，黄大人先问：

"你见过中堂没有？他怎么说的？"贾大少爷照述一遍，黄大人道：

"华中堂阅历深，他叫你多碰头少说话，老成人之见，这是一点儿不错的。"

……贾大少爷无法，只得又去找徐大军机。这位徐大人，上了年纪，两耳重听，就是有时候听得两句，也装作不知。他平生最讲究养心之学，有两个诀窍：一个是"不动心"，一个是"不操心"。……后来他这个诀窍被同寅中都看穿了，大家就送他一个外号，叫他做"琉璃蛋"。

……这日贾大少爷……去求教他，见面之后，寒暄了几句，便提到此事。

徐大人道："本来多碰头是顶好的事。就是不碰头，也使得。你还是应得碰头的时候，你碰头；不必碰的时候，还是不必碰的为妙。"贾大少爷又把华黄二位的话述了一遍。

徐大人道："他两位说的话都不错。你便照他二位的话，看事行事，最妥。"

说了半天，仍旧说不出一毫道理，只得又退了下来。后来一直找到一位小军机，也是他老人家的好友，才把仪注说清。第二天召见上去，居然没有出岔子。

……

正如我们所见，这一幕是以荒诞的手法写成，并不断注入荒诞的故事。3个高官在李宝嘉的笔下讲出来的几乎都是一通废话。而作者勾勒出了每个人的人物性格特征——一个阅历颇深，另一个没什么自己的看法，而第三个则模棱两可、闪烁其词。依笔者所见，作者的创作意图在这里起到了正面的作用。在这种创作思想的帮助下，作家以讽刺的形式揭露了官员们见风使舵、道貌岸然的特质，细致入微地描写官场环境并不符合谴责小说的体裁特征要求。

我们认为，这篇小说艺术上的缺点不是夸大，而在于别的方面。20世纪初的一位中国文学研究者则比鲁迅的见解更准确："（《官场现形记》）……最为脍炙人口之书。然实有词多意少之弊，且趣味亦殊淡薄。"①

这里准确地揭示了许多谴责小说的不足之处：篇幅冗长，以重复作为概括事实的主要手段，结构上也模糊不清。

鲁迅在叙述吴沃尧（1857—1910）的生平时，提到了这位作家的创作变迁并强调了他的人生经历，他与资产阶级整个发展过程的联系。然而，在评价吴沃尧的小说《二十年目睹之怪现状》时也像分析《官场现形记》一样夸张。

相传吴沃尧性强毅，不欲下于人，遂坎坷没世，故其言殊慨然。惜描写失之张皇，时或伤于溢恶，言违真实，则感人之力顿微，终不过连篇"话柄"，仅足供闲散者谈笑之资而已。②

鲁迅援引了《二十年目睹之怪现状》第74回的片段，其中，作者揭露了旧道德的堕落，逼真地描绘了官员符弥轩的残忍，对老祖父百般虐待，几酿惨剧，令鲁迅这位揭露过旧社会道德沦丧的作家都感到着实恐怖。

诚然，对于20世纪20年代的鲁迅而言，作为伟大的小说家和散文诗作家，吴沃尧那样的揭露已经属于过去的阶段了。然而，在10世纪的中国文坛这种揭露游手好闲者的做法绝非没有意义。鲁迅对

---

① 蒋瑞藻，《小说考证》（第2卷），上海：古典文学出版社1957年版，第585页。
② 《鲁迅全集》（第8卷），上海：复社1938年版，第244页。

谴责小说完全没什么好感，其中一个原因在于他是从自己所处的那个时代的眼光来审视这位小说家。此外，不能忘记的是鲁迅在世纪初还曾与拟古小说家——这批20世纪20—30年代的资产阶级作家展开过论战。他坚决反对深度不够的题材以及对社会冲突所抱以的肤浅轻浮的态度。有可能正因为如此，鲁迅坚定地在《中国小说史略》中强调谴责小说中"歪曲了现实"的论题。尽管在20世纪初，对个人日常生活中点点滴滴感伤情调的关注更应该被视为中国文学的进步。

应该承认的是，鲁迅责备揭露者脱离现实是有一定根据的。包括吴沃尧在内的世纪初的小说家常常关注不寻常的、耸人听闻的事情，这一点我们甚至可以在他们的书名中找到反映。鲁迅这样写道：

"讽刺"的生命是真实；不必是曾有的实事，但必须是会有的实情。所以它不是"造"，也不是"诬蔑"；既不是"揭发阴私"，又不是专记骇人听闻的所谓"奇闻"或"怪现状"。①

"它不是'造'，也不是'诬蔑'；既不是'揭发阴私'……"这里是在反对封建、资产阶级文学，而"奇闻"或"怪现状"则与吴沃尧的长篇小说《二十年目睹之怪现状》、中篇小说《瞎骗奇闻》的小说标题相似。

鲁迅并不是反对李宝嘉、吴沃尧对社会现象的批判。他对揭露者所采用的创作手法的严厉态度为鲁迅谴责小说中"谩骂"手法的使用与诠释创造了土壤。因此，郑振铎认为"冷笑"的实质，对于20世纪初的小说家而言，是对社会现象与人民命运的冷漠。② 而这种观点与鲁迅的观点相矛盾。鲁迅虽然对他的前辈态度严厉，但绝不是庸俗化地对待。

---

① 《鲁迅全集》（第2卷），上海：复社1938年版，第371页。
② 郑振铎，《中国文学研究》（第3册），北京：作家出版社，第1199~1200页。

　　鲁迅在《中国小说史略》中选择的第3篇谴责小说是刘鹗
（1857—1909）的《老残游记》。因为这本书尤其鲜明地暴露出20世
纪20—30年代革命民主主义者与资产阶级在评判谴责小说问题上的
矛盾。我们将对鲁迅与胡适的一些观点加以比较。

　　鲁迅写道：

　　其书即借铁英号老残者之游行，而历记其言论闻见，叙景状物，
时有可观，作者信仰，并见于内，而攻击官吏之处亦多。其记刚弼
误认魏氏父女为谋毙一家十三命重犯，魏氏仆行贿求免，而刚弼即
以此证实之，则摘发所谓清官者之可恨，或尤甚于赃官，言人所未
尝言，虽作者亦甚自憙，以为"赃官可恨，人人知之，清官尤可恨，
人多不知。盖赃官自知有病，不敢公然为非；清官则自以为不要钱，
何所不可？ [①]

　　随后，鲁迅引用了刘鹗的话，摘录了《老残游记》第16章的片
段，其中刚弼审判了无辜的魏氏父女并对他们施以酷刑。作家准确
地从《老残游记》中撷取了最主要的部分，而不像其后的某些文学
研究者那样。[②]

　　鲁迅并不认为刘鹗对"北拳南革"的敌视态度对小说非常重要。
而胡适则研究了这个问题，但最终也只是为作家找了一个辩白的
理由。[③]

　　对于鲁迅而言《老残游记》最重要的是谴责的特质（包括一系
列官员残忍的形象），对于景色描写他只是偶尔提及。相反，胡适则
从艺术特色的角度指出了这篇小说的优点："《老残游记》最擅长的

---

① 《鲁迅全集》（第8卷），上海：复社1938年版，第307页。

② 参见：张毕来，《〈老残游记〉的反动性与胡适在〈老残游记〉评价中所表现
　　的反动政治立场》，《人民文学》，1955年，第2期。

③ 胡适，《老残游记》序，上海：上海亚东图书馆1925年版，第22~24页。

是描写的技术，无论写人写景，作者都不肯用套语滥调，总想熔铸新词，作实地的描画。"①

革命民主主义者在观点上区别于资产阶级的最大的区别是，鲁迅从整体上是接受谴责小说的，而同时又相当严厉地批评了谴责小说。对于确立新的民族文学，这种观点是十分必要的。而胡适则为谴责小说辩护，将谴责小说视为中国资产阶级小说的萌芽，仅指出了一些非常微不足道的缺点。很明显，19世纪至20世纪初的小说中，吸引胡适的尽是一些在思想上相当局限的小说（如《儿女英雄传》《三侠五义》《老残游记》），而他却将这些小说视为非常进步的作品。

《中国小说史略》的最后几页，鲁迅献给了革命文学的先驱曾朴（1871—1935）及他的小说《孽海花》。应该指出的是，鲁迅没能详尽指出这部作品的新意之处。他写道：

第一回犹楔子，有六十回全目，自金沟抢元起，即用为线索，杂叙清季三十年间遗闻逸事；后似欲以豫想之革命收场，而忽中止，旋合辑为书十卷，仅二十回。②

《中国小说史略》中没有谈到什么关于革命的内容，读者或许会想，好像曾朴既没有描写孙中山的支持者们，也没有描写俄国民粹主义者。事实上，这些都在小说中占据了重要位置，同时也被批评家所指出，而那些评论家的作品鲁迅是知晓的。③

从鲁迅的书中显然可以看出，《孽海花》所讲述的故事不仅发生在中国，也发生在国外，如德国、俄国。这一点对于中国小说而言是一个新的特征，也在鲁迅对清代作家的评论中得到证明。④

---

① 胡适，《老残游记》序，上海：上海亚东图书馆1925年版，第28页。

② 《鲁迅全集》（第8卷），上海：复社1938年版，第309页。

③ 蒋瑞藻，《小说考证》（第1卷），上海：古典文学出版社1957年版，第220页。

④ 蒋瑞藻，《小说考证》（第2卷），上海：古典文学出版社1957年版，第572页。

鲁迅并没有对之前的评论家的评论做出回应，例如，他们认为"近人小说，以东亚病夫《孽海花》为显著"，或认为"《孽海花》为中国近著小说。友人谓此书与《文明小史》（李宝嘉）、《老残游记》（刘鹗）、《恨海》（吴沃尧）为四大杰作。顾《孽海花》能包罗数十年中外事实为一书。其线络有非三书所及者。其笔之诙谐，词之瑰丽，又能力敌三书而有余"①。文学研究者陈则光观察到了鲁迅同胡适之间隐蔽的论战，其中胡适则完全否认了曾朴的创新性。②

《孽海花》的主人公是状元和他的爱妾。借主人公的形象作家揭露了科举制度与社会的堕落。鲁迅强调了这一状况：书中对金雯青与傅彩云"特多恶谑，并写当时达官名仕模样，亦极淋漓，而时复张大其词，如凡谴责小说通病；惟结构工巧，文采斐然，则其所长也"③。

鲁迅准确无误地感受到了这篇小说的缺陷，但在我们看来，他对小说的描述还是不完全准确。这里并不是讲那些夸大其词的说法起了讽刺的作用，而是说鲁迅没有在小说中发现一些非常细微的部分。如果金雯青作为士大夫阶层的确遭到嘲笑，虽不是非常残忍，那么傅彩云的奇遇也时常会被作家美化。精湛的语言也在这里起了不小的作用。鲁迅也认为"文采斐然"正是这篇小说的长处。

尝试给这一章做个总结，我们看到作家对19世纪至20世纪初的中国小说严厉的批评态度，其中包括对这一时期中国小说的最高成就——谴责小说的态度，是由一系列客观和主观因素导致的。

鲁迅批评的似乎不是整个社会的谴责小说，而仅仅是社会个别

① 蒋瑞藻，《小说考证》（第1卷），上海：古典文学出版社1957年版，第221页；第2卷，第572页。

② 陈则光，《正确估计〈孽海花〉在中国近代文学史上的地位》，《明清小说研究论文集》，北京：人民文学出版社1959年版，第410~426页。

③ 《鲁迅全集》（第8卷），上海：复社1938年版，第248页。

的恶习。另外，对于这些作家过于关注奇闻而疏于对重要的社会现象的考察，重说教（说教过于明显，很少有谴责或论断的艺术表现形式），不同风格的混杂（客观冷静的嘲笑与华丽的辞藻相混）等一些问题上，鲁迅则表示出非常厌恶。

作家没能看到谴责小说在主题上和批评的敏锐性上实则已经超越了《儒林外史》和《红楼梦》。但是它们之间有近半个世纪的历程。相比《儒林外史》，鲁迅公正地给谴责小说提出了更高的要求。

谴责小说是鲁迅创作之前中国旧小说的最新成就之一。在与小说传统的斗争中确立了新派中国小说。此外，谴责小说似乎融合了资产阶级和封建特征，这一点使鲁迅极为厌恶。

20世纪20—30年代的文学舞台上出现了一些世纪初中国小说的模仿者。鲁迅观察到了谴责小说的衰落，并且毫无疑问地反映在了他的评价中。作家对章回体小说复兴的尝试予以嘲讽："至于现在的章回小说还来模仿它（民间说书的传统——谢曼诺夫注），那可只是一个遗迹罢了，正如我们腹中的盲肠一样，毫无用处。"[1]这里，鲁迅的观点与其他进步文学家的观点不谋而合。

《中国小说史略》的论战特点鲜明地体现在前几章的评价和结论上。由此，我们能完全想象出作家对19世纪至20世纪初本国小说的态度，并看到这一时代小说的实际问题。但是在评论中国现代文学的大多数论著中，对于鲁迅的观点则武断地理解或者干脆避而不谈。

鲁迅在他的评论中批评了19世纪至20世纪初的本国文学的同时，也存在相当大的矛盾。作家感到中国小说局限、过时，但有时不能解释明白到底是何处具有局限性和落后性。类似地，在谈到20世纪初小说的缺点——"张大其词"与"慷慨激昂"时，鲁迅却又

---

[1] 《鲁迅全集》（第8卷），上海：复社1938年版，第333页。

赞扬起了曾朴《孽海花》的"文采斐然"。他赞赏正统小说的修辞美，几乎认为其优于谴责小说。

鲁迅有时反对夸大其词的华丽风格和公开的揭露，对怪诞的手法予以否定。鲁迅虽醉心于传统的重视描写，尽管他自己精于使用怪诞的手法，并在文章中（如《论讽刺》《什么是"讽刺"？》）也承认了它的重要性：

我想，一个作者，用了精练的，或者简直是有些夸张的笔墨——但自然也必须是艺术的——写出或一群人的或一面的真实来，这被写的一群人，就称这作品为"讽刺"。[①]

鲁迅在自己的创作中意识到了19世纪至20世纪初中国文学中的缺点，也克服掉了自己对中国文学片面的理解与论断。[②] 同时，作家在自己的创作中，并没有全然否定这段文学，而是继承了这一时期以及古典文学的文学传统。

体裁

将新时期的中国文学与鲁迅的作品相比较，不难发现鲁迅创作中的思想艺术价值和体裁的多样化。对于大多数19世纪至20世纪初的作家而言，他们有自己所谓"专门化"的体裁：长篇小说家李宝嘉几乎没写过短篇小说，黄遵宪在文学界则仅以诗人的身份闻名。的确，那个时期也出现了众多拥有广博学识集各路体裁为一身的人物。他们似乎急于完成好几代人的任务一般：梁启超是政论家、诗

① 《鲁迅全集》（第2卷），上海：复社1938年版，第379页。

② 为正确理解鲁迅的评论，应当考虑到20世纪20—30年代他对待自己的早期创作亦毫不留情。参见：鲁迅，《鲁迅选集》，第4卷，第198页；鲁迅，《鲁迅全集》，第1卷，第153、154页；第6卷，第4页；鲁迅，《书信》，第2卷，第671页。

人、剧作家、小说家，而苏曼殊则是诗人、散文家、翻译家。但他们都不及鲁迅，一个在散文、散文诗（《野草》）、回忆录体裁、翻译等方面均卓有建树的文学家。同时，鲁迅还为中国文艺政论开创了新的体裁——"杂文"或"杂感"。

20世纪初，作家还没有找到"杂文"这一最尖锐的武器时，他还只能写写普通的文章（"论文"）①，与当时的其他政论家的文章在体裁上没有什么区别。而随后，鲁迅吸收了古代美文（"古文""骈文"）和欧洲"随笔"（эссе）的传统，无论是在政论的思想方面还是艺术方面都得到了提高。

1922年，《不周山》中鲁迅第一次采用了历史寓喻来描写当代现实。这是他又一次站在19世纪至20世纪初中国作家的肩上，萌生出对经典的新尝试。而这一次他所做的是小说上的创新。所描写的时代之遥远离奇（鲁迅主要取材于民间神话）使得作家能够更自由地处理事件事实并荒诞地展现出当代现实。而20世纪初的散文家即便写历史小说，他们中的大多数也不会脱离现实的历史事实（如吴沃尧的《痛史》等）。

短篇小说之所以成为鲁迅所使用的主要艺术体裁，这是由诸多情况所决定的。然而毫无疑问其中的一个原因是鲁迅要同14世纪至20世纪初中国小说做内部论战。经历了500年长篇小说对文坛的统治，鲁迅又一次在新的基础上复兴了短篇小说这种简练的体裁形式。

为了抓住与旧文学彻底决裂的机会，鲁迅将中国20世纪初的谴责小说这一值得注意的文学现象与自己的第一本短篇小说集《呐喊》（1918—1922）进行了比较。这本短篇小说集是中国新文学史上的一个重要的路标。

---

① 朱彤，《鲁迅早期的思想与斗争（1902—1909）》，《文史哲》，1956年第10期，第5页。

著名作家、文学研究家沈雁冰认为："《呐喊》中的十多篇文章，几乎一篇又一篇新形式。"①另一位研究者也试图解释这一观点："《狂人日记》《药》《阿Q正传》等富有中国旧小说的格调，《故乡》是以抒情诗似的散文故事来写的，《猫和兔》《鸭的喜剧》《社戏》和《一件小事》让我们想起了小则又很像小品随笔了，《头发的故事》是对话体……"②

鲁迅如此大胆的创作，令中国读者感到不习惯，甚至一些读者拒绝认为他的大部分作品是短篇小说。③但是几乎所有的评论家都肯定了作家丰富的艺术手法并认为这是真正的创新。

张定璜将一位鲁迅之前小说界的代表——苏曼殊的中篇小说与鲁迅的第一本小说集做了对比：

"这样说并不是说他们是一个东西。我若把《双枰记》和《狂人日记》摆在一块儿了，那是因为：第一，我觉得前者是亲切而有味的一点小东西；第二，这样可以使我更加了解《呐喊》的地位。《双枰记》等载在《甲寅》上是一九一四年的事情，《新青年》发表《狂人日记》在一九一八年，中间不过四年的光阴，然而他们彼此相去多么远。两种的语言，两样的感情，两个不同的世界！在《双枰记》《绛纱记》和《焚剑记》里面我们保存着我们最后的旧体的作风，最后的文言小说，最后的才子佳人的幻影，最后的浪漫的情波，最后的中国人祖先传来的人生观。读了他们再读《狂人日记》时，我们就譬如从薄暗的古庙的灯明底下骤然间走到夏日的炎光里来，我们由中世纪跨进了现代。"④

① 沈雁冰，读《呐喊》，选自文集：《论鲁迅》，第181页。
② 孙昌锡，《鲁迅短篇小说的特色》，《新华月报》，1954年，第1期，第236页。
③ 成仿吾，《〈呐喊〉的评论》，第230~232页。
④ 张定璜，《鲁迅先生》，选自文集：《论鲁迅》，第134~136页。

我们能够肯定的是，如果没有仅将"中世纪"认为是负面含义，那么苏曼殊在1911—1913年辛亥革命失败后所写的小说从本质上而言，相比谴责小说，是接近于"中世纪"的。

《呐喊》中已经蕴含了鲁迅后期创作的萌芽。从《猫和兔》《鸭的喜剧》等短篇小说到《野草》集（1924—1926）；从《端午节》和《头发的故事》到小说集《彷徨》（1924—1925），从《不周山》到《故事新编》（1927—1935）。《不周山》这篇小说先收录于《呐喊》，后被作家更名为《补天》并收入《故事新编》。同时，《呐喊》自身也具有非凡的价值，直至今日仍旧是鲁迅最流行的作品集。

所有这些都证实了，将《呐喊》与谴责小说进行比较能够更好地分析鲁迅创作中的传统与创新。

主题、人物、思想、倾向

对于20世纪初的长篇小说家来说最重要的任务是描写尖锐的社会冲突。在鲁迅的创作中便显示出了这种品格，使文学摆脱了冒险性的元素。鲁迅的短篇小说读起来很有趣，但这并不是像其他的谴责小说那样以错综复杂、引人入胜的情节纠葛吸引读者（吴沃尧的《九命奇冤》将故事情节建构在事件侦查上，曾朴的《孽海花》中详述了傅彩云的情感经历，《老残游记》中主人公在最后一章变成了真正的密探），而是以自然高超的结构、传统的片段和深入的心理描写取胜。

1933年时，鲁迅曾经谈道："我仍抱着十多年前的'启蒙主义'，以为必须是'为人生'，而且要改良这人生。我深恶先前的称小说为'闲书'，而且将'为艺术的艺术'，看作不过是'消闲'的新式的别号。"①

　　这里，对传统的继承是毫无疑问的。要知道正是改良派（梁启超等）在这之前开始了尖锐的斗争，反对鲁迅所仇视的这种"消遣文学"，并宣传了启蒙思想，主张作家应当积极投身于生活之中（参见：梁启超《论小说与群治之关系》）。而区别在于，鲁迅和他的战友比20世纪初的作家理解得更深刻。对于鲁迅和他的很多直接的前辈而言，启蒙运动已经不再被归结为公开的说教。此外，鲁迅对自己的"启蒙观点"进行了更彻底的实践：谴责小说的作者们有时还会受到他们试图反对的"消遣文学"的影响，而鲁迅则与"纯艺术"毫不留情地斗争到底。换言之，尽管在1907年之后历史意义上的启蒙运动已经不存在了，但同在中国文学史上建立起启蒙阶段的那些人相比，他更应是一位启蒙者。

　　像20世纪初的中国小说家一样，鲁迅试图在生活中寻找自己的主人公，在自己的短篇小说中设置忠于生活的情节。从这点上看，启蒙主义文学与现实主义文学存在诸多共同点，那么评论家们试图在谴责小说中找到鲁迅小说主人公的原型，也是有道理的。我们认为，这是因为谴责小说的作者与鲁迅都使用了某些相似的情节线索，例如，被发现的手稿这个手法，有助于增强叙事的可信度。许多中国20世纪长篇小说的作者告诉读者，手稿仿佛是他们偶然间被发现的（吴沃尧的《二十年目睹之怪现状》、曾朴的《孽海花》），鲁迅在短篇小说《狂人日记》中也是这样设置的。

　　谴责小说的作者常常使生活素材更加尖锐化。李宝嘉以怪诞的手法塑造了官员和改良派的形象，而在曾朴的小说中状元金雯青的

---

① 《鲁迅全集》（第4卷），上海：复社1938年版，第393页。

身上发现了讽刺的特点。① 然而这些作家毕竟都要比鲁迅逊色。为了使社会批评更加尖刻，鲁迅使用了各种日常细节并将这些细节进行了出色的处理（只要回忆一下《阿Q正传》便可证明）。

20世纪初的长篇小说家描绘了一幅幅骇人听闻的社会众生相，有时还从这些他们举出的事件中得出尖锐的结论（李宝嘉认为，所有的官员都师出同门；刘鹗则大骂所谓"清官"的故事），然而没有一人发现旧礼教"吃人"的本质（如鲁迅的《狂人日记》）。

鲁迅也像李宝嘉、吴沃尧一样，力图描绘自己的时代或者与不久前的过去相比较。《呐喊》中许多短篇小说都发生在1911年辛亥革命后（如《一件小事》《故乡》等），而另一些小说（如《端午节》）则发生在1919年五四运动之后。此外，在其他一系列小说中，鲁迅深入研究了1911年辛亥革命前的时期（如《药》《孔乙己》《白光》《兔和猫》），新时期与旧时期的交替时期（如《阿Q正传》《社戏》），仿佛要为自己的前辈们把许多未竟的事情都做完。他的一些短篇小说（如《明天》《狂人日记》）则并没有严格限定在某个时期。小说的场景可以发生在现在，也可以发生在过去。对于谴责小说而言几乎是一个新的特点，这种特点在鲁迅的文集《野草》中，得到了越来越全面的发展。

作家全面地接受了现实并对其有着充分的了解。在现实面前不仅是沉重的现在，还是中国人民沉重的过去。这就是为什么在鲁迅的短篇小说中呈现了一些近几个世纪中国小说的传统主题，其中包括官吏主题。

"就这样，鲁迅先生卓越地联系了《儒林外史》与五四以后的新

---

① 对比《清史稿》里的《洪钧传》与曾朴的《孽海花》。

文艺，给我们看清几百年来知识分子走过来的崎岖道路。"[1]朱彤在分析短篇小说《孔乙己》和《白光》时这样写道。遗憾的是，这里忽略了谴责小说在描写科举制度和官僚体制等方面所取得的成就，如《儒林外史》的作者吴敬梓已经基本揭穿了儒家学说与科举制度的弊病。20世纪初的长篇小说家继承了这个主题（李宝嘉的《官场现形记》、曾朴的《孽海花》），然而他们则走得更远并广阔地展示了收受贿赂和具有腐蚀性的官场（《官场现形记》），猛烈抨击了通过宣传蛊惑和残忍行径谋得晋升的所谓"清官"（刘鹗的《老残游记》）。

与《儒林外史》和一系列谴责小说相比，鲁迅的确向前迈进了一大步。他考虑到他的读者已经能够极好地理解仕途不顺的书生的经历。可能也正因为如此，孔乙己的形象才能如此生动地在其同名小说中为我们展示出被科举制度毒害的结果。不满足于揭露知识分子的心理、描写他们与社会的冲突，鲁迅在两篇短篇小说中再次触及了科举制主题。

作家从揭露使有才华的读书人不能中举的贪污现象，转而探讨封建意识形态对小人物的残害。[2]他极其憎恶地描写了那些阻碍小人物在社会阶层中艰难向上的恶人，还谴责了这些拼命向上爬的奴隶天真地希冀从统治者手中夺取自由的奴性。

在《呐喊》中，鲁迅塑造出了辛亥革命和1919年五四运动之后出现的官僚知识分子的形象（如《端午节》中的方玄绰）。这一形象在中国文学史上尚属崭新。如方玄绰一般的知识分子的痛苦有些不同——不是薪水的问题，而是摆脱了这种痛苦的一种方式并且是全新的符合知识分子发展更"高"水平的方式。方玄绰为自己想出

---

① 朱彤，《鲁迅作品的分析》（第1卷），上海：东方书店1953年版，第107页。

② В.Ф.索罗金，《鲁迅世界观的形成》，莫斯科：东方文学出版社1958年版，第127~128页。

了一种舒适的哲学并通过"差不多"理论来适应生活。鲁迅不久又在《彷徨》中塑造出了其他类型的新知识分子。

我们回到那些根本没有从中国社会消失的并且仍被鲁迅关注的老问题上面。在《狂人日记》《药》《明天》等短篇小说中，鲁迅也和20世纪初的长篇小说家们一样（吴沃尧的《电术奇谈》、曾朴的《孽海花》），嘲笑了庸医巫术。鲁迅也投入了不少精力在谴责小说家钟情的反迷信的主题上。许多小说片段展现了普通人的黑暗愚昧，呼吁消灭这些无知行为。这便是《药》中蘸血的馒头，也是《故乡》中的香炉和烛台。①

一个小小的片段、一个似乎微不足道的细节在伟大作家的短篇小说中有时却比20世纪初整篇谴责小说（如李宝嘉的《醒世缘弹词》、吴沃尧的《瞎骗奇闻》等）更值得人们来沉思，令人们深思这种迷信无知所带来的危害。

对过去、对生活阴暗面的关注得到了"左派"评论家的关注并认为这是"封建余孽"。这些评论家要求所有作家必须马上转向"无产阶级文学"，消灭封建残余。②鲁迅理解"旧"题材的作品所蕴含的意义——他最喜欢的短篇小说是《孔乙己》并且亲自将它译成了日语。③作家一个未完成的想法是创作一篇关于中国"第四代"（从章炳麟那一代算起）知识分子的长篇小说④，也就是19世纪与20世纪之交的那个时期的故事。

鲁迅关于辛亥革命阶段的短篇小说中，主要描写的是农村，而

---

① 类似的场景在小说《明天》中也有体现。

② 参见：《鲁迅全集》（第4卷），上海：复社1938年版，第4页、第495页。

③ 孙伏园，《鲁迅生活两三事》，上海：作家书屋1942年版，第24页。

④ 沈鹏年，《鲁迅研究资料编目》，上海：上海文艺出版社1958年版，第192页。

在关于五四运动时期的作品中则首先描写的是知识分子。[①]我们认为，这是由于相较于对广大群众的命运，五四运动在知识分子的生活中引起了更大的变革。当然，知识分子中也有麻木不仁的（如《孔乙己》《白光》），而严肃的变革在农民与工人的生活中也偶有发生（如《故乡》《一件小事》）。在任何情况下，作家对故事发生的时代背景总是与主人公的选择息息相关。对于20世纪初的长篇小说家而言，这一问题还不是非常明显，因为他们的主人公还没有如此社会与历史的典型意义。

谴责小说（如《官场现形记》《文明小史》《二十年目睹之怪现状》《劫余灰》《老残游记》《孽海花》）的主人公代表了社会的较高阶层：官员、士大夫、地主、富农。而我们在鲁迅那里看到了另一幅景象。短篇小说《孔乙己》和《白光》的中心人物变成了落榜的穷书生，《药》中的主人公是小茶馆主、他病已垂危的儿子和一位被行刑的年轻革命者，《明天》中的主人公是一位可怜的纺织女工，而《一件小事》中的主人公则是一个人力车夫，等等。

20世纪初长篇小说家同鲁迅在小说中选择主人公类型上的不同，主要是源于鲁迅本人极强烈的民主思想。而他试图改造社会的想法在这里也起了不小作用。之前的小说家主要描写的是社会上层的代表，希望上层人物得以改造。而鲁迅则优先描绘了下层人民，旨在唤醒民众。[②]

改造社会的理想是毫无基础的，而唤醒人民却是现实的。谴责小说的作家同情人民，但没有看到他们真正的力量。鲁迅却相信普通人，希望他们自己领悟出发展的规则。

---

① 朱彤，《鲁迅作品的分析》（第2卷），上海：东方书店，1953年版，第95页。
② 参见：《鲁迅全集》（第2卷），上海：复社1938年版，第222~223页。

官员、知识分子和其他旧中国社会的上层代表中，吸引鲁迅的主要是那些脱离了自己阶级的人（如孔乙己、陈士成）。在作家看来，这些人是值得惋惜的，值得展现他们的痛苦并揭示他们的内心世界。至于那些地主和官员（如《阿Q正传》中显赫的赵老太爷、举人老爷、假洋鬼子），鲁迅则对他们非常仇恨。

落榜的读书人（尤其是那些拒绝为上层服务的人）在鲁迅看来是人民的一部分。然而作家也没有忘记展现他们与农民、工人之间的区别。例如，穷困潦倒的孔乙己仍旧穿着他那读书人的长袍，鄙视周围的那些穷人。在《故乡》中我们又碰到了知识分子和农民的隔绝。叙事人（与孔乙己相比完全是另一类人）相信，总有一天人们自己会消灭这种隔绝："世上本没有路，走的人多了，便变成了路。"[1]

研究者时常断言，鲁迅"将普通人引进了文学中"[2]，并认为农民的痛苦和斗争照例仍在20世纪初小说家的视野之外[3]。

实际上，李宝嘉的《官场现形记》《活地狱》、刘鹗的《老残游记》以及其他长篇小说中，对农民的苦难描写占了不少的分量。中国20世纪初长篇小说家对于"人民"概念的理解很大程度上接近于"普通人"，其中包含了富裕阶层。而在鲁迅对"人民"的观察中，这一阶层则并不在关注范围内。

谴责小说作家在继承了14—18世纪侠义小说作家之后，创造了群众性的情节。在李宝嘉的《官场现形记》中这一特点尤为突出（胡统领、傅二棒槌等虐害民众的场面）。有时20世纪初的长篇小说家

---

[1] 《鲁迅全集》（第1卷），上海：复社1938年版，第130页。

[2] Л.Д.波兹德涅娃，《鲁迅的生平及创作1881—1936》，莫斯科：莫斯科大学出版社1959年版，第243页。

[3] В.Ф.索罗金，《鲁迅世界观的形成》，莫斯科：东方文学出版社1958年版，第243页、第101页。

还为他们的人民人物取名，更详尽地描写他们的苦难（如李宝嘉的《活地狱》、刘鹗的《老残游记》），但实际上在这些作家笔下没有写成一个独立的个性化的人民形象。

在文集《呐喊》的一篇短篇小说《狂人日记》中，我们看到了类似的图景，然而鲁迅却开始了另一条道路，塑造出了一系列独特的人民形象。

鲁迅不仅仅是"将普通人引进了文学中"，而是完成了重要的一步：将人民塑造成文学的主人公。随后，作家似乎又回到了他的前辈那里，对社会的各个阶层都予以了关注（如《野草》《彷徨》《故事新编》）。然而，这样的回返是建立在新的基础之上的，因为在鲁迅写作的成熟期，对任何一个社会阶层的描写都是为了人民阶层。

正是为了人民，而不仅仅是通过人民的眼光看问题，作家才能比他笔下所描写的一般人看得更多更远。可以这样讲，鲁迅在小说中将对"小人物"的同情与对"小人物"软弱性的批判以及对他们高尚品质的赞颂均融合在了一起。

尽管20世纪初的中国长篇小说家将数千页的篇幅献给了对人的苦难的描写，然而他们笔下对于"下层"与"上层"的冲突仍旧没有鲁迅那般尖锐。从前辈中脱颖而出需要巨大的努力，鲁迅看似轻松地做到了，实则确实是通过他自己的才华和革命的世界观才得以实现的。他每一个受苦受难的主人公是"也有给知县打枷过的，也有给绅士掌过嘴的，也有衙役占了他妻子的，也有老子娘被债主逼死的"[1] 这些人的总和。

鲁迅同他的前辈一样，也描写了主人公的悲惨命运：夏瑜被处决，阿Q被枪毙，孔乙己被打折双腿，华老栓和单四嫂子失去了

---

① 《鲁迅全集》（第1卷），上海：复社1938年版，第63页。

儿子，等等。然而鲁迅笔下的这一切都要比谴责小说中的情节尖刻得多。

在某种程度上是因为鲁迅的主人公在生活中也确有这样的人，只意识到了悲惨的结局和自己的苦难，而背后的原因他们却一无所知。孔乙己被别人打断了腿甚至都不去上诉告状。华老栓和单四嫂子被孩子的死压得喘不过气来，却没有意识到罪魁祸首是无知的救治手段。而至于阿 Q，他甚至临到被处决还沾沾自喜。

在谴责小说中诸如官吏、强盗、外国人这样的敌人几乎都是明摆着的，而鲁迅则让读者陷入思考并让读者去猜想究竟这苦难更深层次的原因是什么。

而在谴责小说的作者看来，只要将这些作恶多端的人消灭了（刘鹗的《老残游记》中的酷吏刚弼、吴沃尧的《劫余灰》里的外国强盗），似乎这样矛盾就解决了。而在鲁迅笔下，这是不可能的。作恶的原因是深刻多样的，不仅仅植根于压迫者的残酷，也源于在黑暗中受苦者的软弱和愚昧。可能正因为如此，在鲁迅的作品中很少有幸福的结局。

鲁迅有意识将主人公的死描写成无足轻重、荒谬可笑的：孔乙己偷了人家的一个什么小东西，阿 Q 被告发参与了他想都没想到的抢劫。然而，为这样的"罪行"而承受那样的惩罚，留给了读者不仅仅可笑的，甚至是可怕的印象。

鲁迅笔下小人物的命运似乎除了作者和读者，几乎谁也不同情他们，这使得他们的命运更具悲剧性。20世纪初的长篇小说家（如李宝嘉、吴沃尧）也强调了主人公的孤独无靠，但在一些作品（如刘鹗的《老残游记》）中，常与受苦的人物在一起的是同他们一起落泪的一个特殊的人物。鲁迅则毫不留情地将次要人物与主要人物疏远。《狂人日记》的主人公、孔乙己、阿Q、单四嫂子、夏瑜都没一个人给予同情。小酒馆的顾客都嘲笑孔乙己，而酒店掌柜的也只对他赊了几个铜板的事情有点兴趣。的确，孩子们本应对落魄书生更善良些，而甚至连小说的叙事人小男孩都觉得同孔乙己谈点儿什么或是从他那儿学些新字，都是件有失体面的事情。

鲁迅笔下那种毫无出路的感觉是通过主人公身边的普通人进一步深化的，而非暴虐狂、卑鄙恶棍之流。①《呐喊》中的大部分作品（如《孔乙己》《药》《阿Q正传》）中，我们似乎看到了3个层面：受苦的人、欺负他的人、嘲笑他的一群人。读者明白，如果明天嘲笑他的人里面有一个也陷入了不幸，像孔乙己或者阿Q那样，剩下的人也会如此"热心"地来嘲笑他。

这里我们已经开始了对国民心理的批判，在俄罗斯文学中像契诃夫一样的革命民主主义者已经有了类似的转向。对主人公复杂矛盾的态度在中国文学中并不新奇，古语常言："哀其不幸，怒其不争。"②鲁迅的功绩在于他发展了这种传统并将这种传统用在了普通人身上。

批判国民心理在鲁迅看来是十分必要的，因为社会各阶层的人都已经沾染上了旧道德习气。这种情况在《狂人日记》③《阿Q正传》中可以很明显地被发现，并且在这些小说中被封建礼教毒害的小人物都是小说的主人公。在这种背景下，谴责小说中类似的人物则暗淡了，如（李宝嘉小说中）官员收受贿赂的中间人。

阿Q则是一个尤其有趣的人物，一个卑微无权的人，总是被同

① 胡冰，《鲁迅研究札记》，上海：新文艺出版社1958年版，第44页。
② 以群，《漫论鲁迅小说的特色》，《收获》，1960年第1期，第187页。
③ В.Ф.索罗金，《鲁迅世界观的形成》，莫斯科：东方文学出版社1958年版，第102页。

乡瞧不起，获得不了现实的成功，因此便试图以"精神胜利法"来安慰自己。

许多研究者公正地认为，迷恋于所谓的"精神胜利法"首先是中国统治阶级所固有的特点，尤其是清政府对外国人的政策（自1840年起）[①]。这胆小怯懦、奴颜婢膝却又自鸣得意、狂妄自大的政策在20世纪初小说家的笔下被鲜明地反映出来，例如，李宝嘉的《文明小史》、曾朴的《孽海花》。然而艺术地概括了这种政策并在生活中的其他领域将它展现出来的只有鲁迅一人。

此外，揭露完统治阶级和知识分子对"精神胜利法"的迷恋，鲁迅又在没有文化的普通人身上也发现了这种特征。在他们身上，奴性规训着一代又一代。[②] 这便赋予了阿Q极强的普适性与典型性，在他身上体现出了中国国民性格的负面特质。

我们再将目光投向鲁迅的第一本短篇小说集同谴责小说的区别上来。鲁迅的小说几乎没有了谴责小说中直接的反帝主题。平心而论，这种现象应被解释为鲁迅高尚的自我批判，对国家不幸之原因的探寻。[③] 作家对"真有良心的"外国人能"替我们诅咒中国的现状"抱有希望，也对反帝主题的缺失有一定作用。[④] 然而后来在认清了帝国主义的实质之后，鲁迅开始毫不留情地揭露外国侵略者，也就意味着鲁迅（在新的基础上）重新靠近了自己的前辈们。

但作家对人民的态度并非一成不变的。对群众的愚昧落后的批判唤起了鲁迅净化普通人内心的愿望，希望将群众的封建残余连根

---

① 欧阳凡海，《鲁迅的书》，香港：华美图书公司1949年版，第188~189页；李希凡，论《阿Q正传》，《新建设》，1956年，第4期，第23页。

② Л.Д.波兹德涅娃，《鲁迅的生平及创作1881—1936》，莫斯科：莫斯科大学出版社1959年版，第148页。

③ 平心，《人民文豪鲁迅》，上海：心声阁出版社1947年版，第62页。

④ 《鲁迅全集》（第1卷），上海：复社1938年版，第314页。

挖出（虽然某种程度上鲁迅在自己的道路上没能避开尼采"群氓"哲学的影响）。在《呐喊》之后的几本文集中，讽刺普通人的形象少了很多，作家如今的仇恨之情主要转向了那些剥削者。这里亦是回归到谴责小说的传统上去了。

鲁迅毫无疑问不仅批判了自己的同胞，并且强调了人民欢快的、诗意的一面，这也是国民性格中最好的一方面。鲁迅短篇小说中不知道恐怖与贪婪为何物的农民孩子（如《故乡》《社戏》）便非常招人喜欢。令叙事人和读者感动的还有人力车夫高尚的行为（《一件小事》）。

所有这些都与那些善于改造生活的主人公息息相关，这恰恰与李宝嘉的《官场现形记》和刘鹗的《老残游记》的意图完全不同。而人民中人的重要价值的主题，在短篇小说《一件小事》中成为小说的核心，在谴责小说中却闻所未闻。

对故乡的爱在鲁迅的小说中仅仅是激化社会批判的。若不是将闰土（《故乡》）描摹得如此感人，读者也不会如此同情他的遭遇。这种将人的高尚与被欺侮的命运对立起来的手法虽然在谴责小说中已有采用（如李宝嘉的《活地狱》、吴沃尧的《二十年目睹之怪现状》），然而他们都没有鲁迅这样深刻与多样。要知道阿Q和孔乙己除了那么多的缺点，他们身上也有招人喜欢的品质。

20世纪初的长篇小说家不仅描绘了人民的痛苦，也描写了人民的反抗。在李宝嘉的《官场现形记》和《文明小史》中展现了反抗当地政府的叛乱。而在他的长篇小说《庚子国变弹词》中则完全写的是义和团运动。因此，鲁迅在这里应当是谴责小说的继承人。

另一个问题是：这样的片段有什么作用？作者对它是什么态度？在李宝嘉的小说中我们发现了这样的规律：如果人民起义有地

方性特征，那么起义便被描写得充满同情，作为对贪财、残忍的统治者的回击（《官场现形记》）。而当起义对整个国家有威胁时，作家则对起义持否定态度（《庚子国变弹词》）。[1]然而，鲁迅却总是将人民运动视为彻底的革命者。

因此，作家同完完全全同情孙中山的支持者与俄国民粹主义者的《孽海花》相比，则向前迈进了一步。鲁迅怀着极大的悲恸描写了革命者的处决（《药》），但这并不是像曾朴那样极其感伤的描写。在曾朴笔下出现革命者们的场景有时看起来是幼稚过时的[2]，同时，鲁迅笔下严肃的现实主义取代了傲慢的浪漫主义，尽管里面也不乏被拔高了的格调[3]。

鲁迅将中国小说从广义抽象地描写革命领向具体深刻地并在心理上表现革命。曾朴的小说有时让我们想起流行的历史教科书：里面有许多政论性插笔，旁征博引，提到许多新的英雄的功绩并且提到过去的事情。而鲁迅（《药》）仅仅描写一个革命者夏瑜，展现他生命中非同一般的戏剧化片段时，甚至没让他出场，只是通过其他人物之口勾勒出他的形象。而相比曾朴对俄国虚无党派女革命家夏丽雅生平的全面描写，夏瑜给读者留下的印象却一点儿不少。

鲁迅在描写革命敌人的时候与自己的前辈最为相像。刽子手康大叔是"一个浑身黑色的人……眼光正象两把刀……那人一只大手……嚷道"[4]，像极了谴责小说里的人物。对这位人物的内心描写手段也和谴责小说所用的手法十分相像，例如，《孽海花》里的宪兵加

---

[1] 当然，20世纪初的小说家中也有对任何起义都持不友好态度的，如刘鹗。

[2] 《孽海花》第17回：辞鸳侣女杰赴刑台　递鱼书航师尝禁脔。

[3] В.Ф.索罗金，《鲁迅世界观的形成》，莫斯科：东方文学出版社1958年版，第129页。

[4] В.Ф.索罗金，《鲁迅世界观的形成》，莫斯科：东方文学出版社1958年版，第129页。

克奈夫。

短篇小说《药》中，通过描写其他人物在提到夏瑜的行为和语言时的不解与仇恨，实际上是反映夏瑜的高尚。不过鲁迅常常还使用另一种手法，全力揭露像《阿Q正传》里的伪革命者，这点上同谴责小说作家也很接近。如果李宝嘉或鲁迅在描写辛亥革命、义和团起义这些具有局限性的现象时，一味地袒护这些改良运动，那么他们的作品未必能经受住时间的考验。正是李宝嘉和鲁迅尖锐的艺术"怀疑论"态度使他们能发现辛亥革命、义和团起义、改革运动的薄弱一面。

谴责小说作家和鲁迅的"尖锐"是不同的：全身心地投入革命的伟大作家能够更准确地揭示革命不良的一面，而相比他的前辈更能切中要害，揭露这些进步运动的不足之处。

小说集《呐喊》里的一篇短篇小说是从谴责小说家完全想不到的角度来描写革命的。这篇小说便是《头发的故事》。小说的主旨是关于令人悲怆的辛亥革命的失败——"双十节"（1911年10月10日）无人纪念，而民众除了革去头上的辫子外，生活上并没有实质性的变化，一切如故。

几乎N先生讲的所有的事件，都发生在鲁迅的身上。然而作品的最后一页被赋予了重要的色彩：N先生被困难打败了并开始鼓吹拒绝革命。鲁迅自己，尽管也经历了N先生所经历过的这些，却没有妥协，持的完全是另一种观点。鲁迅使叙事人有别于自己绝非偶然。

只有20世纪20年代的小说家才能从一个失望者的视角来描写中国革命。

鲁迅的创作中不仅包括了革命的问题，还有20世纪初的小说家很少涉及的反动势力的问题。例如，短篇小说《风波》（1920）中描绘了听到1917年张勋复辟事件消息后乡民的辩论和争执。[①]富人们趾高气扬，而愚昧的农民们惊惶不安。而当复辟失败，农村的生活逐渐重回常态。在这里，作家将复辟用作遥远的背景，同《阿Q正传》里以革命为背景的目的是相同的。

鲁迅将阿Q的命运与革命的命运联系起来，二者紧密交织在一起。1911年的辛亥革命正是由于像阿Q这样未觉醒的人而导致了失败。从另一方面讲，革命的失败给民众带来了新的不幸，其中就包括阿Q。惊讶于革命者被处决的主人公自己后来也成了反动势力的牺牲品。同时，鲁迅也展示出了阿Q对革命的向往，这一点在其他的文学评论著作中很少被重视。[②]

鲁迅在描绘同革命紧密相连却又付出无谓努力的未庄上层人和阿Q时，态度是截然不同的。对未庄上层人鲁迅予以痛斥，而对阿Q则既是嘲笑又是怜悯。鲁迅痛心地将二者进行对比：未庄上层人的企图还是最终获得了胜利，而更积极地参与革命的下层人则被抛弃被践踏。因此，王西彦认为，《阿Q正传》是面向未来的（主人公试图参与革命，即使是一次不成功的尝试），《药》也是一样（革命者坟头的花环）[③]。

20世纪初的长篇小说家与鲁迅在《呐喊》时期的相似之处在于，家庭问题在他们的作品中退居次要地位，让位于人与国家的相互关系问题或者不同社会阶层间的关系问题。作家们还没有对家庭

① 鲁迅自己写了《风波》相关的历史事件。［参见:《鲁迅全集》（第6卷），上海：复社1938年版，第151页］

② 参见：约夫·拉斯特，鲁迅——诗人与偶像，莱茵河畔法兰克福，1959年，第55页；刘君若的文章，刊载于《亚洲研究学刊》（*The Journal of Asian Studies*）第16卷，1957年，第2期，第201~211页。

③ 王西彦，《伟大的人和伟大的作家》，上海：新文艺出版社1953年版，第56页。

这个微缩的社会单位产生真正的兴趣。^①

吴沃尧（《二十年目睹之怪现状》）及曾朴（《孽海花》）的小说中均用了不大的篇幅来写家庭。我们观察到在鲁迅的小说中也是同样的情况。确实，在《狂人日记》中他"意在暴露家族制度和礼教的弊害"^②，但实际上家庭关系在他的小说中并没有起主要作用。难怪索罗金^③只是从完全不相干的问题和事件中找到这个主题。

从这里还能很轻易地发现另一条平行线，即20世纪初的小说家和鲁迅都对女性的艰难处境给予了极大的关注。女性的艰难处境不仅是由繁重的家庭负担所导致的，还是社会环境所致。

鲁迅描绘了受尽苦难、愚昧无知、饱受生活摧残的女性生活（单四嫂子、《药》中的两位母亲、杨二嫂）。在这方面，鲁迅延续了谴责小说的路线。但是作家也反对前辈作家的传统，摒弃了任何含有色情成分的片段。

《呐喊》中的短篇小说几乎没有爱情冲突。同时代的作家就这点指责过鲁迅^④，但我们认为，这条路径符合中国小说在这一阶段的发展规律，证明了鲁迅自己的创作特色是合情合理的。

作家在反对旧礼教的同时，有意或者无意地与他前辈的两种教条观念展开论战。鲁迅嘲笑了将女性视为淫荡之物的观点（阿Q和吴妈），并且挖苦了儒家礼教。让我们回想一下，因为"假洋鬼子"剪掉了辫子，他的老婆跳了三回井；或者当阿Q向女用人吴妈求爱，

---

① 鲁迅文集《彷徨》中的很多小说探讨了家庭问题。

② 《鲁迅全集》（第6卷），上海：复社1938年版，第190页。

③ В.Ф.索罗金，《鲁迅世界观的形成》，莫斯科：东方文学出版社1958年版，第106页。

④ 赵景深，鲁迅与契诃夫，文学周报，1929年，第8期，第564页。实际上这条路线在之后得到了延续。例如，在鲁迅的文集《呐喊》中，涉及了爱情主题但是并没有描述激情，而仅仅留下了激情后的失望。

她便闹着要去上吊。

对家庭问题的关注相对不足并不妨碍鲁迅在中国文学史上第一次真正地塑造了孩子的形象。这是他的作品中重要的人文主义特质之一。

鲁迅将孩子视为活泼可爱、纯洁无瑕的人。他们拥有真正的友爱情感，纯真的天性（如《社戏》《故乡》）。作家将希望寄予他年少的主人公身上。请回想一下他在《狂人日记》中的呼吁："救救孩子！"

这里我们看到了19世纪至20世纪初中国文学不熟悉的问题。在短篇小说《兔和猫》《鸭的喜剧》中，鲁迅歌颂了生活中微小却温暖的快乐。他带着温柔的笑容回忆起了俄国盲诗人爱罗先珂，并以对生活细腻的感受察觉到了动物的孩子们对这位善良之人的向往。

同时，这两篇短篇小说没有完全脱离传统，其中仍然含有谴责的意味。鲁迅不仅表现了凶恶的强者吞食弱者，就像兔子和猫一样，而小鸭固然可爱，却"吃掉"了河中爱罗先珂的蝌蚪。作家悲伤地想到，大多数人对他人命运的冷漠态度亦是如此："那两条小性命，竟是人不知鬼不觉的早在不知什么时候丧失了。"[1]或者是："过往行人幢幢的走着，谁知道曾有一个生命断送在这里呢？"[2]

鲁迅讲的是兔子、云雀、小狗等，但读者一眼就看出了明显的寓喻，甚至作者自己就暗示了概括的可能性。令人惊讶的是，在研究文集《呐喊》时，这样神奇的短篇小说几乎总是被搁置在一边。[3]在我们看来，这是鲁迅相比于之前的本国文学的创新。

---

① 《鲁迅全集》（第1卷），上海：复社1938年版，第206页。

② 《鲁迅全集》（第1卷），上海：复社1938年版，第206页。

③ 参见：许钦文、В.Ф.索罗金、Л.Д.波兹德涅娃等的论著。在苏联作家中，В.В.彼得罗夫第一次研究了这些短篇小说。（《鲁迅》莫斯科：国家文学出版社1960年版，第141~145页）

20世纪初的中国小说有时阅读起来甚是困难，读者在阅读鲁迅的短篇小说时也总会遇到一定的问题。

在阅读谴责小说时，最大的障碍是语言上的 [①]（而在1918年后鲁迅的作品中这样的障碍已经消除了）以及结构上的 [②]（很难观察到情节的发展以及错综复杂的人物命运）。在鲁迅的作品中，我们遇到的困难则是复杂的哲学思考和结论辩证的相互矛盾——这是同智者对话的困难。鲁迅的一些短篇小说允许多样的解读。而在分析谴责小说时，这样的问题则几乎不会出现，因为作者的想法通常是单一且明确无疑的。

20世纪初的长篇小说，如果不考虑一定的革命或改革的政治倾向的话，大多数都没有哲学基础。的确，在刘鹗的《老残游记》中有自己的哲学，但是它融合了儒家、道家、佛教的思想。[③] 而鲁迅在1907—1908年已经了解了欧洲思想的一些思潮流派并且完善了自己的知识与观点。这帮助他从发展中展示生活，深入展现人的内心世界，成了真正的心理分析家。

尽管鲁迅具有复杂的思想内涵，他的短篇小说从整体上看来是乐观主义的。在《一件小事》《故乡》《社戏》中尤其感受得到欢畅的情绪。甚至连《阿Q正传》都能让读者相信，中国的劳动者并不是失去了所有一切。"国民性可改造于将来，在改革者的眼里，以往和目前的东西是全等于无物的。"[④] 鲁迅在1926年曾这样说道，似乎是拓展了他的小说思想。

展现在鲁迅面前的20世纪一二十年代的中国现实是非常不堪

① 参见，曾朴的《孽海花》。
② 参见，李宝嘉的《官场现形记》。
③ 苏曼殊小说的哲学基础完完全全是佛教思想。
④ 《翻译集》

的。作家试图不加粉饰地描绘这个景象，但有时"遵奉革命前驱者的命令"①，也希望鼓舞读者的信心，因此他还是赋予了作品乐观主义的色彩："在《药》的瑜儿的坟上平空添上一个花环，在《明天》里也不叙单四嫂子竟没有做到看见儿子的梦。"②

鲁迅的乐观主义与梁启超所描绘的无望乌托邦（《新中国未来记》）不同，梁启超的笔下是一个富强的资本主义中国，亦与刘鹗的《老残游记》中有点道理的"开明吏治"不同。

鲁迅在使用自己的"粉饰"手法时十分小心。可能正因此，小说《药》和《明天》才能够有如此不同的解读。我们来比较一下，研究者许钦文和克列伯索娃对《明天》的描述：

许钦文：

鲁迅先生这篇的末了还这样说："只有那暗夜为想变成明天，却仍在这寂静里奔波；另有几条狗，也躲在暗地里呜呜地叫。"使人觉得鲁迅先生对将来是充满希望的。标题是"明天"，也明明是希望新社会不久就来到的。③

克列伯索娃：

此后，为了躲避那个因为孩子去世而没有了盼头的"明天"，这女人除了等死，似乎也已经无路可走了。④

这两位评论家哪个说得更正确？我们认为，两人说得都有道理，因为每一个情况都是从鲁迅小说的一方面入手分析的。寡妇单四嫂子失去独子的命运毫无疑问是一个悲剧，但是作家并没有让人们仅

---

① 《鲁迅选集》（第2卷），北京：中国青年出版社1956年版，第95页。

② 《鲁迅选集》（第1卷），北京：中国青年出版社1956年版，第59页。

③ 许钦文，《呐喊》分析，北京：中国青年出版社，1957年，第35页。（同样参见：以群，论鲁迅小说的特色，《收获》，1960年第1期，第184页）

④ Б.克列伯索娃，鲁迅：生平与创作，布拉格，1953年，第73页。（同样参见：В.В.彼得罗夫，《鲁迅》，莫斯科国立文学出版社1960年版，第86页）

关注这一个悲剧。中国经典文学中常有的寓意是鲁迅小说中的一个主要特征，然而在谴责小说中几乎缺失。这种特色让人们将鲁迅的《狂人日记》与果戈理的同名作品进行比较。[①]

我们认为在鲁迅的短篇小说中，一些细节的象征性解释通常是合理的。尤其是当这些解释建立在作者自己的暗示上，同时没有将作家的思想庸俗化，还产生了"有利于"革命的方向时，这些阐释常是合理的，就像评论家在探讨夏瑜坟墓上的乌鸦时的情况。[②]

乌鸦，在我们看来，是增强小说场景悲凉色调的主要方式，即"安德烈耶夫式的灵魂"[③]。而满腔的乐观主义则毫无疑问体现在《药》这篇小说的标题上。这里似乎有两个层面：粗略可见的（沾着革命者鲜血的馒头救不了患了痨病的病人）和潜藏隐秘却更加宽阔的。鲁迅相信，革命者的鲜血不是白流的。这个思想也反映在了夏瑜坟上多出的一个花环。"药"早晚能治好人民，因此我们认为不应该把小说名译作《草药》。[④]

这种乐观主义倾向在鲁迅的政论文、《野草》的诗作、《故事新编》里的讽刺英雄故事中也得到了发展。除此之外，在《呐喊》中还有悲观主义的悲怆基调。大多数早期的鲁迅评论家都夸大了这种

---

① J. 钦纳里，西方文学对鲁迅《狂人日记》的影响，东方与亚洲研究学院月刊，1960年第2期，第31页。
② 参见：江明、钱河，《鲁迅研究中的错误倾向》，《东方丛刊》，第1辑，1957年，第31页。
③ 《鲁迅选集》（第6卷），北京：中国青年出版社1956年版，第190页。
④ 《鲁迅选集》（第1卷），北京：中国青年出版社1956年版，第81页。

基调的作用①，而当今大多数的评论家却又低估了它②。然而，鲁迅是如此复杂和重要，任何将鲁迅"捋平""理直"的尝试，都只会使文学进程变得更加扁平化。

作家自己意识到，他的一些短篇小说令读者留下了忧郁苦恼的印象。他坚决反对让孩子们阅读《狂人日记》，甚至在1924年再版《呐喊》时，也把《狂人日记》单独放在了一边。③"但我的作品太黑暗了，因为我常觉得惟'黑暗与虚无'乃是'实有'。"④他在1925年这样写道。

鲁迅作品传达出的悲伤之感具有特别的心理深度，并且在文集《呐喊》《野草》中越来越突出，尤其是在悲剧性的背景下出现的。显然，这里受到了现代主义文学（尼采、阿尔志跋绥夫、安德烈耶夫等⑤）和以前的民族艺术的影响。鲁迅说道："中国人向来因为不敢正视人生，只好瞒和骗，由此也生出瞒和骗的文艺来，由这文艺，更令中国人更深地陷入瞒和骗的大泽中，甚而至于已经自己不觉得。"⑥这种文学繁荣的过错应该由20世纪初的小说家来承担，尽管毫无疑问，他们比很多中国作家对社会冲突的态度要严肃得多。

---

① 参见：选集《论鲁迅》，1930年。

② 当代进步研究者中主要谈到关于鲁迅的悲观主义论调的是捷克的汉学家：Б.克列伯索娃（Б.克列伯索娃，《鲁迅：生平与创作》，布拉格，1953年，第97、108、111页）；Я.普鲁舍克（Я.普鲁舍克，解放后的中国文学及其民俗传统，布拉格，1955年，第106、187页；Я.普鲁舍克，《中国当代文学中的主观主义与个体主义》，《东方学文献》，1957年，第264页）

③ 孙伏刚，《五四运动与鲁迅的〈狂人日记〉》，《新建设》，1951年第4卷第2期，第17页。

④ 《鲁迅全集》（第9卷），上海：复社1938年版，第18页。

⑤ 王西彦，《伟大的人和伟大的作家》，上海：新文艺出版社1953年版第52页；相浦杲，《鲁迅短篇小说的一个方面——以作品〈药〉为例》，《中国文学报》，京都大学文学部中国语学中国文学研究室，1959年第10期，第127、128、131页等。

⑥ 《鲁迅全集》（第1卷），上海：复社1938年版，第332页。

在鲁迅的创作中，与大多数前辈表面上的乐观主义所不同的是，他深入旧社会的规律之中，并对人民承受苦难的旧社会予以尖锐批判。周围的生活是灰暗无光的，而鲁迅在其中找到了坚定希望的新事物。

鲁迅的短篇小说以复杂多样、情绪多变为特征，与谴责小说的某种单调性不同（例外的只有刘鹗的《老残游记》）。作家和主人公的情绪不是从一篇小说与另一篇小说相异，而是在一部作品之内就起了变化。例如，在短篇小说《故乡》中，叙事人带着悲伤的情绪回家，展现在他面前的是一个破败的农村。而后，他希望见到闰土，与他像老友一般聊聊天，然而又是失望，比一开始更深的失望。而到故事的最后，小说以新的希望结尾。因为主人公相信，人民用自己的双手便能摧毁障碍，通往幸福之路，与生活相关的困难在鲁迅的作品中尤其吸引人。

塑造性格的原则

鲁迅自己的人文思想首先是通过小说中人物的性格传达给读者的。具体生动的人物在他的小说中起到了重要的作用，这种作用在中国旧文学中从来都没有过。

首先我们从乍一看仿佛并不重要的比较开始。像20世纪初的长篇小说家一样，鲁迅也对主人公的名字和绰号进行选择。李宝嘉就曾通过人物的体貌特征来突出人物的性格特点（黄胖姑、何二棒槌、三荷包）。鲁迅有时也使用类似的方法（如《药》中的红眼睛阿义）。不过有时他却用另外的方式为主人公取名字，于此也反映出了鲁迅创作的新特征。

　　鲁迅在小说引言中以6页篇幅讥笑道，是否能写像阿Q这样的人，这个人物的真实姓名是什么。作家巧妙地讽刺了封建研究者并一步步地表明他若是以旧的规范和手法来描写像阿Q这样的人物实际并不适用。你们想知道主人公的姓吗？可是他没有姓（赵老太爷与阿Q关于"赵家人"的场景便足以证明）。你们想知道他的名字吗？可是甚至没人想象得出他写下的什么字。雇工的名字便变成了拉丁字母Q。相比20世纪初小说中的许多绰号，这个字母也被赋予了更多的讽刺力量。此外，李宝嘉还嘲笑了那些官绅、高利贷者、小商贩的绰号，而鲁迅则讽刺的并不是阿Q，而是那些剥夺了阿Q名字的人。

　　从鲁迅的任何一篇短篇读者都能找到带有相当鲜明社会阶层的人物（如阿Q便是个"不知道明天该到哪里以及靠什么过日子的短工和流浪汉"[①]）。谴责小说的作家确定了人物在社会中的地位和角色，但这些人物形象总是非常单一：官吏就像官吏，农民就像农民。鲁迅却将自己的人物与周围环境紧密而复杂地联系在了一起。主人公对自己的想法（如孔乙己）有时却与他的现实处境相矛盾。

　　如今在评论界还有这样的争论：中国作家是否关注人的内心世界。这个问题的出现是由于"世俗小说"，其中也包括谴责小说，几乎是通过人物的行为来揭示其性格的，而并不致力于表现人物复杂的内心活动。这里与其说是体现出了民族特征，倒不如说是旧小说家的局限性。鲁迅则以自己的创作证明了这一点。

　　克服了本国文学中惯用的手法，鲁迅在《呐喊》的第一篇短篇中便揭开了人物的内心世界。果戈理的《狂人日记》为鲁迅坚决的转变提供了不小的支持。索罗金正确地指出，"鲁迅描写主人公病态

---

　　① Л.Д.波兹德涅娃，《鲁迅的生平及创作1881—1936》，莫斯科：莫斯科大学出版社1959年版，第192页。

心理的过程，从一开始的不安存疑到自我觉醒，意识到他自己不仅是牺牲品，还是罪恶的同谋"①。在20世纪初的中国小说中还没有出现一本与之相类似的，甚至是相近的描写出现。

20世纪初谴责小说中的人物均是以单一的色调来描绘（卑鄙的人、善良的人、犯错误的人），而鲁迅则继承了他最敏锐的前辈（曹雪芹、吴沃尧、曾朴），能够看到一个人的心理的复杂和矛盾。在《故乡》《一件小事》《端午节》等小说中，他有机会展示出一种中国小说中新的有效的手法——自我分析。

由于文集《呐喊》中叙事人反映了作家的观点，鲁迅主人公的自我分析也就反映出了作家自己的观点，这赋予他的写作手法独特的力量和可信性。没有一个中国文学家能有资格说出这样的话："我的确时时解剖别人，然而更多的是更无情面地解剖我自己。"②

与长篇小说家不同的是，鲁迅使用了文学作品最简洁的体裁——短篇小说。因此，在他的作品中，选择故事情节发生的时间便起到了特别的作用。作家直接将自己的主人公从事件的深处引去，而较少涉及主人公的过去。小说《明天》中女主人公之前的故事总共只占到了两行的篇幅。③而《故乡》中闰土的过去则讲述得更加详细，尽管有30年的间隔，但"在读者面前展现出来的仿佛已是一个农民整整的一生"④。

这种技巧对于谴责小说的作家而言并不熟悉。如果吴沃尧（《九

---

① В.Ф.索罗金，《鲁迅世界观的形成》，莫斯科：东方文学出版社1958年版，第111页。

② 《鲁迅选集》（第1卷），北京：中国青年出版社1956年版，第362页。

③ Л.Д.波兹德涅娃，《鲁迅的生平及创作1881—1936》，莫斯科：莫斯科大学出版社1959年版，第209页。

④ В.Ф.索罗金，《鲁迅世界观的形成》，莫斯科：东方文学出版社1958年版，第141页。

命奇冤》）、曾朴（《孽海花》）开始掌握了情节的倒叙法的话，那么鲁迅更进一步地破坏了中国旧小说中严格按照时间序列叙事的规则。现在与过去在鲁迅的笔下自由地交错：在现实生活中插入了回忆，而回忆又被描写得如今日一般耀眼鲜明抑或更甚。波兹德涅娃曾写道：“《故乡》和《社戏》都建构在对比之上。《故乡》的开头描绘了童年在故乡时的快乐回忆，而后展现在一个成年人面前的却是灰暗、忧郁和破落。在《社戏》中则是相反的过程。作家在京城剧院不快的经历，而后回忆起童年时看民间戏的美妙时光……”[①]

小说结构上的逆向对比现象有幸首先被研究者们注意到了，而非读者（否则鲁迅又该被概念化地指责了）——短篇小说《故乡》也是由现在开始写起，然后从中自然地插入了回忆，然后作家又转回到现在。其中，对比部分的不均等造成了整个结构的严整之感。

谈到在发展中描绘性格这一手法，吴沃尧（《二十年目睹之怪现状》中的九死一生）和曾朴（《孽海花》中的傅彩云）已经将它运用在了自己的小说中。鲁迅在其大部分短篇小说中仅在很短的时间进入主人公的生活中，因此在他的小说中没有机会和必要来展现性格的演化。然而，他认为有必要之处，他便能出色地进行处理。让我们回忆一下《故乡》中的闰土、《头发的故事》中的 N 先生以及阿 Q。《故乡》和《头发的故事》是逐渐地堕落与退化。而在《阿 Q 正传》中则是暂时地向上升，而后便衰退下去。

人物性格的发展并不总需要持久的时间，有时一个片段便足以留下深刻的印象。谴责小说并不知晓这样描绘人物形象的方法。鲁迅却明白这种手法的有效性并将它应用在了自己的小说《一件小事》中。

---

① Л.Д. 波兹德涅娃，《鲁迅的生平及创作1881—1936》，莫斯科：莫斯科大学出版社1959年版，第210页。

一开始乘客不满于突然的尴尬处境，不相信发生的事情的重要性。他想："我眼见你慢慢倒地，怎么会摔坏呢，装腔作势罢了，这真可憎恶。车夫多事，也正是自讨苦吃，现在你自己想法去。"① 然而当车夫搀着老妇人的臂膊，走向前面一个巡警分驻所，乘客的态度发生了转变，"我这时突然感到一种异样的感觉，觉得他满身灰尘的后影，霎时高大了，而且愈走愈大，须仰视才见。而且他对于我，渐渐的又几乎变成一种威压，甚而至于要榨出皮袍下面藏着的'小'来。"②

毫无疑问，作家选择了这个已经准备好做出这种转变的主人公。这里讲的是鲁迅在艺术上的敏锐性。阿Q的行为再高尚都没有触动到赵老太爷或者"假洋鬼子"，而夏瑜的话也没能让看守阿义和刽子手康大叔醒悟（《药》）。鲁迅以第一人称写成的小说《一件小事》，叙事人与作者精神上的共性也毫无疑问。

为了深入地揭示人物性格，鲁迅广泛地运用了人物间的关系，所谓"间接评价"。类似的手法我们在20世纪初的长篇小说家那里也遇到过。例如，通过他人之口，揭露一个反面人物。在李宝嘉的长篇小说《文明小史》中，作家借一个基督教传教士之口，嘲笑了周围的人出卖灵魂的行为。类似地，我们在鲁迅的小说中也能见到："阿Q认为钱太爷的大儿子是'里通外国的人'，他实际上说对了。"③

这种手法在中国的文艺学中被称为"烘云托月"。古典作家④和谴责小说作家均使用过这种手法，而鲁迅却将它发挥到了极致。在20世纪初的小说中，主人公相互间联系相对较为松散，而鲁迅

---

① 《鲁迅选集》（第1卷），北京：中国青年出版社1956年版，第100页。

② 《鲁迅选集》（第1卷），北京：中国青年出版社1956年版，第100页。

③ В.Ф.索罗金，《鲁迅世界观的形成》，莫斯科：东方文学出版社1958年版，第162页。

④ 参见：许钦文，《鲁迅与古典文学》，《文艺月报》，1956年第10期，第50页。

并没有让他所有的次要人物都去补充主人公性格的不足。而相反，对主人公的态度逐渐成了检验周围人内心品质的标准。

中国旧小说中描绘人物的外貌并不重要，也与揭示人物性格关系不大。谴责小说在这点上也没有什么创新，有时作家甚至拒绝为讽刺的人物描绘外貌。

鲁迅，作为真正的民族艺术家，使用了中国读者所熟悉的"白描手法"。同时，他致力于从人物的外貌来突出重要的部分："忘记是谁说的了，总之是，要极省俭的画出一个人的特点，最好是画他的眼睛。我以为这话是极对的，倘若画了全副的头发，即使细得逼真，也毫无意思。我常在学学这一种方法，可惜学不好。"[①]

这当然并不意味着鲁迅在每一个肖像中都仔细地描写了眼睛。相反，鲁迅对外貌的描写手法非常多样。一些情况下，如孔乙己的肖像，作家所使用的手法便与中国小说的传统非常接近：

他身材很高大，青白脸色，皱纹间时常夹些伤痕，一部乱蓬蓬的花白胡子。穿的虽然是长衫，可是又脏又破，似乎十几年没有补，也没有洗。[②]

在我们面前呈现出的已经是古典小说中构成经典肖像富有特色的组成部分：身材、脸形、头发、服装。但在这里突出的部分不同：以主人公的高个子来突出身体的枯瘦，而非主人公勇士般的魁梧体格；面部强调了颜色，而非形状（长脸、方脸等），尤其注意的是皱纹、伤疤和抓伤，这些都是苦难的痕迹；服装并没占很大的篇幅，同时服装上常常描述的刺绣图案和奢华的物件被污渍与不整洁所取代。我们可以在《故乡》中闰土的肖像中看到同样的手法。

鲁迅主人公的个人特质丰富多样，然而他笔下很多受苦的主人

---

① 《鲁迅选集》（第2卷），北京：中国青年出版社1956年版，第125页。

② 《鲁迅全集》（第1卷），上海：复社1938年版，第75页。

公所遭受的命运却相似。但鲁迅以极大的才能将他们突显出来。例如，主人公"名字"中的字母 Q 似乎是随意选取的，但是值得更仔细地观察一下，那么在您面前的贯穿整篇小说的便是一个可怜又可笑的主人公——阿 Q 是光头，脑后留着一条稀疏的小辫子。①

之前的小说家通常是在主人公一出场便开始描绘他们的外貌，似乎要赶快从这枯燥无聊的事务中解脱出来。而鲁迅总是将肖像中的元素渐渐地引入，将它们分散到整个叙事的过程中。"例如，关于阿 Q 的外貌我们首先完全一无所知。仅是在主人公和其他人谈话的过程中才了解，他喜欢睁大眼睛。他的秃顶是与'精神胜利法'一同出现在我们面前的。而当阿 Q 因自傲被惩罚时出现了一条黄色的小辫子。而至于他的厚嘴唇②，我们是从阿 Q 同王胡比赛捉虱子时了解到的。"③

对最主要的心理的兴趣几乎产生于鲁迅肖像中的每一个细节。我们认为，对他重要的不是眼睛的形状，而是眼睛的神态。请回忆一下，例如，《药》中哭泣的双眼，亮闪闪就像"两把刀子"，或是华老栓两个眼眶"都围着一圈黑线"，这正是失眠与忧虑的痕迹。

这种类型也曾出现在谴责小说中，但大多数都是全新的。因此，鲁迅的人物出现在我们面前都是生动的，而 20 世纪初中国文学中的主人公，除少数例外，其他的大多很难通过外貌辨认得清楚。

我们还要指出一个重要的情况。如果说在中国旧小说中，对服装的描写是与肖像描写融合在一起，甚至有时服装描写替代了肖像

① 作家自己也嘲笑了这种。（参见：周遐寿，《鲁迅小说里的人物》，北京：人民文学出版社 1957 年版，第 64 页）很遗憾，在小说的俄语译本中这个细节没有解释清，字母 Q 只是以俄语字母注音给出。

② 参见:《鲁迅全集》（第 1 卷），上海：复社 1938 年版，第 81 页。在俄译本《阿 Q 正传》中，这个细节被忽略。

③ 朱彤，《鲁迅作品的分析》（第 1 卷），上海：东方书店 1953 年版，第 165 页。

描写的话，那么在鲁迅的小说中对服装的描写是单另的一笔，常常只是写一些具有特定意义的特征。让我们回忆一下孔乙己的长衫，那是读书人的"特权"。穷困的被侮辱的人无论如何也不愿与这种特权分开。阿Q的短衫和裤子，被鲁迅用来讽刺地做文章：阿Q的短衫是从赵老太爷那里抢走的，而之所以能留下裤子只是因为它"万不可脱的"。

20世纪初的小说家与鲁迅在创作手法上更重要的区别，我们认为应当在具体和普遍的相互关系上。

在谴责小说中，单一事件被描绘得过于简略平常，急于得出结论。因此为了证明一个带有普遍性的看法（例如，官吏制度的瓦解），作家不得不引入更多越来越新的事件。读过关于衙门师爷受贿的故事，我们便确信，他的确是一个贪官，但是至于其他周围的官员，作家只能向我们重新来证明。

谴责小说仅仅是在总体上展现出了生活的全景，然而，在鲁迅的小说中每一个细小的片段都兼具部分和整体的含义。

鲁迅在刻画人物形象时有时会舍弃一些只对这个人物很重要的局部细节。例如，作为《白光》中落榜书生的人物原型要比鲁迅小说中的主人公经历得更多：他没通过科举考试，没能金榜题名，也没挖到宝藏，还被一个女人把财产都骗光了，最后死得也很惨。他用剪刀数次刺向喉咙，将油灯里滚烫的油洒在身上，然后投河自尽。[①] 没有一个谴责小说家能拒绝诱惑不写这样的悲剧（回想一下李宝嘉的《活地狱》、吴沃尧的《电术奇谈》、刘鹗的《老残游记》），而鲁迅却冷血地拒绝了。同时，陈士成的原型是一个非常滑稽的人。他总发音不对犯下一些可笑的错误，写的汉字不正确，作的诗也十

---

① 许钦文，《〈呐喊〉分析》，北京：中国青年出版社1956年版，第77页。

分蹩脚，等等。① 这些谴责小说中擅用的细节，鲁迅也一并抛弃了，因为他并不需要嘲笑"愚昧的知识分子"，而鲁迅所要表达的感情则要复杂得多。

鲁迅将很多个人的特点都聚焦在一个主人公身上②，却不像20世纪初的小说家将人物形象抽象化（刘鹗《老残游记》中的黄龙子），而是让他们过自己的生活。作家的前辈没能进行这种主动有效的选择，可能他们害怕失去真实性，便很少将数个原型中的特点集中到一个人物形象上。

鲁迅强调，人物形象的概括性在中国艺术中素来有之："例如画家的画人物，也是静观默察，烂熟于心，然后凝神结想，一挥而就，向来不用一个单独的模特儿的。"③ 正如我们所见，作家又一次超过了众多20世纪初的长篇小说家，甚至包括所有中国小说家在内，倡导十分有益的美学传统。

风景描写及主人公的日常环境

中国旧小说中自然或人物日常环境的图景，也像人物肖像一样，总是被描绘得相当生动。然而它们并不总是与主人公的行为和内心感受相关。为了营造某种特定的氛围或是唤起读者的联想，他们时常使用传统诗句。我们在大多数的谴责作品中也观察到了类似的情况。于此，出现了中国旧小说与中国古典诗词散文的融合。然而，只有在鲁迅的创作中，诗词的借用最终被作者普通散文体的叙述所

---

① 周遐寿，《鲁迅的故家》，北京：人民文学出版社1957年版，第42~44页，第48~49页。

② 例如闰土。参见：朱彤，《鲁迅作品的分析》（第1卷），上海：东方书店1953年版，第117页。

③ 《鲁迅全集》（第6卷），上海：复社1938年版，第423页。

取代。

应该注意的是，在谴责小说的问题中或多或少与古典传统相对立。一些作家（如李宝嘉）认为环境描写是不必要的，因此将环境描写压缩到最小，而将读者引向主要冲突。他们的创作更加依靠较早的以简洁的环境描写为特征的中国经典作品（小说、戏曲）。我们在鲁迅的创作中亦发现了这种倾向："中国旧戏上，没有背景，新年卖给孩子看的花纸上，只有主要的几个人（但现在的花纸却多有背景了），我深信对于我的目的，这方法是适宜的，所以我不去描写风月，对话也决不说到一大篇。"①

相反，其他的作家（如刘鹗、苏曼殊）则恰恰相反。相比经典小说，他们拓宽了环境描写并将其复杂化，从而达到启蒙或谴责的目的。鲁迅的创作亦吸收了这种创作倾向。

依我们看，鲁迅成功地在描写主人公的周围环境上融合了中国经典诗歌散文的成就与20世纪初中国小说相对立的创作倾向。鲁迅的短篇小说虽然简洁，但并不乏环境描绘，而积极使用环境描写也并没有扩大小说的篇幅。鲁迅仅寥寥数笔，便在事件的发展与揭示人物心理活动的过程中，将风景和日常生活细节描绘出来。

极简的景物描写在《呐喊》的大部分作品中得到了印证。环境描写在这里似乎强调了所描绘的人物没有能力或没有时间欣赏大自然。事实上，苦恼和重担压着的阿Q，除了在劳动和拳头之外的闲暇时间稍稍能从"精神胜利法"中得到一点慰藉，哪里还有时间欣赏自然风景呢？主人公甚至在他不得不离开之时也没留意到未庄的乡村美景，然而作者却没有错过对自然风景的描写："村外多是水田，满眼是新秧的嫩绿，夹着几个圆形的活动的黑点，便是耕田的

---

① 《鲁迅全集》（第2卷），上海：复社1938年版，第124页。

农夫。阿Q并不赏鉴这田家乐，却只是走，因为他直觉的知道这与他的'求食'之道是很辽远的。"① 类似的这种景物描写的讽刺功能在谴责小说中却非常鲜见。

考虑到主人公和读者的情绪心境，鲁迅的风景描写也是丰富多样的。《故乡》中，对冬日寂寥空旷的村庄的描写符合整部作品的抒情氛围，而令人啼笑皆非的小说《风波》则配以讽拟的笔调来进行风景描写。

作家还发现风景描写能够增强小说的表现力，并以风景描写作为自己几篇小说的结尾（如《明天》《药》）。鲁迅非常关注小说的结尾并力图赋予它哲学内涵。② 在这种情况下，风景也变成了一种特殊的总结，令人们忘记了具体的事件，但读者们并不会遗忘阅读时感受到的那种情绪。

在《故乡》中，伴随着对冬日村庄的悲剧性描写的是对主人公回忆和理想中明亮乐观的风景的描绘。③ 这里尤其能感受到大自然与人的命运的联系，即现在与未来命运的联系。而在谴责小说中，我们仅找到一个例子：刘鹗《老残游记》中的主人公看到长江的流水，想到曹州府周边的穷苦处境。鲁迅在自己的众多短篇小说中发展了这种写法。

然而，鲁迅笔下的环境不仅限于风景这一种。他的小说中还出现了动物、鸟、昆虫。借助黑暗中汪汪叫的狗，作家在小说《明天》中营造出了那种沉重的气氛。尼姑庵院子里和阿Q开战的大黑狗突

---

① 《鲁迅全集》（第1卷），上海：复社1938年版，第157页。

② 朱彤，《鲁迅作品的分析》（第2卷），上海：东方书店1953年版，第107页。

③ "我在朦胧中，眼前展开一片海边碧绿的沙地来，上面深蓝的天空中挂着一轮金黄的圆月。我想：希望是本无所谓有，无所谓无的。这正如地上的路；其实地上本没有路，走的人多了，也便成了路。"鲁迅，鲁迅全集，第1卷，第130页。

出了主人公的贫乏和软弱。神秘的野兽"猹""五色的贝壳""许多跳鱼儿"都使少年闰土这个勇敢的乡村男孩形象愈加丰满。色彩、动作、声音使鲁迅的短篇小说更加充实，然而，在谴责小说中并没有这些。

在鲁迅作品中，主人公周围的日常事物起到了重要的作用。与谴责小说中的烟斗、茶具以及其他细节不同的是，鲁迅笔下所有这些东西都是具体的，并非偶然的。读者不会忘记《风波》中那个钉着18个铜钉的饭碗，这是唯一一个关于帝制复辟的纪念品；贫穷的读书人给孩子们吃的茴香豆（《孔乙己》），宣德炉——混迹于革命者的人那里抄来的东西（《阿Q正传》），"一个泥人，两个小木碗，两个玻璃瓶"——单四嫂子的儿子平日喜欢的玩具（《明天》）。这些物件都令人感动。

在鲁迅的短篇小说中具体的并有事件可循的细节获得了中国文学中从未有过的意义。借这些细节，作家塑造出了一系列令人难忘的人物形象，并且在不经意间向读者们传达了作家的思想。如果将谴责小说中作家直接表达出的评价删去，那么作家对所描写之事的态度便不那么容易理解。然而在鲁迅的短篇小说中，即便将作者的评价删去，读者也无论如何不会错过总体的倾向，因为这种倾向是潜藏在叙事的细枝末节中的。

不能说谴责小说中没有日常细节，相反非常之多，有时甚至过多。因为大部分是毫无目的地放进小说中的。而鲁迅笔下的细节则完全是另一回事。在小说《一件小事》中5次提到了"风"，而每一次的目的都不同。一开始（"这是民国六年的冬天，大北风刮得正猛，我因为生计关系，不得不一早在路上走"），这个描写塑造了外景并将叙事人引入了活动中；第二次（"不一会，北风小了"）向读者解释了为什么车夫跑得快；第三次（"伊的破棉背心没有上扣，微风吹着，向外展开"）强调了不幸的原因；第四次（"我有些诧异，忙看前面，是一所巡警分驻所，大风之后，外面也不见人"）强调了车夫的真诚；最终，第五次（"风全住了，路上还很静"），寂静使叙事人陷入了沉思。

小说《明天》中的细节则以另一种方式取胜："何小仙伸开两个指头按脉，指甲足有四寸多长。……单四嫂子也不好意思再问。……店伙也翘了长指甲慢慢的看方，慢慢的包药。"[①]这里细节（精心侍弄的长指甲）承担的功能是同一个，而并不像《一件小事》中是不同的。这个功能是为了将切切实实的痛苦与空虚的、没有意义的事情形成对比。类似的手法中国小说家也使用过。然而他们常常丢掉了分寸感，而鲁迅却极少重复同一个细节，正因为如此，他的手法被认为是行之有效的艺术手法。

结构

文集《呐喊》中短篇小说的结构表面上看起来都非常普通，甚至是非常原始和粗糙的：事件常常是通过一个人的叙述呈现出来，而次要人物在小说中仅与主要人物的命运密切相关。两个情节线索交织的写法只出现在了小说《药》中（夏瑜的命运和华小栓的命运）。这是鲁迅与中国长篇小说家的本质区别。中国长篇小说家善于在作品中设置数条情节线索。然而鲁迅作品中看似简单的结构实际蕴藏着作家高超的艺术技巧。

例如，作家为了在一篇短篇小说中融合数个事件，如革命者夏

---

①　Л. Д. 波兹德涅娃，《鲁迅的生平及创作1881—1936》，莫斯科：莫斯科大学出版社1959年版，第138页。

瑜的处决、茶馆老板儿子小栓死于肺痨，他应当找到一个基本的结构根据。鲁迅大胆地找到了一条纽带：根据中国人的迷信中沾着革命者的鲜血能治肺痨的馒头。

鲁迅没有让主要人物之一（夏瑜）出场，这与前辈的传统截然不同。的确，类似的手法也被中国经典作家使用过（如罗贯中）[①]，但在谴责小说时期，这种手法因过于复杂而几乎被遗忘了。鲁迅又一次恢复了这种手法。当然这里也不是没有受到外国文学影响。

在《药》的结尾处，鲁迅将两位死者的母亲放在了一起。通过这个情节发展，作家意在表明，虽然迫害者试图将两位母亲分开，而她们的痛苦、她们的利益从本质上看是一致的。两位不幸的人相遇的场面强化了读者对革命必将胜利的信念，这并不比放在夏瑜坟墓上的花环带给读者的影响少。

朱彤认为，《阿Q正传》与《孔乙己》中情节构成的基础"既不是两个相互交叉的情节，也不是一个单一情节，而是许多分散的插笔一般的小事件"[②]。这种分析是正确的，特别是对《阿Q正传》而言尤为合理。但主要的结构原则（在作品中保留一个主要人物，将大多数片段与这位主要人物联系起来）在这里仍然和《呐喊》中的其他小说是一样的。我们认为，不应当在鲁迅的作品中人为地寻找额外的情节线索（而朱彤倾向于这样做）。鲁迅在结构上的创新正是拒绝情节上的众多分支（这是中国旧小说的特点）并主张发展"简单"的结构。

短篇小说《故乡》看上去似乎只是随意勾勒出的回忆文章，而

---

① 参见：川岛，《论〈药〉》，《语文学习》，1959年第9期，第10页。
② 朱彤，鲁迅作品分析，第2卷，第108页。

研究者在这篇小说中发现了许多与主题转折相关的片段①，以及鲁迅艺术手法的丰富。

《呐喊》在结构上的简洁除了高超的技巧外，暗含着对摆脱旧规范的渴望。在一些20世纪初的作品中（吴沃尧的《电术奇谈》、刘鹗的《老残游记》）我们还能看到"团圆"的场面，这是封建文学所留给谴责小说的遗产。它们通常不是由叙事进程所导致的，甚至与叙事进程相背。鲁迅作品中许多乐观主义的结尾（如《故乡》《一件小事》）则是反映了作家领悟到的现实的生活规律。有时作家公开与旧文学展开论战。文学研究家单演义正确地指出：《阿Q正传》与它的"大团圆"结局——枪毙主人公，给"一切传统的思想和传统的方法"带来了出色而富有毁灭性的一击。②

中国旧小说还具有一个结构特征：有意义的不仅是结尾，由口头讲述的开端也别有特色（"话说……""要知后事如何，且听下回分解"）。这种手法在很长一段时间都起了有益的作用，强调了"章回小说"与民间创作的关系并且贴近大众。然而到了20世纪初，随着新题材新思想在中国文学中的出现，结构也随之变得复杂起来，似乎民间口头讲述体看起来越来越古老。20世纪20年代，鲁迅和与他志同道合的人完全抛弃了这种民间口头讲述体。作家将谴责小说传统的开头和结尾与各种结构手段对立起来。早前（1904—1906年翻译完维尔纳的小说之后），鲁迅不再将中国旧小说所特有的，如古典诗句、对环境长篇幅的描写以及独特的文本简写引入小说（例如，"闲话少说"）。所有艺术元素都自然与协调地存在于鲁迅的作品中。

---

① 参见：吴奔星，《文学作品研究》（第1辑），上海，1954年，第145~155页；冯兰花，《〈故乡〉的结构》，语文学习，1956年，第10期，第16~17页。

② 单演义，《鲁迅讲学在西安》，武汉：长江文艺出版社1957年版，第37页。

作者对事件的评价

正如我们所言，谴责小说家将第一人称叙事引入了中国小说。这曾是一个新的手法，与个性的逐渐觉醒息息相关。因此，自然而然鲁迅便继承了前辈的传统。然而，在鲁迅的作品中，叙事人几乎从不成为中心人物，而主要从作者或是叙事人的视角叙述那些更加值得注意的人物。显而易见的例子是：《一件小事》《孔乙己》《头发的故事》《故乡》《兔和猫》《鸭的喜剧》。但《呐喊》中的第一篇小说则是一个例外。

通常，真实的甚至是尖锐的思想常常能被患有精神病病人的言语所戳穿。鲁迅利用了这种特点，借疯人之口，表达出一些个人的思想。这样便讲述了主人公对普通人的论断（"他们——也有给知县打枷过的，也有……"）、对中国历史的观点（"满本都写着两个字是'吃人'"）。同时，作者还能在病人的呓语中隐藏与自己相近的理性思考。

很少有文学研究家不会预先做说明，认为文学作品的叙事人不等同于作者。这并不总是正确的，证据便是鲁迅的许多短篇小说。他是中国作家中展现个体内心世界复杂性的第一位作家。帮助他做到这一点的是他对自己的个性的关注。就像医生会拿自己本人做新的实验一样，他在心理学的理解上走了一条捷径。

一些文学研究者在没有足够证据的情况下便对鲁迅笔下的主人公加以蔑视，例如，对《一件小事》中叙事人的性格[①]，却忘记了正是这位叙事人赞颂了车夫的高尚品格并谴责了自己的自私自利。需要指出的是，鲁迅大多数的作品中担任小说叙述人的正是作者自己

---

①　何家华，《详析〈一件小事〉》，《语文学习》，1959年，第10期，第22页。

或是与他非常相似的人。

其他的主人公则不同，作家甚至用上了自己履历中的一些自传性的事实来塑造新的形象。这就是为什么鲁迅尝试将 N 先生（《头发的故事》）、方玄绰（《端午节》）[①]、假洋鬼子（《阿Q正传》）[②]与其他的反面人物等价齐观并不合适。

那么，兼有叙事人与作者双重身份的这个人物是否积极参与了叙事之中呢？与他的不久以前的那些前辈不同，鲁迅首先拒绝了直接评价，但有时他也并不认为他的主人公直接说出自己的想法是件不体面的事情。看他是如何在小说《端午节》中揭露小市民见风使舵的庸俗习气："而其实却是都错误。这不过是他的一种新不平；虽说不平，又只是他的一种安分的空论。"[③]或者："他自己虽然不知道是因为懒，还是因为无用，总之觉得是一个不肯运动，十分安分守己的人。"[④]

鲁迅在这里的说教不应该被认为是错误的。因为在他的短篇小说中对主人公行为的描写（在旧小说中这种描写是冷静客观的）与作者评价（谴责小说中这种评价是仇恨或是兴奋的）之间没有根本

[①] 欧阳凡海，《鲁迅的书》，香港：华美图书公司1949年版，第156~160页、第202~203页。

[②] Б.克列伯索娃，《鲁迅：生平与创作》，布拉格，1953年，第82页。
（俄语原文是如上这么写的，如实这么译的，找不到出版社，一直用俄语原文没找到这个文献，后来我看别的文献时候，碰巧看到这么一篇，然后找到这个原文的条目，如下：）
Lu Sün: Sa vie et son oeuvre. Par Berta Krebsová.Éditions de l'Académie Tchécoslovaque des Sciences. pp. 111, portrait frontispiece and five plates. Prague. 1953.（如果按照原著规范的引文写法，就应该改为如下形式，但是和原文就不一样了）
Б.克列伯索娃，《鲁迅：生平与创作》，《正面肖像和五块板》，布拉格：捷克斯洛伐克科学院出版社1953版，第82页。

[③] 《鲁迅全集》（第1卷），上海：复社1938年版，第186页。

[④] 《鲁迅全集》（第1卷），上海：复社1938年版，第186页。

性的差别。鲁迅在作者评价中一点点地加入了忏悔并进入了整体的心理活动分析中（谴责小说中这种分析几乎没有，因此作者评价是直线型的）。此外，尽管在鲁迅的作品中直接的评价也不少，但它们总是分散的，而不是集中在一处给出。

鲁迅在一系列的事件中运用了常见的政论插笔，例如，《阿Q正传》的"序"、《社戏》的开头几页。彼得罗夫认为这种插笔"对于中国的短篇小说而言是新颖的"[①]。20世纪初的小说家们引入了长篇小说中的艺术手法，鲁迅则将其用在了中篇小说，甚至是短篇小说中。而且他还将这种政论插笔用在了更高的形式中——通过艺术手法描写出自然随意的对话。有人认为《阿Q正传》的序与整篇小说的风格相同。[②]这种观点我们难以认同。实际上，小说的序只能使整篇小说更加尖锐化，使小说的风格更加多样化。

文学作品中作家常以讽刺或幽默的形式表达出自己对所叙述事件的态度。20世纪初的中国小说家中率先这样做的是李宝嘉（如《官场现形记》《文明小史》）。而在吴沃尧（《二十年目睹之怪现状》中苟才乞求刚刚守寡的儿媳给制台做姨太太的一段描写）和曾朴（在描绘诸如陆人祥等几个书生时）的作品中能发现数个使用讽刺手法的例子。但在大多数的谴责小说中读者找不到什么令人感到滑稽可笑的地方。

鲁迅则比谴责小说家更常使用讽刺手法，而且比他们用得还要更加娴熟。例如，在《阿Q正传》中，为了捉拿一个手无寸铁的平民，竟然动用了三排兵丁和五个长官去搜捕[③]。而在李宝嘉的《官场

---

① B.B.彼得罗夫，《鲁迅》莫斯科：国立文学出版社1960年版，第148页。

② 欧阳凡海，《鲁迅的书》，香港：华美图书公司1949年版，第190页。

③ B.Φ.索罗金，《鲁迅世界观的形成》，莫斯科：东方文学出版社1958年版，第163页。

现形记》中也有类似的片段：惩办队的统领胡华若出征剿匪，带领人马到了严州，土匪早已没了踪迹，而他手下的官兵趁此机会将百姓狠狠地洗劫了一通。在李宝嘉这里更广泛地展现了偶然受难的人们的痛苦，但鲁迅的幽默则要多得多。

作家以讽刺的尖锐笔调描写了狱中与阿 Q 同一屋子的另外两人："一个说是举人老爷要追他祖父欠下来的陈租，一个不知道为了什么事。"① 李宝嘉《活地狱》中描写类似的场景时则是非常严肃地来描写的。而鲁迅却找到了嘲笑的力量。

然而，不难发现，索罗金从《呐喊》中举出的这两个怪诞的例子，都是出自《阿 Q 正传》。还有唯一一篇相近的小说是《风波》。而其余的小说我们观察到，在1918年至1922年鲁迅倾向于揭露，而非讽刺。尽管鲁迅对讽刺小说的评价比谴责小说更高，作家在这一阶段还是首先延续了本国谴责小说的传统。

中国谴责小说家和鲁迅笔下的生活现象都是相当悲惨的。作家认为自己的小说（《阿 Q 正传》）"胡乱加上些不必有的滑稽，其实在全篇里也是不相称的"②。我们很难同意作家对自己严厉的评价，然而事实就是事实：鲁迅加强了他小说的悲剧性笔调并以阿 Q 处决的场面作为小说结尾，这一场面已经很难引人发笑了。

这样，《呐喊》的作者与其说是一位讽刺作家，更应该是一位"谴责"作家。可能很多人不能认同这个观点。传统上，直接的谴责不如讽刺评价高。这里讲的不仅是技巧，更是喜剧幽默与悲剧性两种因素在作品中的比例不同。我们认为《呐喊》与20世纪初的谴责小说相比，应该被视为谴责文学的最高形式。

---

① В.Ф.索罗金，《鲁迅世界观的形成》，莫斯科：东方文学出版社1958年版，第173页。
② 鲁迅，鲁迅选集，1945年，第152页。

鲁迅是个天生的讽刺家。如果在他的小说中相对不够幽默的话，作家就有被解释为"为笑而笑"①的危险。"我不爱'幽默'，并且认为这是只有爱开圆桌会议的国民才闹得出来的玩意儿，在中国，却连意译也办不到。"②他在1933年批评资产阶级作家在中国宣扬英式幽默的林语堂时这样写道。看来，鲁迅是要将讽刺与幽默全然区分开，而讽刺与谴责之间的界限在他看来却不是泾渭分明、不可逾越的。

同时，在鲁迅的笔下还出现了另一个趋势，他逐渐意识到了怪诞手法的有效性。一开始他批判了20世纪初小说家还有自己对这种手法的滥用："先前，我觉得我很有写得'太过'的地方，近来却不这样想了。"③——他在《〈阿Q正传〉的成因》一文中这样讲道。中国社会的生活曾是令人不可思议的畸形与荒谬。如果像作家所描述的，缉捕一个手无寸铁的平民阿Q，需要用上三排兵丁和一挺机枪，那么"我以为即使在《阿Q正传》中再添上一混成旅和八尊过山炮，也不至于'言过其实'的罢"④。

因此，《呐喊》仅仅是作家所拥有的巨大讽刺天赋的一个开端而已，尔后，作家的讽刺天赋逐渐拓展到了他的政论文和文集《故事新编》中（显然也还没有完全展露出来）。

语言

如果五四运动前在中国文学领域占统治地位的是听不懂又极其

---

① 《鲁迅全集》（第5卷），上海：复社1938年版，第36页。
② 《鲁迅全集》（第4卷），上海：复社1938年版，第435页。
③ 《鲁迅全集》（第3卷），上海：复社1938年版，第284页。
④ 《鲁迅全集》（第3卷），上海：复社1938年版，第50页。

难学的文言文，而用与口语相似的白话文写成的作品只能占一部分的话（如散文或戏剧作品），如今白话文奋起直追，努力吸收中国古代文学与近几个世纪以来外国文学的成果。

这一过程开始于19世纪下半叶。在谴责小说家的作品中留下了明显的痕迹：大段的对话是用汉语方言写成，引用了很多外来词和外语词。然而那时白话还是没能最终赢过文言文，但是新旧风格的元素以分散的形式出现在了小说中。例如，曾朴积极地将文言文中的雅致语汇用在了《孽海花》中，并没考虑到这种语汇与小说的内容相矛盾。

类似不相称的情况在鲁迅1918年至1936年的创作中已经见不到了。作家将白话文作为自己作品的基础，又能够借用一些单个的文言文短语，而不至于担心文言文会将整个叙事完全变样："没有相宜的白话，宁可引古语，希望总有人会懂。"①我们记得，鲁迅从少年时代便已经掌握了文言文，甚至能用文言文写作。林辰曾经这样说道："后来虽然改做白话了，但偶作文言，亦仍保有魏晋风格。"②

古代语汇元素与鲁迅创作的本质并不矛盾，而照例显现出强大的表现力。作家出于讽刺的目的常常使用文言文。回想一下《阿Q正传》第二章和第三章的标题：《优胜记略》《续优胜记略》。甚至在译文中这些标题也听起来也十分可笑，因为主人公在那里被残酷地痛打了一顿。然而原文中，作家模仿了古代论文的题目，使这一标题被赋予了讽刺的色彩。鲁迅善于用这种高雅的自鸣得意的名称来给茶馆等命名。在《孔乙己》中小说故事便发生在"咸亨酒店"，最终主人公孔乙己撑着打断的腿从这家酒店爬了出去。

---

① 《鲁迅全集》（第2卷），上海：复社1938年版，第124页。
② 林辰，《鲁迅事迹考》，上海：新文艺出版社，1955年版，第21页。

鲁迅敏锐地感觉到古代词汇语汇可以在口语中得以新生。吴奔星指出，小说《一件小事》的语言有一个值得注意的特点："人物对话方面几乎是地道的北方人民的口语，而叙述方面虽大体上是口语，却掺杂了少数文言的成分，如'憎恶''踌躇''诧异''凝滞'等。这正是整个五四运动时期文学语言的特征之一。不过鲁迅则比其他作家更突出地表达出来。"[①] 还有研究者指出，所有古语词构成的名称都倾向于白话，并且后来都进入了白话文中（我们认为，这里与鲁迅的影响不无关系）。

20世纪初在中国出现了西方文学普及的第一个时期。谴责小说家过于胆怯地使用外国文学中的修辞手段，而鲁迅（仍是一位深刻的民族作家）却广泛地将欧洲语言中的词汇与句法结构引进了自己的创作中。

20世纪初的小说家几乎毫无例外地借助情节手段为作品增强讽刺效果。当讲起这些特殊的语言工具——词时，即使没有上下文也十分滑稽可笑（就像谢德林的"靠宠幸升官的达官贵人"或是契诃夫的"赤梢鱼"），而谴责小说中则没有这样的词。鲁迅小说中主要的仍是事件的冲突，但除此之外还有那些尖锐可笑的词汇。例如，朱彤[②] 建议注意《阿Q正传》中这样的句子：

"然而阿Q没有说。他早就两眼发黑，耳朵里嗡的一声，觉得全身仿佛微尘似的进散了。至于当时的影响，最大的倒反在举人老爷，因为终于没有追赃，他全家都号啕了。（这里讲的是抢劫赵家和阿Q的处决——作者）"[③]

除了情景上的矛盾（阿Q、举人老爷行刑的场面），鲁迅在这里

---

① 吴奔星，《文学作品研究》，东京：东方书店1954年版，第136页。

② 朱彤，《鲁迅作品的分析》（第2卷），上海：东方书店1953年版，第73页。

③ 《鲁迅全集》（第1卷），上海：复社1938年版，第181页。

还使用了直接就能引人发笑的词"号啕"。俄语翻译成"流下眼泪"则没能完全展现出尖锐的讽刺。

"抓"一词恰如其分地表达出刽子手康大叔的贪婪（《药》），这个词通常在口语中是用来形容凶猛野兽的动作。① 在谴责小说中我们则很少看到用这个词来讽刺贪财的行为。

然而，应该说研究者指出的这些词（"号啕""抓"）我们都很熟悉，而非鲁迅自己编造出来的。作家所使用的主要手法则是将本不好笑的词放在某个语境中使它变得滑稽可笑。

例如，"遗老"指经历世变的老人。鲁迅之前，这个词完全严肃地使用：指改朝换代后仍忠于前一朝代、坚持孔子礼教的、上了年纪的官吏或书生。而《阿 Q 正传》的作者则将这个词赏给了举人老爷、赵秀才用来挖苦他们总瞧不起别人，"从这一天以来，他们便渐渐地都发生了遗老的气味"。

鲁迅作品中也有一些和20世纪初的小说类似的场景。然而作家却给自己的前辈加入了许多东西，其中包括音调的使用，还丰富了作者说明（而谴责小说家作品中的作者说明则非常简短），为直接引语中使用的动词加上了新的意味，揭开了人物的内心状态：

"他们又故意高声嚷道……"

"孔乙己睁大眼睛说……"

"孔乙己便涨红了脸，额上的青筋条条绽出，争辩道……"②

这样便消除了谴责小说中对话与描写的矛盾。当对话需要更直接更急切，作家则完全去掉了中国旧小说中所必需的直接引语动词：

"——你怎么这样凭空污人清白……"

① 吴奔星，《文学作品研究》，东京：东方书店1954年版，第112页。
② 《鲁迅全集》（第1卷），上海：复社1938年版，第75~76页。

"——什么清白？我前天亲眼见你偷了何家的书，吊着打。"①

鲁迅比20世纪初的小说家更积极更微妙地使用作者言语。这不仅指的是对话中的作者说明。例如，《阿Q正传》中作者常使用类似这样的词"每每""照旧""仍然同平常一样"，让读者有机会体会到作者对事件的态度。

同时，作家在使用间接引语上比他的前辈所用的领域更宽，这帮助作家缩短主人公的言语并从中仅挑出最主要的部分，完成从人物的直接引语向作者言语的过渡而不被察觉。间接引语变成主人公话语与作者议论之间的纽带。间接引语更容易使艺术作品具有某种风格，包括讽刺的（或者同情的）意味。阿Q从城里回来那一幕中，主人公的印象与作者的结论（借助直接与间接引语）能够结合起来。

20世纪初的小说并没有像鲁迅语言中那样丰富的同义语。据唐弢观察②，《一件小事》中词语的细微差别便很好地传达出乘客对人力车夫态度的细微转变③："憎恶""我想""诧异""异样的感觉""渐渐地又几乎变成一种威压""我的活力这时大约有些凝滞了""几乎怕敢想到我自己""教我惭愧，催我自新""增长我的勇气和希望"。

鲁迅比谴责小说家更常使用一些与实际意思相矛盾的词语，来表达讽刺目的（所使用的词语的词义和读者所理解的恰恰相反）。例如，"只有一件可怕的事是另有几个不好的革命党夹在里面捣乱，第二天便动手剪辫子。"④

鲁迅的小说中还有着丰富的"潜台词"。19世纪至20世纪初的

① 《鲁迅全集》（第1卷），上海：复社1938年版，第75~76页。
② 唐弢，《论鲁迅的〈一件小事〉》，《鲁迅作品论集》，北京：中国青年出版社1957年版，第128页。
③ 《鲁迅全集》（第1卷），上海：复社1938年版，第100~101页。
④ 《鲁迅全集》（第1卷），上海：复社1938年版，第104页。

中国小说中，也常常有一些出乎意料的情节，不过都常常是一些惊心动魄的意外事件。而在鲁迅的小说中，语言的多义性常常指向人物的心理活动。例如，在《狂人日记》中，"吃人"一词的含义就非常丰富：它既指的是"吃人"这个行为本身所蕴含的封建迷信思想（"几个人便挖出他的心肝来，用油煎炒了吃，可以壮壮胆子"），也含有一些奴性的观念（"易牙蒸了他儿子，给桀纣吃……"）。同时，"吃人"既指向了暴君的残酷（桀纣吃了易牙的贡品），也蕴含了所谓"孝道"的观念（"大哥说爹娘生病，做儿子的须割下一片肉来，煮熟了请他吃，才算好人"），还指的是对那些造反派的镇压（残忍地杀害徐锡林）。

鲁迅的小说中很少使用形象化的语言手法（如比喻、借喻），然而在他认为有必要的时候，他也能充分运用好这种艺术手法。谴责小说中常常将反面人物比作蚂蚁、狗、黄蜂等。而鲁迅却更胜一筹，运用讽刺的手段使之更富有艺术表现力。在小说《药》中，鲁迅将埋着穷人和死刑犯人的坟墓比喻成"宛如阔人家里祝寿时候的馒头"。这里不仅有形象上的相似性，更有内涵上的对应：穷人和受到死刑的革命者面对的是死亡，而阔人家则面对的是美食。这里被比喻的对象跟旧小说中一样，都是具体平常的事物，而用作比喻的对象则是一些特别的东西。

夏瑜的坟上"枯草支支直立，有如铜丝"，乌鸦像"铁铸一般站着"，一并强调出"死一般静"。可见鲁迅在创作时，将形象与小说背景融在了一起。他关注到形象的方方面面，包括形状、颜色、重量、声音等。

有人认为，鲁迅笔下的人物都有他们独有的特征，然而这种说法未必准确。因为实际上作家笔下人物的语言并不是完完全全个性化的。孔乙己夹带着文言文的语言，也并不是他一个人所独有的。通过人物语言来反映社会文化差别，在谴责小说中早已有之。例如，在李宝嘉笔下，官吏们使用的是古语和夹杂着外来语的混合语，出身下层的普通百姓则用的不是这种语言，而妓女们用的方言和黑话，也在其他人那里找不到同样的，等等。

从《阿Q正传》开始，鲁迅便真正开始寻求自己的写作风格。波兹德涅娃认为，小说中两位主人公语言上的对比具有很强的讽刺意味。雇工阿Q讲的话是高级语体，而赵老太爷的言语看似文雅，却夹杂着许多粗鄙的话语。[①] 同时，她还指出，高级语体的运用只出现在描写阿Q的内心活动时，而当他出现在公众面前时，他却不敢用这样的语体讲话（怕别人笑话他），而且这种语体跟他所处的现实环境也格格不入（只能用于表达他的幻想）。

谴责小说中出于表达人物在情绪上的变化而在语言上表现得不一致，但像《阿Q正传》这样将语言和所处场景的具体故事情节紧密联系起来的在中国的旧小说中并不多见。应该指出，将语言语体同人物性格相结合（阿Q所用的高级语体同赵老太爷所用的低级语体相结合），同谴责小说中依照人物的文化水平选择语体的写法相比，大大增强了小说的讽刺性。

苏联科学院高尔基世界文学院，莫斯科：科学出版社1967年版

马轶伦 译

---

① Л.Д.波兹德涅娃，《鲁迅的生平及创作1881—1936》，莫斯科：莫斯科大学出版社1959年版，第216~217页。

鲁迅 ①

H.费德林

近年到上海的苏联人，很少有人没去过这房子的。年代久远的红砖房舍应该是现代上海最宝贵的遗迹了。这座房子便是中国伟大作家鲁迅先生最后的寓所。

5月晴朗的早晨是上海最好的时节。天还蒙蒙亮。法国梧桐的叶子绿茵茵的，映着亮的光。

我们的旅伴夏衍那白净的脸庞上、眼睛里、眉宇间泛起的褶皱里都存着他的故乡，一种中国南方的炽热土地的遗迹。而且他的言语中也流露出南方人的那种气质和性情。我们的这位旅伴是有名的戏剧家、讽刺剧作家。夏衍的剧本曾在国民党时期遭禁。他的嬉笑怒骂都是毫不留情的。值得一提的是，这些特质不仅体现在他的剧本中，亦体现在他的政论时评里。我曾于1940年在重庆遇到过这位作家，当时他还是共产党办的《新华日报》的编辑之一。我还清晰地记得那时，夏衍如火一般的话语无情地打击了敌人。

---

① 节译自费德林，《中国笔记》，莫斯科：苏联作家出版社1955年版。

我们的谈话更多的还是与大陆新村①有关。当谈到了作家在大陆新村的运动，我们的旅伴一下子便低下了头。我听到了他激动的声音，他讲道：

"在上海从来没有一个人像鲁迅那样憎恶国民党。作家掩护共产党，帮他们递信，慷慨地甚至有时是分文不取地帮助共产党人。你们认为政府能不知道这些吗？知道，一定知道，只不过是害怕罢了。鲁迅就在自家门口断送了他们的力量。迈过那门槛，也就是把腿迈进了上海。而在上海，不仅有外滩和南京路，还有闸北；并非全是些可望而不可即之地，还有这些大大小小的平房民居。"

如今这里笼罩着一片宁静与祥和。

迎接我们的是鲁迅的夫人与挚友——许广平。许广平这个名字在中国家喻户晓。她有关于当前文学问题的文章时常见诸报端。她曾为鲁迅做了很多年的助手，给他记日记，管理他的信件。作家去世之后，许广平成为鲁迅手稿的保管者。她比任何一个人都能更好地了解鲁迅手稿藏品规模之庞大及其题材与体裁的多样。若是许广平能够在这些藏品中收集到最新的杰作，不论是短篇小说、随笔，甚至是书信，从中能展现出鲁迅新的不为人知的一面，那么从本质上而言，这藏品当是意义非凡的。许广平不仅是鲁迅书稿的保管者，还是他的女友。她当属那些紧密团结在人民群众周围，为人民的自由而不懈斗争的中国知识分子之列。早在数年前当我第一次见到许广平时，我就深深地感到了这一切。那是1946年10月19日，那一天是进步的上海举行鲁迅逝世10周年纪念活动的日子。

她站在大厅的尽头，作家们围绕在她身边。大厅里的人们都向许广平走来，和她握手，并和她说上几句亲切的话。仍记得，他们

---

① 原文中为"大陆"，这里指的是鲁迅故居所在地，上海山阴路大陆新村。文后出现的"大陆"及"大陆街"，统一译为"大陆新村"。——译者注

中间有从上海郊区来的铁路工人，某所教会学校来的女教师，还有大学生们。一群来自大型上海苏申轻工厂的纺织女工与许广平交谈良久。谈话间，女工们递给她3枝岩桐。那岩桐奇迹般地保存着晚秋时节的形状和色泽——永恒的红色，永不暗淡。在这暴风骤雨的一年中，曾经历了伟大的解放战役。正因为如此，许广平手中这束红色的花便显得更加具有象征意义。

随后，我们来到了作家故居。这里就像永不遗忘的鲁迅纪念碑一般。她身着传统的中式长衫和深蓝色布鞋。这种布鞋在中国不只在家穿着。她的头发剪得短短的，整齐地梳在后面，露出稍显暗哑的额头。她向我们问候并邀请我们进屋。她说，每当有苏联客人造访，她就会想，如果鲁迅能接待他们，那该有多幸福啊！

听她讲话时我在想，这位女士流露出的这种魅力，也许是同她的声音，温柔的甚或些许羞怯的举止以及她的微笑是相符的。听说，她的微笑总会让人回忆起鲁迅。如果说共同生活多年的夫妇会变得彼此相像的话，那么也许许广平仍给我们带来了鲁迅先生活着时的某些特质。

时间尚早，故居还未对参观者开放。此时的故居最不像博物馆。就好像从这寓所永远离开了的那个人，仅是去市里一会儿，晌午便会回来罢了。

我们穿过客厅，到了作家的书房，看了一眼客房和他儿子的房间。

我们早就听说鲁迅是一位坚定的奢靡之敌，却怎么也没料想到，作家的日常生活竟是如此节俭与自律。从作家房间的布置便看得出他的简单、朴实和严谨。

作家书房的柜子里放着一件西装、一件长衫和一双橡胶底帆布鞋。这件西装是作家唯一的一件，还是某个朋友送给他的。而那件长衫则是在作家最后几年里常穿的。在作家的最后几年里，他才允许在他的书房放一个躺椅，而那铺着帆布的竹编躺椅与房间里甚至家里其他的家具相比，并没有多大的差别，朴素如一。每每工作了五六小时之后，作家总爱坐在这躺椅上，伸展双腿，半合上双眼。

鲁迅先生的生活如此节制自律并非由于他不能以另一种方式来生活。文学创作所带来的收入并没有多高，但是作家认为，以艰苦的努力赚得的钱应当用于另外的目的，其中主要的支出在于向数家与共产党紧密联系并受其领导的进步组织捐款。作家还向那些刚起步的文学家、音乐家、画家给予了物质上的帮助。他们是鲁迅家里的常客，作家非常珍视与他们的友谊。

鲁迅是一位奢靡之敌，然而，这并不与作家的中国待客之道相左。鲁迅家例行的周六会餐总是会聚来许多文学友人，其中很多都是年轻人。

显然，鲁迅家的周六会餐仅是艺术人士聚会的一个借口罢了。桌前的这些人对于作家而言，正是中国鲜活的现实，民众强大的意志力与对自由的渴望的体现。鲁迅定居上海是为了能身处利益之中心更好地体察生活。上海集聚了各式各样的政治生活与极其尖锐的社会矛盾。在这里，奢侈与赤贫为邻，新世界同旧世界抗争。上海唤醒并震荡着这位伟大艺术家的思想。这座城市使作家时刻保持战备状态。这种状态对于身处火线的人而言是不可或缺的。

大陆新村红砖房舍里居民们与来客的生活中都充满了这种斗争的气氛和向上的情绪。每周六在大陆新村夜晚谈话的内容尽是关于斗争，以及与之相关的欢乐与苦痛。谈话常常开始于午餐时，一直持续到很晚。绿茶总不离桌，为交谈者提神。

夏衍与我站在客厅的一张不高的小圆桌旁。我的这位旅伴试图重现鲁迅家周六之夜的气氛。鲁迅先生倚在躺椅上，一条腿搭在另一条腿上。竖起的衣领微微敞开，脸上写满了专注。永不磨灭的内心之火在先生的心中燃烧，仿佛呼之欲出，脸上也涨得泛起红点。然而激动过后，脸上的红点随之慢慢消散，脸皮仿佛也紧绷起来，颧骨突起，皱纹深深地刻在他高耸的额头上，越发明显。

当作家讲话时，他总是缓缓地抬起手，手指微动，仿佛想坚定地找到更准确的词句。突然，他猛地举起紧攥起的拳头。他总爱谈及要在人民群众中发扬崇高的爱国主义精神，让人们重新获得在外来压迫的年代里曾被残酷蹂躏过的尊严。每每谈到这里，作家的思绪总会被拉回到自己人生中曾发生过的片段，这常常使他陷入对国家命运的沉思之中。

那曾是世纪初，在白雪皑皑的伪满洲国，那个日俄战争的年代。那时曾放映过纪录片《日军处决为俄国人当间谍的中国人》。片中处决镜头之残酷，令人久久难以平复。而令鲁迅大为震惊的却是观看处决时的那些不为所动的中国人，如此冷冷旁观同胞之死的正是那些民族意识缺失与麻木不仁的人。

鲁迅被这一幕深深撼动。他沉思了自己的一生。首先令他怀疑的是成为医生的选择是否正确。他认为，对于中国人而言，在那一刻，重要的并不仅仅是身体上的健康，而且是道德上的。鲁迅以为，真正的爱国使命是帮助人民在被奴役的境遇里打开双眼，树立国民的自尊。

鲁迅坚信这肩上的任务正是赋予作家的，以他们的喉舌所讲出的正是人民的意识和良心。

鲁迅越思考这些，弃医从文的意愿也就更坚定。正是为了争取民族意识的斗争，鲁迅奉献出了自己的一生。

正是为了受奴役与压迫人民的民族尊严，作家参与了数十年的不懈斗争，并将其视为自己的事业。什么都没有像充满奴性的人民那样使作家深陷愤怒、激起反抗。常常在这里听到作家用极其嘶哑的嗓音，激动地讲道：

"如果在世界上还有想活着的人。那么他们就该敢言、敢笑、敢哭、敢怒、敢干仗，以此来对抗这个万恶的环境和时代。"

鲁迅是摆脱奴性之人的楷模并要求他人也如此。正是作家身上这样的品格在当时就被毛泽东所发觉并说道："鲁迅的骨头是最硬的，他没有丝毫的奴颜和媚骨。"

我们在作家的书桌边站了良久。金属底座的台灯旁附着书立，木笔筒里还插着几支毛笔，桌上还摆着一叠纸。鲁迅人生中的最后9年就是在这张桌前工作的。在这里，他写下了一系列短篇小说，收录在《故事新编》一书中。在这张桌前，他编辑了第一批在中国出版的苏联书籍——《静静的顿河》《铁流》《水泥》。鲁迅最后的著作——果戈理《死魂灵》的中译本依旧是在这书桌前完成的。

作家承认，他在不想写作的时候从不动笔。鲁迅并没有隐瞒自己的这种写作习惯并认为一切都是自然而然、平平常常的。他对于这方面的论述是极其简练的。鲁迅强调，在创作短篇小说时，他极力避免赘言，限制次要细节铺陈，以便足够完整地向他人传达自己的思想。鲁迅认为，达到他的目的无须背景，所以他不去描写自然美景，也不会将笔墨花费在大段的对话上。若是作家感觉短篇读起来艰涩的话，他会重新加工，直至文字浅显易懂。

当你阅读数篇鲁迅的短篇，便会体会到他写作手法的统一——自然灵活的情节、简洁凝练的语言。现实中的情况却是另一番景象。

若是金属底座的台灯能开口说话的话，它定会滔滔不绝地讲起作家半夜面对白纸一张时的痛苦。

我们上了3楼，走进了鲁迅生前曾经居住过的房间。这房间几乎是对访客不开放的。房间一如处子般宁静明亮。难怪旁边便是鲁迅儿子的卧室，在房子的最僻静的拐角处。而这种明亮仅仅是表面上的。作家生前，这间房间曾拥有另外的使命——在这里，鲁迅曾藏匿了数名共产党员。他们来到这里，因为知道这里会接纳他们。在这里，留下了一个又一个共产党员的足迹，或许，在关上灯，拉上窗帘之后，作家常听友人们讲故事，直到深夜。这些故事常常发生在遥远的西部、西北地区和北方，并且常与几个激动人心的地名息息相关——井冈山、济南、延安。

每当我踏入这座房子的大门时，总会想到这个人惊人的命运。作家通过艰苦卓绝的努力，探究出一条通往伟大新世界真理之路。"鲁迅在组织上虽没有加入共产党，但是他从所有的思想、行动和成就上讲都已经是一名马克思主义者了。"毛泽东曾这样谈起鲁迅。

对于其他参加过革命斗争的世界文化大师而言，参加无产阶级革命斗争是思想认识的蓬勃来源并极大地丰富了他的创作生活。鲁迅正是践行了革命斗争对其作品的良好影响。此外，参加革命斗争坚定了作家的精神力量，终结了他的质疑，为他的整个人生赋予了这位革命家一生的方向。

"我深信无产阶级社会到来的必要性。"鲁迅说，"这不仅打消了我所有的疑虑，而且使我的力量加倍增长。"

鲁迅谈道，如果作家是革命家，那么不论他写什么，以何种形式写作，他所有的创作都将是具有革命性的。"毕竟泉源涌出的是水，静脉流出的是血。"正像真正的革命作家一般，他并没有把自己从一位革命者每日的工作中解放出来。要知道这工作有多艰巨和危险。

谁是鲁迅的深夜谈伴？谁又将自己的秘密托付给他？而他又向谁表露自己的心声？也许，瞿秋白曾造访这里。他是这些共产党作家之一，曾为鲁迅同共产党接近做了许多贡献。也许，这里曾来过一批后在上海遭枪决的年轻诗人，这里面有作家的友人，如白莽、柔石。

我环顾屋子，又一次陷入沉思：柔石……或许，这里他也来过……

鲁迅提到过，柔石是台州市宁海人。他身上体现出的顽强品格正是台州人所特有的。鲁迅记不起他在何处第一次遇到自己的这位青年朋友，好像是在北京吧！柔石说在那里听了鲁迅的讲义。鲁迅也没讲，他的这位青年朋友信奉的是他的何种观点，仅仅提到，他和柔石常常见面。这一来一往便加深了彼此间的了解，使他们成了志同道合的友人。

友人们创办了朝华社（亦称朝花社），社刊亦取名"朝花"。鲁迅写道，新社的相关事务均是由柔石一手打理。他承担了大量的审稿工作，购买纸张，为印刷事务奔走，改稿校对，挑选插图。

暴风雨突然来袭。然而，据鲁迅回忆，作家看到了暴风雨的逼近并且告诫了他的友人。

柔石比鲁迅小很多，而且常把许多事情理想化。

"有时我同他讲，"鲁迅后来写道，"人们是如何欺骗，如何出卖朋友，如何吸人血。而他那干净的额头和警觉地瞪得圆圆的眼睛都在提出抗议：'这怎么可能？'"

朝华社很快就关停了。"甚至不想去解释，朝华社是以何种原因关闭的。"鲁迅这样写道,"柔石乐观的脑袋第一次撞出个包来。"很快,柔石就被逮捕了。从他的口袋里搜出一些鲁迅写过的纸张。有传言称,当局也搜寻了鲁迅的下落,而作家则躲藏了起来。

"我非慧僧,亦不想归于虚无。对生活我还遗存信念。所以我跑了。那一夜,我少了友人的旧书信,抱着孩子同夫人一起离开到了宾馆。又过了几天,风声从各方面传到我耳中,我已被拘捕或是已经死了。而关于柔石几乎杳无音讯。"

最终,从柔石那里来了条信儿——前一天同35名囚犯到了龙华警备司令部,其中7人是女性。晚上所有人都被戴上镣铐。据柔石称,监狱里他被数次询问周(鲁迅的密友称呼他的暗语)所在的宾馆地址。"我从哪儿知道他的地址?"柔石说。信中写给鲁迅这样一行字:"望周先生勿念,我等未受刑。"

但是很快就来了第二封信。"这怎能料想到。"鲁迅写道。第二封信已大不如前了,他非常痛苦地说,冯铿女士的整个面部都浮肿了。

又过了20多天,突然来了可靠消息称,柔石和其余的23人,已于2月7日夜、8日晨在龙华警备司令部被枪决。

作家极力压抑着内心的悲愤,痛苦地缅怀这些年轻友人的逝去。

在一个深夜里,我站在客栈的院子中,周围是堆着的破烂的什物;人们都睡觉了,连我的女人和孩子。我沉重地感到我失掉了很好的朋友,中国失掉了很好的青年,我在悲愤中沉静下去了,然而积习却从沉静中抬起头来,凑成了这样的几句:

惯于长夜过春时,挈妇将雏鬓有丝。

梦里依稀慈母泪,城头变幻大王旗。

忍看朋辈成新鬼,怒向刀丛觅小诗。

吟罢低眉无写处,月光如水照缁衣。

我站在幽静的房间中间，想到这房间曾是作家同志同道合之士会面的地方，心脏便不可抑制地怦怦直跳。

我们在离开鲁迅故居前，还进了他儿子的卧室。午夜会谈后，作家定会来这儿看一眼，给儿子盖好被子，把额头上潮湿的一缕头发拨到一边，或者仅仅在昏暗的房间里，在儿子旁边站一会儿，倾听他呼吸的声音。刚刚同密友永别的作家在昏暗中想些什么呢？可能在想劳动人民当家做主的独立的中国？如果鲁迅没能有机会看到这个自由的国家，那么他的儿子也许会看到。如果儿子还没睡下，父亲就会坐在他的床头一会儿，交谈几句。听说有一天，他儿子指着上海雕刻师赠给鲁迅的一座高尔基木雕问父亲：

"这是高尔基？俄国作家高尔基？我还以为这是你！"

作家或许还是挺喜欢这样的比较，但他做出一副并没听懂儿子的话的样子。

"不，儿子，我们还没有高尔基，还没有高尔基啊……"

鲁迅与他儿子的这段对话在关于作家的回忆录中反复出现。回忆录的作者想借这一故事，突出鲁迅与高尔基外形上的相似，更重要的是这两位文豪之间思想与心灵上的贴近，尽管他们一位是俄国人，一位是中国人。在中国，鲁迅被誉为"中国的高尔基"。

不论法西斯如何伪装，用什么花言巧语掩盖他们的邪恶本质，都令鲁迅深深地憎恶。

我望着大敞着的窗子，阳光已经洒在了人行道上，泛起层层热浪。风静静拂过，白云飘荡在城市上空，仿佛驻留于天顶。树叶的簌簌声连同叶子上飘散出的热气渐渐从敞开的窗子透了进来。或许，1933年5月在上海也曾有过这样一个早晨，鲁迅与他的同僚一道奔赴德国领事馆，抗议纳粹分子镇压苏联的朋友——德国进步人士的暴行。

我看着这条街，仿佛看到了鲁迅当年是如何奔走在这座城市。他高昂着头，步伐匆匆。他一下子停下来，用手帕擦了擦满是汗水的额头，平复了一下若断若续的心跳，继续向前走去。我仿佛看到，他是如何登上领事馆的石阶，打开大门便已经听到了先生充满愤怒的声音。

据说，当时德国领事馆待这位大作家并不客气。对待鲁迅这位法西斯主义坚定的敌人，他们也不会用什么别的态度罢了。不仅如此，鲁迅刚进德国领事馆不久，上海的报纸便刊发了他的声明，回应了希特勒分子的威胁。每每读到此处，心中都感到异常激动。

鲁迅写道："我们抗议对苏联的打击！尽管我们的敌人使出怎样的诡计对付那些正义的捍卫者们，我们都将会惩罚这些对苏联进行打击的恶魔。这是我们唯一的道路……"

告别鲁迅在大陆新村的故居，我突然想起一件事，这让我几日之后又重返这条街。在关于柔石的纪念文章中，鲁迅提到诗人去世前不久曾经回过一次老家台州，那里住着他早已失明的老母亲。柔石向鲁迅讲道，母亲请求儿子多停留些日子，他没办法离开老家。也许，他的母亲在冥冥之中已经感受到了他头顶上已经聚拢起来的雷雨。柔石回到上海后便遭到了逮捕并被处决。然而，柔石与他的双目失明的老母亲最后一次见面总让鲁迅的内心无法平静。鲁迅想为这位故去的诗人写点什么，在他主编的《北斗》杂志上，却不被允许。鲁迅发现了凯绥·珂勒惠支的木刻版画作品《牺牲》并将这幅作品刊载在了自己执掌的杂志上。画上，一个母亲悲哀地闭上眼睛与她的孩子道别。鲁迅说道："这幅木刻是我寄去的，算是柔石遇害的纪念。"

　　鲁迅并非从一开始就选择了版画这种艺术形式，直到敌人开始试图阻止他自由地同人民对话。作家认为版画是具有斗争性的革命艺术体裁。通过版画，能够号召起人民反抗压迫者的斗争热情。从来未曾碰过版画刻刀的这个人却对版画这种艺术形式的传播发展起了巨大的作用。鲁迅开创了中国首个版画研究协会，为版画的创作研究奠定了开端。然而很多国民党人却对鲁迅的这种做法有另一种看法。照例，类似这样的协会在成立之初便会遇到被遣散的压力，而版画研究协会的命运亦是如此。

　　当权者对鲁迅成立版画研究协会的这种反对态度，只会让他更加确信他的所作所为均是对人民有益的事情。而鲁迅也一直不间断地资助青年艺术家，协助他们举办作品展，发表最佳的版画作品。在鲁迅的帮助下，知名日本版画家内山嘉吉受邀来到上海举办讲习并出版了凯绥·珂勒惠支以及数位苏联版画家的木刻版画作品集。鲁迅还向众多中国版画艺术家提供了作品的展出机会。他的事业与思想在中国大地上又一次引起了巨大反响。

　　鲁迅临终前的最后一张照片摄于他逝世前11天。不知是不是偶然，作家的这张照片就是在这次上海青年版画家作品展上拍摄的。作家同他的朋友们围坐在展厅中央的圆桌前。或许，鲁迅刚刚在展厅看完了展览坐下来歇歇脚。年轻的版画家坐到他身边来，想听听作家的想法和意见，作家便同他们聊起来。疾病似乎使作家健壮的躯体变得愈加瘦弱。深色长袍下也依稀感觉得到作家不再健壮的肩膀。苍白的面色与突出的颧骨掩不住的是作家犀利的眼神，仿佛从中透出一团锐利的火焰。年轻人们一直在聚精会神地聆听鲁迅的讲述。并没有一份文件能够像这幅照片这样充分说明鲁迅同年轻人之间亦师亦友的关系。年轻人眼中流露出的是那种完完全全的崇敬之感——鲁迅在他们眼中不仅是一位伟人，更是他们的良师益友。

而后，我们重新返回到大陆新村的那条街上来参观版画展览。这些版画都是鲁迅生前所收藏的。在藏品的选择上充分展现了作家的品位。参观完展览之后，我们似乎发现了鲁迅先生先前不为我们所知的一个特质。事实上，为什么作家没有青睐其他的艺术形式，而是独独选择了版画？

也许他认为版画所营造出的氛围更加贴近国民党统治时期中国社会艰苦黑暗的环境。它并不像讽刺小品文那样直接，也不像油画那烦琐庞大。

然而，版画的表现力显而易见，集中表现在简洁而突出的艺术形象、尖锐的线条以及单一的色彩。这种艺术形式让我们联想到了鲁迅本人的短篇小说创作。作家自己也承认，他的小说没有烦琐的背景铺陈，没有过多的次要细节、景物描写以及人物对话，一切都如作家本人所言的那样"能简则简"。

木刻版画在战争年代的风靡也并非偶然。这种艺术形式与当时其他流行的艺术形式，如招贴画、大合唱、宣传剧相类似。那个年代用来印报纸的纸断然不适合照片冲印，然而这种纸却能拿来做版画用。版画艺术家的作品常常发表在报纸上，同时，他们也通过制作版面并用颜料涂绘印刷，将版画制作成招贴画张贴在各户的外墙上。鲁迅选择版画这种艺术形式，不仅仅是出于美学上的考量，还有政治上的意图，希望以此唤起民众的斗争热情，将版画作为一种斗争手段来武装民众。

临近傍晚时分，我们又一次来到许广平的住处，与她一同前往位于上海市郊鲁迅先生的墓园。太阳已经落山了，天边的云朵映照着晚霞。上海已多日不见雨水，街边的绿色植物已经有些打蔫了。

黄浦江畔有海鸥缓缓低飞。远处的某个地方似乎刚刚落了阵雨，从那边传来一阵新鲜的微凉气息。

不久，我们便来到了安葬鲁迅先生的墓园，伫立在先生的墓碑前。他墓碑边缘的棱角清晰分明，方尖碑顶端镶着先生的遗照。墓前摆放着一束束鲜花，围绕着先生的墓碑石。而墓碑的后方则矗立着六株苍翠欲滴的塔形侧柏，它们仿佛沉默而庄严的哨兵，守卫着鲁迅先生的陵墓。

傍晚来临，城市上空的云团愈加稠密，我们久久地站在鲁迅先生的墓前，陷入了沉思。

访问鲁迅墓的民众一直源源不断，而10月19日的人流尤为众多。因为那一天是鲁迅先生逝世的日子。

令人难忘的一幕是1949年10月19日的游行，这是上海解放后第一次大规模的鲁迅逝世纪念日活动。这一天，敌人比以往轰炸得更为惨烈。闸北工人区的小村舍燃起了大火，火焰一直烧到了黄浦江沿岸，包围了码头仓库。而民众依旧坚定地向墓园走去。同纪念伟大同胞鲁迅先生的中国人一道的还有第一批在中华人民共和国成立后访问中国的苏联代表团成员。这一幕极具象征意义。

自那天起，各国民众来到中国访问参观，无不前去上海，来到鲁迅先生的墓园，在他的墓前深深鞠上一躬。尼古拉·吉洪诺夫、伊利亚·爱伦堡、巴勃罗·聂鲁达、纳辛·辛克美、马尔科·拉杰·阿南德、安娜·西格斯等都曾经来过这里。

离开上海之前，我又一次来到了大陆新村，同许广平交谈了许久。临别时，她赠予我一批由她在上海编纂的之前尚未出版的鲁迅书信。红色的封面永远象征着鲁迅先生思想与情感的核心精神。

马轶伦　译

271

《阿Q正传》瓦西里耶夫俄译本

书评 ①

Я.弗里德

鲁迅——中国现代最优秀的作家之一，在西方也享有盛名。作家对中国农村的了解、对日常生活细节的描摹、讽刺与沉郁的抒情风格令欧洲读者颇感兴趣。同时欧洲人在鲁迅的短篇小说和他的艺术手法中并没有找到任何"异域"特色，任何中国不习惯的特征。在我们面前是一个文明的作家、稳健的观察者、典型的"独立知识分子"，与西方的典范没什么差别：人道的倾向和观察、自由主义、对蒙昧主义与个人主义的讽刺、为受压迫的"小兄弟"感到同情。"在不远的未来，中国人民会醒悟过来，挣脱束缚获得自由；然而现在还很少人能注意到。因此我也能基于自己的观察，孤独地写写中国人的生活。"

文集中的大部分短篇小说都是关于中国的乡村。中国式挨饿的

① 译自由 Б.А.瓦西里耶夫翻译并作序的小说集《阿Q正传》，《新世界》，1929年11期。

穷人却有着中国式的谦恭、乐观与卑微；而富人，辛亥革命后第一批被改造为"革命者"，而这场革命却只消灭了辫子（作家在数篇小说中写了因为对辫子的盲目崇拜而引发的啼笑皆非之事）。文集中最重要的小说的主人公阿Q，是一个善良的农村傻瓜，像俄罗斯民间故事中的傻瓜伊万、憨子戈伊一样的人物。但与他们不同的是，傻瓜伊万、憨子戈伊（гой-простак）常常走运，而阿Q则相当不幸。短篇小说《故乡》的主题是知识分子与民众之间的隔绝。《社戏》则讲了一个城市男孩在乡村时夜里看戏的体验（与柯罗连科的抒情作品十分相似）。在关于城市的数篇小说中，有一篇很突出。这篇小说讲的是一个在艰苦环境中生活的作家在认真写一篇小说，取材于一对有文化的中国夫妇的生活。这对夫妇生活优渥，平时相互之间只用英语交流。

马轶伦　译

论鲁迅小说 ①

Л.艾德林

1918年出版了鲁迅的短篇小说《狂人日记》。那时作家37岁，已经算不上年轻了。但在这之前，他仍是以散文或政论文为人知晓。

《狂人日记》的问世令读者实为震惊，甚而激动不已。他们从中看到了许多不同于以往的新东西。一些读者当然知道，世界文学中早已有了一篇同名的小说。而且鲁迅也曾在文章中写过这位同名小说的作者——俄国作家果戈理。

《狂人日记》问世于中国同军国主义分子激烈碰撞矛盾尖锐的年代。风雨飘摇中的中国工潮兴起，而中国的进步知识分子在俄罗斯的民族解放革命中看到了希望。应该就能想象到，在中国，传统上文字被赋予了何等的力量，才能理解文学作品在思想上赋予的重量和力量。

"狂人"早已病愈，甚至得了个职位，当然，"狂人"还不会说出作家彬彬有礼地给我们展示出的疯人笔记上写了些什么。他的一个恐怖的发现是人吃人的制度。他们到处吃人，而不仅仅在那个叫

① 译自《鲁迅中短篇小说选》。世界文学文库第162卷，莫斯科：文艺出版社，1971年版。

"狼子村"的农村。翻开历史的一页，才发现原来他们总是吃人。他们"仁义道德"的儒家品德标签，却实质上是食人肉的习性。这致命的嗜好剥夺了人与人之间的信任，使人们产生了永远的"多疑"，对一切与血相关的东西都非常感兴趣。真实地从生活中取材，以幻想的呓语呈现出来："去年城里杀了犯人，还有一个生痨病的人，用馒头蘸血舔。"这个细节后来被作者用到他的另一篇小说《药》中。这难道只是幻想的呓语吗？

"狂人"知道这个恭敬的孩子的故事，也为兄弟的话颇为忧闷，为了救生病的儿子，孩子的父母毫不犹豫从身上割下一块肉并喂给他吃。"狂人"预言，儿子们会因妥协而忠心，安慰自己一切都是暂时的。"一片吃得，整个的自然也吃得。""狂人"这样想。他警告那些食人肉的。让他们去希冀，食人总能逍遥法外。终会有一天，"要晓得将来容不得吃人的人，活在世上"，到时候看他们怎么说？

在一个思想下，恐惧紧紧缠住了他，在吃人的人中没法免遭危害，不留神就饱餐了人肉。可能还吃了一个还没来得及成为吃人的人的孩子？他们呼喊道："救救孩子！"

但请允许有心的读者仔细想想，在其他作品中有没有以类似的这句呼喊结尾的？对！"救救我！救命！"——安德烈耶夫小说《谎言》（Ложь）的主人公这样喊道。值得深思，鲁迅的创作由果戈理的题目开端，以与安德烈耶夫类似的号召结尾，使多少现代人深受刺激。值得深思，为什么鲁迅要借一个疯子之口来拯救一个不道德的社会。我们尽量谈谈这些。尽管鲁迅在发表第一篇短篇小说时还不知名，与当时的其他作家相比还没什么地位，但我们已经知道，从《狂人日记》开始一个伟大的作家便走进了20世纪的世界文学。

鲁迅原名周树人。笔名的姓——鲁，是他母亲的姓。母亲的农村出身使作家感激自己同中国农村的联系。否则，一个来自城市官员家庭的男孩或许只能了解他出生的那座偏僻小城绍兴而已。诚然，城市赋予了作家幼年不少生活阅历。家庭不幸、父亲抱病、家境益艰使得他常常来往于当铺与药店。正是那时就已经有了关于民众不幸生活的思考与思索那些帮助过他的人。史书中的历史事件告诉这个中国男孩要禁得住失败。然而，反抗清朝统治、建立太平天国的农民太平军也没能最终建立功勋。1900年义和团的反帝运动被八国联军暴力镇压。这一切都印刻在了18岁鲁迅的眼中。

当他想起家里唯一的奶妈患病时，不幸的童年经历便萦绕鲁迅心头挥散不去。1902年鲁迅赴日本留学，接受科技教育。为了救那些像父亲一样没能得到良好救治而饱受疾患磨难的人，鲁迅进入了医学院学习。父亲的悲剧与中国的悲剧对鲁迅合而为一。他试图找到那个试图杀死所有古代和现代的英雄的敌人。而这个敌人一直在变化。未来的医者痛苦地思索，一个理想的人应该是什么样的，中国人民族性格的缺点是什么。他所感兴趣的远非医学，而更对哲学、文学、自然科学着迷。他坚信，必须推翻清朝统治，在这点上，他和当时在日本的大多数中国留学生的想法无异。他对中国历史上的英勇义士如数家珍，希望在历史上的先人身上找到英雄灵魂。鲁迅发表了第一篇文章——《斯巴达之魂》，讲述了温泉门的保卫者。

一年后的1922年，鲁迅在文集《呐喊》的序言中表达了对万能的医学深感失望：医学能治愈身体上的疾患，却治不好心灵上的。民众的心灵仍然停滞不前。鲁迅认为，这样的人是不会站起来的。他或者是一个物体，或者是一个冷漠的旁观者。鲁迅从原来对医学的万能深信不疑，转而开始相信文学的力量。他意识到了文学的伟大并完全投身于文学事业中。而为人民的民族解放与社会解放而斗争，于他而言，这是文学的主要任务。

到1907年鲁迅发表了文章《摩罗诗力说》。这篇文章使中国读者第一次了解到拜伦、雪莱、普希金、莱蒙托夫、密茨凯维支、斯洛伐斯基、克拉辛斯基和裴多菲，了解到"无不刚健不挠，抱诚守真，不取媚于群，以随顺旧俗"的杰出的诗人们。鲁迅接受了他们的诗歌，并将其视为诗歌的理想、智慧的主宰。从那个时代这些经典的作品中我们还发现了几行关于果戈理的文字："果有鄂戈理（N.Gogol）者起，以不可见之泪痕悲色，振其邦人。"看似是顺便提及的一笔，对作家而言却非常重要。20世纪初中国开始翻译俄国文学——普希金、莱蒙托夫、托尔斯泰、契诃夫的小说。1909年，鲁迅从德语转译了安德烈耶夫 ① 的《谩》与《默》（*Молчание*）以及迦尔洵的《四日》（*Четыре дня*）。这仅仅是他日后写作事业的一个片段吗？

1909年鲁迅从日本回国。1911年推翻帝制使他欢欣鼓舞，却没有给人民带来任何改善：登上政权的又是一批反动分子。鲁迅对改革不彻底的失望使他又一次陷入沮丧。积极的天性使他不可能就此与这样的情况妥协："我明白，我离英雄还相去甚远，无法仅是挥挥手或是高声呼喊便能号召来一众战友。"

1914年至1917年，鲁迅经历了一段暂时的沉默并潜心于古籍中。诚然，作家在1914年1月发表了小说《怀旧》，署名"周遑"。这是令鲁迅创作研究者们颇感兴趣的一篇小说。这是一篇文言小说，而且鲁迅没有将它收录在他的任何一本选集中。

伟大的十月社会主义革命又一次唤醒了中国进步知识分子解放国家的希望。先进青年更加渴望阅读关注受欺侮的小人物命运的俄

---

① 旧译，安特莱夫。——译者

罗斯文学，以期了解如何救国。临近1919年，文化革命开始筹备，后来这场革命成为五四运动的一部分。五四运动前夕，1918年5月小说《狂人日记》问世，或许，这篇小说也是五四运动的推动因素之一。这正是鲁迅觉醒之时。鲁迅后来在《呐喊》文集的序言中提道，《狂人日记》是自己希望的果实，希望唤醒哪怕是一部分在铁牢笼中沉睡的人。而之后，剩下的人也会明白，他们会一起鼓起勇气冲破牢笼。

许多轰动一时的启蒙文章的作者，在国内还是知名的教育家、翻译家和政论家。自从第一部优秀的文学作品发表，鲁迅相继有作品问世。相当丰富的生活阅历变成了作家的政论文章。这并不令人吃惊。后来他获得了思想与感受的成熟，但失去了早期的翻译事业。

《狂人日记》使整个中国社会为之一振，从中听到了来自那些为国家危难深深忧虑的人心中尖锐而不妥协的回响。但为什么叫《狂人日记》？是的，鲁迅自己也承认，题目是取自果戈理的小说。而他为什么需要如此明显地模仿呢？这时便会有疑问：这是不是模仿？别幼稚了，哪会有人如此明目张胆地模仿。我们来看看这部作品的根源。《狂人日记》看似虚构，实则本质上有非常深刻的现实性。只有这样的疯子才能成为这篇小说的主人公，毫不隐讳地直接反对千年的礼教。

让我们想象一下以这种礼教制度为支柱的君主专制制度。它在整个社会从上到下地消灭个性并且在民族性格的塑造上也起了不小的作用。谁能理解这样的社会？周围没有任何支持也不希冀同情，更没有任何理由怀疑自己的死亡。

在中国历史上只有一次有大官下决心反抗：这位高官反对了皇帝却免于杀头之罪。他就是公元前2世纪至前1世纪最伟大的中国史学家司马迁。因替一位官员败降之事辩解虽免于死刑却残忍地受了宫刑。处在社会底层唯一有机会向皇帝讲一些揭露的话的人，用阿列克谢耶夫院士的话讲，只有"豢养的小丑、侍从丑角、矫揉造作的小丑式的人物"。司马迁讲了矮子余蒙（音译）不畏死刑的威胁，反对奢侈地下葬皇帝的战马这样不恭行为的故事。为了有机会能表达自己尖锐的看法，10世纪时李佳明（音译）跳出了丑角的可鄙的圈子并讲出了揭露社会的话，皇帝不再把他看成故作姿态的丑角而另眼相看。

鲁迅熟知这些历史故事，并由此塑造出了他的叙事主人公。中国主人公受到了果戈理的指点和启发。毫无疑问，只有疯子才能摆脱自我保护，成为这样现实的人物形象。这样中国读者才能更相信鲁迅讲的事实，而不是仅仅把他的小说当成臆造出来的幻想故事。"让我疯了吧！"若没有被剥夺自由，无所畏惧毫不掩饰的疯子总是能戳破骗子的花言巧语，撼动帝王。鲁迅正是借用了《狂人日记》的这种类型的主人公。在他随后的作品中我们还能看到另一个疯癫的颠覆者。

果戈理以《外套》和《狂人日记》打开了"小人物"的悲剧世界。3/4个世纪后，"小人物"似乎与中国亦极为相似，他们的悲剧世界也亟待在中国开启。我们在此并不打算全面地比较果戈理与鲁迅。但其中，我们发现，鲁迅从他的第一篇小说开始，中国的作家也开始随着历史的前进迈出了自己的一步。他的"狂人"是顺应时代的，对被侮辱的人给予了关怀。替换了一句抱怨"妈妈，救救你可怜的孩子吧"，取而代之的是"救救孩子！"的呼喊。

鲁迅是一个极具民族特色的作家，受到中国传统的教育。很难想象一个没有中国传统的鲁迅，就像难以想象鲁迅与中国现实脱离一样。而西方的观点已经融入了鲁迅的思维中，在对待中国现实时，亦不能没有西方的观点。在1932年12月的《祝中俄文字之交》一文中，鲁迅写到中国青年"已经觉得压迫，只有痛楚，他要挣扎"，"那时就看见了俄国文学"。鲁迅认为，从俄国文学里面，"看见了被压迫者的善良的灵魂，的酸辛，的挣扎……"。鲁迅在阅读俄罗斯文学时，"还和四十年代的作品一同烧起希望，和六十年代的作品一同感到悲哀。……从文学里明白了一件大事，是世界上有两种人：压迫者和被压迫者"！我们应该仅仅凭字面意思便相信这些话。难道生于斯长于斯的中国人就没有发现在国家和家庭中只有恭敬与服从，难道也没有看出压迫者和被压迫者的分别吗？当然，发现这些的不会是那些古代的诗人。在阅读鲁迅时，想想这些话，我们就会明白，他指的是发现被压迫者的内心，属于他自己一个人的，而不是别人的内心。对于中国的先进知识分子而言是多么希望能够解放民众的心灵，让被侮辱的和被损害的人也能拥有自己的人格。这就是为什么这对中国尤其意义重大，就像阿卡基·阿卡基耶维奇默默无闻地生活在俄国的那个时代一样，然而当他们终于发现不幸已经难以忍受时，沙皇和统治者的世界才被发现。

确立人格、发展个性的斗争中，首先需要告诉那些被侮辱的、被压迫的人，每个人都应当有独一无二的个性。他们自己应该明白，他们的出生，并不是为了去增补顺从传统礼教风俗的人群。然而，甚至是显而易见的真理都需要证明。而艺术家鲁迅则有权证明，在中国个性是存在的，各式各样的人无论生与死都是有人格的。这样便为启蒙民众的希望提出了论据。鉴于此，鲁迅也关注了列昂尼德·安德烈耶夫这位对心灵感觉敏锐、纤细、近乎病态的专注的作家。在这里，个性被强调出来，而这恰恰是中国的文学与生活中匮乏的。在鲁迅青年时期，便产生了将文学视为武器改造生活的信念，现在看来，是正确的。当他萌生深入研究社会状况的美好信念时，还没能想象到文学可蕴含的容量之大、能够成为他社会活动的最好形式。他那时还不知道他自己的作品能有怎样的地位。我很遗憾，我们的读者没办法完完全全感受到鲁迅小说的那种沉重的优美。伟大的作品用哪种语言翻译毕竟不是最主要的。

　　鲁迅将自己的艺术才华献给了教育民众与塑造性格。他希望人们能够辨清生活中熙熙攘攘的一群人里的一个个独立的个体，不是惯常地将生命看作没有任何个性的，而死亡却总是以个人的悲剧撼动人们，告诉我们死亡是不可避免的。这就意味着，以死亡为例能更容易相信，人应当拥有独一无二的个性。在鲁迅的作品中没有（也不可能有）幸福的生活。当主人公死在病榻上时，死亡更加震撼人心：他们注定了不幸的生活。对于鲁迅而言没有默默无闻的生，也没有毫无意义的死。他所有的创作都在否定司马迁这样的观点："人固有一死，或重于泰山，或轻如鸿毛。"短篇小说《白光》中发疯了的文人陈士成荒诞的死，抑或传说故事《铸剑》里眉间尺有意的死——任何一个死都为社会不公或专制制度而牺牲，于鲁迅而言，都是重于泰山的。短篇小说《祝福》中，死于贫穷的女主人公不幸的一生一直在思考死亡。一个人死后，还有没有魂灵？世上有没有地狱？她在世时，一辈子都没能摆脱社会罪恶和苦难的束缚，希望在地狱获得安乐。在她混沌黑暗的思维中，这样的愿望脆弱得不堪一击。鲁迅笔下的每一个死亡——都是因失去道德与同情心的无情的社会戕害而死。

　　道德是鲁迅作品的基础。这是相当自然的，没有道德就没有文学，因为这是事物的本质。当这个世上有命中注定的不祥时刻时，作家的道德箴言便迫切需要，他们的作品也应当赋予非凡的道德力量和对真理的信任。鲁迅便是这样的作家。他希望提升社会的道德水准。他从不在小说中直接说教。短篇小说《一件小事》中，他通过描述车夫高尚的行为，使主人公不由自主地为自己的冷酷无情而感到羞耻。

中国社会的道德支柱被数个世纪一代又一代的压迫者所撼动。道德早已成为一个遥不可及的古老理想而更像一个虚伪的咒语。这还需要更多的解释吗？然而道德很早之前就已经进入了中国文学的传统中，《诗经》便是这种道德传统的文学体现，并在当时引起了对专制制度的仇恨。简单地说，鲁迅将文学视为改善道德的工具，继承了中国文学史的道德传统。然而，在中国文学史上，鲁迅的作品第一次进行了深入的社会研究，不容置疑地证明了有必要对社会进行革命，这是建设高尚社会的唯一道路。

鲁迅每一部作品的文后都有标明了写作日期。研究者的工作便是通过这些日期按图索骥，找到当时国家与作家生活中的事件并与他的创作内容进行比较。在我国，读者能在相当多的学术著作与译作中，找到相当多的关于鲁迅的资料及研究。这些研究者与翻译家包括：Б.А.阿里克谢耶夫，Б.А.瓦西里耶夫，В.С.科洛克罗夫，В.В.彼得罗夫，Л.Д.波兹德涅耶夫，В.Н.罗果夫，В.И.谢曼诺夫，В.Ф.索罗金，Н.Т.费德林，А.Г.施普林钦，А.А.施图金。鲁迅的第一本小说集《呐喊》中收录了作者1918年至1922年所作，于1923年出版。随后《彷徨》（1926）、《野草》（1927）相继出版。鲁迅临终前最后一年即1936年出版了《故事新编》。

《狂人日记》收录在鲁迅的第一本小说集中，小说主人公讲述了吃人的社会。在其他的作品中呈现了一幅社会生活的图景。《呐喊》

和《彷徨》中的大部分作品都基于鲁迅城市与乡村的故乡。鲁迅在自己的小说中并没有为事件选取很多发生地。大多数事件的发生地鲁镇似乎逐渐成了古老中国村镇的象征。小说中的事件常常存在似乎看不见但时而又能回想起来的关联。《风波》中在辛亥革命后被剪掉辫子的航船七斤，又在《阿Q正传》中讨论剪辫子的时候被提到。

《孔乙己》《药》《明天》是充满悲剧性的3篇短篇小说，直接继承了《狂人日记》。这3篇小说已经不再是"吃人的社会"的声明，而是描述了中国人的饭桌。老头孔乙己、华小栓、女职工3岁的孩子都在这张桌上被吃掉了。旧中国古老而典型的形象——迂腐不堪、麻木不仁的孔乙己总是被酒店里的客人冷嘲热讽。酒店的顾客不是穿长衫的，而多是短衣帮，却都觉得自己的地位比孔乙己高。傲慢取代了人类正常的同情心。他们对不幸的孔乙己没有丝毫的同情。后来听说孔乙己"偷到丁举人家里去了"，被打折了腿。最后一次他是用手滑进酒店的，"在旁人的取笑中"离开了酒店。

《药》的第一章是治小栓的痨病。最好的药是犯人的血。茶馆主人华老栓给儿子小栓去找这种"药"。在刑场的不远处，他从刽子手那里买到了沾着血的馒头。他全神贯注地拿着这个馒头，"仿佛抱着一个十世单传的婴儿"。这"神药"还是没能治好老栓儿子的病，他还是死了。在儿子死前不久，在老栓的茶馆曾有过一次谈话。刽子手称，犯人的血能够救小栓。似乎，这刽子手是反对政权的并称，"这大清的天下是我们大家的"。这话激怒了茶馆的客人。这些人平静地听着刽子手讲管牢掠夺犯人的事情、听着他讲夏三爷出卖自己侄儿并赏了他好处。这里，每一个人为这般残忍，甚至是背叛行为而触动。数个世纪的教育已经让他们站到了压迫者的那一面。他们认为，吃人者吞了生病的小栓、反抗专制政权的夏瑜，都是再自然不过的事了。夏瑜和小栓的坟挨着。夏瑜的坟上开着一圈红白的花。鲁迅在《呐喊》的前言中将这圈花视作现实的好转。或许，鲁迅错了？他只是先于别人，第一个看到了死去的革命者坟上的一圈花——这就是作家预见的力量。

短篇小说《明天》中，在我们已经熟悉的鲁镇，寡妇单四嫂子的小男孩死了。单四嫂子抱着孩子从家去看医生，又到药店，最后回家的这条路艰难而沉重。她好像得到了帮助，然而那不过是人们的义务罢了。人情的淡泊冷漠在鲁镇这个小圈子中更加突出了单四嫂子的孤独。她的想象挥散不去，不断地折磨着她。为了更好地描绘这一点，鲁迅又将目光投向了安德烈耶夫。几乎毫无疑问，像鲁迅熟悉的这一时期的安德烈耶夫的许多作品一样，我回想起了他的《巨人》。笼罩着这篇小说的同样是一个无望的母亲痛苦的气氛——一个可怜的母亲在孩子临死的时候为他想出了一个巨人的故事。鲁迅的《明天》比安德烈耶夫的草稿更加流行、具体，也更深刻。它留给我们的不仅是悲怆的感受，还有对明天的不满。那么，明天究竟是什么？暗夜又为什么"急着为想变成明天"？

从上述这些小说中可以很明显地看到作家的态度，即使作家并没有以作者说明明确地强调出他的态度。这是一种同情的态度，作家为了拯救那些他热爱的人，又因为他们的顺从和冷漠而愤怒。作家让我们明白，冷漠是社会残酷的专制统治下的产物。这种冷漠仅仅是与自私相似，使人们不仅蔑视别人，也轻视自己，对周围的一切全然没有兴趣。这让我们想起了上文提到过的小说《白光》中的那个溺水者。"有人在离西门十五里的万流湖里看见一个浮尸……或者说这就是陈士成。但邻居懒得去看，也并无尸亲认领。"在确认尸体的事实时，人们平静得可怕。当人们不讨论背叛行为，不抱怨身边人的死亡，也不理解第一个的卑鄙第二个的高尚，那么对人的尊重就仅剩儒家学说和一些仪式性的东西。毕竟什么是明天？作家在自己的作品中暂时还没有回答，但是他已经提出了这个问题。

小说《故乡》的悲剧性更不那么明显。在这篇小说中鲁迅毫不掩饰地将叙述人叫作"迅哥"。我们认为，这是为了使他在小说中描写的事物显得更加真实。"我的故乡好得多了。"这句话不是讽刺，这里包含着童年的回忆。乡村男孩闰土是鲁迅童年时美好故乡的化身。孩子们曾经是平等的，而成年闰土却叫作者"老爷"，态度也恭敬起来了，就像在长官、士兵、土匪面前那样恭敬。

作者的侄子宏儿和闰土的第五个孩子水生是好朋友。然而，这一切还会继续：宏儿会变成"老爷"，而被担忧和饥饿所压的水生也将变得恭敬而胆怯。什么都不会改变。鲁迅希望放下这种沉重的想法，两年后他写下了明朗迷人的《社戏》。然而，我们读者还是会为《社戏》中故乡的宁静而更加悲伤。从《明天》到《故乡》的这半年，鲁迅有没有什么改变？像他所说的"只有那暗夜为想变成明天，却仍在这寂静里奔波"吗？不，他已经谈到了希望。希望人们拥有希望，而这希望与闰土盘算模糊不清的未来不同。他也相信自己希望的实现。正如这地上的路："其实地上本没有路，走的人多了，也便成了路。"这对于我们理解完成于1912年12月的《阿Q正传》非常重要。

鲁迅的心理小说通过人物的外形和行为来描摹他的性格，对中国文学而言是一个创新。西欧尤其是俄罗斯传统如此轻松地却又绝非偶然地进入了中国小说中，丝毫觉察不到这是外来的。这是因为这里的心理描写首先是鲁迅植根于中国文学传统创造出的。心理描写并非西方文学的特权，只是在心理描写的发展历史上相较于东方文学，在西方文学中出现得早一些。还有一个可能的原因，鲁迅在《阿Q正传》的俄译本前言中提到了："深刻描绘中国民众沉默的内心是件不容易的事。不管我使了多大努力，总是还能感到某种障碍。"《阿Q正传》是一篇关于中国民众内心的小说，应当在20世纪的世界文学中拥有更高的地位。鲁迅早打算写这篇小说："我准备写《阿Q正传》已经一两年了。"他给自己的叙述穿了一层英雄讽刺的外衣，并且渗透着论战性的暗示和谴责。起初，他这样做是为了展现不完全的严肃性，就像一种轻松巧妙的感觉，好像小说有某种偶然性。但从一章到下一章（作品是分章发表的），作家的谴责越来越坚决严厉。而当整篇小说成为一个整体时，已经没人（其中包括对鲁迅抱有敌意的人）能怀疑作家的发现对中国文艺社会研究的革命意义。

阿Q住在乡下。他在农村处在最低的地位却不是发挥最小作用的人。我们了解旧中国的农村以及它的剥削制度——这种情况看似普通而清楚，但是需要有人来为我们揭露它。我们在学术论文的作者中是否能找到一位像《阿Q正传》的作者这样如此勇敢而伟大的中国社会研究者？

鲁迅为了叙事的讽刺性，使用了中国历史上传统的"正传"形式。阿Q声称自己和赵太爷原来是本家，地保便叫阿Q到赵太爷家里去，太爷一见，给了他一个嘴巴，他着实感到慌张，不敢确认自己的氏族。作家也没有给他的主人公找一个姓，甚至连名字也不确定究竟是哪个字。然而，阿Q不能姓赵并不奇怪，这正体现了在旧中国的农村对农民的压迫，残酷无情的地主绝非对等级阶层置若罔闻。在奥斯特洛夫斯基与索洛维约夫的戏剧《有光无热》（1881）中，杰留金企图买下女地主列涅瓦雅的领地，其中有这样一段独白：

"杰尼斯·伊万诺维奇已经开始过上了老爷的生活，人们已经认清了他！……而我管住您，我亲爱的朋友，我的同胞。孩子们别再玩儿了！我帮您把衣服的下摆系上，您在老爷那儿可没这待遇。"这里，除了东正教这一外在标志，其他都符合鲁迅笔下的农村状况，因此，鲁迅常常在与他的雇主打交道的过程中被欺负。

我们蔑视阿Q，但可以看出，阿Q应该是一个勤劳的能手，常常没有他不行。作家用像宣布英勇献身之人的功绩一般的崇高语调，向我们宣布了主人公的厄运。仿佛这并不是某种厄运，而是"胜利"，并且这种胜利令人平静的感觉笼罩着阿Q。地主的专横和队长的敲诈，没有人对别人受到侮辱这件事有什么兴趣，因为没人能感到受辱。农村居民被书面的或者非书面的礼义道德的栅栏所包围，但这并不妨碍这些忠实的道德维护者从阿Q手里买偷来的赃物。在这种强烈的专断与道德缺失的氛围中，阿Q将生活的失败变成"胜利"似乎第一眼看上去对谁都无害。实际上真的是这样吗？

假想的"胜利"接踵而至。这种"胜利"首先由阿Q确立。阿Q认为他儿子能比村里最受尊敬的赵老太爷的儿子更厉害。而当阿Q被打时，他又安慰自己，这是他那个不体面的儿子打了他。阿Q认为自己是最高明的，甚至在心底里暗暗承认他是这些受屈辱的人之中最厉害的。然而正是在这种情况下他连最后的话都没留下就成了第一个被抓进去的人。阿Q在行刑前取得了最终"精神上的胜利"。由于不会写自己的名字，只能画个圈。但是他画出的圈并不是那么漂亮，是个椭圆。阿Q便安慰自己："孙子才画得很圆的圆圈呢！"

阿Q遭到的死刑，虽然给他带来了最后"胜利"的机会，但仍像之前一样不公正。他没有打劫赵老太爷的家，而打劫的嫌疑是根据另一桩盗窃案定的，未庄的村民也清晰地记得，阿Q的确参与了那次打劫并且常常骄傲地讲起那次打劫的细节。另一个我们熟知的打劫案与这个很相似：其中的一些细节让我们想起了蒲松龄著名的短篇小说《走运的窃贼》中类似的事件。这两个打劫案都具有偶然性，而且两位主人公扮演的角色都十分相似，在第一次得手之后都赶紧跑回家。这证明了鲁迅的小说与本国传统叙事间具有紧密联系（或许鲁迅若是知道这个不谋而合，也会感到非常惊讶），这是源于中国共同的文化记忆。

《阿Q正传》有两个层次。一个是中国农村，另一个是中国现代社会的模型。这种社会中，专制占统治地位，个性则被蔑视，人道的训诫被冷嘲热讽。这个社会中特有的是"精神胜利法"的慰藉，给自由斗争戴上了镣铐。这是一个"精神胜利"的年代，让人们忘记了欺侮和怨恨。阿Q挨了赵老太爷的儿子几棍子之后，他却觉得"心平气和起来"。阿Q的"精神胜利法"在鲁迅的小说问世之后开始被称作"阿Q精神"。"阿Q精神"——简单地说就是一种自我安慰的虚假精神，在"精神胜利法"中寻找自我安慰，并欺骗自己这种假想就是现实，从而忘记实际问题。虚假的信念逐渐变成了歪曲的真实继而没有尽头。最后剩下的只是对奴隶处境的满足。"奴隶的内心！"——判官向阿Q感叹道，但他并不知道，这句话实际上对他也适用，鲁迅的这个可笑又可悲的主人公肩负的是整个中国社会的道德重担。

小说的时间发生在1911年。推翻清政府的统治并没有将中国人民从封建主义、帝国主义的压迫中解放出来，即没能给人民带来精神的解放。多亏鲁迅让我们看到了对革命漫画式的反映，在未庄一切还是像从前一样。唯一的例外是阿Q被枪决了。而他临刑前的话又有什么含意？"过了二十年又是一个……"鲁迅不是在警告不要重蹈覆辙吗？我们已经熟悉"救救孩子！"的呼喊，而这一次这句呼喊还没来得及从"罪犯"的口中脱口而出。

《阿Q正传》通常被认为是一部怪诞作品。里面重点突出了令艺术家感到惊讶的对现实的怪诞。"那时恰是暗夜，一队兵，一队团丁，一队警察，五个侦探，悄悄地到了未庄，趁昏暗围住土谷祠，正对门架好机关枪"，为了抓住一个"危险的罪犯"——阿Q。借助作家的讽刺、完美的幽默，又以不相称的崇高口吻来叙述周围发生的微不足道的小事，由此制造出了滑稽与可怕的效果。在阿Q的外貌上反射出了鲁迅自己的悲伤。

文艺作品的出版没有将阿Q同自己的创作者分离，这种观察还留在艺术家身上并影响着他之后的创作生涯。阿Q的形象也影响了鲁迅，而被鲁迅启蒙了的我们，每当在阅读他的作品时，总会在其他主人公的身上找到我们熟悉的特质。我们认为，阿Q的某些部分在小说《端午节》中教员方玄绰的身上也有体现，比如，他常常劝说自己"差不多"，常常想着避免那些不公正的事情，他对自己的生活方式完全满意。而《祝福》中，可怜的祥林嫂总是逆来顺受，对命运中的任何打击都心甘情愿，这多像我们的老熟人阿Q啊！而在小说《示众》的一个片段中，老妈子让孩子看那个背心上写着黑色汉字准备被处决的"白背心"，说道："阿，阿，看呀！多么好看哪！……"而此时，我们又想起了那个乐观的阿Q："至于舆论，在未庄是无异议，自然都说阿Q坏，被枪毙便是他的坏的证据：不坏又何至于被枪毙呢？而城里的舆论却不佳，他们多半不满足，以为枪毙并无杀头这般好看；而且那是怎样的一个可笑的死囚呵，游了那么久的街，竟没有唱一句戏：他们白跟一趟了……"不要认为这些人是残暴的。鲁迅在小说《示众》中描写的街上热烈、好奇的人群实际上是残酷、冷漠的。而车夫对准备行刑犯人的示众也早已见怪不怪。正是这样，鲁迅感受到阿Q的表现形式是非常丰富的。

《祝福》和《示众》被收录在小说集《彷徨》当中，整本小说集主要是关于城市知识分子的。甚至可以相信，鲁迅认为知识分子在中国前进的运动中起到了非常重要的作用。而我们谈到的他的作品正是关注着知识分子不安的精神状态与他们的机遇。而作家对知识分子的书写较晚于对农村的关注，这样便给我们留下了这样一个印象——作家急于先讲出最重要的，以便之后可以进行细致的观察，观察主要问题的每一个元素和部分。

确实，在小说集《呐喊》中鲁迅没有对知识分子予以足够的关注。然而不久之后，知识分子的问题便在小说集《彷徨》中出现了并借诗句感叹道："朝发轫于苍梧兮，夕余至乎县圃；欲少留此灵琐兮，日忽忽将其暮。"这转瞬的相遇令人警醒。我们了解鲁迅的同龄人一代，走进他们的生活是从《在酒楼上》开始的。而这代人并不能令人抱有希望。《在酒楼上》的主人公吕纬甫曾与作者一同争论中国的未来，现在却变得意志消沉，对世上的一切都没了兴趣。他现在开始教书，教授孩子们旧的儒家学说，这是他曾经极力反对的，现在他却对生活没了什么指望。他没有反抗就永远地投降了。当吕纬甫讲起一个死于肺痨的女孩时，文中有对一段没实现的爱情的悲伤暗示，或许就连吕纬甫自己都没有意识到吧！在这种悲凉无望的背景下，两朵大红色的剪绒花总是被两位谈话人谈起。鲁迅又想通过这个说什么呢？

看似可笑的小说《幸福的家庭》实则十分忧愁，小说的主人公找不到自我。他试图写些什么，但是脑袋里空空如也，就像他的肚子一样。悲哀的是，他做什么都不适合：他的小市民的理想仍然模糊，甚至连他自己都还弄不明白。鲁迅又是怎样说的呢？"那些仅讲述生活中黑暗面的作品可能不要接受为好……"鲁迅却也讲述生活中的黑暗日子（当最后一点钱只能买得起白菜和柴火），而关于那些明媚的日子一下就让人想起来小女孩的微笑，这微笑同5年前主人公妻子的笑非常像（"她听得他说决计反抗一切阻碍，为她牺牲的时候，也就这样笑眯眯地挂着眼泪对他看"）。小女孩天真无邪的微笑深化了小说的悲剧性，同时对现在的不确定也为未来带来更大的威胁。

小说《高老夫子》也表达了作家对社会风习的担忧。但与《幸福的家庭》不同的是，《高老夫子》的主人公是个毫不掩饰的不学无术之人与游手好闲之人，而且爱打牌。因为他在贤良女校教书，所以他也接受"虚无主义思想"并以一篇《论中华国民皆有整理国史之义务》的文章来证明自己的"先进"观点。对中国先进知识分子的讽刺反映在鲁迅的笔下是多种多样的，另一个体现是四铭一家。四铭是小说《肥皂》的主人公，同样也关心社会风习的堕落。他看到两个女乞丐——老太太和一个姑娘在大街上求乞，都说姑娘是老太太的孙女，说她是孝女，她只要讨得一点什么，便给祖母吃，自己情愿饿肚皮。而让四铭难过的只是他看了半天只见一个人给了一文小钱，而他自己却什么都没给，因为他觉得那姑娘"不是平常的讨饭"，给一两个钱又不好意思拿出手。在我们面前仿佛又看到了那个没有启蒙意识的阿Q。全家人就靠着这一小块儿能用上半年的肥皂走向文明。

在这个罪恶的世界上依然有孤独者践行着自己的理想，因此一篇短篇小说被命名为《孤独者》。主人公和周围的人都不一样，却常喜欢管别人的闲事。所学的是动物学，却到中学堂去教历史，后来人们看不惯他，便把他从学校辞退了。他曾是一个观点十分尖锐的人，却慢慢变得温和。鲁迅认为孩子是中国未来的希望。正因为如此，胆小又凶恶的孔乙己在与孩子们的对话中却变得温柔亲切；正因为如此，鲁迅作品中出现的孩子总是那样引人喜爱。孤独的人忍不住饥饿和寂寞，又不想与一众庸俗的人为伍。后来，他做了一个巨大的转变——当上了杜师长的顾问。而死亡却成了对他的救赎。

另一个死亡出现在《伤逝》中。《伤逝》中鲁迅对一起因残忍冷漠而牺牲的人感到悲伤。他和她是年青一代的代表，他们独立自主。这篇小说是主人公的悔恨和悲哀。起初是崇高的理想；是谈及家庭专制的问题；是谈易卜生，谈泰戈尔，谈雪莱；是同父母阻挠的争吵。永恒的情节是不屈从的爱情，然而在新的条件下注定了不可挽救的夭折。在流言蜚语的压力下，这段感情显得尤为脆弱。他对她说，已经不爱她了。然而他的爱是她在孤立无援中给予她支撑的唯一力量。他并不适合于令人疲惫的持久战，他总是幻想自己会愈来愈强大，而她会成为更加勇敢的人，不会深陷于家庭琐事之中。"我以为将真实说给子君，她便可以毫无顾虑，坚决地毅然前行，一如我们将要同居时那样。但这恐怕是我错误了。她当时的勇敢和无畏是因为爱。我没有负着虚伪的重担的勇气，却将真实的重担卸给她了。她爱我之后，就要负了这重担，在严威和冷眼中走着所谓人生的路。我想到她的死……我看见我是一个卑怯者，应该被摈于强有力的人们，无论是真实者，虚伪者。然而她却自始至终，还希望我维持较久的生活……"他这样说服自己，"要有更大的勇气讲出真相"。从绝望中生出的这种没有良心的哲学使我们马上回想起了它的来源——阿Q狡猾可笑的论断。他以自己的"真理"戕害了她。这样一个对"孤独者"充满敌意的社会借最亲近的人之手给自己致命的一击。他被打败了，永远地成了一个人。《祝福》中的祥林嫂害怕地狱，以一年的劳动所得为庙里捐了一条给千人踏、万人跨的门槛。而《伤逝》中的主人公渴望地狱，因为那里比自己心里的痛苦更加可怕，在那里他或能乞求到原谅。

《狂人日记》问世的7年后，读者又一次为这位天才作家展现的世界而感到惊讶与不安——作家又一次听到了狂人可怕的声音。"熄掉他吧！"《长明灯》的主人公喊道。他熄灭了庙里的长明灯便再不会有蝗虫和病痛。然而，这办法真就这么简单便能摆脱灾难？它们会熄灭吗？我们应该想想疯子对那些长明灯卫护者的回答：现在就他一个能做成这事儿，他应该熄灭长明灯，自己熄灭它！然而那长明灯还是梁武帝时点起的，1400多年都没有熄过。而这长明灯正象征着他们所处的黑暗与1400年的不幸。但他们不让疯子碰长明灯。面对这种阻拦，疯子只能说出："放火烧！"

对比鲁迅的两篇小说《狂人日记》与《长明灯》，我们便发现两个主人公之间的差别。《狂人日记》的主人公是真理的开拓者与罪恶的揭露者；而《长明灯》的主人公则与罪恶展开了斗争，与不灭的长明灯展开了斗争。如果从实际的作用来看，《狂人日记》中以讽喻的形式揭露真实的罪恶当然比熄灭长明灯的火更重要。然而我们不能将生活事实与文艺作品等量齐观。《长明灯》的主人公消灭世上罪恶的热切愿望显然要比那些揭露罪恶的前辈走得更远。《狂人日记》的主人公回到了中国人素来的胆小怕事规规矩矩的状态，而《长明灯》里的疯子则是可怕的，因为他天不怕地不怕。他能使其他人相信他是对的吗？

鲁迅的"狂人"们比他熟悉的俄罗斯文学中的"狂人"出生得

晚一些。苏联的研究者指出了《长明灯》与迦尔洵的《红花》相似。而《长明灯》的主人公比迦尔洵的《红花》中的主人公更进一步。迦尔洵的主人公觉得自己是自己心灵的主宰。他将自己的身体交给神圣的圣徒格里高利支配："然而,灵魂没了!没了!"他将消灭世间的罪恶视为自己的任务。因为他成功地完成了这一任务,他死后的面容安静而平和,紧闭的双眼中流露出一丝高傲的幸福。迦尔洵的主人公为人们而死,而只有他自己一个人知道这个事实,因为罪恶的象征是他自己想出来的;而鲁迅的主人公在疯癫中正确地找到了灾难与不幸的象征与民众的落后。《红花》中人们因疯子的疾病而看不起他,徒留孤独的他和他无用的功绩,而在《长明灯》中人们将疯子视为旧体制旧世界的威胁,与他做斗争。迦尔洵将目光聚焦到疯子身上,而他周围的人,如大夫、监督只是主人公同罪恶展开战斗的背景。而鲁迅笔下疯子的敌人相比疯子本人对作家而言有时也不重要:小说中是作家对数千年黑暗愚昧民众的看法,是使人们更加不幸的阿Q精神造就的境地。

我们已经读完了《呐喊》与《彷徨》。然而作家在小说集里所塑造的人物中,满腔热忱为改造这个不公正的社会献身的年轻人又在哪儿呢?难道只有一个还没出场就入了坟墓的夏瑜就够了吗?

鲁迅作为一位伟大的艺术家无须辩解或是解释。鲁迅的艺术想象与他的生活经验息息相关。鲁迅所写的都是他亲身经历过或是亲眼见到过的。他小说中的主人公甚至常常不以化名来掩饰。在他其他的作品中作家通过一种古典写作手法进入了文本,强调了作者自己的参与,例如,我们在《阿Q正传》中所观察到的那样。这样,鲁迅比高尔基、杰克·伦敦的作品更具自传性。鲁迅近几年的文章,像是平行的文本,可以当作对他的文艺作品的具有说服力的注释。

《父亲的病》让我们想起《孔乙己》中酒店里的小男孩与作家非常相似。而《明天》中的医生则很像任何一个给他父亲看病的医生。而对范爱农的回忆则让我们想起了鲁迅的朋友——他文艺作品中的人物。了解作家的人都能在他的创作中找到他人生中的点点滴滴。鲁迅写的是关于自己所处的那个年代，因此他所描写的都是现实——这现实存活在作家的记忆中、活在他的心中。鲁迅创作中的这种特征毫无疑问是由作家所处的时代决定的。时代的因素要求作家直接揭露社会中几千年的土壤中催生出的压迫中国人民的罪恶。这是最主要的。若没有它，鲁迅作品中所写的那些满腔热忱的人便没有办法活动。他自己的主要实践活动是革命活动，而他的文艺作品正是号召了这种坚定的斗争。这些文学作品使人们感到痛苦并产生仇恨，因为在当今这些作品与全人类息息相关。1926年4月，鲁迅写了《纪念刘和珍君》一文，里面有这样一段话，可以表达我们在阅读他的作品时的那种感受："真的猛士，敢于直面惨淡的人生，敢于正视淋漓的鲜血。这是怎样的哀痛者和幸福者？然而造化又常常为庸人设计，以时间的流驶，来洗涤旧迹，仅使留下淡红的血色和微漠的悲哀。在这淡红的血色和微漠的悲哀中，又给人暂得偷生，维持着这似人非人的世界。我不知道这样的世界何时是一个尽头！……苟活者在淡红的血色中，会依稀看见微茫的希望；真的猛士，将更奋然而前行。"在他的作品中虽然没有确定的英雄形象，却能感受到革命英雄的那种灵魂和精神。

《呐喊》之后，《野草》相继问世。这是鲁迅的一本散文诗集，记录了作家1924年至1926年的内心世界。这些年间，民族解放运动日益增强，与帝国主义的斗争也从未平息，而鲁迅则一直被反动势力追捕。在《纪念刘和珍君》以及一系列纪念1926年在三一八惨案北京学生运动中遇害者的文章发表之后，鲁迅遭到追捕。

令人惊讶的是，作家强烈的内心生活让他找到时间和精力从事创作，在这段时间为我们贡献出了《呐喊》和《野草》。《野草》——对作家而言最珍贵的记录（"我自爱我的野草，但我憎恶这以野草做装饰的地面"）。在这本散文诗集中展现的并不是事件，而是焦虑、痛苦，鲜有快乐，然而，这些作品确实是这些年很多事件的目击者与参与者，并且善于思考的读者甚至能将这些情感与当时的事件联系起来。"我以这一丛野草，在明与暗，生与死，过去与未来之际，献于友与仇，人与兽，爱者与不爱者之前作证。"

在《野草》中有24首散文诗。散文诗这种体裁对中国文学而言并不新鲜，鲁迅的前辈有：唐代的柳宗元（773—819），宋代的苏轼（1036—1101）、欧阳修（1007—1072）。此外，西方文学也对他有所影响，其中就包括俄国文学。现在就让我们来看看《野草》这本散文诗集，其中的几首首先吸引了我们的注意。《聪明人和傻子和奴才》是其中非常精彩的一首。对这社会不满的"奴才"向"聪明人"诉苦，"聪明人"为他流泪并让"奴才"有希望，劝他"总会好起来……"。然而日子却没有变得更好，没过几日，他又不平，找"傻子"去诉苦。"傻子"将"奴才"的主人称作卑鄙的人，为他愤愤不平，动手为"奴才"黑暗的斗室砸个窗户。而此时，"奴才"大惊，急着喊人："人来呀！强盗在毁咱们的屋子了！快来呀！迟一点可要打出窟窿来了！……""傻子"被赶走了，恭敬的"奴才"得到了主人的夸奖。似乎"奴才"变得更好了，"聪明人"也是对的。鲁迅借助寓言的演示，为"傻子"增添更强的感染力，就像我们已经熟悉的试图熄灭长明灯的那位疯子一样。《长明灯》写于1925年3月1日，而《聪明人和傻子和奴才》则写于同年12月26日。鲁迅始终坚持与专制暴政抗争的思想，他说："这看似人性，实际却是个毫无人性的世界。"不到一年后，他又写下了短篇小说《铸剑》。

鲁迅之前在世界文学中已经有了屠格涅夫的"散文诗"。中国作家鲁迅读到了他的作品并受到了他的影响。鲁迅的一些关于梦的散文诗很像屠格涅夫的《世界末日》《昆虫》《大自然》《我在夜间起床……》。我们回想起屠格涅夫的散文诗《干粗活的和干细活的》并与《聪明人和傻子和奴才》进行比较。干细活的人的手散发着一股子铁腥味儿：整整6年了，他手上戴着手铐。干粗活的问："这又是为什么？"干细活的答道："这是因为，我关心你们的福利，想要解放你们这些庸碌的、愚昧的人，我起来反对压迫你们的人，我造了反……人家就把我关在牢里。"干粗活的人说："关在牢里？你何苦去造反呢？"两年后，干细活的人要被处决，"命令都已经下了"。"啊……我说，是这么回事儿，米特莱兄弟，"一个干粗活的人说道，"我们能不能把那根绳子搞到手，就是绞死他的那根？人家说，这玩意儿能给家里，带来大大的好运呢！"这个故事同鲁迅的《聪明人和傻子和奴才》《药》非常相似，但很难判断是否有影响。影响同屠格涅夫的散文诗之间惊人的相似性的正是《药》所具有的民族特征。同时这种极强的民族特征毫无疑问也影响《聪明人和傻子和奴才》同鲁迅数年顽强而独立的思想之间的相似性。这里我们并不想谈影响，因为这些话目前看来是非常不准确的，而更合适的说法应当是屠格涅夫艺术上的新思潮感染了鲁迅的散文诗创作。

从《野草》中流露出对平权的担忧，因此，鲁迅在长诗《复仇》中触及了耶稣受难的主题。这一主题在世界文学中，如安德烈耶夫、法朗士、布尔加科夫的笔下常常出现。鲁迅读过安德烈耶夫的小说《本·多比》，可能也读过法朗士的《犹太行省的执政官》。在法朗士笔下，把做买卖的驱赶出教堂的疯子（本丢·彼拉多也这样讲道——"那个疯子"），与中国作家笔下的疯子和傻瓜也相差无几。已经完完全全忘记了将耶稣赐死一事的执行官，他的漠然与残忍在现代的中国又被作家鲁迅复活了。本·多比的冷漠亦是如此。将耶稣钉在十字架上的那一日，商人本·多比感到牙疼。本因拿老驴换新驴的成功交易颇为扬扬自得的本·多比此时已开心不起来了，全然被牙疼毁了，而且背负着罪犯的十字架的景象怎么也没法让他高兴起来。而在鲁迅笔下这样写道："所以，有他们俩裸着全身，捏着利刃，对立于广漠的旷野之上。他们俩将要拥抱，将要杀戮……"在死亡与杀戮中，鲁迅的主人公重复着古老的残忍与世界的冷漠。鲁迅一定希望借此来唤起人们的仇恨，希望人民奋起革命改造这个社会。

《野草》的体裁既有劝喻寓言，又有随笔，使鲁迅能够直接地以政论的方式表达观点。《这样的战士》一诗中的主人公与谎言独自交锋，看穿了敌人的伪装。敌人"头上有各种旗帜，绣出各样好名称""头下有各样外套，绣出各式好花样：学问，道德，国粹，民意，逻辑，公义，东方文明……"但战士举起了投枪，敌人假装一切都颓然倒地，而战士却成了戕害慈善家、民族精神、人民意志的罪人。但这些"花样"都是臆想出来的，战士早已习以为常，他所做的是要击溃那些谎言，这正是《这样的战士》一诗所要表现的思想。战士一次又一次地举起了投枪。鲁迅向谎言以及它的一切形式举起了投枪，不管这些谎言是穿上了高尚的外套，还是日常生活中的模样，他都一一反对。他不想空谈些所谓"生活的智慧"，也不想饶恕那些看似不严重的谎言。他希望看到谎言能够在社会中露出它虚伪的真相。举起投枪也并非易事。《野草》里有确信，有怀疑，有希望，还有绝望。"我梦魇了，自己却知道是因为将手搁在胸脯上了的缘故；我梦中还用尽平生之力，要将这十分沉重的手移开。"（《颓败线的颤动》）"我梦见自己死在道路上。"（《死后》）"而毕竟过客还是要向前行。"（《过客》）"前面？前面，是坟。"老翁说道，而小女孩却看到"那里有许多许多野百合，野蔷薇"。那里既有坟墓又有鲜花。像作家笔下的过客一样，作家憎恶他们，不转头回去，那里"没一处没有地主，没一处没有驱逐和牢笼，没一处没有皮面的笑容，没一处没有眶外的眼泪"。

《野草》——一部真正的诗篇。在《秋夜》《雪》《好的故事》中既潜藏着中国经典散文诗写作的抒情与哲理传统，同时又伴随着令人忧虑不安的心境。欧洲的读者因为对他国环境的生疏，恐怕在其中难以发现什么，却能体会到那份高尚与崇高感，感到这一切是那么平凡，那么亲切。中国传统中的平凡和亲近感正是鲁迅散文诗遥远的源泉。《腊叶》中写到作者"记起去年的深秋"又转而谈及如今之忧虑。当读到这首《腊叶》时，或许让我们回忆起了白居易诗歌中的心境："老去唯耽酒，春来不着家。去年来校晚，不见洛阳花。"不是秋日，而是春景；不是今年，而是那年。或许是某种巧合，鲁迅这样的心境与白居易的诗恰好不谋而合，或许因为白居易也是中国人吧！而且，若想真的读懂中国人的文学，这样类似的"不谋而合"恐怕都是回避不了的问题。

从《故事新编》这个名字便能猜到这是一部基于古代传说故事的作品，而这些故事又都是中国读者从小便耳熟能详的。那么"新编"又指的是什么呢？这指的是作家对这些传说故事加入了自己新的观点和见解，以借古讽今。这部《故事新编》的创作前后耗费了作家13年之久。我们若关注鲁迅政论创作，甚至只要看一看他近期作品中的注释便不难发现，这些传说故事正是鲁迅与他的反对者论战的议题，而且都与当前大众关心的、亟待解决的迫切问题息息相关，同时，作家还借主人公之口，将那些知名的充满争议的作品援引进了自己的文学创作中。因而，对这部作品进行文本细读便应当厘清其中的讽喻与仿拟。这样做的意义又何在？随着时间的推移，对于我们而言尤为重要的是一部文学作品如今的现实意义。

鲁迅力图将神话从庄重的仪式中脱离出来。所有的一切在他笔下都回归了日常生活，所有的一切都更贴近最平凡的日常生活。一个神话故事中的善射英雄如今终日为食奔波，却总是不走运，只带着"三匹乌老鸦和一匹射碎了的小麻雀"回到家中。读者如何能在射手羿疲惫不堪的庸常生活中期待奇迹的发生？（《奔月》）一位曾经拯救苍生的英雄如今却落得个寂寂无闻。他过去的弟子偷去了他的英明又想着杀掉他，最后，他的妻子弃他而去。她吞下了仙药，向月飞去。这一个荒唐的故事正是作家的借古讽今，在荒谬之中还保留了射手羿的高尚精神。

《铸剑》虽讲述的是一个为父报仇的浪漫故事，却充满着日常生活的琐碎细节，反对暴政的意旨也退居到了次要位置。从文中我们能体会到当时社会中的一种道德状况，即"这时满城都议论着国王的游山、仪仗、威严，自己得见国王的荣耀，以及俯伏得有怎么低，应该采作国民的模范等等"。这群奴隶中间出现了一位意图刺杀楚王的复仇者。而在另一篇神话故事（《非攻》）中，鲁迅借哲人墨子之口表达出一种为人民利益忘我献身的精神。复仇的男孩是孤独的，整个世界对他充满了敌意。当他成功报仇之际也遭杀害。鲁迅（已不是第一次）赋予他的主人公锐利的双眼与壮歌。作者是有意选择这些的，这一切作家曾经有所见证。"黑色人"并不像被称作鳏寡孤独的庇护者，因为那些虚伪的人曾不止一次地被冠以这样的名号。他将自己同那些过分华丽的辞藻与无谓的虚名撇得清清白白。"我的魂灵上是有这么多的，人我所加的伤，我已经憎恶了我自己！"鲁迅的这个故事写于1926年10月。是年3月，女学生刘和珍曾被处决。故事以3个头颅分而葬之作为结局，因为3个头已经没有办法分出彼此，究竟哪一个是楚王的头颅便不得而知。"几个义民很忠愤，咽着泪，怕那两个大逆不道的逆贼的魂灵，此时也和王一同享受祭礼，然而也无法可施。"中国读者扪心自问：十几个世纪过来，又有什么变化呢？难道不该是时候明白这些葬礼的意义所在吗？言外之意，我们应该记住，就像果戈理所讲的那样，阿卡基·阿卡基耶维奇同那些同样忍受不幸的同僚，却像沙皇，像当权者一样抨击阿卡基的那些人在人格上都是一样的。而且臣民们还将他们的不幸也一并发泄在了沙皇身上。

借古讽今，鲁迅写下了一个又一个各式各样的传说，如《理水》和《采薇》。《理水》这个故事中塑造了一位神勇的义士，他征服了自然现象，救庶民于大洪水之中。这位不知疲倦的勇士让我们不由得想起了彼得大帝。鲁迅都别出心裁地将这些传说故事与当时中国社会的现实结合在了一起。在文化山上还聚集着许多学者，在那里研究学问。他们的生活与世隔绝，食粮都用飞车定期运来的。这里边让我们不由得猜测，鲁迅是否模仿了萨沙·契尔内的作品《两个愿望》中的第一部分：

> 高高在上的生活是赤裸的，
> 只写些简单的十四行诗……
> 并从人们身上索取
> 面包、酒和肉饼。

大洪水来临时，学者们只会埋怨那些"乡下人"："水还没来的时候，他们懒着不肯填，洪水来了的时候，他们又懒着不肯戽……"大员们来这里视察，也全然将水灾的责任推给那些下民，并且一口咬定治水不力是由于这些人不求上进。面貌黝黑赤足瘦长的勇士禹随即便率领一帮莽汉奔来，甚至走过自家的门口，听到孩子的哭闹，都没有进去看一下。一位大员向他禀报道："百姓都很老实，他们是过惯了的。……他们都是以善于吃苦，驰名世界的人们。"禹是一位敢于向自然现象发起挑战的勇士，敢于同因循守旧的观念做坚决的斗争。大员们都劝他收回成命，沿用先前禹的父亲所采用的"湮"的方法治水，因为"三年无改于父之道，可谓孝矣。——老大人升天还不到三年"。况且"'湮'是世界上已有定评的好法子"。禹最终还是坚持了"导"的方法，成功战胜了自然灾害。当他返回京城时，已经显得老了不少，"黑脸黄须，腿弯微曲"。他终于胜利了，他做这一切都是为了普通百姓。然而，"禹爷自从回京以后，态度也改变一点了"。鲁迅并不想详述这一点，但他提出了这样的问题：一位为民众战胜了自然力量的勇士最终还是回到了宫廷大院。作家试图以此引起读者的思考，那些真正属于人民的人是不会同普通民众分开的。

孔子的《论语》中曾有这样一个故事："齐景公有马千驷，死之日，民无德而称焉。伯夷叔齐饿于首阳之下，民到于今称之。其斯之谓与？"鲁迅的小说《采薇》将这个故事进行了改编，故事的主人公叔齐和伯夷成了孤竹国的公子，他们在僭位者周武王建立新的政权后决定不吃周朝的粮食，饿死在了首阳山上。鲁迅去掉了《论语》故事中原有的浪漫主义情怀，而将故事放置在了日常生活的背景之下，将现实的道德问题摆在了读者面前，而且这些问题从故事一开始便被提了出来。我们竟然发现，达官显宦的兄弟俩不过只是住在养老堂的两个穷老头子。也就是说，他们是依赖他人由他人赡养生活的，也就是说他们与普通人的子孙脱不了干系。他们虽然心里不服气，但是是因他人仁慈而收留，寄人篱下的，就算有什么事情发生，也应该保持沉默。"那么，我们可就成了为养老而养老了。"然而，可笑的是，这些幼稚的老头子竟然不愿只为了一口饭活着。周武王出兵商国，这种做法在他们看来是不合先王之道的。"自弃其先祖肆祀不答，昏弃其家国……"老头子试图劝阻周武王放弃出兵，却跟跟跄跄地跌倒在路边。两人商量过后，决定不再吃周家的大饼，离开养老堂去遥远的山里。他们开始了漫长的流浪，一路上遇到了很多故事，仿佛每一步都闪耀着先祖的功绩和光辉。前一个神话故事《理水》中的幻想情节在这篇《采薇》中全然被日常生活的琐碎细节所取代。山上的乡民陆陆续续来拜访他们，其中包括村里的一位文人。然而他们在山上采集薇菜的苦日子不久也被附近的乡民厌倦，尤其对老头子的偏见感到失望。最终，饿死在首阳山上已经不再是一种骨气，然而善良的普通人还是为他们的死感到惋惜，同饿死的两位道别。村里也有传言，有人看他们快要饿死了，就用母鹿的奶去喂他们，而他们却想要杀掉鹿。鲁迅在这里借用这个传说远非偶然的选择。两位老人之死并不是因为薇菜不能养活他们，而是他们甚至连采食薇菜都拒绝了，因为他们被人说道"普天之下，莫非王土"，被周武王恩惠予他们的不仅仅是大饼而已。谁又知道，若是这两个老人能活得更久一点，会不会给其他人做出例子，这种看似毫无恶意的怪异行为会不会成为反对政权的开端？然而这两个老人还是死了，留下的仅是周围人的不解。

　　《故事新编》的写作一直延续到鲁迅临终。他于1936年10月19日逝世。当代中国文坛乃至世界文坛失去了一位伟大的作家。

中国文学史上一代代显赫的文学大师层出不穷，鲁迅的地位堪称最高，不仅仅是因为他比他的前辈成就更为卓越。几个世纪以来，诗歌曾一度激荡人心，但唯独缺少一种像鲁迅这般鲜活的创作力量，他的革命创作、小说、政论几乎不约而同地走入了中国人的生活中。

而且如果我们能够感受到这点的话，鲁迅的文学本身实际上是接近所有人的，任何人都能读懂他的东西。在接受世界文学的基础上，作家将本国与西方的文学成就相结合，不管是在写作手法上还是在作品思想上都达到了现实主义的高峰。继承了伟大的传统并诉诸所处的时代环境，鲁迅相比其他作家更能接近真理。

当然这也同作家本人的个性、传统与广度都息息相关。鲁迅继承了中国诗人身上的那种真诚与不妥协的品格，宁可清贫度日，坚持真理，也不饱食终日，趋炎附势。而在鲁迅那个年代，若想像古代文人志士一般坚持自我已非易事。

在中国传统意义上的诗人、思想家之列，鲁迅如今不仅在本国而且在世界范围内揭露中国社会精神道德现状，而且对整个人类的革命运动起了重要作用。这便是鲁迅的伟大之所在。

马轶伦　译